KB060293

어떻게 살 것인가

남기두 지음

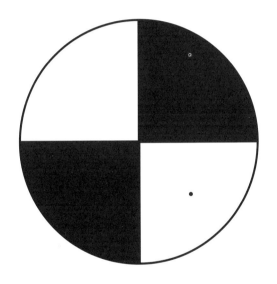

도서출판
청어

어떻게 살 것인가

남기두 지음

목차

제2장. 나는 누구인가?

제3장. 무엇을 배울 것인가?

제4장. 마음을 어떻게 사용할 것인가?

제5장. 삶을 어떻게 살 것인가?

제6장. 말과 행동을 어떻게 할 것인가?

제7장. 역사에서 배워야 할 마음공부

들어가면서

제가 이 글을 쓴 이유는 초심으로 돌아가 진리를 탐구하며 그동안 살아온 여정을 되돌아보고 성찰하기 위함이고, 나아가 가족, 친지 그리고 지인들의 편의를 도모하기 위한 것입니다. 여부를 떠나 많은 잘못이 있었습니다.

선비 집안에서 태어나 어린 시절에 밥상머리 교육을 받고, 학교에서 진리를 공부하고, 34년간 공직생활을 하면서 사회의 조리와 부조리를 경험하고, 퇴직 후 자영 사업을 하면서 세상을 체험하고, 인간들이 왜 이렇게 살아갈 수밖에 없는지 회의했습니다.

저는 책을 읽고 사색하기를 좋아합니다. 다독하며 얻어야 할 지식 2~3개를 요약하다 보니 수십 권의 메모 노트와 35년 이상 해온 신문스크랩이 쌓였습니다. 필요할 때마다 과거의 자료와 비교해 보았습니다. 이들은 세상을 바라보는 지혜를 주었고, 더 풍요롭게 살 수 있도록 해주었습니다.

인간은 생존과 욕구 충족을 위해 착각 속에서 탐욕과 성냄과 어리석음으로 살아가는 모순덩어리라 아무리 세상이 변해도 그 본성은 그대로여서 역사가 반복되므로 부족한 인격을 함양하기 위해 밥 먹듯이 마음공부를 해야 하고, 스스로 나부터 변해야 한다는 것을 깨달았습니다.

어느 위치에서 무슨 일을 하더라도 스스로 중심을 바로잡고 자기 자신의 삶을 살면서 하고 싶은 일을 하는 것이 더 즐겁고 행복한 인생을 맛볼 수 있음을 알았습니다.

특히, '윗물이 맑아야 아랫물이 맑다.'는 진리에 따라 사회나 조직에서 중대한 영향력을 행사하거나 최종 의사결정 권한을 가진 사람, 재물 욕심이 많은 사람은 더 극기복례(克己復禮)하여 법 이전에 도덕과 상식을 존중할 줄 아는 사람이 먼저 되어야 하고, 그 다음이 능력임을 알았습니다.

그동안 내가 누구인지에 대해 의문을 가졌지만, 잘 알지 못했습니다. 어느 날 『햄릿』에서 시작하는 첫 대사 "너 누구냐?"에 꽂혀 그럼 '나는 누구인가' 하는 정체성을 붙들고 나아가다 내가 누구인지를 깨닫고, 그럼 '어떻게 살 것인가?'를 고민했습니다.

모아둔 자료를 토대로 처음 써보는 글이라 깊음과 넓음에 차이가 있을 것입니다. 글의 방향이 다양하고 두서없이 많은 얘기를 담아 번잡할 수 있습니다. 부족한 점에 대해 널리 이해를 구합니다. 감사합니다.

송하공방(松下空房)에서
남기두

제1장.
우주와 자연

산은 산이요, 물은 물이다.

우주와 자연

혼돈(chaos)에서 질서와 조화가 있는 체계로 진화하여 우주가 생기고, 우주에는 태양, 수성, 금성, 지구, 화성, 목성, 토성, 천왕성, 해왕성, 명왕성이 생성되었다. 이 중 우리가 살고 있는 지구는 하늘·땅·강·산·바다 등으로 이루어진 자연의 세계이다. 봄·여름·가을·겨울 등 4계절이 운행되고, 정글의 법칙이 지배하는 환경 속에서 인간·동물·식물·흙·돌 등이 생명의 사다리로 연결되어 살고 있다.

우주(universe)는 무한한 시간과 만물을 포함하고 있는 끝없는 공간의 총체를 말한다. 우주의 만물은 시시각각으로 변하여 하나의 모양으로 머물러 있지 아니하다(諸行無常). 우주는 한 생명의 너울거림이다. 이를 태극(太極), 일기(一氣), 일리(一理), 일심(一心)이라고도 한다.

함이 없는 함(無爲)으로 가없이 모든 만물을 수용하는 것을 천(天)이라 하고, 그 우주의 마땅한 도리를 천도(天道)라 하고, 그 우주의 마땅한 천지자연의 이치를 천리(天理)라고 한다. 우주의 만물을 구성하는 기본 요소로 그 근원을 의미하는 것을 기(氣)라 하고, 유학에서는 모든 존재와 가치의 근원이 되는 궁극적인 실체를 가리켜 태극이라고 한다.

『주역』〈계사전〉에서 보는 역(易)의 우주관은 역에 태극(太極)이 있고, 태극에서 음양(陰陽)이 나오고, 음양에서 오행(五行)으로 분화되고, 이 오행은 만물의 탄생과 소멸, 성장과 변화를 주관하는 다섯 가지 기초원소인 목(木)·화(火)·토(土)·금(金)·수(水)의 움직임으로 만물을 형성한다[1]는 것으로 우주와 인간 생활, 양생 의학, 길흉화복 등 모든 현상을 설명해 나간다.[참고문헌(이하 같다)] 113·115

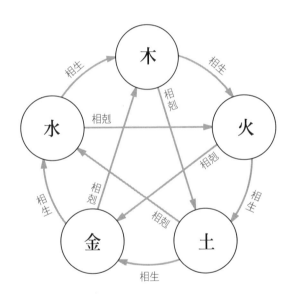

강호 동양학에서 최종 귀의처로 여긴 도상이 바로 태극도(太極圖)다. 퇴계 선생의 공부 요체인 『성학십도』[2]의 제1도에 나온다. 우주와 나, 자

---

1) 상생(목→화→토→금→수→목), 상극(목→토→수→화→금→목)
2) 조선 중기의 학자 이황이 1568년(선조 1) 왕에게 올린 상소문. 선조가 성군이 되기를 바라는 뜻에서 군왕의 도에 관한 학문의 요체를 도식으로 설명했다.

연과 문명, 동양과 서양, 남과 여, 고향과 타향, 이 모든 이원성을 극복하고 원융(圓融)한다. 하여, 도를 닦는다는 것은 처음의 시작인 태극의 상태로 복귀하는 것이다.[61·170]

자연(nature)은 인위를 가하지 않은 '본래 그대로의 상태'를 말하는데, 자신이 무위라는 것 또는 물질의 있는 그대로를 존중한다. 하늘과 땅은 억지로 어진 마음을 쓰는 것이 아니라 자연 그대로 맡길 뿐이다(天地不仁). 불가사의한 자연은 우리의 신(神)이요, 도(道)요, 스승(師)이다. 그래서 자연을 보호하고, 자연에서 배우고 깨달아야 한다. 훼손하거나 배우지 않으면 부메랑이 되어 후대까지 되돌아오기 마련이다. 우리의 마음(心) 또한 이와 다를 바 없다.

고대 로마의 철학자이자 정치가인 키케로(B.C.106~B.C.43)는 '내가 지혜로운 것은 자연을 최선의 지도자로 모시고 자연이 마치 신인 양 거기에 따르고 복종했기 때문이다. 인생이란 드라마의 다른 막들을 훌륭하게 구성했던 자연이 서투른 작가처럼 마지막 막을 소홀히 했으리라고는 믿기 어렵다'며 자연을 신봉했다.

환경 분야에서 최고의 고전으로 꼽히는 『침묵의 봄』에서 레이첼 카슨(1907~1964)은 '아이에게나 아이를 인도해야 할 어른에게나 자연을 아는 것은 자연을 느끼는 것의 절반만큼도 중요하지 않다. 당신의 자녀가 자연에서 놀라움을 느낄 수 있도록 도우라'고 했다.

2020년도 초부터 코로나19 바이러스가 온 지구촌을 강타했다. 국가

마다 속수무책이라 수많은 사람이 죽어 나갔다. 이는 착각과 탐욕으로 자연생태계를 파괴하는 오만한 인간에 대한 신의 경고이자 응징으로 보인다. 세상 사람들이 온 지구촌을 여행하면서 바이러스를 퍼트리니 이들이 뒤섞여 변종 바이러스가 생긴 것이다. 항상 인간이 문제다. 자연환경에 관심을 가지고 잘 보존하자. 이번 전염병의 대유행(pandemic)으로 아무 일 없는 평범한 일상이 얼마나 고마운 것인지 다시 한번 뼈저리게 깨달았다.

■ 성, 이성과 인의예지

〈유학(儒學)〉에서 하늘의 도리가 본래 그대로 드러나는 것을 성(性)이라고 한다. 이는 사람 또는 사물이 태어날 때부터 지닌 성품이나 본바탕을 말한다. 사람으로서 갖춰야 할 네 가지 마음가짐(明德)을 '사단(四端)'이라고 한다. 여기에서 인(仁)은 가엾고 불쌍히 여기는 측은지심, 의(義)는 부끄러워하거나 미워하는 수오지심, 예(禮)는 겸손하게 양보하는 사양지심, 지(智)는 옳으니 그르니 하는 시비지심이다.

공자는 마음이 육체의 욕망에 지배받지 않도록 모든 일에 정성을 다하는 성실한 태도인 성(誠)과 오직 바른길로만 가겠다는 치열한 수행 자세인 경(敬)으로 잘 보존하여 본래의 마음이 꽃봉오리처럼 잘 피어나게 해야 한다고 말했다.

■ 인 · 의 · 효 · 제 · 지 · 예 · 신

하늘의 도리는 지극(至極)함이다. 하늘이 인간에게 부여한 천지의 마음이 인(仁)이자 나의 본연자성(本然自性)이다. 인은 어질어 만물을 낳은 인(仁)과 사람으로서 행해야 할 바른 도리인 의(義)로 구분된다. 인은 종적인 인륜인 효에서, 의는 횡적인 인륜인 제에서 비롯된다. 요순임금은 기본적인 인간의 도리를 효도할 효(孝)와 공경할 제(悌)라고 하고, 효와 제를 아는 것을 지혜로울 지(智)라고 하고, 행하는 것을 예절 예(禮)라고 하고, 이 두 가지를 실천하는 것을 신(信)이라고 했다.

『중용』에서 인은 천지를 낳고, 낳은 아름다운 덕이 인간의 본성 속에 들어있다고 했다. 희로애락이 발하기 전의 고요한 상태를 '중(中)'이라고 하고, 발하여 절도에 맞는 것을 '화(華)'라고 하고, 만물을 낳고 기르는 천지의 마음은 큰 덕을 기르는 바탕이고, 천지 사업이 인의 실천이라고 했다.

『성경』〈창세기〉를 보면, 하느님께서 모든 것을 다 해도 좋으니 사과만을 따지 말라고 다짐해 두었건만, 뱀의 유혹에 넘어간 이브가 사과를 따는 장면이 나온다. 이는 공명정대한 천리(天理)가 사사로운 인욕(人慾)으로, 천심(天心)이 인심(人心)으로 변질되는 시점으로 볼 수 있다. 찰나의 선택이 평생을 좌우하고 세대에서 세대로 이전되니 경계해야 한다.

■ 정, 감정과 오욕칠정

성(性)이 형기(形氣)를 만나면, 본래의 명덕이 물들어지고 흐려져 정(情)이 되고, 우리의 여섯 가지 감각기관인 눈(眼)·귀(耳)·코(鼻)·입(舌)·몸(身)·뜻(意)에 부딪혀 감정(感情)이 된다. 감정에는 오욕(五慾) 즉, 음식을 먹고 싶어 하는 식욕, 이성에 대한 성적 욕망인 색욕, 금전이나 물건을 탐내는 물욕, 명예를 얻으려는 욕망인 명예욕, 잠을 자고 싶어 하는 수면욕과 칠정(七情) 즉, 기쁨(喜), 노여움(怒), 슬픔(哀), 두려움(懼), 사랑(愛), 미움(惡), 욕심(慾)이 있다. 이들은 한 순간의 선택에 따라 선(善)과 악(惡)으로 나타난다. 잘 관리하고 사용해야 한다.

■ 학문, 위기지학과 위인지학

진정한 학문에는 두 가지가 있다. 하나는 위기지학(爲己之學)으로 신으로부터 받은 명덕(明德)을 밝히고자 감각기관의 지배를 받지 않고 육체의 욕망을 잘 관리하는 마음공부가 있다. 이것이 곧 인(仁)을 위해 수행 정진해야 하는 평생공부다. 이는 개인적인 자아의 완성 즉, 인격 수양을 위한 것으로 구체적인 실천규범으로 삼강오륜(三綱五倫)이 있다. 수행 정진의 기초는 성(誠)과 경(敬)이다. 이들이 없는 공부는 모래 위에 집짓기요, 텅 빈 공중에 고함치는 소리와 같다.

다른 하나는 위인지학(爲人之學)으로 부귀영화나 출세 수단으로 사회적인 자아의 완성 즉, 자신의 부·명예·학문·선행을 남들에게 드러내기 위한 공부를 말한다. 이는 대개 학문을 하고 책을 보되, 사리사욕을 채우기 위한 것이라 얻은 지식을 올바른 삶에 제대로 적용하지도 행하지도 않는다.

위기지학이 위인지학을 지배하고, 마음이 육체를 지배해야 한다. 거꾸로 되면, 언행이 바르지 않고 추하게 보이는 짐승과 다름없다. 이렇게 되면 주먹이 법보다 먼저 나가 사고로 이어질 수 있다. 마음공부와 출세공부가 상호 조화롭게 원융해야 천일합일이 되고, 그래야 비로소 나, 가족, 이웃, 도시, 국가, 천하를 두루 아우를 수 있다.

학문은 천리와 양심 되찾기요, 거울에 내려앉은 먼지 지우기와 같다. 겉으로 어리석게 보인 안회와 미련스럽게 보인 증자와 같은 현인은 독서를 투박하게 하여 숨은 도의 향기를 찾는다. 반면에, 보통 사람은 부·명예 등 오욕 채우기 수단으로 공부한 나머지 반질반질하게 보이려고 노력하다가 스스로 무너지거나 대부분 시기와 질투를 당하여 중도에 좌절하고 만다.2

군자의 학문은 자기 자신의 인격 수양을 위해 할 뿐이다. 이는 '다른 목적이 없이 그 자체를 위한 것'이다. 깊은 산골짜기의 무성한 숲속에 있는 난초가 종일토록 향기를 발산하지만, 자신은 향기를 발하는지도 모른다. 이것이 군자가 자신의 인격 수양을 위한다는 의미와 꼭 부합한다. 군자는 이렇게 공부하다 보니 심안(心眼)으로 천리(天理)를 볼 수 있다.17·39

그럼 공부는 어떻게 해야 할까? 공부에 열중하느라 다른 일을 잊었다는 중국 고봉 스님의 공부법(高鳳流麥)으로 대신한다〈선요〉. 공부는 죽을 때까지 숨 쉬고 밥 먹듯이 겸손하게 해야 한다. 공부는 밖으로 드러내기 위해 하는 게 아니라 자신의 존재성을 유지하기 위해, 그럼으로써 인간이라는 나 자신이 더욱 아름답게 살기 위해 하는 것이다.

다산은 책 읽는 소리를 예찬하는 시에서 "온 세상에 무슨 소리가 가장 맑을꼬? 눈 쌓인 깊은 산속의 글 읽는 소리일세!"라며 찬미했다. 그는 생각을 빨리 붙잡아 두기 위해 의심하며 읽기, 스스로 깨달으며 읽기, 기억을 지배하기 위해 읽으면서 기록하기를 권장했다.[20·22]

조선 중기 시인 김득신은 어릴 때 천연두로 공부를 포기했다가 39세에 진사에 합격했다. 그는 묘비명에 이렇게 적었다. "재주가 남만 못하다고 스스로 한계를 짓지 마라. 나보다도 어리석고 둔한 사람도 없겠지만 결국에는 이룸이 있었다. 모든 것은 힘씀에 달렸을 따름이다."

'마음속에 푸른 가지를 품고 있으면 새가 날아와 그곳에 앉는다'는 중국 속담이 있다. 학생이 배울 준비가 되어 있으면 스승이 나타난다는 말이다. 준비 없는 학생은 나타나도 알지 못한다. 아무리 훌륭한 스승이 가르쳐도 가르침을 받아들이는 것은 정작 나 자신이다. 스스로 공부가 부족함을 알고 스스로 자기 자신의 스승이 되어 정진해보자.

추사 김정희는 친구 권돈인에게 보낸 편지에서 '나는 70 평생 벼루 10개를 밑창 냈고 붓 일천 자루를 몽당붓으로 만들었다'고 했다. 이 정도라면, 한 일(一) 자를 10년 쓰면 붓끝에서 강물이 흐른다는 말도 과장이 아

닐 듯싶다.15

천지자연을 본받으라

산은 산이요, 물은 물이로다.

산은 산이 아니요, 물은 물이 아니로다.

산은 그저 산이요, 물은 그저 물이로다.

見山是山 見水是水. 見山不是山 見水不是水. 見山只是山 見水只是水

중국 송나라 때 고승 도언이 쓴 불서(佛書) 『전등록』에서 참선의 삼 단계를 얘기하고 있다. 내가 맨 처음 아무런 지식이 없을 때는 이 세상 사물들이 모두 그저 눈에 보이는 대로 산은 산이요, 강물은 강물이었을 뿐이다.

그러다가 일정한 지식을 갖추고 자꾸 분별하게 되므로 인해 그 산들이 그저 산이 아니고, 강물이 단순한 강물이 아닌 것을 알게 되었다.

마지막으로 지식이 깊어져 오히려 지식을 완전히 내려놓게 되었을 때, 즉 마음 쉴 곳을 얻고 보니 예전처럼 산은 그저 산일뿐이요, 강물은 그저 강물이었음을 깨닫게 되었다.116

이 법어는 당나라 청원유신선사(?~1117)가 남긴 계송으로 성철스님이 조계종 종정으로 추대되었을 때 인용했다. 무슨 뜻일까? 사리에 어두워 진실을 가리지 못하고 헤매고 있는 상태를 경계하고, 정신이 흐려서 말이나 행동이 정상을 벗어나는 일이 없이 사물을 있는 그대로 보라는 것이다.

하루는 공자가 "나는 이제 말을 하지 않으려 한다"고 말하자, 자공이 "말씀하지 않으시면 저희는 무엇을 전할 수 있겠습니까?"라고 물었다. 공자는 "하늘이 무슨 말씀을 하시더냐? 말이 없어도 사철이 돌아가고, 만물이 자라고 있지 않느냐?"고 말했다.[17] 하늘은 위대한 일을 하면서도 말이 없으니 사람도 이 섭리를 본받아 말없이 주어진 일을 행하라고 한 것이다.

주희(1130~1200)는 『초사집주』에서 말했다. 사계절은 순환되고, 만물은 원형리정의 과정을 거쳐 생성하고 소멸한다.

원(元)은 봄으로 새벽노을이고 나무의 기운이고, 절기의 기운으로 생명이 싹트고, 따뜻함을 나타내는 온(溫)에 해당한다.

형(亨)은 여름으로 한낮의 햇살이고 불의 기운이고, 생명이 자라고, 무더움을 나타내는 서(暑)에 해당한다.

리(利)는 가을로 황혼이고 저녁이고 금의 기운이고 생명의 결실이고, 단풍 들어 화난 듯한 분(憤)에 해당한다.

정(貞)은 겨울로 한밤의 이슬이 맺히는 기운이고 물의 기운이고, 생명의 휴식이고 뿌리로 돌아가기 위한 기다림이고, 매서운 기운인 노(怒)에 해당한다.

이는 나아가 10간[3], 12지[4], 24절기[5], 60갑자로 세분하여 말하고 있다.

이를 하루에 대입해보면, 하루는 봄·여름·가을·겨울에 해당한다. 낮은 봄과 여름, 밤은 가을과 겨울, 여기에서 겨울은 22시~3시에 해당한다. 이 시간에는 활동을 금지하고 수면 취하거나 고요하게 좌선에 몰입하여 밤의 정기를 마셔야 한다고 했다. 이와 같이 텅 빈 마음으로 천지의 흐름을 바라보니 잎에 싹이 트고, 자라고, 열매 맺고, 단풍 들고, 뿌리로 돌아가 휴식을 취한다. 우리도 응당 이와 같은 삶을 살아가야 하지 않겠는가?

■ 관조(觀潮) −소동파(1037~1101)

여산의 안개비와 전당 강의 물결이여!
가보지 못했을 땐 온갖 한스러움이 사라지지 않았는데,
이제 가서 보고 돌아오니 별다른 게 없었고,
여전히 여산의 안개비와 전당 강의 물결이었다.

廬山煙雨浙江潮 未到千般恨不消 到得歸來無別事 廬山煙雨浙江潮

---

3) 갑, 을, 병, 정, 무, 기, 경, 신, 임, 계
4) 자, 축, 인, 묘, 진, 사, 오, 미, 신, 유, 술, 해
5) 입춘, 우수, 경칩, 춘분, 청명, 곡우, 입하, 소만, 망종, 하지, 소서, 대서, 입추, 처서, 백로, 추분, 한로, 상강, 입동, 소설, 대설, 동지, 소한, 대한

이 시는 체험하지 않고는 설명할 수 없다는 깨달음의 경지를 깨닫기 전과 깨달은 후의 경계를 비유적으로 절묘하게 표현하고 있다. 그러나 깨달음의 경지란 한마디로 무어라고 표현할 수 있는 것이 아니어서 다만 깨달은 사람만이 아는 자리이다.

여산의 안개비와 전당 강의 조수와 같은 풍경은 곧 불성(佛性)을 빗댄 것이라고 할 수 있다. 뛰어난 경치를 보지 못한 한스러움이 가득 차 온갖 망상으로 불성을 찾을 수 없는 경계가 제2단계의 경지이다. 이제 안개비는 그저 안개비로 보이고, 조수는 그저 조수로 보이는 경계가 제3단계로서 있는 그대로인 불성을 파악할 수 있는 최고이자 최후의 경계라고 할 수 있다.115 이와 같이 선종에서 추구하는 자연심이란 바로 이렇게 자연스러운 이치를 깨닫고 순응하는 마음이다.

■ 한 송이 꽃에 온 우주가 들어있다

한 송이 꽃이 피어나기 위해서는 먼저 씨앗이 싹이 되어 뿌리를 내려야 하고, 그러려면 땅이 있어야 한다. 그리고 물과 공기·햇볕 등 온 우주가 다 함께 힘을 모아야 자란다. 한 송이 꽃에 온 우주가 들어있다. 꽃 한 송이만 아니라 나무 한 그루, 풀 한 포기도 이와 같다. 새나 곤충 등 모든 생명이 다 그렇다. 이처럼 모든 것은 인연이 모여서 생겼기에 인연이 흩어지면 사라진다.73 이러한 이치는 인간에게도 그대로 적용된다.

꽃 한 송이에서도 우주를 본다. 이것은 시적 상상력보다는 하나의 과학적 상식에 가깝다. 생각해보라. 태양의 도움 없이 한 송이 꽃이 피어날 수 있는가. 그리고 태양은 저 혼자서 일을 하는가. 태양계의 여러 천체는 만유인력에 의해 서로 연결되어 있고 정연한 역학계를 구성하고 있다. 천체 중 하나라도 문제가 생겨서 균형이 깨어지면 태양의 위치가 달라진다. 태양이 지구에 조금만 가까워져도 꽃은 타죽고 만다. 이렇듯이 꽃한 송이를 피우는데 온 우주가 협력하고 공들이는 것이다. 하나의 꽃이 우주이자 질서라는 뜻을 가지는 이유이기도 하다.

또한, 자연은 시선 한 번 주지 않아도 때가 되면 꽃을 피우고, 저 푸른 하늘 사이로 잎을 밀어낸다. 계절이 계속 반복된다고 지루해 본 적도 없다. 그럼에도 인간은 자연의 섭리를 망각하고, 급하게 서둘러 꿈을 이루려고 하고, 어리석게도 저 혼자 힘으로 이루었다고 자랑하며 교만을 떤다.

"대자연은 우리가 마땅히 배워야 할 신이요, 스승이다. 풀 위에 바람이 불면 풀은 반드시 눕는다. 그러나 누가 알랴, 바람 속에서도 풀은 다시 일어나고 있다는 것을.[107]" 이와 같은 천지자연의 섭리를 가만히 바라보노라면, 그동안 일에 치여 살아오느라 황폐해진 자신의 내면을 들여다볼 기회를 제공해준다.

자연의 겸손함과 위대함을 건축으로 표출한 가우디는 "저기 보이는 나무가 나의 가장 좋은 건축표본이다."라고 할 정도로 자연에 대한 관찰력이 뛰어났고, "독창적이라는 것은 자연의 기원으로 돌아가라는 것이다"고 했다. 그의 눈에는 바람에 침식된 바위는 벌집이나 올리브 고목 모양처럼 보였고, 그런 이미지를 건축에 적용했다.

■ 음주(飲酒) 도연명(365~427)

초막을 짓고 사람들 속에 살아도

말과 수레 오가는 소리 시끄럽지 않네.

그대에게 묻노니 어찌 그럴 수 있소

마음이 멀어지면 저절로 그렇다네.

동쪽 울타리에서 국화를 따다가

한가로이 남산을 바라보네.

산 기운은 해 질 녘에 아름다워지고

날던 새들은 짝지어 돌아오네.

여기에 참뜻이 있으니

말하려다 문득 말을 잊었네.

結廬在人境 而無車馬喧 問君何能爾 心遠地自偏 採菊東籬下
悠然見南山 山氣日夕佳 飛鳥相與還 此中有眞意 欲辯已忘言

속세에 살아도 마음이 떠나면 소리가 들리지 않고, 국화를 따다 보니
남산이 저절로 내 눈에 들어온다. 정신적인 초탈과 무심의 상태를 표현
하고 있다. 산 노을과 새들의 모습은 자연적인 현상이다. 화자는 하나가
되어 물아일체가 되었다. 여기에 내포된 삶의 참된 의미를 깨닫고 말을
하려는 순간 이미 말을 잊어버린 경지로 들어갔다.

이심전심, 요즘 말로 텔레파시가 통했다는 것이다. 자연은 언제나 인

간에게 끊임없이 무언의 신호를 보내고 있다. 그러나 인간은 그 소리에 귀 기울이지 못하고 있다. 그러나 이 시를 읽고 있노라면, 자연과 인간의 교감이 얼마나 아름답고 값진 것인가를 나도 모르게 깨닫게 된다.

도가(道家)에서는 텅 빈 마음으로 대자연의 운행을 살피면서 도를 성찰하고 그 속에 존재하는 아름다움을 관조하고자 했다.

그렇다면 실생활에서 보이는 물아일체의 세계는 어떤 모습일까? 독서에 몰입되어 푹 빠졌던 경험, 레빈이 한낮 무더위에 풀을 베는데 낫이 저절로 풀을 베었다고 하는 장면79 등 어떤 행위를 하지만 문득 주체인 나에 대한 의식이 사라질 때가 바로 그 순간이라 할 수 있다.

그러면 이 시에 구현된 물아일체의 세계는 또 어떤 모습일까? 나를 중심으로 하는 욕망과 시비분별을 내려놓은 자리에 비로소 상대를 인정하고 받아들일 수 있는 공간이 형성된다. 한가로이(悠), 바로 이 지점에서 이 경지가 구현된 것이라 할 수 있다.

대자연의 이치는 이렇듯 평범하면서 일상적인 모습 속에 담겨있지 무슨 위대하거나 훌륭한 경관 속에서만 존재하는 것이 아니다. 그런 모습은 스스로 마음으로 깨달아 이해할 수 있을 뿐 누구에게 그 경지를 전달해 줄 수 없다. 진리란 말하는 순간 그 모습이 왜곡되어 어그러지기 때문이다. 그러니 말을 잊을 수밖에 없다.116

혹자는, 이 시에 『주역』을 읽는 사람이 가져야 할 마음가짐이 나온다고 한다. 그래야 처한 상황을 가장 잘 반영한 괘상(卦象)을 찾아낼 수 있고, 더 들어가 뜻하는 참된 의미를 깨달을 수 있다고 한다.114

■ 시애틀 추장의 편지

지리산

인디언 원주민들과 백인들의 전쟁이 거의 막바지에 달했던 1854년 3월, 워싱턴에 있는 피어스 대통령이 원주민의 땅을 사고 싶다는 뜻을 전해왔다. 이에 추장은 편지를 썼다.

'…하지만, 하늘과 땅을 어떻게 사고팔 수 있나요? 이상한 생각입니다. 맑은 공기와 찬연한 물은 우리 것이 아닌데 어떻게 팔 수 있지요? 땅 위의 모든 것이 우리 종족에게는 모두 신성합니다. 반짝이는 솔잎, 꿈적이는 벌레까지도.

우리는 땅의 일부입니다. 향긋한 꽃은 우리의 누이들이고 곰과 사슴은 우리의 형제들입니다. 바위산 꼭대기, 조랑말의 체온 그리고 사람,

이 모두는 한 가족입니다. 시내와 강물은 우리 조상들의 피가 흐르는 것입니다.

우리가 이 땅을 팔더라도 흐르는 물의 신성함에 대해 알아주세요. 강은 우리 형제로 갈증을 달래줍니다. 형제에게 친절을 베풀 듯이 시냇물에게도 친절을 베풀어주세요. 우리의 모든 삶과 영혼을 지탱해준 공기의 소중함을 기억해 주세요. 바람은 우리 할아버지에게 첫 숨결을 불어 넣어 주었고, 우리 아이들에게 영감을 불어 넣어 주었습니다.

이 땅을 팔더라도, 초원의 꽃향기 가득한 바람을 접할 수 있는 장소를 유지해 주세요. 그대들의 자녀에게 알려주세요. 땅은 우리의 어머니요, 이 땅에서 일어난 일들은 모두 땅의 자손들에게 일어난다는 사실을, 이 땅은 우리의 소유가 아니라, 우리가 땅에 속한다는 사실을….

우리의 신은 당신의 신입니다. 땅은 누구에게나 소중하므로 땅을 해치는 것은 창조를 능멸하는 행위입니다. 당신들에게 이 땅을 주니 우리가 사랑했듯이 힘써 사랑해 주세요. 우리가 돌보듯이 돌봐주세요. 우리에게 배운 대로 땅에 대한 좋은 기억을 떠올려 주세요. 신이 모든 이를 사랑하시듯, 후손들을 위해 땅을 보존하고 사랑해 주세요.

우리가 땅의 일부이듯, 당신도 땅의 일부입니다. 이 땅이 우리에게 소중하듯 당신들에게도 소중합니다. 신은 오직 한 분뿐입니다. 인디언이든 백인이든 별개가 아닙니다. 우리는 모두 한 형제일 뿐입니다.'
그래서 그의 뜻을 기리기 위해 미국의 한 도시를 '시애틀'이라는 이름으

로 명명했다.[75]

　이 편지는 많은 걸 깨닫게 한다. 인간은 자연으로부터 필요한 걸 얻거나 빌려 쓰면서도 자연환경을 파괴한다. 이로 인한 이상기후로 몸살을 앓고 있는 이 지구의 미래를 어떻게 구할 것인가? 우리 모두 함께 해결해야 할 과제다.

깨달음의 노래

■ 깨달음의 노래

　한 방울의 물이 영원히 마르지 않는 길은 바다에 떨어지는 것이다. 나라고 하는 한 방울의 물이 바다가 되는 길, 그 길은 바다로 가는 과정이 아니라 바다 그 자체가 되는 것이다. 이것이 중도연기(中道緣起)를 깨달아 마음의 눈을 뜨는 것이다. 내가 아는 된장 맛, 김치 맛을 말로, 글로 설명해도 한계가 있다. 이럴 땐 직접 먹도록 체험하는 것이다.

지극한 도란 어렵지 않으니
오직 분별해 선택하려는 어리석은 짓만 멀리하면 되고,
단지 미워하고 사랑하는 분별심만 내지 않으면

자연히 통하여 명백해지느니라.

여기에 털끝만큼이라도 차이가 있으면

하늘과 땅만큼이나 차이가 날 것이니,

도를 깨닫기 위해서는

따름과 거슬림을 따로 두어서는 안 되느니라.

거슬림과 따름이 서로 다투는 것.

이것이야말로 마음의 병이 되는 것인데,

이 현묘한 뜻을 알지 못하고

사람들은 공연히 생각만 고요히 하려 하는구나.

至道無難 唯嫌揀擇 但莫憎愛 洞然明白 毫釐有差 天地懸隔
欲得現前 莫存順逆 違順相爭 是爲心病 不識玄旨 徒勞念靜

사람들은 음과 양, 악과 선, 지옥과 천국, 악마와 천사 등 이원론으로 존재의 방식을 말하지만, 본래 절대로 선이거나 절대로 악인 것은 없다고 생각한다.

선이야말로 세상 모든 것을 움직이는 절대 동력이고, 악이란 새로운 선으로 도약하기 위한 반작용일 뿐이고, 인간이 갖는 자유의지야말로 창조의 원동력이고, 신의 속성이고, 그러하기에 모든 인간은 하늘의 사랑스러운 자식이고, 고향으로 돌아가야 할 탕자이고, 죽음은 고해의 바다를 힘겹게 건너온 사랑스러운 자식에 대해 수고했다는 부모의 졸업장이고, 형제들끼리 잘났다 못났다고 때로 싸우기도 하지만, 부모 입장에서 사랑스럽지 않은 자식이 그 누가 있을까?

그저 자식들의 방황과 처자식 먹여 살리기 위한 투쟁의 삶이 그저 대견할 뿐이어서 승찬 스님(?~606?)이 이렇게 말했다는 생각이 든다.[202]

육진을 싫어하지 않으면
도리어 올바른 깨달음과 같으니라.
지혜로운 사람은 일부러 함이 없거늘
어리석은 사람은 스스로 얽어맨다.

六塵不惡 還同正覺 智者無爲 愚人自縛

여기서 육진이란 인식의 대상으로 인간의 심성을 더럽히는 색(色)·성(聲)·향(香)·미(味)·촉(觸)·법(法)을 말하는데, 자신의 본성이 공(空)이라는 사실을 자각하면 육진의 경계가 모두 공이라는 사실을 스스로 깨달아 사물이 있는 그대로의 모습을 바라보는 지혜로 살아가게 된다는 것이다.

지혜로운 사람은 매 순간 있는 그대로의 모습으로 존재할 뿐이고 하는 일이 없으나 자연스럽게 풀려나간다. 백장 스님처럼 슬프면 울고 웃기면 웃고 배고프면 밥 먹고 자고 싶으면 잔다. 즐거울 땐 즐거워하고 심심할 땐 그냥 좀 심심해한다. 그 어느 것에 물들지 않은 참된 고요와 자유를 누린다.

어리석은 사람은 자기 맘대로 하고 싶어 잠시도 가만히 있지를 못하고 늘 바쁘게 무언가를 하려다 보니 자기가 택한 일에 얽매여 구속받게 되어 일이 꼬이고 근심 걱정이 심해져 끊임없이 자신을 얽혀 맨다.

슬픔을 기쁨으로 만들려 애쓰고, 약함을 강함으로 고치려 노력하고, 미움을 사랑으로 바꾸려고 몸부림치고, 내면의 혼란과 답답함을 얼른 정리하려 안달한다. 이와 같은 노력에도 불구하고 목마르고 메마르기만 할 뿐이라 진정한 고요와 자유를 알지 못한다.

여기에서 어리석다는 것은 자신이 모자란다거나 우월하다는 마음을 가지고 있으면서도 본래의 자신을 잃어버리고 욕심과 노여움과 어리석음에 물든 사람을 지칭하는 말이다. 한 생각의 차이로 생사가 없는 자유의 무위의 삶을 사는 지자(知者)가 되고, 탐욕으로 생사윤회에 구속당하는 삶을 사는 우인(愚人)이 된다.

본마음에서 보면 '일체 생각'으로 일어나는 감정, 장단점, 못된 성질은 모두 물거품이요 파장이요 습관일 뿐이다. 본질인 바닷물이 천만번의 생멸로 일어나는 파도요, 물거품이요, 그림자인 것과 같은 이치다. 자기의 단점이라는 물거품은 싫어할수록 더 강해진다. 바닷물을 휘저으면 물거품이 더 일어나는 이치와 같다.

누가 뭐라 해도 지금의 소중한 나를 있도록 해준 장단점, 못된 성질을 사랑하고, 그저 가만히 지켜보라(觀). 깨닫고 보니 공(空)인데, 분별하므로 감정(色)이 일어난 것이다. 생각의 차이는 마음을 깨달았느냐, 깨닫지 미했느냐의 차이일 뿐이다.73 불만투성인 중생에게 '이보게! 차나 한잔하고 가게나.' 하는 말도 다 같은 이치다.

■ 공자의 깨달음, 난초 향기

공자는 평생을 공부하고서 세상에 나가 일해야겠다. 나를 알아줄 나라가 있을 것이고 국왕과 신하들이 환대할 것으로 생각했다. 각 나라를 방문하여 왕을 뵙고 "저는 공부를 많이 한 현자입니다. 학문에는 저를 따를 자가 없을 것입니다. 저를 관리로 등용해 주셨으면 합니다."

여러 나라를 다녔으나 받아주지 않았다. 한번은 쓰임을 기대하고 위나라 위령공을 찾았으나 써주지 않자, "누가 나를 써주기만 한다면 1년만 되어도 좋고, 3년이면 성과를 낼 텐데…"하고 한탄했다.

돌아다니던 어느 날, 너무 지쳐 어느 바위 밑에서 잠시 앉아서 쉬다가 잠이 들었다가 깨어나 보니 옆에서 난(蘭) 향기가 풍겨왔다. 자세히 보니 그 난 위에 나비 한 마리가 앉아 있었다. 이것을 본 공자는 바로 그때 깨달았다.

아! 저 난은 가만히 있어도 향기가 사방으로 펴져 스스로 나비가 찾아오는구나. 나를 알아봐 주지 않는 왕에게 실망하고 욕하기 전에 향기가 풍겨 나오도록 해야 하는구나. 내가 향기를 풍기면 사람들이 제 발로 나를 찾아올 것이라고 깨달았다.

이 공자와 난을 통해 이런 생각을 해본다. '굳이 사람들이 나를 인정해 주지 않아도 섭섭해 할 것이 아니라 나의 능력이 모자람을 탓해야 할 것이요, 나의 위치에서 나답게 수행하고 학문에 최선을 다하는 것이 도리이구나.'

안쓰럽게도 누구나 미래에 대한 불안감으로 고뇌가 역력하지만, 인생의 성공이 그렇게 쉽게 이루어지는가? 이 세상에 내가 원하는 일이 도깨비방망이 두들기듯 한번 두들기면 성취되던가? 내가 나를 열심히 소개한다고 해서 나를 알아주는 세상이던가?

자신이 나서서 설치는 소개는 그리 오래가지 않는다. 세상이 나를 알아봐 주지 않는다고 섭섭해 할 일이 아니다. 내 실력이 미치지 못함을 한탄하고, 고민하는 그 시간에 하나라도 노력해 보라. 자신이 원하는 곳에 방향을 잡고 꾸준히 노력해가면 언젠가는 자신의 길이 보일 것이다. 어찌 한순간에 이루어지기를 바라는가? 일을 서두른다고 다 이루어지는 것이 아니다. 아무리 급한 일이라도 때가 되어야 이루어지는 것이다(啐啄同時). 제발, 조바심 내는 그 급한 성질 좀 죽여라.

기적이란 천천히 이루어진다. 기적이란 노력의 산물이다. 노력하지 않는 성공이란 있을 수 없고, 실력을 쌓아놓으면 반드시 원하는 곳에서 그대를 찾을 것이다. 행운이란 미리 준비된 자에게 우연히 찾아온다. 자신이 처한 일터에서 남이 나를 알아봐 주고 승진시켜 주기를 바라지 말고, 최선을 다해 맡은 일을 한다면 난 향기가 저절로 퍼져 나비가 날아오듯 세상이 그대를 알아봐 줄 것이다.[96]

인간의 모습을 옆에서 관찰하던 지혜로운 고양이가 말한다. "어떤 이는 20살 때 아버지가 떠나 졸지에 대가족의 가장이 되었다. 9급 말단 공무원으로 생활전선에 나섰다. 허약체질에 가진 것도 없고, 배움이 부족하여 어떻게 살아야 할지 몰라 책과 좋은 사람들을 가까이했다.
어느 날, '해운대 백사장 속에 박혀있는 진주는 언젠가 빛을 보게 된다'

는 한 구절을 마음에 품고 언젠가는 나도 그리될 것이라 믿고 성실하게 살았다. 그러다 보니 이를 인정받아 나이가 들면 들수록 상사나 주위 사람들의 도움으로 좋은 일들이 일어났다. 사필귀정(事必歸正)이다.”

얼굴이 곧 명당이다

■ 얼굴과 동의보감

얼굴 자체가 운명의 지도인 셈이다. 또는 서로 다른 시간적 지층들이 차곡차곡 접혀있는 주름이기도 하다. 가장 중요한 것은 표정, 곧 얼굴의 색과 빛깔이다. 얼굴은 심상(心相)의 표현양식이다. 그래서 타고난 ‘꼴’이 좋지 않아도 꼴의 빛깔이 달라지면 인생이 바뀐다. 관상(觀相)보다 더 중요한 게 심상(心相)이라는 말이 여기서 나온다.

눈·귀·코·입과 혀로 끊임없는 전변의 과정이 펼쳐지는 무대가 곧 얼굴이다. 12정맥 가운데 양맥 6개는 모두 얼굴에 모인다. 얼굴이 곧 명당이다.

더 중요한 건 입과 혀는 말을 만드는 기관이다. “말을 한다는 것은 하늘과 땅의 만남이고, 개념과 실재의 마주침이며, 마음과 몸의 충동이다.” 그래서 좋은 말을 하면 음향의 순환이 절로 이루어져 소리로 기를 구한다(因聲求氣).

좋은 음식, 맑은 공기를 마시는 것 못지않게 좋은 말과 맑은 소리를 내는 것은 수승화강(水昇火降)을 이루는 최고의 방편이다. 말과 소리가 내 주변의 인연을 바꾸고 사람을 부르고 복을 부른다. 그래서 혀를 신령한 뿌리라고도 한다.

'세 치 혀가 세상을 움직인다.' '말이 씨가 된다.' '말 한마디에 천 냥 빚을 갚는다'는 속담도 여기서 유래한 것이리라.29

『동의보감』에서 〈내경편〉은 동의보감이 기초하고 있는 세계관과 인체관, 정기신혈과 오장육부 등 몸 안의 세계를 다루고 있다. 몸의 근본에서는 사람의 몸이 형성되는 과정을 우주의 형성·운용과정과 연결하여 설명하고, 건강을 유지하고 오래 살기 위해서는 '자연의 질서에 순응해야 한다'는 양생관을 피력하고, 다음으로 인체를 이루는 본질적인 요소들인 정·기·신·혈을 차례로 설명하고 있다.

사람의 몸은 하늘의 모습을 본받는다. 태백진인(太白眞人)이 말하기를, 병을 고치려면 먼저 그 마음을 다스려야 한다. 반드시 마음을 바로잡아야 영생의 도에 도움이 된다. 환자로 하여금 마음속에 있는 의심, 염려, 생각, 그리고 일체 헛된 잡념과 불평, 타인과 나 사이에 후회할 평생 행한 과소들을 다 없애버리고 곧 몸을 내버려 두어야 한다. 마음을 나의 하늘로 삼아 섬기는바 하늘과 부합시키면 오랜 후에 결국 정신이 통일되어 저절로 마음이 편안해지고 성품이 화평해져 병이 자연히 낫게 된다.

정(精)은 생명의 원천으로 새로운 생명을 잉태하는 생식능력까지 포함한다. 정(곧 정액)을 아끼라는 것이 양생술의 요체이다. 정은 몸의 근본으로 지극한 보배요 몸의 뿌리이다. 그러니 정액을 잘 간직하라. 오곡을 먹어 생긴 영양분이 정을 만든다고 본다.

기(氣)는 실제로 인체의 생리적인 운용을 담당하는 기운을 말한다. 기는 몸의 지킴이요 정과 신의 뿌리이다. 기를 호흡하여 무병과 장수를 기약하는 방법의 요체로 '대자연의 호흡을 본받아라'고 한다. 장자는 목구멍이 아닌 발꿈치까지 가도록 '깊이 숨을 쉬라'고 한다. 천지의 호흡은 밀물과 썰물처럼 하루에 두 번 오르내릴 뿐이다. 사람은 하루에 13,500번 숨을 쉰다고 한다. 오래 살려면 대자연의 호흡을 본받고 느긋한 마음을 가져야 한다.

신(神)은 인간의 고차원적인 정신활동을 담당하는 주체를 말한다. 감정이 지나치면 오장을 헤쳐 병이 된다. 기쁨, 노여움, 근심, 생각, 슬픔, 놀람, 무서움. 이 일곱 가지를 심장이 관장한다. 온몸의 주인이다. 음식물에서 생긴다.

한번 몹시 성내니 가슴속에 불길이 일어
화평한 마음이 불타 없어지면 한갓 자신만 다치느니라.
부딪치는 일 있거들랑 다투지 마오.
그 일만 지나면 마음이 차분히 가라앉을걸.

혈(血)은 흔히 기혈이라고도 하는데 기와 짝을 이루어 작용하므로 기와 함께 보는 것이 좋다. 기를 바람, 혈을 물에 비유한 것은 그런 이유에서다. 이렇게 해서 몸을 구성하는 기본적인 요소와 운용하는 원리에 대한 설명이 끝난다.[131]

이 분야는 문외한(門外漢)이었는데, 최소한 알아야 할 기초지식으로 필요하다고 보아 일부분을 적어 보았다.

■ 남성과 여성의 DNA 차이

본래 남자는 화성인이고 여자는 금성인이기 때문에 둘 사이의 언어와 사고방식은 다를 수밖에 없다.[140]

미국 펜실베이니아대 연구진은 '남성과 여성의 뇌 구조 DNA 차이'를 설명하면서 남녀의 능력 차이를 대외 신경세포의 연결인 '커넥톰(connectome)' 차이로 설명했다. 기억이나 감정 등 모든 뇌 기능은 신경세포들이 서로 연결된 형태에 따라 좌우된다.

남성은 대부분 좌뇌 또는 우뇌의 앞뒤 신경세포를 연결한 형태의 커넥톰으로 되어 있어 공간 지각 능력이 뛰어나 지도를 잘 읽고 운동능력이 뛰어나 길을 찾거나 사냥에 유리한 두뇌이다.

반면 여성은 남성과 달리 논리적 사고를 하는 좌뇌와 직관을 담당하는 우뇌를 좌우로 연결하는 커넥콤이 많아 좌뇌와 우뇌를 동시에 써 자신에게 맞는 물건을 택하는 것과 같은 직관력과 판단력이 발달하여 상대의 감정을 파악하는 능력이 뛰어나고, 말 못하는 아기를 잘 돌보며 공부를 봐주며 저녁을 차리는 식의 동시 작업 능력이 발달했다. 공동 작업을 해야 하는 채집활동에 유리한 두뇌를 가지고 있다.

대개, 쇼핑몰에 가면 남성은 필요한 것을 최대한 빨리 사려는 반면에 여성은 다양한 색과 스타일의 물건을 꼼꼼히 보고 가장 원하는 것을 고른다. 이는 뇌신경 연결구조가 달라 원시시대의 역할 분담 즉 남성은 사냥꾼, 여성은 채집자의 습성을 반영하여 진화되었다고 본다.

그래서 부부가 함께 장을 보러 가면 여자는 물건 고르기를 선택하고, 남자는 카트를 운전해야 장보기의 효율성이 높아진다고 조언했다.[164]

한 예로, 아내가 "나 어때?"하고 묻는다면 십중팔구 머리를 잘랐다는 뜻이다. 못 알아듣고 "뭐가?"하고 반문했다가 여러 번 타박을 받았다. 요즘은 딸도 "저 어때요."하고 묻는다. 남자들이 이발한 뒤에 "나 어떠냐."고 물어보는 경우는 거의 없다.

또한, 전화 통화를 수십 분간 할 수 있는 여성의 행동과 할 말만 하고 딱 끊는 남성의 행동도 마찬가지다. 그만큼 사고의 차이가 크지만, 지극히 정상이다. 서로 다른 구조를 알고 잘 대응해서 분위기를 살려보았으면 한다.

부모와 자식, 가족, 형제, 100년 가문

부모는 자식이 더 좋은 환경에서 살 수 있도록 사랑과 헌신으로 산다고 해도 과언이 아니다. 부모의 역할은 자식이 스스로 철들고 자립할 때까지 저 산에 있는 소나무처럼 온갖 풍파를 맞으며 그저 기다려 주는 것이 전부다.

한평생 세상의 고난을 다 겪어본 부모가 순리와 지혜로운 길을 안내해 주려고 하지만, 세상 경험이 없거나 부족함에도 자기가 아는 것을 전부로 착각하고 자기주장만 하고, 부모의 말은 시대에 뒤떨어진 잔소리로 간주한 채 듣지 않고 살아가려는 자식을 이길 수 없다.

세월의 맛도 보고 자식이 결혼해서 애 낳고 키워 봐야 깨달을 일이니 이 또한 잘못이라 할 수 없다. 직접 가르치기도 힘들다. 그래서 옛 선비 집안에서는 어린 자식들을 서로 친구 집에 보내 살게 하고 다양한 공부와 아침에 일어나면 마당 쓸기 등 경험을 하면서 체득하도록 하기도 했다.

시베리아는 영하 60도, 프랑스는 영상 24도… 오락가락 지구촌 날씨

앗 차가워! 그래도 수영할래요" 러시아 알타이 지방 바르나울의 한 유치원에서 26일 아이들이 영하 25도의 날씨에 수영을 하기에 앞서 찬물을 붓고 있다. 러시아 일부 지역에서는 겨울나기로 수영을 즐기곤 한다. 러시아에서는 시베리아에 최근 영하 60도의 기록적인 한파가 찾아온 등 혹한이 계속되면서 지난 일주간 120명 이상이 사망하고, 폴란드·우크라이나 등 동유럽에서는 200명 이상이 숨졌다. 미국에서도 지난 24일부터 눈물 동반한 눈폭풍이 몰아쳐 텍사스주, 루이지애나주 등 중부와 남부 지역에서 최소 7명이 사망했다. 반면 프랑스에서는 지난 23일 기온이 24.3도를 기록하는 등 서유럽은 낭유럽은 이상 고온 현상을 보이고 있다.

(2012.12.28. 조선일보)

(2012.9.24. 경향신문)

가정이 화목해야 모든 일이 순조롭다. 삶에서 제일 소중한 것은 가족이다.

한 예로, 『한서』〈외척전〉에 전하는 일화를 보자.

이 부인은 아들 하나를 낳고 중병을 얻었다. 한 무제가 문병을 왔다. 이불로 얼굴을 가리고 "첩이 오래도록 병을 앓아 형색이 어지러워 황제를 뵐 수 없습니다. 아들과 저의 형제들을 부탁드리고 싶습니다."

황제가 서운하여 천금을 줄 테니 보자고 하였으나 흐느끼면서 더 이상 아무 말도 하지 않았다. 황제가 불쾌하여 나갔다. 자매들이 이 부인을 책망하며 "황제를 뵙고 형제들을 부탁드리면 될 터인데, 왜 황제까지 이토록 노여움을 사는가?"했다.

이 부인은 말했다. "내가 황제를 뵙지 않은 것은 내 형제들을 위해서였다. 내가 미천한 신분에서 황제의 총애를 받는 것은 내 용모 때문이었다. 미색으로 사람을 섬긴 자는 미색이 퇴색하면 사랑도 식으며, 사랑이 식으면 은애(恩愛)도 끊어지는 것이다. 황제께서 나를 생각하시는 것은 내

평소의 용모였는데, 지금 헝클어진 모습과 달라진 안색을 보시면 구역질을 하시며 나를 버리실 터인데 어찌 내 형제까지 기억하겠는가?"

결국 요절한 이 부인의 뜻대로 되었다.14 또한, 역사에서 사무라이가 주군을 위해 목숨을 내어놓는 것도 충성을 쌀과 바꿔야 하기 때문이었다.

어머니는 자기의 모든 것을 내어주고 변함없이 자식을 사랑하지만, 자식은 자라면 어머니 말씀을 항상 듣는 것도 아니고, 어머니에 대한 사랑도 변한다. 겪어보기 전에는 알 수 없다. 경험에 의하면, 대개 형제간의 우애는 부모 살아생전에나 있는 것이고, 돌아가시면 재산싸움에 사활을 거는 경우를 많이 보았다. 어린 시절부터 인성교육을 게을리하지 말아야 하는 이유가 된다.

'아이들은 부모가 걱정하는 이유로 불행해지거나, 부모가 만족스럽게 생각하는 것들로 행복해지지 않는다. 아이들 세계는 부모나 환경, 현실을 초월한다. 결국, 부모라는 입장에서 쓸데없는 근심, 괜한 죄책감, 이유 없이 미안한 마음만을 앞세우며 살아온 건 아닐까? 부모는 아이들이 보다 넓고 깊게 경험하며 자기 앞의 삶을 헤쳐나갈 수 있도록 인생의 친구 같은 역할만 해도 좋을 것이다.'19

세계적인 동화작가 크리스티네 뇌스틀링거가 한 말이다. "나는 교육이란 이름으로 행해지는 모든 것에 반대한다. 어른들의 꾸중과 칭찬을 통해 아이들은 깨닫지 않는다. 경험과 고통을 통해 스스로 배우고 자란다." 아이들의 세계를 존중하고 믿어주며 한 발짝 떨어져 지켜보는 것이 가장 좋은 교육이란 뜻이다.

한 예로, 놀이터에서 혼자 놀던 아이가 넘어져 울면서 엄마를 찾고 있다. 당장 뛰어가 "다친 데는 없니."하고 달래주기보다 스스로 일어날 때까지 숨어서 기다려 주는 것이 더 바람직하다는 것이다.

아빠는 왜? -인터넷에서 본 한 초등학생의 시

엄마가 있어 좋다. 나를 이해해 주어서,
냉장고가 있어 좋다. 나에게 먹을 것을 주어서,
강아지가 있어 좋다. 나랑 놀아 주니까,
그런데 아빠는 왜 있는지 모르겠다.

부모로서 품어주는 환경을 자녀에게 만들어 줄 때 아이가 씩씩하고 적응력 강하게 성장한다는 이론이 있다. 여기서 품어준다는 것은 외부의 스트레스를 어느 정도 막아주지만, 과잉보호로 스트레스를 차단하는 것은 아니고 내가 너를 옆에서 지켜줄 테니 두려워 말고 세상을 느끼고 경험해 보라는 느낌의 포옹이다.

앞의 예로 보아 "빨리 결정해." 또는 "넌 아직 어리니 내가 대신해줄게."보다는 "어떻게 하면 더 좋을까?" 식으로 자녀의 눈높이에서 따뜻하게 소통하며 결정을 연습하도록 함께해주는 것이다. 대부분 부모는 자녀의 마음을 잘 알고 있다고 하지만 그건 착각이다. 모르는 것이 너무나 많으니 잘못된 선입감으로 대해서는 곤란하다.

중요한 결정을 해야 할 상황에 닥쳤을 때, 이런저런 훈수를 두는 친구보다 때론 묵묵히 옆에서 함께해주고 경청하고 소통해주는 친구에게서 더 위로받고 창의적 해법이 잘 떠오르는 것을 경험하기도 한다. 친구가 제공한 품어주는 환경에서 스스로 적응력과 창의력을 발휘할 수 있기 때문이다.159

『자치통감』을 쓴 사마염의 글이 있다. '많은 돈을 벌어서 자손에게 남겨주더라도 그 재산을 잘 간수 하기란 어려운 일이고, 좋은 책을 모아서 남겨주더라도 마음의 양식으로 그 책을 벗 삼을지 의심스러운 일이니, 자식을 위해 남몰래 덕을 베풀고 선행하여 그 터전을 쌓아놓으면, 이야말로 길이길이 자손에게 은덕이 될 것이다.44' 여기서 재물보다 정신의 가치를 우위에 두는 동양사상의 한 측면을 엿볼 수 있다. '문 회장님'이 꼭 이런 분이다.

다음으로 아름다운 모습을 소개한다. 잉글랜드의 프리미어리그 맨체스터 유나이티드에서 27년간 축구 감독 생활을 한 알렉스 퍼거슨(72세)은 2013년 어느 날 "팀이 가장 강할 때 떠나기로 했다." "처형의 죽음에 상심한 아내와 많은 시간을 보내고 싶어 지난해 크리스마스 즈음 은퇴를 생각했다."고 인터뷰했다. 축구장에서는 절대 카리스마인데 집에서는 순한 양이었다. 그는 또 "옛 영광에 취해있는 것은 옳지 못하다"며 집안에 진열된 트로피 등을 치우라고 했다. 가족들은 군소리 없이 따랐다. 집에는 우승 트로피나 메달 전시가 하나도 없다.

자녀는 아들 3명과 손자·손녀 11명이 있다. 그는 축구 업계 종사 50년, 맨유에 22년 재직, 왕실로부터 3번이나 메달과 작위를 받았고, 잉글랜드 최초 트레블 달성, 41회 우승, 1,863전 1,058승 429무 376패, 연봉 약 140억 원을 받았다. 실로 어마어마한 일을 한 사람이다.[176] 이 얼마나 본받을 만한 천사의 모습인가. 존경할 수밖에 없다.

■ 부모은중경: 부모님의 10가지 큰 은혜

① 나를 잉태하고 지켜주신 은혜

② 해산에 임하여 고통받으신 은혜

③ 자식을 낳으시고 그 근심을 잊어버리신 은혜

④ 입에 쓴 것은 삼키고 단 것은 뱉어서 먹이신 은혜

⑤ 마른자리에 아기를 눕히고 진자리에 누우신 은혜

⑥ 젖을 먹여 길러주신 은혜

⑦ 깨끗하지 못한 것을 씻어주신 은혜

⑧ 자식이 멀리 가면 생각하고 염려하시는 은혜

⑨ 자식을 위해 고통을 대신 받는 은혜

⑩ 끝까지 자식을 사랑하는 은혜

그때는 몰랐다. 아니 어렴풋이 알았을까. 이제 나이를 먹다 보니 참으로 아깝고 한창인 나이에 어머니는 힘듦과 아픔을 가슴에 안고 내색 한 번 안 하시고 자식들 뒷바라지에만 온 정성을 다하셨다.

솔직히 내 인생을 엄마의 입장에서 생각해 본 적이 단 한 번도 없었다. 항상 아들의 입장에서만, 그것도 받는 입장에서만 생각했던 것이다. 엄마의 행복, 엄마의 삶은 안중에도 없었고 심중에도 없었던 것이다.

이제 와 생각해보니 나는 참 못난 아들, 매정한 아들이었던 셈이다. 엄마가 외로웠겠다는 생각에 새삼 눈물이 복받친다. 시골에 계신 엄마를 자주 보러 가야겠다.[34]

■ 안씨가훈

① 가족: 가정이 화목해야 모든 일이 순조롭다

② 몸가짐: 예의범절은 마음에서부터 나온다

③ 벗과 인재: 일생을 함께 할 동지를 만나야 한다

④ 학문: 기초부터 차근차근 쌓아가는 태도를 길러라

⑤ 한 가지 관심: 이거 저것 많은 관심보다 한 가지에만 미쳐라

⑥ 명성과 실질: 이름과 실력이 부합하는 사람이 되어라

⑦ 실무: 팔방미인보다 한 가지에 똑 부러진 전문가가 되어라

⑧ 만족: 욕심을 버리면 행복해진다. 적당한 데에서 멈춰야 한다[80]

■ 5백년 명문가의 자녀교육 10계명

① 평생 책 읽는 아이로 만들어라 – 서애 류성룡 종가

② 자긍심 있는 아이로 키워라 – 석주 이상룡 종가

③ 때로는 손해 볼 줄 아는 아이로 키워라 – 운악 이함 종가

④ 스스로 기회를 발견하도록 재능을 키워라 – 소치 허련 가문

⑤ 공부에 뜻이 있는 아이끼리 네트워크를 만들어라 – 퇴계 종가

⑥ 세심하게 질책하고 점검하여 조언하라 – 고산 윤선도 종가

⑦ 아버지가 자녀교육의 매니저로 직접 나서라 – 다산 정약용 종가

⑧ 최상의 교육 기회를 제공하라 – 호은 종가

⑨ 아이들의 멘토가 되라 – 명재 윤증 종가

⑩ 원칙을 정하고 끝까지 실천하라 – 경주 최부잣집[85·86]

■ 세계 명문가의 자녀교육 10계명

① 식사 시간을 결코 소홀히 하지 마라 - 케네디 가

② 존경받는 부자로 키우려면 애국심부터 가르쳐라 - 발렌베리 가

③ 단점을 보완해 주고 뜻이 통하는 친구를 사귀어라 - 게이츠 가

④ 돈보다 인간관계가 더 소중한 것임을 알게 하라 - 로스차일드 가

⑤ 질문을 많이 하는 공부 습관을 갖게 하라 - 공자 가

⑥ 어머니가 나서서 '품앗이 교실'을 운영하라 - 퀴리 가

⑦ 대대로 헌신할 수 있는 가업을 만들어라 - 다윈 가

⑧ 부모와 자녀가 함께 모험 여행을 떠나라 - 타고르 가

⑨ 평생 일기 쓰는 아이로 키워라 - 톨스토이 가

⑩ 자신을 사로잡는 목표를 찾아 열정을 다 바쳐라 - 러셀 가[63]

■ 유대인의 자녀교육 10계명

① 배움은 벌꿀처럼 달콤하다는 것을 가르친다

② '남보다 뛰어나라.'가 아니라 '남과 다르게 되라.'고 가르친다

③ 평생 가르치기 위해서는 어렸을 때 충분히 놀게 한다

④ 배우려면 듣기보다 말 잘하는 것이 중요하다고 가르친다

⑤ 지혜가 부족한 사람은 모든 면이 부족하다고 가르친다

⑥ 몸을 움직이기보다는 머리를 써서 일하라고 가르친다

⑦ 아이를 혼냈을지라도 잠잘 때는 정답게 대하라고 가르친다

⑧ 자녀교육에 무관심한 부모는 하나님께 죄를 짓는 것이라 생각한다

⑨ 아버지는 자녀의 정신적 기둥으로 휴일이 없어서는 안 된다

⑩ 남에게 받은 피해는 잊지 말되 용서하라고 가르친다 68

'연구'또는 '배움'을 뜻하는 〈탈무드〉의 내용은 고난의 역사 속에서 유대인들이 자신의 길을 찾기 위한 훈련의 흔적이 담겨있다. 〈탈무드〉를 자녀교육의 교과서로 사용했다. "자식에게 물고기를 잡아주지 말고, 물고기 잡는 법을 가르쳐 주라."는 속담이 유대인들의 생각과 삶의 방식을 한마디로 나타내주고 있다.

교육 방법의 한 예를 보자. 자녀가 학교에 갔다 왔다. 우리 부모는 "오늘 선생님 말씀 잘 들었니?" 또는 "오늘은 무엇을 배웠니?"하고 묻지만, 유대인 부모는 "오늘 선생님에게 무슨 질문을 했니?"라고 묻는다.

상상할 수 없을 만큼 엄청난 차이가 있다. 세계 최고의 두뇌, 최대 부호의 성공집단을 탄생시키는 유대인의 부자 철학, 협상 방식, 가정생활, 교육방식 등을 벤치마킹해 보았으면 한다.

탈무드의 지혜를 터득하여 세상을 지배하는 수많은 천재와 석학들 그리고 세계시장을 좌지우지하는 인물을 배출한 유대인의 힘은 〈탈무드〉에서 나왔다 해도 과언이 아니다. 스티븐 스틸버그 영화감독, 물리학자 알베르트 아인슈타인, 페이스북 창업자 마크 저커버그, 정신분석학자 지크문트 프로이드, 마이클 샌델 하버드대 교수, 미국 월가를 점령한 사람들, 정치를 장악한 사람들 대부분이 유대인들이다.

■ 명상록에서 배우기

마르쿠스 아우렐리우스(121~180)가 『명상록』을 쓴 목적은 그가 자신의 내면 깊은 곳의 생각들을 살펴보고, 지금 이 상황에서 어떻게 사는 것이 최선의 삶인지를 자기 자신에게 충고하기 위한 것이었다.

마르쿠스는 제1권에서 자신에게 영향을 미친 인물들의 장점들을 세세하게 설명한다. 또한 제16권 제48장에서 "너의 마음을 즐겁고 기쁘게 하고자 한다면, 네가 함께 어울리는 사람들의 좋은 점들을 떠올려 보라"고 말한 것처럼 여기에서는 그 자신이 그렇게 하고 있다.

할아버지에게선 선량함과 온유함을, 아버지에게선 겸손함을, 어머니에게선 신을 공경하고 검소하고 베푸는 삶을, 음악 교사에게선 쓸데없는 일들에 힘을 쏟지 않는 것을, 개인 교사에게선 전차경주나 검투사 경기에 나오는 어느 한쪽을 편들고 응원해서는 안 된다는 것, 어렵고 힘든 일을 묵묵히 해나가는 것, 최소한의 것만으로 만족하며 요구하는 것이 별로 없는 것, 내가 해야 할 일은 스스로 하고 남의 일에는 간섭하지 않는 것, 남을 비방하고 중상 모략하는 말에는 귀를 기울이지 않는다는 것을 배웠다.42

지금 이 자리에 오기까지 나에게 영향을 미친 사람들에 대해 잠시 생각해보고 감사한 마음을 가져보면 좋겠다.

■ 명품의 탄생조건

아일랜드 서쪽 끝에 세 개의 섬으로 이루어진 아란 섬(Aran islands)이 있다. 신석기시대 이래 4,000년 역사를 가지고 있지만, 전혀 개발되지 않은 천연 그대로의 풍광이 있는 곳이다. 지금은 4천여 명이 거주하고 있으며, 관광지와 휴양지로 각광 받고 있다.

이곳엔 안개비가 자주 오고, 가끔 돌풍과 거센 폭풍이 몰아친다. 석회암의 가파른 절벽 위로는 선사시대 때 쌓은 돌담이 연결돼 있다. 그 돌담들과 어울려 마치 대형 퀼트(Quilt) 작품 같은 녹색의 초원이 펼쳐진다. 드문드문 야생화와 들풀이 보이고, 얼룩소와 양들이 한가하게 노닌다.

고요함 속에 들리는 건 바람과 파도, 갈매기의 울음소리가 전부다. 아주 적은 수의 주민이 살고, 듬성듬성 위치한 집들 말고는 몇 개의 초등학교와 교회, 동네 주점이 전부다. 생활은 극도로 소박하고 간결하다. 섬 생활이 그렇듯이 어디로 갈 곳 없어 언제나 한가롭고 마음에 걱정이 없다.

섬 아낙네들은 스웨터를 짜서 어부인 남편과 아들에게 입힌다. 양털을 깎아 손으로 다듬고, 고기잡이배에서 한밤중 풍랑에도 견딜 수 있도록 아주 꼼꼼하게 짠다. 이 스웨터는 통풍이나 방한 효과가 좋고 체온도 일정하게 유지해 준다. 양모의 천연기름은 방수기능을 한다. 패턴도 다양하다.

초창기에는 이들의 근원인 켈틱(Celtic) 예술의 문양을 참고했지만, 곧 주변에 보이는 모든 것을 응용했다. 섬에서 보이는 산딸기, 바위에 붙은 이끼도 새겼다. 자세히 들여다보면 그 문양과 의미가 재미있다. 바구니 모양의 패턴은 생선을 담는 소쿠리를 표현하고, 벌집 모양은 근면을 상징한다. 구불구불한 선은 어부의 그물을 본뜬 것으로 안전과 풍요, 다이아몬드 모양은 성공과 부귀를 희망한다. 어림잡아 스물네 개의 다른 구성방식이 있고, 복잡한 패턴 때문에 보통 10만 번 정도의 땀(stitch)이 필요하다.

몇 년간 배워야 숙련이 된다고 한다. 결과는 시각적으로 은은하면서도 매우 화려한 패턴의 완성이다. 여기에 집안 고유의 문장이나 문양이 더해져 집집마다 패턴이 다르게 나온다. 그래서 스웨터가 해안으로 떠내려오면 누가 불의의 사고를 당했는지 알 수 있다.

아일랜드 극작가 존 밀링턴 싱의 희곡 '바다의 사나이(Riders to the Sea)'를 보면, 파도에 밀려 해안에 도착한 스웨터를 본 어머니가 고기잡이 나갔던 아들의 죽음을 알고 슬퍼하는 장면이 나온다.

아일랜드 문학의 르네상스로 평가되는 이 작품은 섬을 배경으로 한 가족의 경험을 통해 인간성의 본질을 그린 명작이다. 독특한 지역적 설정과 문학성으로 1904년 초연 이후 수많은 연극무대에 올랐고 오페라와 영화로도 만들어졌다.

스웨터의 패턴은 집안의 전통과 지역의 풍습, 종교적 의미마저 포함한다. 이런 문양과 패턴의 내용이 문자로 기록된 적은 없다. 대대로 어머니로부터 딸에게, 며느리에게 뜨는 방법이 물려 내려왔을 뿐이다.

진지하고 심오하다. 단지 모양만 예쁘게 뜨는 것이 아니다. 아내의 마음으로, 어머니의 마음으로 짜는 스웨터에는 양모만큼이나 따뜻한 가족의 마음이 담겨있다. 그래서 스웨터는 단지 몸을 보호하는 기능 이외에 삶의 본질과 종교적 의미까지 갖추게 된다.

오랜 세월 동안 여러 세대를 거쳐 전수됐지만, 대륙과 떨어진 위치 때문에 아란 섬의 스웨터가 세상에 알려진 것은 그리 오래되지 않았다. 1956년 패션지 〈보그(Vogue)〉에 처음 소개됐고, 1960년대 미국 시트콤의 배우들이 입으면서 비로소 주목받기 시작했다.

후에 장 폴 고티에, 겐조같은 패션디자이너들이 컬렉션을 발표하면서 더욱 세계적인 브랜드가 되었다. '빠삐용' '타워링' 등의 영화로 우리에게 잘 알려진 배우 스티브 매퀸, 옛 모나코의 왕비 그레이스 켈리도 이 스웨터를 지극히 사랑했다.

이제는 거의 해마다 밀라노, 런던, 파리의 패션쇼에 단골로 등장하는 명품이다. 지금은 국가 문화재로 지정돼 국립 박물관에 전시돼 있고, 아일랜드를 방문하는 관광객이 꼭 한 벌씩 사는 제품이 됐다. 바야흐로 세계 최고의 공예품 중 하나임은 물론 아일랜드 경제에도 크게 기여하고 있다.

고립된 섬, 기르는 양에서 털을 얻고, 그 털로 옷을 만드는 소박한 자급자족 경제에서 만들어진 스웨터가 문학의 한 장면이 되고 또 세계적인 명품 패션이 되었다. 이건 정말 멋진 스토리 아닌가![156]

하나의 제품이 명품이 되려면, 한 인간이 성공하려면, 한 가문이 명문가가 되려면 과연 얼마나 많은 시간이 필요하고, 무엇을 어떻게 해야 할까?

고민할 여지없이 아란 섬을 곰곰이 생각해보면 답이 나온다. 무명(無名)으로 무심한 세월이 흘러야 하고, 이야기가 숨어있어야 하고, 목적 적합한 제품이어야 하고, 우연히 도와주는 사람이 나타나야 하고, 때가 무르익어야 하고, 모두가 힘을 합쳐 기초를 닦고 세우는데 3대 정도는 거쳐야 하지 않을까 싶다.

그런데, 탐욕으로 가득 찬 우리는 어떠한가? 급한 성질로 단박에 이루려다 보니 하룻밤에 꿈 하나 꾸고는 하늘로 올라가려고 발버둥을 친다. 그러다 안 되면 원숭이처럼 분노한다. 조급한 마음이 병이요 착각도 유분수다. 로마는 하루아침에 이루어지지 않았다.[30] 나 혼자 또는 한 세대에 모든 것을 조급하게 다 이루려고 하지 말라. 그러면 하늘이 노하여 죽기 전에 다 무너질 수 있다.

우리나라 리더 등 사회지도층 인사의 삶을 보더라도 당대나 자녀 세대에서 대부분 무너지더라. 잘 나가던 대기업도 그렇고, 자수성가형 기업은 더욱 그렇더라. 설사 잘 승계되었더라도 2대에 절반은 없어지고, 3대에 대부분 없어지는 경우도 종종 보았다. 정말로 경계해야 할 일이다. 쉼 없는 마음공부와 독서가 이를 보완해 줄 것이다.

이와 달리 3대를 넘으면 어떻게 될까? 경주 최씨 가문처럼 마침내 견고하여 탄탄대로를 걷게 된다. 이른바 수신제가치국평천하(修身齊家治國平天下)다. 이는 배움에 의한 인성과 인격 수양에 터 잡아 사랑하고 주위에 음덕을 쌓고 배려하는 마음의 결과로 나타난 것이다. 현재 삼성·현대 등 몇몇 기업이 3대째 경영하고 있다. 잘 되기를 기원한다.

그렇다면, 어떻게 해야 무너지지 않을까? 대자연을 스승으로 삼고, 한 그루의 소나무를 롤 모델로 삼아 아란 섬의 스웨터가 명품이 되기까지의 시공간을 잘 새겨 주어진 일을 받아들이고 느긋하게 살면 되는 것이다. 이것이 진리요, 가장 풍요롭게 잘 사는 삶이요, 행복이다.

요즘 젊은이들은 말한다. 조급하다 보니 좋은 대학 나와 다들 부러워하는 기업체에 다니고 많은 급여를 받으면서도 당장 마음에 드는 집 한 채 장만할 수 없는 현실에 불만이고, 퇴직 후의 삶을 걱정한다. 걱정은 누구에게나 어느 때고 있는 것이고 나이가 들수록 더 많아진다. 한편으로 잘살고 있다는 의미로도 볼 수 있다.

머릿속으로 계산기를 두드려 보면 답이 없는 캄캄한 절벽이 버티고 있지만, 지나온 과거는 이미 지난 것이니 뒤돌아보지 말고, 다가올 미래는 아직 오지 않았으니 미리 걱정하지 말고, 돈키호테처럼 이룰 수 없는 꿈을 꾸며 언젠가는 이루어진다는 목표를 가지고 소처럼 우직하게 뚜벅뚜벅 걸으면서(虎視牛行) 충실한 삶을 살다 보면, 나도 모르게 시절 인연으로 좋은 사람을 만나(좋은 사람을 만나려면, 내가 먼저 좋은 사람이 되어있어야 한다) 좋은 기회가 주어질 것이고, 바른 마음으로 걷다 보면 아란 섬의 스웨터가 명품이 되어 있듯이 나도 그리되어 있을 것이다.

더 중요한 것은 피와 땀과 노력으로 일군 창업보다 수성이 훨씬 더 어려우니 혼자 독식하지 말고 나눔의 삶을 살고 평생 공부하며 변화하는 상황에 맞는 조직을 만들어 사람이 전부인 만큼 직언하는 충신 등 우수 인재를 모아 경청을 생활화하고, 사람에 의한 경영보다 시스템에 의한 경영을 하는 탁월한 리더십을 발휘하여 기업과 구성원이 함께 지속적으로 동반 성장하도록 해야 한다.101·105

대추 한 알 -장석주

저게 저절로 붉어질 리는 없다.
저 안에 태풍 몇 개
저 안에 천둥 몇 개
저 안에 벼락 몇 개

제2장.
나는 누구인가?

착각 속에서 사는
욕심 많은 모순덩어리요,
한 조각의 뜬구름이다.

나는 우주 속에 보이지 않는 작은 존재다

잠시 하늘을 보고 우주의 크기를 상상해보라. 우주 속의 지구는 또 얼마나 작은지, 지구 속에 사는 나는 또 얼마나 작은 존재인지 상상해보라.

앞표지의 원은 가없는 우주 또는 지구를, 검정색과 흰색은 음과 양, 공(空)과 색(色), 또는 선악의 마음을, 중심축은 천심 또는 인심을 나타내고, 나아가 4개의 공간은 동·서·남·북 또는 봄·여름·가을·겨울, 또는 태어나, 성장하고, 열매 맺고, 죽어가는 삶을 나타내고, '·' 점은 티끌만큼 존재하는 보이지 않는 나를 나타내어 너 자신을 알라는 뜻이고, '나'라는 존재를 알면, 스스로 겸손해지고, 대자연의 순리에 따르게 될 것이라는 뜻이 포함되어 있다.

지구는 동양과 서양으로 불린다. 동양에서는 자연을 스승으로 삼고, 인간을 자연의 일부로 보아 조화롭게 살아가야 한다는 의미에서 '개인과의 관계'를 중시하는 반면, 서양에서는 자연을 지배관리의 대상으로 보고, 인간은 독립된 개체로 보아 '개인의 자율성'을 더 중시한다. 이와 같이 다른 이유는 고대 중국과 고대 그리스의 전통, 서로 다른 자연환경, 사회구조, 철학사상, 교육제도 때문일 것이다.

한 예로, 1930년대 미국의 초등학교 교과서에 「딕과 제인」이라는 얘기가 실려 있다. '딕이 뛰는 것을 보아라. 딕이 노는 것을 보아라. 딕이 뛰면서 노는 것을 보아라.' 한 독립된 개체로서의 개인의 행위를 묘사하고 있는 이 문장은 서양의 개인주의적 관점을 잘 드러내고 있다.

반면에 똑같은 한 남자아이의 행동을 묘사하고 있는데도 중국의 초등학교 교과서에 이렇게 실려 있다. '형이 어린 동생을 돌보고 있구나. 형은 어린 동생을 사랑해. 그리고 동생도 형을 사랑한단다.' 이 문장은 개인과 주변 인물 간의 관계를 중시하는 동양 문화를 잘 드러내고 있다.[59]

또 한 예로, 이철수의 판화 〈가을 사과〉에 쓴 글을 보자.

사과가 떨어졌다.

만유인력 때문이란다.

때가 되었기 때문이지.

사과가 떨어진 걸 보고 기어이 과학적으로 밝혀내고야 마는 서양의 사고와 때가 되어서 떨어진 걸 가지고 왜 난리들이야 하며 자연을 아우르는 동양의 사고가 대립한다. 정말 아무것도 아닌 것 같지만 단숨에 꼬인 실타래를 확 풀어버린 맛(快刀亂麻), 이런 것이 통찰이고 창의력이라고 생

각한다. 같은 것을 보고 다른 생각을 할 줄 아는 것이 힘이다.[119]

또 한 예로, 발달심리학자인 치우리 앙황은 '소·닭·풀' 그림을 제시하고 미국 어린이와 중국 어린이를 상대로 그중 2개를 하나로 묶으라고 실험해 보았다. 미국 어린이는 범주를 중시하다 보니 소와 닭을 묶었고, 중국 어린이는 관계를 중시하다 보니 소와 풀을 하나로 묶었다.[59]

또 한 예로, 『로마인 이야기』를 보면, 우리는 패전하고 돌아온 장수 목을 베었다. 일본은 장수가 스스로 알아서 할복했다. 그런데 로마에서는 패전하고 돌아온 장수를 다음 전쟁에서 다시 내보냈다. 같은 실수를 반복하지 않을 거란 이유로.[30]

최근에 독일축구협회에서도 2018 러시아 월드컵에서 축구 역사상 최초로 조별리그 최하위로 탈락이라는 최악의 기록을 한 요하임 뢰브 감독을 재신임하여 2022 카타르 월드컵의 수장으로 재계약했다.

이와 같이 서양에서는 완벽한 사람보다 실수와 실패의 경험이 있고 그것을 극복해낸 사람의 얘기를 더 높이 산다. 반면에, 우리는 단시간 내에 가장 높은 성취를 이뤄낸 얘기를 높이 산다.[177] 방황이나 실패를 역병처럼 피하는 문화는 오히려 권장해야 할 창의적인 도전과 아이디어를 발굴하는데 장애가 된다.

서울대 공대 석학이 던지는 한국산업의 미래를 위한 제언서인 『축적의 시간』에서 "모든 기술은 실패의 축적으로 발전한다. 창조적 역량은 오랜 기간의 시행착오를 전제로 도전과 실패를 거듭하면서 축적하지 않고는 얻을 수 없다."는 말을 되새겨 보아야 한다.[121]

주어진 교육환경에 따라 이렇게 차이가 있다. 배움의 부족으로 그동안 '내 말이 맞고 너 말은 틀리다'며 다투어온 일상이 얼마나 잘못되었는지 반성하게 된다. '서로 다른 생각을 하는 것이 맞고, 틀린 것이 아니다'는 진리를 깨닫게 되면, 스스로 무지를 드러내는 아집은 사라져 비로소 인격을 갖춘 소통이 될 것이다.

너 자신을 알라

인간이란 무엇인가. 나는 누구인가. 나는 왜 사는가. 나는 지금 어디에 있는가. 나는 무엇을 배울 것인가. 나는 무엇을 할 것인가. 나는 무엇이 될 것인가. 나는 어떻게 살 것인가. 올바른 삶이란 무엇인가. 나의 인생철학이자 가치관은 무엇인가. 삶과 죽음은 무엇인가. 나는 무엇으로 기억될 것인가 등 평생의 숙제에 대해 근원적인 질문을 던져 깊이 사색해 보면 좋겠다.[66] 종교는 무조건 믿는 것이지만, 철학은 왜? 라는 의문을 가진 데서 출발한다.

소크라테스(기원전 470~399)는 '너 자신을 알라'고 화두를 던졌다. 모든 서양철학은 바로 이 화두에서 생겼다. '나는 누구인가?'라는 통찰이 맹목적인 믿음보다 중요하다. 그가 말하고 싶었던 것은 우리가 스스로 자신을 찾아야만 참다운 인간이 될 수 있다는 것이다. 다른 말로 하면 신들도 우리에게 답을 주지 못한다는 얘기다.

그는 "성찰하지 않는 삶은 살 가치가 없다"고 했다. 나아가 무엇을 지향하는가, 내 삶의 의미는 얼마나 많이 소유하고 있는 데서가 아니라 얼마나 자신의 삶을 진실하게 반추하여 살아가느냐에 달려있다고 했다. 먼저 자신의 위치를 제대로 파악하는 게 가장 중요하다. '나는 누구이고 어떻게 살아야 하는가?' 그가 던진 이 한마디는 우리 삶의 현 위치를 정해준다. 그래야 방향이 보이고 목표설정도 가능해진다.150

그에게 할 줄 아는 게 무엇이냐고 묻자, "타고난 조건에 맞게 인생을 살아가는 것"이라고 했다. 또한 그는 깨달은 지혜를 공짜로 알려주려고 아테네 시장바닥에 멍석을 깔고 기다렸지만, 아무도 물어보지 않았고, 그 많은 사람 중에 '한 인간이 된 사람을 찾기 어려웠다'고 말했다.

그는 신이 내린 수수께끼를 푸는 것을 삶의 목표로 삼았다. '문답법' 힘든 여정 끝에 도달한 결론은 바로 이것이었다. '내가 발견한 것은 가장 명성이 높은 사람들일수록 가장 어리석을 뿐이라는 것, 그리고 덜 존경받는 사람들이 실제로는 더 현명하고 선량하다는 것이었다.'

그는 젊은이들을 타락시키고 국가가 신봉하는 신이 아닌 다른 신을 믿는다는 혐의로 고발당했다. 유죄와 무죄를 다루는 아테네 시민과 배심원 앞에서 당당하게 자신을 변론했다. "…나는 죽으러 가고, 여러분은 살러 가야 합니다. 그러나 우리 중에서 어느 쪽이 더 나은 운명을 향해 가는지는, 신 말고는 아무도 모릅니다."하고 죽음을 선택했다.

그가 남긴 말에서도 알 수 있듯이, 죽음으로 삶의 원칙과 신념을 지킨 그의 당당한 면모는 철학사를 통틀어 단연 압권으로 꼽힌다. 토론의 달

인이었던 그는 문답법을 통한 깨달음, 무지에 대한 자각, 덕과 앎의 일치를 중시했다.65

소크라테스가 죽은 후 신(神) 중심의 세계관이 지배했던 암흑의 중세 천년(476~1500)을 벗어나 인간의 개성과 창의성을 존중하는 르네상스 시대의 근본정신은 결국 "소크라테스의 가르침"에 대한 부활이었다. 악을 누르려면 자기 통제가 필요하니까 정신도 강해져야 한다는 것이다.31 우리말로 심안(心眼)과 극기복례(克己復禮)에 해당한다.

지난 3천 년의 역사에 관심을 가지고 독서를 하며 가끔 소크라테스가 플라톤(기원전 427~347)과 함께 걷던 길을 걸어보기도 하고, 그가 갇혔던 감옥도 둘러보며 자신을 바로 세우는 시간을 가져보았으면 한다.

소크라테스의 감옥, 아테네

장자는 아내의 죽음을 보고 춤을 추고 노래했다. 그 이유를 묻자, '인간이 자연에서 왔다가 자연으로 돌아가는 것은 자연의 이치 아니냐? 그러니 슬퍼할 이유가 없다. 삶이 있으면 죽음이 있고, 죽음이 있으면 삶이 있다'고 했다.[103]

우리가 무엇을 배워서 '아는 것'이 도대체 무엇일까? 공자는 "아는 것을 안다고 하고, 모르는 것을 모른다고 하는 것, 이것이 아는 것이다." 소크라테스는 "가장 현명한 사람은 자신이 아무것도 모른다는 사실을 아는 사람이다." 노자는 "알지 못한다는 것을 아는 것이 최상이고, 알지 못하는 것을 안다고 하는 것이 병이다. 알아도 모르는 체하는 것이 좋다." "아는 자는 말하지 않고, 말하는 자는 알지 못한다.(知者不言 言者不知)"라고 했다.[16·27]

찰스 다윈은 말한다. "이 세상에 살아남는 종은 가장 힘센 종도 아니고, 가장 지성이 높은 종도 아니다. 변화에 가장 적응을 잘하는 종만이 살아남는다."(이 글을 본 영국 생물학자 T.H.헉슬리는 이처럼 쉬운 설명을 왜 떠올리지 못했을까! "난 정말 바보다"며 한탄했다.)

"우리는 살아있는 행성이다. 우리는 우주 안에서 불타는 태양 주위를 항해하는 커다란 배다. 그러나 우리 각자는 유전자DNA라는 짐을 싣고 삶을 항해하는 배이기도 하지. 우리가 이 짐을 다음 항구로 실어 갈 수 있다면 우리의 삶이 헛된 것은 아니겠지. 이와 같이 나는 종족 보존을 위해 잘 대처해온 조상으로부터 이어져 내가 존재하고 앞으로 자녀들을 위해 이곳에 있는 것이다."

살아있는 모든 존재는 저마다의 삶의 방식대로 살아간다. 우리와 마찬가지로 사막의 선인장이 독을 지닌 이유는 초식동물로부터 종족을 보존하기 위한 것이고, 식물의 꽃가루받이 작용은 곤충을 유인하기 위한 것이고, 새들이 아름답게 지저귀는 것은 제짝을 찾기 위한 것이다.110

생물학자 리처드 도킨스는 '인간은 이기적인 유전자를 보존하기 위해 맹목적으로 복제 욕구를 수행하는 생존 기계다'라고 했다.97 이에 반해, 생물학자 데니스 노블은 "유전자는 단지 분자일 뿐이며, 이기적일 수 없다. 우리는 자신을 통제할 수 있으며 이기적인 유전자의 포로가 아니다." "우리 삶을 어떻게 이뤄나갈지는 우리 손에 달려있다. 모든 걸 유전자 탓으로 돌리지 마라"고 했다.

나쓰메 소세키는 『한눈팔기』에서 "너는 결국 무엇을 하러 이 세상에 태어났는가?" 스스로 묻고 답한다. "모르겠어, …모르는 게 아니지, 알아도 그곳에 도달할 수 없는 거겠지. 도중에 멈추어 있는 거겠지." 이 글을 통해 추구하고자 한 것은 '어떻게 살 것인가?'의 문제로 압축된다.132

그럼 나는 지금 어떻게 살고 있는가? 플라톤의 동굴 속에서 생각 없이 만족하고 대장 노릇하며 착각 속에 독선(獨善)으로 사는 구제 불능 인간인가? 바깥세상을 동경하여 붓 대롱으로 바깥세상을 간혹 보면서도 행동하지 못한 우유부단한 인간인가?
생각을 행동으로 옮겨 바깥세상 속에 살면서도 토끼털 속에서 편안을 추구하며 대한민국에서만 살아가는 인간인가? 쉼 없는 공부로 지식과 지혜를 터득하여 세계를 누비며 살아가는 행동하는 양심을 가진 인간인가?

지금 내가 걷고 있는 나는 내 삶에서 나 자신을 가장 사랑한 시간이라고 생각한다. 언제 한번 자기 자신을 되돌아본 적이 있었는가? 언제 한번 자기 속이 왜 우는지, 왜 웃는지, 왜 이러고 있는지, 자기 자신을 돌봐줘 본 적이 있었는가?34 잠시 고민 한번 해보았으면 한다.

■ 나는 천사와 원숭이 사이에 존재하는 연극배우다

> 하지만 인간은, 오만한 인간은
> 보잘 것 없는 한순간의 권력을 몸에 걸치고도
> 자신에게 가장 가까이 있는 영혼의 거울을
> 보지 못하고, 분노하는 원숭이처럼,
> 높은 하늘 아래 어리석은 바보짓을 하여
> 천사들을 울리게 하지.
> 아마 천사들이 우리와 같은 성정을 가졌다면
> 배를 잡고 웃었을 텐데.

셰익스피어가 1604년도에 쓴 희곡 『자에는 자로(Measure for Measure)』에 나오는 한 대목이다. 언어의 핵심적 분열은 "보잘것없는 한순간의 권력을 몸에 걸치고도"라는 은유적 표현에서 권력이 의상처럼 소개되고 연쇄작용을 불러일으킨다. 언어의 핵심은 융합되고 모든 세상은 극장으로 변하고 인간은 거울 앞에서 인상을 찡그리고 분노한 원숭이가 된다.

똑같은 방식으로 세상은 무대가 되고 수정 그릇 같은 하늘은 관객석으로 변한다. 관객석에서 천사들이 원숭이처럼 어리석은 인간들이 하는 바보짓을 바라보고 있다.

인간들은 어리석게도 자신들의 본질을 모른 채, 착각하고 있다 보니 하늘처럼, 그리고 유리로 만든 거울 같은 속성을 지닌 자신들의 '영혼의 거울'을 볼 수가 없다. 왜냐하면, 이것들은 투명해서 보이지 않고 변화하지도 않으며 변화하는 현상들을 되비치고 있을 뿐이기 때문이다.

그러나 이 점에서 영혼은 우리 인간에게 거울을 들이대는 극장 무대와 비슷하다. 하늘에서 비가 오듯, 천사들은 우리 인간들이 인식의 부족으로 인해 신나게 웃고 있는 것에 대해 운다. 그들은 우리의 광란적인 춤이 해괴망측하다는 것을 알기 때문이다.

그러므로 인간은 정확히 신적인 천사와 동물적인 원숭이 사이에서 존재하게 된다. 인간의 존재는, 사멸되는 측면은 외부로 드러내고, 불멸의 것은 볼 수 없게 하면서 동시에 변화되지 않고 단지 찰나적인 현상만을 볼 수 있게 만드는 거울과도 같게 된다.

그는 단지 몇 줄로 우주와 인생의 전체상을 그려냈다. 마술과도 같은 시를 가지고서 천사와 원숭이 그리고 인간, 극장에서의 웃음과 눈물, 하늘과 땅 등을 언어의 거울로 불러내서 알량한 지위가 인간을 유혹해 남용하게 하는 권력이 무엇인지를 보여준다. 이보다 더 커다란 희열이 있을까? 그 느낌은 우리들의 의기소침함과 우울한 기분을 날려버리고, 살

아있다는 사실에 감사하게 만든다.5

■ 나는 맹수에게 습격을 당한 나그네다

동양의 옛 우화에 들판에서 맹수에게 습격을 당한 나그네에 관한 얘기가 있다. 나그네는 맹수를 피해서 물이 없는 마른 우물 속으로 들어갔다가, 그 우물 바닥에서 그를 삼키려고 입을 벌리고 있는 용을 보았다.

이 억세게 운이 없는 사람은 맹수에게 찢겨 죽을까 봐 우물 위로 기어 올라올 수도 없고, 용에게 잡혀 먹힐까 봐 우물 바닥으로 내려갈 수도 없어서, 우물 중간의 틈새에서 자라난 나뭇가지를 붙잡고서 거기에 매달렸다.

나뭇가지를 붙잡고 있던 그의 손에서는 점점 힘이 빠져나가서 얼마 있지 않아 그는 우물 위와 아래에서 자기를 기다리고 있는 맹수나 용에게 꼼짝없이 죽게 될 것임을 직감했지만, 그래도 여전히 있는 힘을 다해 매달려 있었다.

그런데 그때 검은 쥐와 흰 쥐가 나타나서 그가 매달려 있던 나뭇가지를 갉아먹기 시작했다. 이제 곧 나뭇가지가 뚝 하고 부러질 것이고, 그는 용의 쩍 벌린 입속으로 떨어지게 될 것이다.

나그네는 자기가 죽게 될 수밖에 없다는 것을 알았지만, 그런 와중에서도 나뭇가지에 매달려서 주위를 둘러보다가 그 가지에 달린 잎사귀들에 꿀이 몇 방울 있는 것을 발견하고서는 혀를 내밀어 그 꿀을 핥아 먹었다.

　나의 모습도 마찬가지로 조금 후에는 죽음의 용이 나를 기다리고 있다가 갈기갈기 찢어 버릴 것을 뻔히 알면서도 삶의 나뭇가지에 대롱대롱 매달려 있었다. 그리고 나는 내가 왜 이런 고통스러운 상황 속으로 떨어져 있게 되었는지를 이해할 수 없었다.

　전에는 나의 고통을 덜어주는 꿀들을 핥아 먹으려고 했지만, 그 꿀들은 이제 더 이상 내게 즐거움을 주지 못하였고, 낮과 밤이라는 검은 쥐와 흰 쥐는 내가 매달려 있는 나뭇가지를 갉아 먹고 있었다. 나는 용을 분명히 보았기 때문에, 꿀은 내게 더 이상 달콤하지 않았다.

　그리고 이것은 사람들이 지어낸 우화가 아니라, 모든 사람이 알고 있지만, 그 해답을 찾을 수 없는 엄연한 현실이었다. …다른 사람들이 내게 '삶의 의미는 원래 이해할 수 없는 것이니 이를 생각하지 말고 그저 살아가라'고 입이 닳도록 말해주어도, 나는 이제 더 이상 그렇게 할 수 없게 되었다.

　이미 오랫동안 그렇게 살아와서, 이제는 낮과 밤이 나를 죽음으로 몰아가고 있는 것을 애써 외면하고 보지 않을 수 없었다. 지금 내게 보이는 것은 오직 그것뿐이다. 오직 그것만이 진실이고, 다른 모든 것은 거짓이기 때문이다.

톨스토이의 종교적 신념은 현실의 세계에서 물러나는 것이 아니라 현실의 삶에 헌신하는 것에, 수동적으로 살아가는 삶이 아니라 적극적으로 삶에 참여하는 것에, 내세의 삶을 소망하며 기다리는 것이 아니라 이 땅에 하느님의 나라를 건설하는 것을 토대로 하는 것이었다.[124]

■ 나는 햄릿이다

> 사느냐 죽느냐, 그것이 문제로다.
> 어느 게 더 고귀한가.
> 난폭한 운명의 돌팔매와 화살을 맞는 건가,
> 아니면 무기를 들고 고해와 대항하여
> 싸우다가 끝장을 내는 건가,
> 죽는 건, 자는 것뿐일지니.

『햄릿』 제3막 1장에서 "사느냐 죽느냐.(To be, or not to be.)"는 존재와 비존재를 대립시키고 있다. "살아 부지할 것인가, 죽어 없어질 것인가(최재서)" "과연 인생이란 살 가치가 있느냐, 없느냐(이덕수)" "삶이냐, 죽음이냐(강우영)" "있음이냐 없음이냐(최종철)" "이대로냐, 아니냐(설준규)" 등 다양한 표현이 있다. 모두 소크라테스의 근원적인 질문인 "어떻게 살 것인가?(how to live?)"에 닿아있다.

삶이란 거대한 고통의 바다에 대항하여 한 인간이 아무리 무기를 들고 덤벼봤자 중과부적의 헛된 싸움이 될 것이 뻔하여 결과적으로 고통을 끝장내려다가 자기 자신이 먼저 끝장나게 될 것이라고 말한다.

햄릿은 친구 호레이쇼에게 말한다. "아무 상관없어. 우린 전조를 무시해. 참새가 하늘에서 떨어지는 데도 다 특별한 섭리가 있잖은가. …지금이 아니라도 오기는 할 것이고, 마음의 준비가 최고야. 누구도 자기가 무엇을 남기고 떠나는지 모르는데, 일찍 떠나는 게 어떻단 말인가. 순리를 따라야지.(let be.[제5막 2장])"

햄릿이 얻은 깨달음이란 "참새가 하늘에서 떨어지는 데도 다 하늘의 섭리가 있다"로 압축된다. 내가 선택할 수 있는 문제가 아니라 이미 결정되어 있고, 나는 거기에 따르기만 하면 되는 것이고, 자기가 할 수 있는 일은 아무것도 없다는 일종의 숙명론을 받아들이는 것이다.

초기에 햄릿은 전혀 헤라클레스 같지 않은 햄릿이었다. 그러나 그런 미션을 부과 받은 햄릿. 그 간극 때문에 "사느냐 죽느냐 그것이 문제로다" 하면서 고민하고 복수를 망설이다가 주변 사람들을 불행하게 만들었다. 그러다가 깨닫고서 햄릿은 행위의 주체에서 수행자로, 복수의 주체에서 수단으로, 그동안의 갈등과 방황, 망설임과 지연이 행동으로 나타난다. 그래서 마지막 장면에서 복수가 시작된다. 그리고 죽는다.(the rest is silence.)

햄릿 연구가 일본 가와이 쇼이치로 학자는 말한다. '모든 것을 다만 순리에 맡기는 변신에 따라 햄릿이 가진 고민은 깨달음으로 바뀐다. 셰익스피어가 말하는 진정한 고귀함은 인간이 가진 한계를 알고, 그 운명을 받아들이는 데 있다.'고 결론을 내린다.[136·142]

『햄릿』을 쓴 1601년경은 르네상스 시대로서 이탈리아에서 시작된 새로운 문화의 물결이 유럽 대륙을 거쳐 영국에 상륙하여 번성하던 때로 시대적 배경은 중세와 근대의 전환기이다. 나의 관점에서 보면, '사회공동체 속의 나'에서 '개인으로 독립된 나'로 태어나거나 '부모의 품에서 자라다가 결혼해서 스스로 가정생활을 꾸려나가는 독립된 나'로 태어나는 것과 같다.

비평가들은 말한다. '셰익스피어[6]는 보통 이야기를 새롭게 지어내는 천재라기보다 자유롭게 다른 작품들의 이야기를 빌려와 자기 의도대로 자르고 붙이고 늘리고 틈새를 메워서 작품을 완성했다. 모방과 차용은 무한한 상상력의 원천이 되었다. 그는 다른 소재를 재구성하고 재해석하는 재창조의 천재였다.'

이 작품은 '너 누구냐?(Who's there?)'로 시작한다. 복수의 열쇠는 어머니이고 정체성을 둘러싼 전투를 한다. 긴 망설임은 어디에서 오는 것이고 왜 이리도 긴가. 햄릿형 인간은 역사의 주인공이 되려는 의지가 강하다. 우유부단한 인간인가. 고독한 철학자인가. 그리고 왜 우리를 뒤흔드

---

6) 우리나라에 소개된 것은 서거 300년이 지난 20세기 초였다. 1906년 '셰이구스비아' 이름으로 처음 언급되었고, 색사비아(索士比亞)로 표기했다. 1923년 현철이 중역한 희곡 '하믈레트'가 첫 완역본이다.

는가. 지향점은 무엇인가. 또한 친구 호레이쇼형 인간은 누구인지, 왜 필요한지 곰곰이 생각해보았으면 한다.

■ 싸움닭과 독수리 이야기

서로 쳐다보는 것조차도 참을 수 없는 두 마리 닭들이 같은 농장에 살고 있었다. 마침내 부리와 발톱을 가지고 싸우면서 날아다녔다. 하나가 쓰러져서 숨을 구석을 찾아 기어갈 때까지 계속 싸웠다. 싸움에서 이긴 닭은 닭장 꼭대기로 올라가서 자랑스럽게 자신의 날개를 퍼덕거렸고 자신의 승리에 대해 세상 사람들에게 알리기 위해 자신의 온 힘을 다해 소리를 질렀다.

그때, 머리 위로 원을 그리며 날던 독수리 한 마리가 그 뽐내는 소리를 듣고서 달려들어 그를 낚아채 가져갔다. 그의 적수는 이런 광경을 보았고 그 구석에서 빠져나와 농장 마당의 주인으로 자리를 대신했다. 자만심은 실패에 앞서 오게 된다.[95]

고양이는 말한다. "자신의 능력을 과대평가하지 마라!"

기탄잘리 20 -타고르(1861~1941)

연꽃이 핀 날,
내 마음은 방황하고 있어서 꽃이 핀 것을 알지 못했습니다.

내 바구니는 비어있었지만, 꽃은 내 눈길을 끌지 못했습니다.

다만 이따금 한 가지 슬픔이 내 위에 내려앉아,

나는 놀란 듯 꿈에서 깨어 바람에 실려 오는

신비한 향기의 감미로운 자취를 느꼈습니다.

그 어렴풋한 향기가 내 마음을 그리움으로 아프게 했습니다.

내게는 그 향기가

절정으로 치닫는 여름의 열정적인 숨결 같았습니다.

그때 나는 알지 못했습니다.

꽃이 그토록 가까이 있음을, 또 그 꽃이 나의 것임을,

그 완벽한 향기가

내 마음 깊은 곳에서 피어나는 것임을 8

연꽃: 꽃말은 '순결과 청순한 마음'이다

■ 나는 착각 속에서 탐욕으로 분노하는
어리석은 모순덩어리다

인생도처 유상수라(人生到處 有上手), 인생 곳곳에 나를 넘어선 인물이 있다는 말이다. 겸허(謙虛)함을 잊지 않기 위해 가슴속에 간직하면 좋겠다. 세상에는 마음을 곱게 쓰는 사람이 나쁘게 쓰는 사람보다 많고, 긍정적인 사고가 부정적 사고를 지배하며, 사회·경제는 수요공급의 원리에 따라 정화하면서 잘 굴러간다.

그러나 항상 인간이 문제를 일으키고, 인력과 시간과 돈을 들여가면서 그 문제를 또 해결한다. 도로 아미타불인가? 그러면서도 느릿느릿 변화해 나간다.

저 산을 바라보고 있노라면 수많은 우연과 행운이 큰 나무를 만들어 낸다는 것을 알 수 있다. 우리도 우연과 좌충우돌하는 해프닝의 연속으로 성장하고 있다. 그러니 자신의 능력만으로 이루었다고 착각하지 마라. 인간의 문제는 거의 소유의 문제다. 그렇다고 돈이 많고 적음을 잣대로 세상을 재단하지 마라. 추해 보인다. 오래 못 갈 것을 영원히 갈 줄로 착각하지 마라. 다만 좋은 일을 행하고 앞길을 묻지 마라. 이건 신의 영역이다.

불교에서는 탐욕(貪)과 성냄(瞋)과 어리석음(癡)이 마음을 더럽히는 것이라 하여 삼독(三毒)이라 한다. 탐욕은 이 몸과 마음이 '나'라는 그릇된 관념에서 생겨난다. 성냄은 나의 뜻을 거스르는 대상을 향해 표출된다. 어리석음은 '콩 심은 데 콩 나고, 팥 심은 데 팥 난다'는 인과법에 밝지 못한 것에 있다. 그래서 현자가 말하기를 현재의 자기 모습을 보면 과거에 무엇을 심었는지 알 수 있고, 현재의 자기 행위를 보면 미래에 무슨 일이 생길지 알 수 있다고 했다.

역사에서 전쟁이 나는 가장 큰 이유는 표면적으로 여자·돈·토지 등에 있지만, 그 근본적인 이유는 통치자의 무서운 탐욕에 있다. 어리석다는 것은 자기 본성을 보지 못하고 헛것에 매달려 교만에 빠진다는 말이다.

『성경』에서도 자기 능력을 과시하며 잘난 체하고 자랑하면서 남을 업신여기고, 건방지거나 거만하게 행하는 교만함과 오만함에 대해 하나님의 은혜와 도움에 역행하는 최고의 범죄 행위로 간주하고, 신자들에게 '무엇이든 하나님 앞에서 하는 것처럼 하라'고 가르치고, 이들을 결코 부러워하거나 두려워할 필요가 없다고 가르친다(시 18:27, 잠 29:23, 렘 50:31, 시 73:3). 인간의 성품 가운데 가장 뿌리 깊은 것은 교만이다(벤저민 프랭클린). 정말로 경계해야 한다.

인격을 갖춘 선각자도 많지만, 대개 부자와 권력자는 현 상태의 유지를 원하고 농부와 노동자는 변화를 원한다. 부유한 사람은 교만해지는 경향이 있고, 가난한 사람은 세상을 원망하는 경향이 있다. 우리 역시 마음이 옹졸하여 남이 잘 되면 칭찬을 해야 함에도 배 아파하고, 시기와 질투가 일어나는 경향이 있고, 급한 성질에 감정의 기복이 심해 화합하기가 쉽지 않다. 마음공부로 내공을 길러야 한다.

교만의 사례로 〈거미가 된 아라크네 이야기〉를 보자. 어느 마을에 아라크네라는 베를 짜는 아가씨가 있었는데, 솜씨가 좋아 숲속의 요정도

넋을 잃고 구경했다. 수공예의 여신 아테나의 제자라는 평판을 얻을 정도였다. 어느 날 친구들이 솜씨를 자꾸 치켜세우자 자신은 아테나 여신과 겨루어도 지지 않는다고 교만을 떨었다.

올림포스산 꼭대기에서 아테나는 이를 듣고 "뭐라고? 감히 나한테 도전을 해." 머리끝까지 화가 나서 노파로 변신을 하고 나타나 "인간끼리 경쟁해도 좋지만, 신과는 경쟁하지 마라." 그리고 "아테네 여신에게 용서를 빌어라"며 겸손하라고 타일렀다.

하지만 아라크네는 노파의 말을 듣지 않고 오히려 더 우쭐대면서 "대결하면 이길 것이라고 했다. 그러자 아테나 여신이 본래의 모습을 드러냈고, 둘 사이에 솜씨 대결이 시작되었다.

아테나는 베에 근엄한 올림포스의 12주신의 모습을 수놓았다. 베 가장자리에는 아라크네에게 경각심을 불러일으키기 위해 신에게 도전했다가 비참한 최후를 맞은 인간들의 얘기를 수놓았다.

이에 비해 아라크네는 제우스가 에우로페나 다나에 등 인간 여인들을 납치하거나 농락하는 장면을 수놓았다. 처음에 아테네는 그것을 보고 화만 냈다. 하지만 아라크네의 재주가 자신에게 결코 뒤지지 않는다는 것을 알아차리자 질투심이 불처럼 일어났다.

그 순간 아테네는 갑자기 자리를 박차고 일어서더니 아라크네의 베를 찢어 버리고 베틀 북으로 그녀를 흠씬 패주었다. 아라크네는 모욕을 참을 수 없어서 목을 매 자살했다.

하지만 아테나 여신은 그녀의 죽음을 허락하지 않았다. 여신은 그녀를 거미로 변신시켜 영원히 베를 짜게 했다. 거미가 자신의 집을 완벽하게 짓는 것도 아라크네의 후손이기 때문이다. 고양이는 말한다. "명예는 중요하다. 잠자는 사자의 코털을 건드리지 마라."[89]

『채근담』에서 말했다. "세상의 보통 사람들은 '나'라는 글자를 너무 중시하기 때문에 수많은 기호(嗜好)와 번뇌(煩惱)가 있다. '아집'이란 자신을 가장 특별하게 여기고 사사건건 자아의 우월감을 추구하며, 항상 자신이 남보다 더 뛰어나다는 점을 증명하려고 하는 심리이다." 그래서 유가(儒家)에서는 인생의 약점에 대해 항상 경계하고 삼가고 두려워하라고 했고, 기독교에서는 애초에 원죄가 있으니 쉼 없이 기도하고 회계하도록 했다.

노자는 "만족할 줄 알면 욕되지 않고, 그칠 줄 알면 위태롭지 않다. 탐욕보다 더 큰 죄악은 없고, 만족할 줄 모르는 것보다 더 큰 재앙은 없으며, 욕망을 다 채우려는 것보다 큰 허물은 없다"고 하고, 공자는 "사람은 누구나 자신에게 이익이 되는 것을 좇기 마련이다(見利思義)."고 했다.

따라서 욕심을 가지는 자체는 자연스러운 일이다. 하지만 이익을 좇더라도 무조건이 아니라 천리를 따라야 한다. 만족할 줄 안다는 것은 스스로 환경과 처지를 인정하고 받아들일 줄 아는 겸손을 기반으로 한다. 욕심은 버리는 것이 아니라 다스리는 것이다.

인간은 너무나 이기적이다

예나 지금이나 물은 낮은 곳으로 흐른다. 윗물이 맑아야 아랫물이 맑다. 이것은 자연의 이치다. 그러나 인간은 높은 곳을 향해 간다. 이익이 있으면 모여들고, 이익이 없으면 흩어진다.

독일 사상가 에리히 프롬은 〈삶을 향한 사랑〉이라는 기고문에서 현대인의 생활방식을 표현했다. "사람들은 온종일 어떻게 하면 위로 더 올라갈 수 있는지, 어떻게 해야 돈을 더 많이 벌 수 있는지만 생각한다. 어떻게 하면 한 인간으로 살아갈 수 있는지는 조금도 생각하지 않는다."

그럼 먼저 인간은 어떤 동물인지 살펴보자. 인간은 대자연과 마찬가지로 불완전한 존재다. 각자 주어진 환경에서 자라며 제 성질대로 보고 듣고 배우고 느끼고 경험한 천차만별의 구성 요소로 만들어져 서로 다른 인성을 가지고 있다.

자신의 발전이나 현재의 상태를 개선하고 더 나은 사회적 지위를 얻고자 노력하는 것은 인간의 본성이자 보편적인 욕망이다. 생존과 종족 보존, 욕구 충족과 자기만족을 위해 산다.

태양은 누구에게나 공정하게 빛을 비추지만, 인간은 좋고 싫음에 따라 선택적으로 대응하고, 제 성질대로 살아가려는 속성이 있다. 이성보다 감정에 의존하는 경우가 많고, 완장을 채워주면 여지없이 드러난다. 인간은 종속과 구속보다 독립과 자유를 원한다. 조연보다 주연을 선호하고, 자기만의 성(城)을 구축하고 드라마의 주인공처럼(天上天下 唯我獨尊) 살고 싶어 한다. 타인의 간섭을 좋아하지 않는다.

인간은 선악의 마음을 함께 가지고 있지만, 옳고 그름에 상관없이 자기 주관대로 사물을 판단하는 경향이 있다. 같은 사람이라도 장소에 따라, 위치에 따라, 상대방에 따라 말과 행동이 달라진다. 영화 〈완벽한 타인〉 속의 대사처럼 '사람은 누구나 세 삶을 산다. 공적인 삶과 개인의 삶 그리고 비밀의 삶을 산다.'

대부분 천사의 마음으로 살지만, 항상 바르게만 살 수 없다. 인간은 잠을 자고 있을 때만 실수하지 않는다. 인간은 노력하는 한 방황하고 (Man errs, so long as he strives),127 실수와 실패를 통해 반성하고 깨달으면서 성장한다. 한마음을 잘 쓰느냐 못쓰느냐에 따라 천사와 악마로 나타난다.

인간은 누구나 자기만의 이익계산법이 있다. 아무 대가 없이 희생 봉사하려 하지 않고 본능적으로 사나운 짐승보다 더 많이 먹고, 더 많이 가지려고 한다. 일은 하지 않으면서 힘을 이용하여 오히려 더 많이 가지려고 한다.

인간은 자기가 하는 일은 중요하고 어려운 분야로 보고 그 대가를 높게 평가하여 많이 받으려고 하면서도, 남이 하는 일은 잘 알지 못하다 보니 쉽고 사소한 일로 보고 그 대가를 생각하지 않거나 적게 지급하려고 하는 이율배반적인 모습을 가지고 있다.

갑과 을이 동업한 경우를 보면, 잘 된 경우가 있지만 드물고, 내심 서로를 이용하여 더 많은 이익을 얻고자 한다. 재물이 눈앞에 보이면 더 많이 가지려다 보니 정상적으로 합의되는 일은 드물고, 그 차이를 좁히지 못해 헤어지기도 하고, 소송을 하기도 한다. 친족 간에도 다를 바 없다.

인간은 대부분 돈(money) 앞에서 인품도 건강도 명예도 권위도 다 버리고 무릎을 꿇는다. 겉으론 안 그런 척 성인군자처럼 포장하지만, 속마음은 속물과 다름없다.

특히 남자는 돈이든 여자이든 먹잇감을 발견하면 여자보다 더 과감하게 자신의 영혼도 내던진다. 다만 쉽게 타협하느냐, 자존심 때문에 힘들게 버티다가 타협하느냐, 소심해서 타협 자체를 포기하느냐의 차이가 있을 뿐이다.

인간은 편안함을 추구하고 게으른 면이 있다. 평소 역량향상을 위해 열심히 살다가도 취직하거나 원하던 자리에 올라가고 나면 사회생활을 핑계로 쾌락을 즐기며 신분상승과 돈을 좇고 배움을 멀리하는 경향이 있다.

그때부터 변화에 뒤처지고 둔해져 과거의 사고와 경험 및 이기적인 잣대로 매사를 재단하려고 하다 보니 점점 고집불통이 되어가고 독불장군이 되어 악마가 되어가고 끝내 상종하기 싫은 꼰대가 되기도 한다.

이런 인간들이 어찌어찌하여 사회나 조직에서 중대한 영향력을 행사할 수 있는 높은 자리에 가게 되면, 극기복례가 부족하다 보니 과시하기 좋아하고 주위에서 "예! 예!"하니 직위에 취해 세상이 자기 발밑에 있는 것처럼 군림하고 마치 다 아는 것처럼 행세하기도 한다. 벌거숭이 임금님처럼 꼴불견 그 자체가 되지만 그걸 본인은 모른다. 아니 알면서도 완장 값하느라 오히려 즐기기도 한다. 마음공부를 해야 부끄러움을 알고 이를 극복할 수 있다.

다음으로 인간의 무대인 사회는 어떤 모습인지 살펴보자. 사회는 TV KBS1에서 인기 시리즈로 방영되는 〈동물의 왕국〉에 나오는 아프리카의 세렝게티 초원처럼 정글의 법칙과 약육강식이 지배한다. 서로 공존하기도 하고, 쫓고 도망가고, 잡고 잡히는 동물들이 인간의 모습과 다름이 없다.

여기서 살아남아 가족의 생계를 유지하며 잘 먹고 잘살려면 어떻게 해야 할까? 이건 영원한 숙제로 당신 하기 나름에 달려있다. "20세에 진보적이지 않다면 가슴이 없는 사람이요, 40세에 보수적이지 않다면 머리가 없는 사람이다."고 한 윈스턴 처칠의 말을 되새겨볼 필요가 있다.

사회는 마땅히 그래야만 하거나 지켜야 할 상식과 도덕과 법이 있다. 일부 인격자와 95%의 국민 대부분은 배운 대로 이를 지키면서 주어진 삶을 성실하게 살아가고 있다.

반면에 사다리의 상층부에 있는 위정자 등 사회지도층 인사 5%는 대개 권력과 재력을 매개체로 사회에 중대한 영향력을 행사하고 정의와 공정을 외치지만 언행이 일치되는 경우는 드물다. 권력을 가져 처벌의 위협이 눈앞에서 사라질수록 점점 더 이기적으로 행동한다.47 특권의식으로 특혜를 일삼는 그들만의 리그를 하면서 원칙을 무시하고 예외를 적용하여 제 잇속을 챙기는 경우가 허다하다 보니 언론 보도에서 보듯이 가끔 대형사건·사고를 낸다. 그러고도 책임지지 않는다.

이런 일이 반복되다 보니 남이 지키지 않은 법을 내가 지키면 손해 본다는 인식이 널리 퍼져 저(低)신뢰 사회가 되었다. 바람직한 사회를 이루려면 과거보다 미래지향적인 관점에서 원칙과 타협이라는 잣대를 잘 버무려 다양한 이해관계자들이 함께 잘살아가게 해야 하는데, 기득권자의 탐욕 때문에 이전투구와 언어폭력이 난무하여 아수라장 같다.

인간은 악마일 때보다 천사일 때가 더 많고, 일 잘못한다고 핀잔들을 때보다 일 잘한다고 칭찬받은 때가 많고, 본의 아니게 실수할 때도 있다. 그런데 강자가 실수하면 '그럴 수도 있지'하면서 너그러운 마음으로 받아들이고, 약자가 실수하면 윽박지르며 용납하지 아니하는 경향이 많다. 사랑도 내가 하면 로맨스요, 남이 하면 불륜이라고 매도한다. 참 어처구니없는 세상이다. 마음을 바로써야 한다.

한세상을 살아본 어른들은 대부분 나이를 먹을수록 기력이 쇠약해지고 기억력이 점점 퇴보되어 보수적으로 변하게 마련이다. 평생 쌓아온 부와 지위를 지키며 지금 이대로 편하게 살기를 원하다 보니 변화를 두려워하거나 거부한다. 새로운 것을 받아들이기도 쉽지 않고, 좋은 생각이 나더라도 이를 행동으로 옮기기도 쉽지 않다.

반면에, 한세상을 살아가는 젊은이들은 기득권층이 만들어 놓은 좋은 무대에서 놀다 가라고 하지만, 별로 관심을 두지 않는다. 미래의 시장은 항상 새로운 승자를 원한다는 것을 알고 있기에 아무것도 가진 게 없고 의지할 데도 없어 어디로 갈지 몰라 불안해하고 방황하면서도 실패를 두려워하지 않고 열정과 도전정신으로 진보적으로 살면서 변화를 추구한다. 자신의 꿈을 이루고자 자유로운 청춘으로 부딪치며 자기의 무대를 만들어 주인공이 되고 돈도 벌고 보란 듯이 성공하고 싶어 한다.

지극히 올바른 생각이다. 용기에 찬사를 보낸다. 주역으로 보면, 어른들의 삶은 가을과 겨울로, 젊은이의 삶을 파릇파릇한 봄과 태양이 작열하는 여름으로 비유할 수 있겠다.

그렇다면, 우리 인간은 어떻게 살아가고 있는지 살펴보자. 우리 자신의 본 모습이니 성찰해야 한다. 물론 극기복례로 존경받을 만한 일을 하며 타의 귀감이 되는 삶을 살아가고 있는 사람도 많다. 이는 본받아야 마땅하다.

그러나 대부분 그러하지 아니하다. 사람들은 과연 자신이 누구이고 왜 존재하는지, 주어진 과업이 무엇인지, 주위로부터 얼마나 많은 혜택을 받고 있는지 알지 못할 뿐만 아니라 '달도 차면 기운다'는 천지자연의 이치나 세상 속에 잠시 머물다 가는 '한 조각의 뜬구름'임을 망각한 채로 자신이 얼마나 부족한 존재인지 알지 못하면서 알려고 하지도 않고, 설사 알아도 제대로 알지도 못하고, 자기가 알고 있는 한 모퉁이의 작은 점 하나를 가지고서 모든 걸 알고 있는 것처럼 행세하기도 한다.

주위 사람들이 한 껍데기만 벗기면 그 실체가 다 드러나 당신이 어떤 인간인지 알고 있음에도 침묵하다 보니 주위 사람들이 나의 사사로운 속셈을 모르고 있다는 착각에 빠져 쾌재를 부른다. 여태까지 되풀이해 온 잘못된 생활 습관에 대해 어이없는 웃음으로 넘기다 보니 자신의 잘못된 생활 습관을 올바른 생활 습관으로 착각하고 살아간다. 주위 사람들이 얼마나 꼴불견인지 비웃음을 던지지만 정작 본인만 모른다.

이런 고사가 있다. 제나라의 어느 왕은 신하들이 활쏘기를 잘한다고 말해주면 아주 흡족했다. 칭찬만 원하는지라 신하들은 거짓말로 칭찬해 주었다. 그것이 끝내 거짓인 줄 몰라 허물을 고칠 기회가 없다 보니 끝내 남의 비웃음만 살다 죽고 말았다.

대부분 권력 또는 재력을 가졌다는 이유로 주인노릇을 하다 보니 내가 제일 잘 났고, 이 세상의 중심이고, 주위 사람은 나를 위해 존재하고, 내가 살아가는 방식과 견해만이 옳으니 모든 일은 내가 생각한 대로 되어야 하고, 너희들은 따라야 한다는 위험한 착각 속에서 독선·오만·아집·교만·탐욕과 소유욕으로 가득 차 있다. 많은 문제가 있음에도 알지 못하거나 무지와 부족함이 탄로 날까 봐 숨긴 채로 겉으론 아는 것처럼 포장하고, 겸손과 배려는 오간 데 없이 타인의 존재와 삶의 방식을 무시하는 경향이 있다.

특히 영향력을 행사할 수 있는 갑의 위치에 있다고 자부하는 사람들은 대부분 모래알만한 자기 지식에 매몰되어 아무리 옳은 말이라도 들으려 하지 않고, 자신에 대한 모순을 얘기하면 버럭 화를 내어 주어진 상황을 정리하는 경향이 있다.(이로 인해 충직한 주위 사람은 입을 다물게 되고, 아첨꾼과 아부꾼들만 몰려든다.) 그래서는 안 되는 곳에서 괴물처럼 제 성질대로 교만하게 굴며 자기 의견만 고집한다.46 인격 수양을 위한 마음공부로 자신을 바로 보면 좋겠다.

이들은 오로지 자기의 이익만을 위해 잔머리를 굴린다. 올바른 길보다 사바사바하는 뒷길을 좋아하고, 평상시 지켜야 할 법을 위반하고서 문제가 발생하면 그동안 쌓아놓은 권력·재물·전관예우·혈연·학연·지연 등을 무기 삼아 청탁으로 해결하기 좋아하고, 악마의 미소를 짓는다.

이들은 악마처럼 살아서 어느 시점까지는 얻고자 하는 것을 얻어 앞서 갈지 몰라도 스스로 쌓은 도리에 어긋난 업보 때문에 언젠가는 벌을 받게 되고 시간이 흐르면 흐를수록 주위 사람이 떠나게 되어 중도에 좌절하거나 함께하는 삶이 아닌 탐욕의 삶으로 인해 설사, 성공했더라도 그 맛을 느끼지 못하고, 그동안 겉으로 받은 찬사와 환호는 사라지고 남은 건 허무뿐이라 자신이 누구인지도 모른 채, 헤매는 시절을 보내고 엉터리 삶에 대한 반성도 없이 홀로 노년을 맞이하다 죽어간다. 저 구름에 밭을 가는 헛수고를 한 셈이라 참으로 어리석은 일인데, 스스로 바로잡을 생각을 하지 않아서 그런 것이다.

인간은 본래 먹고자 하는 본능적인 욕구가 해결되면 자신의 존재감을 인정받고 싶어 하는 욕구가 생긴다. 그래서 과시하고 싶어진다. 이는 돈이라면 부러워할 것 없는 억만장자도 그렇고, 사다리의 상층부에 있는 사람들도 그렇다.

우리 자신도 그 자리에 올라가면 똑같은 행세를 하지 않으리라고 단정할 수 없다. 다만, 출세공부가 부족하여 그 자리에 못 오르다 보니 시기 질투하고 뒷담화하는 것이다. 이게 바로 공부가 부족한 우리 모두의 본모습이다.

본래 인간은 이기적인 동물이라 천리보다 인욕을 더 중시하니 온 세상이 항상 시끄럽다. 하도 세상이 한심하여 셰익스피어는 『리어왕』에서 "아이가 세상에 태어나면서 소리쳐 우는 건, 자기가 바보들만이 사는 이

거대한 무대에 태어난 걸 알기 때문이다."고 일갈하지 않았던가?

인생에서 가장 슬픈 일 가운데 하나는 가장 가치 있는 일이 무엇인가를 너무 늦게 안다는 사실이다. 삶에서 가장 중요한 일이 나 자신을 다스리는 일임을 알았을 땐 이미 늙어 버렸다는 현실이 얼마나 한스러운 일인가.73

"네 인생은 이제 거의 다 끝나 가는데 너는 살면서 스스로를 돌아보지 않았고, 행복할 때도 마치 다른 사람의 영혼인 듯 취급했다. 자기 영혼의 떨림을 따르지 않은 사람은 불행할 수밖에 없다."42 이 얼마나 우리의 가슴을 찌르는 한 마디의 말인가?

그럼에도 사람들은 살아가는 과정에서 씨앗 심는 것(因)에는 관심이 없고, 오직 과실(果)에만 관심을 집중한다. '항상 고맙습니다. 지켜봐 주십시오'하면서 삶 자체를 수행으로 알고 씨앗을 심어가면 이게 음덕이 되어 언젠가는 복으로 되돌아오고 훨씬 더 좋은 결과가 나올 수 있는데도 말이다.

세상에는 깨기 힘든 아주 단단한 것 세 가지가 있다. 그것은 강철과 다이아몬드, 그리고 '자신에 대한 그릇된 인식'이다. 특히 자신이 올바로 살고 있다는 확신과 착각은 가장 깨기 어렵다.167 나는 여기서 그동안 어떻게 살아왔는지 반성하는 시간을 가져보았다.

잠시 호흡을 가다듬고 tvN 코미디 프로그램 '코미디 빅리그'의 인기 코너 '갑과 을'(박광수·문규박·손민수)의 한 장면인 "영원한 갑은 없다, 인마."
를 보고 맘껏 웃어보자. 그리고 이게 우리의 자화상이니 반성도 해보자.

옷집 주인(갑)이 전화로 짜장면을 시킨다. 잠시 기다린다.
"야! 아까 출발했다면서 왜 지금 오는 거야?"
배달원(을)이 주눅 들어 대답한다. "점심시간이라서…"
옷집 주인은 옷 잣대로 가슴을 쿡쿡 찌르면서 갑질을 해댄다.
"그럼 나한테 거짓말 한 거네, 단무지는 왜 조금이야. 딱 보면 몰라, 단
무지 많이 먹게 생겼잖아." "빨리 꺼져."
이 말을 듣고 화가 난다. 조금 있다가 다시 문을 열고 들어간다.
"꺼지라는 말 못 들었어?" 옷집 주인이 쏘아붙였다.
배달원(갑)이 따귀를 올려붙이며 대답한다. "옷 사러 왔다, 임마!"

이 코너는 갑질에 당하기만 하던 을이 상황 전복을 통해 갑을관계를
뒤집는 쾌감이 핵심이다. 이 기발한 아이디어는 현장경험에서 나왔단다.
강남 논현동 고깃집을 갔는데 "여종업원 한 분이 하소연하더라고요. 밑
층 술집 종업원들이 밤늦게 와서는 '음식 맛 왜 이러냐?'며 반찬 그릇에
담뱃불 비벼 끄고 난리를 피운다고요."
박광수가 조언 아닌 조언을 해주었다. "그럼 술집 내려가서 술을 시켜
먹고 똑같이 해보세요." 종업원들이 까르르 웃으며 맞장구를 쳤다. 그때
"바로 이거다" 감이 왔어요. 이 코너는 이렇게 만들어졌다.[178]

고양이는 말한다. "참 잘했어요. 박수를 보냅니다. 일상생활 속에서 아
이디어를 붙잡을 수 있다는 게 놀랍고, 그 아이디어를 실행하는 것은 더

놀랍네요. 이렇게 하는 일에 최선을 다하면 원하는 바를 얻을 수 있어요, 잠시도 쉬지 말고 계속 찾아보세요. 그러다보면 성공할 것입니다."

■ 맹상군과 풍환 이야기

　기원전 4세기 말, 고대 중국 전국시대 제나라 왕족의 후예 맹상군은 사 공자 중의 한 사람으로 신분의 귀천을 따지지 않고 사람들을 후대했다. 3,000명이나 되는 식객들이 들끓었다. 자기만의 독특한 인재 관리방식은 병풍 뒤에서 비서가 대화 내용을 기록했다. 작별 전에 가족에게 선물을 전달했다. 식객들은 주도면밀함에 반했다. 그중에는 동물 소리를 흉내 내는 하찮은 재주를 가진 사람도 있었다.

　승승장구하던 맹상군이 제나라 왕의 의심으로 벼슬자리에서 실각하자 식객들이 모두 떠났다. 크나큰 충격을 받았다. 그동안 관심에서 벗어나 칼 차고 투정 섞인 노래만 부르던 '풍환'이라는 식객이 남았다. 시간이 흐르고 그의 기지에 힘입어 복직하였다. 떠난 식객들이 다시 돌아오고 싶다고 추파를 던졌다.

　맹상군이 말했다. "나는 사람을 좋아하여 그들을 대접함에 소홀함이 없었소, 그러나 그들은 내가 벼슬에서 물러나자 하루아침에 나를 버리고 떠나, 어려울 때 나를 도와주는 사람이 없었소. 이제 선생의 힘으로 다시 재상이 되었지만. 다른 빈객들은 무슨 낯으로 나를 볼 수 있겠소. 그자들의 낯에 침을 뱉어 욕보이고 싶소."

그러자 풍환이 절을 하고 달랬다. "대체로 세상의 일과 사물에는 반드시 그렇게 되는 것과 본래부터 그런 것이 있습니다. 살아있는 것이 언젠가 죽는다는 것은 사물의 필연적인 이치입니다. 부귀할 때는 사람들이 많이 몰리고, 가난하고 지위가 낮으면 떠납니다. 이는 본래부터 그러하기 때문입니다.

군께서는 이른 아침에 시장으로 몰려드는 사람들을 보지 못했습니까? 서로 어깨를 부딪치며 서로 먼저 가겠다고 합니다. 그런데 해가 저문 뒤에는 시장을 돌아보지도 않고 그냥 지나갑니다. 기대하는 물건이 없기 때문입니다.

지금 군께서 벼슬을 잃었기 때문에 식객들이 모두 떠난 것은 이와 같은 이치입니다. 이를 원망하여 빈객이 돌아오려는 길을 막아서는 안 됩니다. 다시 찾아오는 사람들을 받아들이고, 예를 다하여 빈객을 전처럼 대우하십시오."

이에 맹상군은 정중하게 "삼가 가르침에 따르겠습니다." 하며 다시 한 번 씁쓸한 미소를 지었다.

남이 더 이상 나를 믿지 않을 때는 남이나 상황을 탓하지 말고 먼저 풍환이 남긴 말을 되새겨 보면 어떨까? 특히 권력과 돈과 자리가 내 능력이라고 착각하는 사람들은 더욱 그렇다.

우리는 늘 아름다운 인간관계를 추구한다. 우정·의리·사랑·희생 등의 가치를 중요시하며, 이해득실에 따라 관계를 맺고 끊는 사람을 경멸한다. 하지만 인간관계를 둘러싼 아름다운 포장지를 뜯고 나면 그 속에는 이해에 따라 움직이는 인간의 욕망이 꿈틀거리고 있다. 내가 다섯 개를 주었는데 왜 저 사람은 나에게 하나밖에 안 주는 거지? 하고 생각한다.

풍환은 이처럼 자신의 이해에 따라 달라지는 인간관계의 본질을 간파했던 것이고, 맹상군은 아름다운 겉모습에 현혹되어 이를 깊이 있게 통찰하지 못했던 것이다. 물론 아름답고 따뜻한 관계를 유지하는 것은 중요하다. 하지만 그 이면에 자리 잡고 있는 인간의 본성 또한 무시해서는 안 될 것이다.[53]

한비자는 "인간의 욕망은 끝이 없으며, 명예욕과 이익욕이 삶의 유일한 원동력이고, 이 세상은 이익을 중심으로 돌아간다."고 하면서 인간의 이기심을 꿰뚫어 보았다.

"땅 주인이 머슴을 고용해 농사를 지을 때 좋은 음식을 먹이고 후하게 대우하고 임금을 지급하는 것은 마음씨가 좋아서가 아니라 그렇게 해야 농사를 잘 지을 것이기 때문이다. 머슴이 열심히 농사를 짓는 것도 주인을 사랑하기 때문이 아니라 부지런하게 일해야 후한 대우를 받을 수 있기 때문이다. 따라서 모든 관계는 계산적이다. 인간의 행위 동기를 '인의와 우애'라는 도덕적 기준으로 판단하는 것이 아니라, 이익을 바탕으로 한다고 주장했다.

"군주는 관직을 팔고, 신하는 지력을 판다." 이와 같이 군주와 신하는 순전히 이익을 계산하는 관계다. "신하는 군주에 대해 골육과 같은 친함이 있는 것이 아니라 권력에 메어서 어쩔 수 없이 섬기는 것이다." "백성이 나를 위해 기도하는 것은 나를 사랑하기 때문이 아니라 내 권세를 두려워하기 때문이다."

"그러므로 일을 하거나 베풀 때는 상대에게 이익을 준다는 마음으로 하면 아무리 관계가 소원했던 사람과도 잘 지낼 수 있고, 상대에게 손해를 입힌다는 마음으로 하면 부자 관계라도 원한을 맺게 된다." 그러니 상대가 배반하지 않을 거라는 믿음에 의존하지 말고, 상대에게 배반당하지 않게 힘을 가지도록 노력해야 한다.[134]

하나의 원리로는 도저히 이해할 수 없는 다양한 인간의 모습을 『군주론』에 담은 마키아벨리도 같은 입장이다.

■ 고마움을 모르는 사람들 이야기

미국의 시카고에 있는 미시간 호수를 유람하던 유람선이 뒤집혀 많은 사람이 조난을 당했다. 마침 그 사고 유람선에 수영 선수가 한 명 있었다. 그는 목숨을 걸고 23명을 살려냈고, 그 후 매스컴에 그의 이름이 떠들썩하게 오르내렸다.

수십 년이 지난 후 토레이 박사가 LA의 한 교회에서 설교 중에 이 사람의 희생적 사랑에 대해 감사를 찬양하는 설교를 했는데, 마침 그 교회에 이젠 노신사가 되어 버린 그 수영 선수가 앉아 있었다. 설교 후 한 성도가 찾아와 저 노신사가 그 유명한 수영 선수였다는 것을 알려주자, 토레이 박사가 그 신사에게 가서 "그 사건 이후 기억에 가장 많이 남는 일이 무엇입니까?"라고 물었다.

그 노신사는 씁쓸하게 웃으며 말했다. "제가 구출한 23명 가운데 아무도 저를 찾아와 고맙다는 말을 한 사람이 없었어요. 그 사실이 가장 기억에 많이 남습니다." 이런 은혜와 감사를 등진 세태와 인심에, 화가 난 교인들이 억장이 무너지고 어처구니가 없어 허허 웃을 수밖에! 이건 너무한 거 아닌가요?

이와 다를 바 없이 공무원 생활 중에 멘토 역할로 후배들 누구나 존경하고 따른 상사가 있었다. 퇴직 후에 관심 밖이었던 어떤 직원이 사무실로 찾아와 기억도 없는 말을 떠올리며 그때의 고마운 마음을 전하더라고 하면서 반면에 정을 듬뿍 준 어떤 후배는 다른 이로부터 잘살고 있다는 소릴 들으니 좋다고 하면서도 안부 전화 한번 없음에 아쉬워했다. '어렵고 힘든 시절의 고마움은 잊고 저 잘났다는 교만으로 살고 있을 거예요, 인성이 그 정도 수준이겠지요.'라며 맞장구쳐주었다. 안부 좀 묻는 게 그리도 어려운 일인가? 이 말을 듣고 나도 생각해 보았다.

■ 은혜를 알고 찾아온 펭귄 이야기

언젠가 영국 일간 '데일리 메일'은 브라질 '리우데자네이루'의 인근 작은 섬에 살고 있는 한 노인과 매년 찾아오는 펭귄의 사연 얘기를 소개했다. 이에 따르면 후앙 페레이라 데 수자(71)는 중유 운반선 사고로 지난 2011년 온통 기름 바다가 되었을 때, 온몸에 기름이 뒤덮여 생사를 오가던 펭귄을 발견하고, 기름을 제거한 뒤 살려 깨끗한 자연의 바다로 보내주었다.

목숨을 구한 펭귄이 자연으로 돌아간 몇 달 뒤 그 녀석과 처음 만난 장소를 찾아갔더니, 놀랍게도 그 구해준 펭귄이 그에게 달려와 안기더란다. 펭귄은 생명의 은인을 만나기 위해 8,000㎞가 넘는 바다를 헤엄쳐 은인을 찾아와 감사 인사를 했다는 얘기다. 페레이라가 살고 있는 이 지역에서 펭귄들은 약 일주일간 머물다 떠나는 것으로 알려져 있는데, 그 펭귄은 헤어지기 싫어 은인의 집에서 약 4개월 정도 더 머물다 갔다고 한다.[155]

■ 이기적인 욕망과 비극 이야기

『그리스 로마 신화』를 보면, 이올코스의 왕좌를 되찾기 위해 모험을 감행하는 이아손과 아르고호 원정대 모험 얘기가 흥미롭게 펼쳐진다.

왕자 이아손은 어린 시절에 자신의 아버지를 내쫓고 왕이 된 삼촌 펠리아스를 피해 펠리온 산에서 현자의 손에 성장한다. 귀국길에 노파로 변신한 헤라를 도와주고 신발 한쪽을 잃어버렸다. 그 왕은 신탁의 예언도 있고 해서 이아손을 궁전으로 오라고 해 얘기를 들어보고서 콜키스 땅에 있는 '황금 양털'을 가져오면 왕위를 넘겨주겠다고 약속한다.

이아손은 모험을 위해 큰 배를 주문했다. "이제껏 바다에 뜬 적이 없는 배, 꿈도 꾸어본 적이 없는 배를 만들어주세요. 꿈도 내가 꾸고 바다에도 내가 띄우겠어요."

그리고 내로라하는 영웅들로 원정대를 꾸려 항해를 시작했다. 죽을 고비를 여러 번 넘겨 가며 쉼플레가데스(박치기하는 두 개의 바위섬)를 통과했다.

우연한 기회에 이아손을 본 콜키스의 공주 메데이아는 첫눈에 반해버렸다. 사랑이 전부인 메데이아는 권력의 욕망을 이용하여 사랑을 독차지하려고 '황금 양털을 차지하도록 도와드리겠어요. 저를 당신의 아내로 삼아주세요'하고 결혼 조건을 내세운다.

왕권을 되찾아야 하는 숙명을 가진 이아손은 사랑의 욕망을 이용하여 권력을 쟁취하고자 받아들인다. 속으로는 서로 다른 행복의 조건이었지만, 겉으로는 서로 다른 욕망과 계산이 일치하여 각각 행복의 성취를 기대했다.(그러나 이 이기적 욕망이 비극의 씨앗이 될 줄을 누가 알았겠는가?)

이아손은 온갖 난관을 극복하고 메데이아의 도움으로 황금 양털을 빼내 함께 도망쳤다. 어떠한 과업도 혼자의 힘으로 이루지 못한다. 신의 장난 같은 내부자의 도움을 받게 된다. 메데이아는 이를 알고 쫓아오던 아버지를 따돌리고, 오빠를 죽였다. 고향에 돌아와 보니 이아손이 죽었다는 거짓말로 그의 가족을 모두 죽인 사실을 알았다. 황금 양털을 펠리아스 왕에게 바쳤으나, 약속은 지켜지지 않았다.

이를 본 메데이아는 이아손의 방조 아래 펠리아스 왕을 죽였다. 권력 쟁취라는 계획은 성공했으나, 시민들이 분노하여 계획은 실패하고 이방의 땅 코린도스로 추방당했다.

절망 속에서 두 아이를 낳고 10년간 행복하게 살고 있는데, 코린도스 왕이 이아손을 사위로 삼겠다고 제의했다. 권력에 눈이 먼 이아손은 메데이아를 배신하고, 결혼 준비를 한다.

이 소문을 들은 메데이아는 배신감에 코린도스 왕과 공주, 그리고 자기가 낳은 두 아들까지 죽였다. 이 충격으로 방황하던 이아손은 자신을 영웅으로 만들어 준 아르고호의 뱃머리가 머리 위로 떨어지는 바람에 죽었다. 이렇게 배신으로 시작된 사랑은 결국 배신으로 끝났다.

평범하고 소박한 메데이아의 유모는 처음부터 두 사람 사이에서 욕망의 충돌과 비극적인 결말을 슬기롭게 꿰뚫어 보았다. "위대하지 않아도 좋으니, 탈 없이 늙어갈 수만 있다면 좋겠어. 중용이 인간에게 최선이거든, 지나친 것은 유익하지 않아."9·148

하나의 사례로 본 그리스 비극에서 배우고 깨달아야 할 점이 너무나 많다. 본래 인간의 모습은 이런 것인지, 황금 양털은 무엇을 상징하는지, 의인화한 숨은 의미는 무엇인지, 각자의 행위는 정당한지, 이아손은 왜 왕이 되지 못했는지, 메데이아는 왜 아들까지 죽여야 했는지, 남자의 야망과 여자의 사랑은 왜 충돌하는지 등등을 주제로 서로 다른 분야와 각도에서 토론 한번 해보았으면 좋겠다.

■ 파리스 심판

파리스의 선택, 루벤스

위 그림은 보면 목동의 차림으로 고민하는 파리스, 황금 사과를 들고 있는 전령 에르메스, 그리고 세 여신이 있다. 맨 왼쪽은 발아래 있는 방패와 갑옷을 볼 때 전쟁의 신 아테나, 가운데 여신은 에로스가 있으니 아프로디테, 맨 오른쪽 여신은 오른쪽의 공작새를 볼 때 헤라다.

바다의 여신 테티스와 미르미돈의 영웅 펠레우스가 신들을 초대하여 성대한 결혼식을 올린다. 그런데 여기 한 명이 초대받지 못하는데, 바로 불화의 여신인 에리스다. 에리스는 화가 나서 "가장 아름다운 여신에게"라고 새겨진 황금사과를 결혼식장에 던졌다.

여신들이 서로 가장 아름답다고 싸우기 시작했고, 예선을 거쳐 결국 최종 후보로 제우스의 아내 헤라, 제우스의 딸로 전쟁과 지혜의 여신 아테나, 사랑의 여신 아프로디테가 남게 된다.

제우스는 심판으로 양치기 청년 파리스를 선택했다. 세 여신은 파리스에게 달콤한 약속으로 유혹한다. 헤라는 세계를 지배하는 왕으로 만들어주겠다, 아테나는 모든 전쟁에서 승리하게 해주겠다, 아프로디테는 세상에서 가장 아름다운 여인을 주겠다고 약속한다.

젊은 파리스는 아프로디테를 선택했고, 그 대가로 헬레네를 아내로 얻게 된다. 헬레네가 스파르타의 왕비였기 때문에 이 선택으로 인해 〈트로이 전쟁〉이 일어났다.

■ 일리아스와 오디세우스

세계 최고의 서사시 『일리아스』는 아킬레우스의 분노와 트로이 전쟁 사이에서 죽음 앞에 선 인간의 운명을 말한다. 어떤 전체성을 갖추고, 이 세계를 온전히 보여준다.

이 작품은 아킬레우스의 분노에서 시작해 트로이 전쟁을 그리고 비유와 인물의 소개, 일상생활의 묘사 등을 통해 평화도 그리고 인간의 사회와 신들의 세계까지 그려서 온 세상을 그려나간다.

이렇게 확장된 세계관을 보여주며 아킬레우스의 '성장'이 전개된다. 그 핵심은 인간의 운명에 대한 통찰이다. 무엇보다도 인간의 운명이 어떤 것인지 돌아보고, 우리에게 그것을 받아들이게 한다. 바로 인간은 왜 죽어야 하는가의 문제이다. 옛사람들은 여기서 인간의 한계를 발견했다.

그리고 그것을 어떻게 받아들일지 모색했다.

이 작품은 인간 역사의 새벽에 아직 소년 또는 청년인 인간들이 이 세계에서의 자신의 지위를 자각하고 그것을 어떻게든 이해하고 견뎌 내려 애쓴 그 시도의 결과라 할 것이다.[102]

반면에, 『오디세우스』에서 가장 큰 가치를 둔 것은 생존과 귀환이며, 거기 필요한 덕목은 인내와 절제, 그리고 지혜다. 무명의 소박한 행복보다 불멸의 명성을 앞세우던 영웅들은 모두 트로이 전쟁터에서 사라져 버렸다. 참을성과 지혜로 살아남아 무너진 집안과 고향을 회복하는 것이 새 시대 인간들의 과제다.

더구나 이 작품 마지막에 다시 선 질서는 단순한 과거의 복원이 아니다. 넓은 세상을 둘러보고, 온갖 종류의 고난과 온갖 유형의 인간들을 겪고 온 영웅은 마지막에 새로운 질서로 한 단계 올라선다. 피의 복수의 악순환을 끊고 우의에 기초한 평화를 확립하기 때문이다. 여기에는 전통적 요소, 고대의 지혜도 담겨있지만, 청동기 문명 말기의 혼란과 암흑기의 모색을 뚫고 지나와, 새로운 시대를 맞은 지중해 인들의 경험과 반성 또한 담겨 있다.[84]

『신들의 전쟁』을 보면, 아래와 같은 〈그리스 로마 신화〉를 도표와 모험 경로까지 그림으로 설명하고 있어 이해가 쉽다. 아래의 '오디세우스의 모험경로'를 따라가다 보면 세상사는 얘기라서 많은 상념에 사로잡혀 더 큰 지혜와 혜안을 얻을 수 있다.[74]

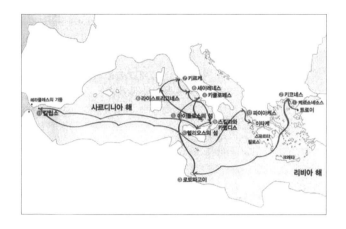

고양이는 말한다. "어떤 이는 그리스 로마 신화, 일리아스, 오디세우스를 좋아해서 다독했다. 어느 해 초가을, 가족과 함께 산토리니 섬에 갔는데, 숙소 이름은 일리아스&오딧세이아 호텔이었고, 근처의 오래된 식당 벽면에 그려진 그림은 오디세우스의 발을 씻겨주고 있는 그림, 페넬로페가 베를 짜고 있는 그림 등으로 도배해 놓은 것을 우연히 보았다. 또 한 번 희열을 맛보고 돌아와 〈일리아스〉와 〈오디세우스〉를 단숨에 정독했단다. 와~! 멋지고 아름다운 세상이야! 아는 만큼 보이고 아는 만큼 느낄 수 있다."

■ 안티고네 이야기

기원전 441년경에 소포클레스가 쓴 그리스의 비극 『안티고네』를 보면, 테바이의 오이디푸스 왕은 큰아들 에테오클레스, 둘째 아들 폴리네이케스, 딸 안티고네와 여동생 이스메네를 남기고 죽었다. 두 아들은 서로 왕이 되려고 싸웠으나 모두 죽고, 왕의 처남이자 조카들의 외삼촌인 크레온은 왕이 되었고, 그의 아내 에우리다케는 왕비가 되었다.

이후 크레온 왕은 자신에게 호의적이었던 에테오클레스는 후하게 장사를 지내주라고 하고, 자신에게 반항했던 폴리네이케스는 테바이를 공격하였다는 이유로 장례식과 애도 및 매장을 금지하라는 포고령을 내리고, 이 원칙은 지켜져야 한다고 선포했다.

동생인 이스메네는 포고령을 무시하고 맞서다가 언니도 죽는다고 만류하였으나, 안티고네는 이를 어기고 매장을 상징하는 의미로 시신에 흙을 덮어주었다. 파수꾼은 이 사실을 왕에게 일러바쳤다.

안티고네는 왕 앞으로 끌려와 말한다. "한낱 인간에 불과한 전하의 포고령이 신들의 변함없는 불문율을 무시할 만큼 강력하다고 생각하지 않아요. 나는 서로 미워하기 위해서가 아니라 서로 사랑하려고 태어났어요."
이는 인륜을 저버릴 수 없다는 말이고, 개인적인 양심에 따른 신성한 책임과 국가 처벌이라는 공적 의무 사이에서의 갈등 상황을 나타내고 있다.

크레온 왕은 말한다. '생매장 선고'라는 원칙은 예외 없이 지켜져야 한다. 도시가 임명한 자가 명령하면 옳고 그름을 떠나 복종해야 한다. 권위에 대한 불복종보다 더 큰 악은 없다. 헛소리 말라며 기존 입장을 고수하고 안티고네를 동굴 속에 가두어 버렸다.

왕의 아들 하이몬은 말한다. "제 약혼녀를 정말 죽일 작정입니까? 그저 말씀만 하시고 들으려하지 않는군요. 아버지 말씀만 옳고 다른 말은 죄다 틀렸다는 생각을 품지 마세요. 자기만 현명하다고 여기는 사람들이야말로 막상 속이 비어있을 때가 많아요. 급류에 굽힐 줄 아는 나무는 가지를 보존하지만, 반항하는 나무들은 뿌리째 뽑혀 넘어집니다."

장님이자 예언자인 테이레시아스는 말한다. "인간들은 누구나 실수할 수 있어요. 하지만 고집부리지 않고 실수를 고친다면 어리석은 사람이 아니지요. 다름 아닌 고집이 어리석음을 만듭니다."

크레온 왕은 말한다. 돈이나 밝히는 노인네로 몰아붙이고 단호히 선언한다. "시끄럽다. 내 결심은 흥정의 대상이 아니다."

이런 과정이 진행되는 동안에 안티고네는 동굴 속에서 목을 매어 자살하고, 이를 안 아들 하이몬도 자살하고, 왕비 에우리디케도 남편을 저주하며 자살하게 된다.

크레온 왕은 다 죽은 후 뒤늦게 한탄하며 오열한다. "아! 분별없는 생각의 치명적인 실수여! 아! 정의가 무엇인지 나는 불행을 통해서 배웠다."

원로들로 구성된 코로스는 말한다. "지혜야말로 으뜸가는 행복이라네. 그리고 신들에 대한 경의는 침범되어서는 안 되는 법, 오만한 자들의 큰소리는 그 벌로 큰 타격을 받게 되어 늙어서 지혜를 가르쳐준다네."[87]

이와 같이 모두가 제 목소리만 낼 때 상황은 파국으로 흐른다. 인간은 무지하여 자신의 죄과에 대한 신의 응징과 고통을 통해서 지혜에 도달한다.

이 비극에서도 배울 점이 너무나 많다. 각 역할의 의미 등에 대해 무엇을 어떻게 배울 것인지 함께 고민해 보았으면 한다.

이준익 〈사도〉 영화감독은 말한다. "어쩌다 보니 사극을 여러 편 찍었다. 역사의 숲에서 빛나는 얘기의 원형을 발견할 때마다 등골을 스치는 전율이 좋다. 영화 〈사도〉 속에 의심 때문에 자식들과 스스로를 망치는 리어왕도 있고, 엇갈린 운명 때문에 아버지를 죽이는 오이디푸스도 있다.

왕명을 어기고 오빠의 시신을 수습했다는 죄로 석굴에 갇혀 자살한 안티고네는 뒤주에서 죽은 사도세자뿐만 아니라 아버지에 대한 의리 사이에서 번민하는 세손(훗날 정조) 모습과도 겹친다. 영화 속에는 이 모두를 합친 것보다 더 크고 '징한' 우리의 정서와 사연이 있다. 연출한 사극은 삶의 희극과 비극을 모두 담아냈다.179

2015년 9월 16일 개봉한 영화 〈사도〉는 온통 어둠으로 뭉친 비극이다. 유아인은 사도세자가 되어 뒤주 속으로 들어갔다. 거기서 뭘 보았을까. "아무것도 안 보이죠. 그리고 다 보이기도 하죠." 유아인에게 눈을 가리고서야 보이는 뭔가가 있지 않으냐고 물었더니, "요즘 청춘도 갑갑하고…, 불확실한 현실에 갇혀 있다는 느낌, 기성세대와의 갈등을 실으려고 했어요.

세상을 당신들이 만들어 놓곤 다음 세대에게 '똑같이 살라'고 강요하잖아요. 사도세자는 '왜?'라는 의문을 던지며 운명과 싸운 인물입니다. 영화 속에서 사도세자는 과녁이 아니라 공중으로 화살을 쏘고, 허공으로 날아간 저 화살이 얼마나 떳떳하냐"고 말한다. 그는 〈사도〉에서 가장 마음에 드는 장면이라고 했다.

술의 신 〈바쿠스의 노래〉 시의 첫 부분이다. "청춘은 얼마나 아름다운가? 하지만 순식간에 지나가 버린다. 즐기고 싶은 자는 어서 즐겨라. 확실한 내일은 없으니까."

그래서 젊음과 청춘은 좋다고 했다. 마음껏 백지에 그리고 싶은 그림을 그릴 수 있으니까 말이다. 그 청춘을 잘 타오르게 하여 꿈이 멋지게 이뤄지길 빌고 또 빈다. 여신은 젊은이들 편이다.

고양이는 말한다. "2500년 전의 그리스 비극이 흐르고 흘러 〈사도〉까지 연결되는구나. 비극이란 누군가에게 '삶은 원래 그런 것'이란 위로를 안겨주는구나. 한 수 배웠다."

꽃 - 김춘수

내가 그의 이름을 불러주기 전에는
그는 다만
하나의 몸짓에 지나지 않았다.

내가 그의 이름을 불러주었을 때
그는 나에게로 와서
꽃이 되었다.

제3장.
무엇을
배울 것인가?

자기 자신을 이기고 예로 돌아가는 것이 인仁이다
예가 아닌 것은 보지 말고, 예가 아닌 것은 듣지 말고,
예가 아닌 것은 말하지 말고, 예가 아닌 것은 행하지 말라.

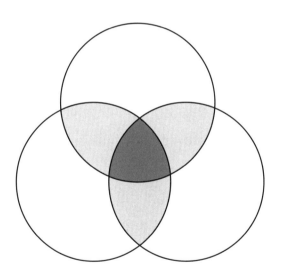

극기복례위인 克己復禮爲仁

안연이 인(仁)에 관하여 여쭈어보자 공자께서 말씀하셨다.

"자기 자신을 이기고 예로 돌아가는 것이 인이다. 어느 날 자기를 이기고 예로 돌아가게 되면 온 천하가 이 사람을 어질다고 할 것이다. 인을 행하는 것이 자기 자신에게 달려 있지 어찌 남에게 달려있겠느냐?"

안연이 "부디 그 세목을 여쭈어보겠습니다."하자, 공자는 "예가 아닌 것은 보지 말고, 예가 아닌 것은 듣지 말고, 예가 아닌 것은 말하지 말고, 예가 아닌 것은 행하지 말라."고 했다. 이에 안연이 말했습니다. "제가 비록 어리석지만, 이 말씀을 힘써 행하겠습니다."[7]17

여기에서 극기복례란 자기 자신의 무절제한 욕망이나 감정을 억제하고 스스로의 언행이 예에 맞는 상태로 복귀하는 것을 뜻한다. 이런 상태가 바로 본래의 모습이고 욕망에 사로잡혀 있는 상태는 변질된 모습이다.

배움이란 극기복례를 배우는 것이므로 쉼 없이 마음공부를 평생해야

---

7) 顏淵問仁, 子曰: "克己復禮爲仁. 一日克己復禮, 天下歸仁焉. 爲仁由己, 而由人乎哉?" 顏淵曰: "請問其目." 子曰: "非禮勿視, 非禮勿聽, 非禮勿言, 非禮勿動." 顏淵曰: "回雖不敏, 請事斯語矣."

하는 것이다. 위 네 가지 시청언동(視聽言動)은 바깥인 몸의 작용이며, 몸의 작용은 내부인 마음의 작용으로부터 일어난다.

그런데 오히려 이같이 밖으로부터 몸을 통제하는 것은 궁극적으로 내부의 마음을 기르기 위해서다. 안연이 이 말을 받들어 실행하였기 때문에 성인의 자리에 오를 수 있었다.[2]

정자가 말했다. 책을 읽는 까닭은 삶의 이치를 깨닫고, 실제의 삶에서 이를 체득하는 데 있다. 그런데 사람들은 문장 구문이나 뜯어보고, 과거시험 보기위한 방편으로만 여기며, 글재주를 뽐내기 위한 수단으로 읽는다.

그 결과 앎은 삶과 따로 놀고, 지식은 지혜로 나아가지 않는다. 많이 알수록 건방지고 교만해지며, 남을 우습게보고 잘난 체만 한다. 이런 독서는 입으로만 흉내 내는 앵무새 공부요, 읽는 시늉만 하는 원숭이 공부와 같아 아무짝에도 쓸데가 없다.[88]

일부 사회의 지도층 인사들과 주변 사람들의 모습에서 공부가 부족한 우리의 모습이 보인다. 자기주장만 내세우며 우리 편, 네 편으로 갈라져 싸우고, 일부 무례한 사람들이 질서를 파괴하고 불법을 저지르고 설쳐대도 마땅히 해야 할 일을 하지 않고 집단이기주의에 빠져 눈치를 보거나 용기가 없어 아무도 나서지 않고 말리지도 않는다. 도가 지나쳐 나서야 할 때는 욕을 먹더라도 나서야 한데 말이다.

이와 반대로 극기복례에 대한 모범사례가 있다. 교황 율리우스 2세는 미켈란젤로에게 시스티나 대성당의 천정에 그림을 부탁했다. 처음에는 몇 번 거절했다가 수락했다.

그림을 그리는 동안 친구가 찾아와 말했다. "돈도 되지 않은 일 그만하게, 누가 알아주나, 대충하게, 아무도 보는 사람 없는데, 천정도 커서 몇 년이 걸릴 거야."

높은 사다리에서 그림을 그리고 있는 절망적인 상태에서 미켈란젤로는 말한다. "그런 소리 하려면 앞으로 찾아오지 말게, 내 양심이 나를 지켜보고 있다네." 4년 후 완성하여 〈천지창조〉라는 대 걸작이 탄생했다.89

■ 인(仁)의 가르침

공자가 제자를 교육하면서 가장 중시한 덕목은 인(仁)이다. 이는 역지사지(易地思之) 관점에서 남을 자신과 똑같은 인간으로 대우하는 것을 말한다. 이를 충서(忠恕)로 표현했다. 공자는 충서의 인을 실현한 자가 군자이고, 이들만이 위정자가 될 자격이 있다고 보았다. 군자는 전적으로 후천적인 학덕연마에 의해 만들어지는 까닭에 혈통과는 아무런 관련이 없다고 했다.

공자는 인(仁)이라는 진리 하나에 대해 제자들의 부족한 점을 파악하여 사람에 따라 각각 다르게 가르쳤다.

거칠고 경솔한 제자 사마우에게는 "실천하는 것이 어려우니, 말하는데 조심하지 않으면 안 된다."

관리력이 뛰어난 중궁에게는 "내가 하고 싶지 않은 것을 남에게 시키지 말라."

이해력이 부족한 번지에게는 상세하면서도 생활에 적용할 수 있도록 "평소 생활에서는 공손하고, 일할 때는 경건히 하며, 남과 어울릴 때는 진심으로 대해야 한다. 이것은 어디에 가더라도 지켜야 한다.”

수제자 안연에게는 “자기를 이기고 예로 돌아가는 것이다.”라고 가르쳤다. 공자는 이때부터 눈높이 수학 선생으로 쭉 집계 강의를 한 셈이다.

이후 주희는 〈성리학〉에서 인(仁)을 '자연이 만물을 낳은 마음' 곧 생명의 의지라고 말했다. 인보다 더 중요한 것이 예(禮)이다. 『논어』의 첫 구절인 '배우고 때때로 익히면 즐겁지 아니한가.'에서는 무엇을 배운다는 것인가?

그것은 바른 생활 습관을 가지고 예를 배운다는 것이다. 그 예는 당시 주나라의 전통적인 제도, 문화, 문물, 사상, 예법, 사람을 대하는 태도, 더 나은 인간이 되기 위한 인격 수양이다.

석가모니(BC 563~486)의 자비, 예수(BC 4~AD 30)의 사랑, 소크라테스(BC 470~399)의 진리 모두 공자(BC 479~552)의 인과 다를 바 없는 성인의 말씀이다. 공자는 교육을 통해 인간의 삶을 발전시키려고 노력했고, 석가모니는 명상을 통한 깨달음의 길을 제시했고, 예수는 이 세상에 집착하지 말고 하나님의 뜻에 복종하라고 가르쳤고, 소크라테스는 사고를 통해 진리를 깨닫게 했다.

결국 성현들은 대자연이 하는 것처럼 우리에게 가장 아름다운 “사랑”을 가르친 것이다. 우리는 존재하는 모든 것을 사랑할 줄 알아야 한다. 사랑은 진리요 전부다. 사랑은 맨 처음 부모에게서 배우지만, 사랑하면서 사랑받으면서 사랑을 배운다. 이 세상을 살아가는 아름다운 무기, '사랑합니다.' '감사합니다.'라는 말을 생활화하면 좋겠다.

■ 지행합일(知行合一)

자로가 공자에게 물었다. "좋은 말을 들으면 곧 실천해야 합니까." "부모 형제가 있는데 어찌 듣는 바대로 행하겠는가." 염유가 같은 질문을 하자 공자가 대답했다. "들으면 곧 행해야 한다."

공서화가 물었다. "왜 같은 질문에 다른 대답을 하십니까." 공자가 상황을 깨닫도록 자세하게 대답했다. "염유는 소극적인 성격이라 적극적으로 나서도록 한 것이고, 자로는 지나치게 적극적이어서 물러서도록 한 것이다."17〈선진〉

공자는 지행합일을 깨우쳐 주고 있다. 배움이란 모든 상황에서 다 같이 통하는 것이 아니라 각자의 성품, 상황, 지식의 정도에 따라 융통성 있게 주어져야 한다는 것이다.

배움의 즐거움

배우고 때때로 그것을 익히면 또한 기쁘지 아니한가.

벗이 먼 곳에서 찾아오면 또한 즐겁지 아니한가.

남이 알아주지 않아도 화내지 않으면 또한 군자답지 아니한가.

學而時習之, 不亦說乎. 有朋自遠方來, 不亦樂乎.
人不知而不慍 不亦君子乎

위와 같이 『논어』〈학이〉의 첫 구절은 배움에 대한 즐거움으로 시작한다. 첫 구절은 인생을 압축해 담고 있다. 젊은 시절에 배움의 즐거움, 왕성한 사회활동 시기에 교류의 기쁨, 인생 중반 이후 더 이상 사람들이 찾지 않고 알아주지 않아도 자족하는 삶이야말로 군자의 모습이란 것이다. 꼭 군자가 되고 싶어서가 아니다.

여기서 군자란 유학에서 학문과 수양을 통해 일정한 인격적 완성도에 이른 가장 이상적인 인간상으로 내세우는 인물이다. 상대적으로 이보다 못한 사람을 소인이라고 한다.

제자 사마우가 군자란 어떤 존재인가를 묻자, 공자는 "군자는 안으로 반성하여 조그마한 하자도 없으니, 걱정하지도 두려워하지도 않는다(不憂不懼)."고 말했다.

그렇다면 어떻게 해야 이러한 군자의 자세를 가질 수 있을까? 우리가 생활하면서 느끼는 대부분의 걱정이나 불안은 거의 모두 자신의 쓸데없는 걱정에서 출발한다는 점을 망각해서는 안 된다. 그래서 공자는 자신의 자성과 수양을 부단히 강조했고, 일생을 바쳐 학문을 좋아하고 목숨 걸고 실천을 중시하였다.

여기서 기쁘다(說)는 말은 내면적으로 우러나오는 깊은 기쁨을 뜻하고, 즐겁다(樂)는 외면적으로 나타나는 가벼운 즐거움을 뜻한다고 볼 수 있다. 삶이란 어차피 홀로 가는 외로운 길이다. 남들은 함께 가는 길이라고 말들 하지만 결국 삶은 혼자 왔다 혼자 가는 길이다. 그것을 외롭다고 할 수 없다. 그것을 슬프다고 할 수 없다. 그것이 인생이니깐.34

여기서 배울 점이 또 있다. 이 문장을 가만히 보면, 끝에 의문을 나타내는 어조사 '호(乎)'가 붙어있다. 공자가 자기 생각을 일방적으로 말하지 않고 '듣는 이의 의견을 물어보는 형식'을 취하고 있다. 말씀마다 '또한(亦)'을 붙여서 다른 것도 있겠지만, '이것 또한 그렇지 아니 한가?'라고 물어보는 점이 여유로운 느낌을 주고, 말하는 방법부터 그렇게 평화로울 수 없다. 말하는 방법부터 다르다.18

또 다른 각도에서 보면, 논어는 학습과 놀이와 노동의 일치는 궁리(窮理)와 즐거움을 만들어내는 행위로서 하나로 통일된 생활의 어떤 멋진 덩어리(일감)를 안겨 주는 이상적인 교육을 지향한다.

아는 것은 진리의 존재를 파악하는 것이고, 좋아함은 그 진리를 아직 자기 것으로 삼지 못한 상태로 볼 수 있고, 즐거움은 그것을 완전히 터득하고 자기 것으로 삼아서 생활화하고 있는 경지로 풀이된다. 그래서 아는 것은 좋아하는 것만 못하고 좋아하는 것은 즐기는 것만 못하다고 했다.

또한 배움은 그 자체가 기쁨이고 대체로 사회적 신분 상승을 위한 것이고, 익히는 것은 복습의 의미가 아니라 실천할 때가 기쁘다는 것이고, 붕우는 수평적 인간관계로 계급사회가 없는 개념이고, 군자는 달관의 경지에 이른 개념이라고 볼 수 있다.

공자는 "나는 열다섯에 학문에 뜻을 두었고, 서른에 인격을 세우게 되었고, 마흔에 세상의 유혹에 흘리지 않게 되었고, 쉰에 하늘의 명이 무엇인지 알았고, 예순에 한 번 들으면 곧 그 이치를 알았고, 일흔에 마음이

하고자 하는 바를 따라도 법도를 넘지 않았다.[8]"고 했다.

또한, "세 사람이 길을 가게 되면 반드시 내 스승이 있다. 좋은 점은 가려 따르고, 좋지 않은 점으로는 자신을 바로잡기 때문이다.(三人行 必有我師, 〈술이〉)"고 했다.

고양이는 말한다. "어떤 이는 어린 시절에 배움의 의미를 잘 알지 못했다. 부모님은 공부해라, 공부해라, 했지만 왜 해야 하는지, 어떻게 하는 것인지도 몰랐다. 모든 일에는 때가 있는데, 그걸 몰랐거나 무시하고 놀았다. 그러다 사회생활을 하다 보니 배움의 부족으로 거부감의 연속이었다. 나이가 들고 언제부턴가 논어를 공부하며 점차 생각이 달라져 갔다. 이걸 이제야 알다니, …그때 알았더라면, 주어진 상황에 따라 대처를 더 잘했을 텐데…, 하면서 아쉬워했다. 그래도 이제야 반성하고 제대로 된 삶을 살고 있으니 이걸 모르고 사는 사람보다야 백번 낫다."

퇴계 이황의 도산서원

---

8) 子曰, 吾十有五而志於學, 三十而立, 四十而不惑, 五十而知天命, 六十而耳順, 七十而從心所欲 不踰矩.〈위정〉

■ 배움은 문질빈빈(文質彬彬)이다

공자가 말한 배움(學)이란 무엇을 말하는가? 문질(文質)을 권한다는 말이다. 지금은 서양의 영향으로 형식과 내용의 이분법이 사용되지만, 이것만으로 사람을 제대로 알 수 없다. 반면에 열렬하게 애쓴다는 뜻의 문(文)과 타고난 바탕이라는 뜻의 질(質)을 알아야 사람을 제대로 알 수 있다.

조선시대 제왕학의 교재 『대학연의』 저자 진덕수는 문(文)을 영화지발현(英華之發見) 즉, '꽃봉오리 안에 잠재해 있던 것이 남김없이 꽃피도록 해주는 것'이라고 풀이한다. 가장 바람직한 것은 문질이 다 좋으면서 서로 균형을 갖추는 경우이다. 그것을 '문질빈빈'이라 한다. 빈빈은 서로 조화를 이룬다는 뜻이다(文質彬彬 然後君子).

그렇다면, '학이시습지(學而時習之)'에서 학(學)은 무엇을 배운다는 뜻일까? 공자가 가르치려 했던 것은 애씀(文), 바른 행동(行), 스스로에게 진실됨(忠), 타인에게 신뢰를 줌(信)이다. 여기서 무엇보다 열렬하게 배워야 하는 것은 애씀(文)이다. 사전의미 그대로 몸과 마음을 다해 혼신의 힘을 쏟아내는 것, 요즘 말로 진정성 있게 사람을 대하고 일을 하는 것이다.

공자는 대체로 바탕 질(質)은 타고나는 것이 대부분이라 가르침이나 배움의 대상으로 삼지 않았다. 그가 배우기를 촉구했던 것은 애씀(文)이다. 애쓰는 법을 배우려는 사람과 그렇지 않은 사람을 비교해 보면 더 명확해진다.

공자는 학즉불고(學則不固) 즉, 애쓰는 법을 배우면 고집불통에 빠지지 않는다고 했다. 반면에 조금도 자신을 바꾸기 위해 나아지지 않는 자가 고집불통(固執不通)이다. 문질(文質)에 이어 사람을 알아보는 핵심 개념으로 학(學)과 고(固)를 만났다. 문질(文質)이 상호보완적이라면 학고(學固)는 대립적이다.

일단 이것만으로 자신 또는 주변 사람들에 대해 문질이 서로 잘 조화를 이뤘는지, 문을 배워 나아가려는 사람인지, 고집부리며 제자리에 머물러 있는 사람인지 알 수 있다.[180]

■ 늙은 사자와 여우 이야기

이빨과 발톱이 너무 닳아서 젊은 시절만큼 먹이를 구하기가 쉽지 않은 어느 늙은 사자는 자신이 병든 척하고 모든 이웃에게 알렸다. 그런 다음 방문객을 기다리며 자신의 동굴 안에서 누워있었다. 그리고 그들이 자신에게 동정을 표하기 위해 왔을 때, 그는 그것들을 하나씩 잡아먹었다.

여우도 또한 왔으나, 그는 그것에 대해 매우 조심성이 있었다. 동굴로부터 안전한 거리에 서서, 그는 그 사자의 건강을 공손히 물었다. 그 사자는 자신이 실로 매우 위중하다고 대답했고 그 여우에게 잠시 들어와 달라고 요청했다.

그러나 여우는 그 사자의 초청에 대해 매우 상냥하게 감사를 표하면서도 매우 현명하게 밖에 머물러 있었다.

"저는 당신이 요청한 대로 기꺼이 하려고 했으나, 발자국들이 당신의 동굴 안으로만 나 있고 밖으로는 나 있지 않은 것을 알았습니다. 말해주세요, 당신의 방문객들이 다시 나올 수 있도록 자신들의 길을 어떻게 찾았나요?"[95]

고양이는 말한다. "지혜로운 사람은 남의 불행을 보고 위험을 안다."

『시경』〈소아〉에서 말했다. 전전긍긍(戰戰兢兢), "언제나 벌벌 떠네. 깊고 깊은 못가에 임하는 심정, 마치 살얼음 위를 걷는 듯하네." 이는 마치 깊은 연못가에 서 있는 것처럼, 자신의 부족함을 경계하고, 얇은 얼음 위를 걷는 것처럼 조심스럽게 인성의 약점을 다루어야 한다는 것으로 후세에 유가의 수신 사상에 커다란 영향을 주었다.

『맹자』에서 말했다. 구방심(求放心), 즉 "인(仁)은 사람의 마음이요, 의(義)는 사람의 길이다. 그 길을 버리고 따라가지 않으며, 그 마음을 놓아버리고 찾을 줄 모르니 안타깝다. 사람이 개와 닭을 잃어버리면 찾을 줄 알지만, 마음을 잃어버리고는 찾을 줄 모른다. 학문의 방법은 다른 곳에 있지 않다. 그 잃어버린 마음을 찾는 것일 뿐이다." 나를 잊지 않도록 평생 공부해라. 그러면, 마음 관리가 잘 되어 더 평온해지고 더 풍요로운 삶을 살 수 있다.

『주자』〈경계편〉에서 말한다. 한평생을 호랑이 꼬리를 밟듯, 봄날에 얼음을 밟듯, 조심스럽게 지낸다. 거울에 먼지를 닦듯 마음 관리를 하고, 꾸준한 독서를 한다. 그러면 군자라 하고 아니면 소인배라 한다.

기독교 사상가 아우구스티누스(354~430)는 "나는 누구인가. 나는 어떤 사람인가. 나는 어떤 잘못된 일을 저지른 적은 없는가. 설령 저지르지 않았어도 적어도 말은 했을 것이다. 설령 말하지 않았어도 생각은 했을 것이다"며 철저하게 자기성찰을 했다.

르네상스의 걸작 아테네 학당, 라파엘로

배우고 싶은 것이 있다면 한 번쯤 거기에 제대로 집중해 보라. 억지로 하는 공부가 아니라 마음에서 우러나와서 하는 공부를 해보라. 미하이 칙센트미하이는 『몰입(FLOW)』에서 "공부의 목적은 더 이상 학점을 받거나 졸업장을 타는 것, 그리고 좋은 직장을 구하는 것이 아니다. 그보다는 주변에서 일어나는 일들에 대한 이해를 높이는 것 그리고 자기 경험의 의미를 이해하고 그 질을 높이는 것이 목적이 되는 것이다."라고 말했다.

우리는 휴일이면 가끔 계곡으로, 산으로, 바다로 가서 경이롭고 아름다운 자연의 모습에 감탄하고 스트레스도 날리며 와! 좋다! 정말 좋다!

고 소리친다. 참 좋은 일상이다.

그런데, 자연이 수만 년 동안 아무 말 없이 주어진 환경에 순응하여 이 아름다움을 스스로 창조했다는 사실을 깊이 깨달아 본 적이 있는가? 또한 개미, 새, 다람쥐, 가재 등 자연의 주인집에 잠시 놀러 간 우리는 손님으로서 당연히 예의를 지켜야 하는데 그런 생각을 해본 적이 있는가?

아마 거의 없을 듯싶다. 어느 자리에서나 배움의 생활화로 깊고 넓게 터득하여 겉모습과 그 이면을 함께 관조하는 사람이 되어보자. 그러다 보면 지치고 힘든 일상 속에서 세상을 더 정확히 바라볼 수 있어 엄청난 환희의 변화가 일어날 것이다.

'대상의 이면을 알게 된다는 것은 우리가 사는 세상을 좀 더 정확히 바라볼 수 있다.'[27] 어떠한 경우라도 그 이면이 있다(서양의 퓌론학파). 이러한 이치를 알면 내 마음이 더 풍요로워진다. 우리 인간도 그 자리 그대로 있어도 스스로 찾아오는 사람이 많아진다면 얼마나 아름다울까 상상해본다.

역지사지 易地思之

'서로 처지를 바꾸어 생각하라'는 뜻으로 자기중심에서 말하거나 행동하지 말고 상대방을 존중하는 마음가짐을 가지라는 것이다. 대부분 동물은 본능적으로 자기 자신만을 챙기려는 습성이 강하다 보니 이를 경계하라는 맹자의 가르침에서 유래되었다.

『맹자』〈이루〉에서 말했다. "남을 예우해도 답례가 없으면 자기의 공경하는 태도를 돌아보고, 남을 사랑해도 친해지지 않으면 자기의 인자함을 돌아보고, 남을 다스려도 다스려지지 않으면 자기의 지혜를 돌아보라." 이 말은 자기중심의 시각이 아니라 상대방의 시각에서 헤아려 보라는 삶의 지혜를 나타내고 있다.

공자는 『논어』〈위령공편〉에서 말했다. "다른 사람에게 무엇을 할 것을 요구할 때 먼저 자신도 그렇게 해야 한다(推己及人)." "내가 서고자 하면 다른 사람을 먼저 세우고, 내가 이루고자 하면 다른 사람이 먼저 이루도록 하라(己欲立而立人 己欲達而達人)." "덕이 있으면 반드시 따르는 사람이 있어 외롭지 않다(德不孤必有隣)."는 내용 또한 같다.

"내가 하고 싶지 않은 일을 남에게 시켜서는 안 된다(己所不慾, 勿施于人)." 이는 중국 전통 윤리의 '도덕적 황금률'이라고도 한다. 바꾸어 말하면 다른 사람에게 무엇을 할 것을 요구할 때 먼저 자신도 그렇게 해야 한다는 얘기다. 내가 상대편에게 굽실거리고 싶지 않으면 상대편도 나에게 굽실거리는 것을 바라지 말아야 하듯이, 서로의 입장을 이해하고 다른 사람의 인격을 존중해야 한다는 가르침이다.

공자는 한마디 말로 죽을 때까지 행해야 할 것이 무엇이냐는 자공의 물음에 "그것은 '서(恕)'라고 했다." 이 모두 일맥상통하여 충서(忠恕)의 도(道)에 이른다고 했다.

『성경』에서 '기독교의 황금률'이 있다. "남에게 대접을 받고자 하는 대로 너희도 남을 대접하라.(누가복음 6:31)" "네 이웃을 네 몸과 같이 사랑하라.(마태복음 22:39)"

이 또한 당신들이 어떻게 대해 주기를 바란다면, 먼저 그들을 동등하게 대해 주어야 한다는 서양의 도덕적 잣대로 자기중심주의를 가지지 말고, 처지를 바꿔 너그럽게 사람을 대하는 태도를 잊지 말라는 말이다.

인간관계의 첫 번째 조건은 바로 상대방의 입장이 되어보는 것이다. 사람들이 자기를 알아주지 않는 것을 걱정하지 말고 내가 남을 알지 못하는 것을 걱정하라. 모든 기쁨과 즐거움의 시작과 끝을 자기 자신의 마음가짐과 실천 태도에서 찾고, 모든 것이 각자의 주관에서 비롯된 것이라 인정받는다는 것이 그만큼 어렵다는 얘기다.

설령, 인정받지 못하더라도 다 내 탓이니 다른 사람을 탓하거나 화내지 않고 묵묵히 자기 소신대로 자신의 길을 가는 것, 그것이 바로 공자가 말하는 군자다움이다.

『앵무새 길들이기』에서 "너는 어떤 사람의 관점에서 사물을 생각하기 전에는 그 사람을 실제로 이해했다고 할 수 없다. 그의 신발을 신고 1마일을 걸어봐야 그를 알 수 있는 것이다. 네가 사람들을 깊이 있게 살펴보면, 그들은 대부분 선량한 사람들이란다." 애티커스 변호사의 이 교훈은 남을 내 맘대로 미리 판단하지 말고 진정으로 애를 써야 한다는 것이고,

그 사람의 입장이 되어보지 않고는 함부로 말하거나 행동해서는 안 된다는 것이다.

『역경』에서 기본이 되는 작용들이 '역(易, the changes)'이라 불리며 모든 자연현상의 이해를 본질적인 것으로 여긴다. 변화(變化)란 거룩한 성인들로 하여금 한없이 심층에 이르게 하고 만물의 씨앗을 움켜잡을 수 있게 한다.

〈주역(The Book of Changes)〉의 대가 이응문 선생은 말한다. "모든 사물 현상에는 조짐과 기미라는 것이 감춰져 있다. 하늘에 묻는 것은 결국 자신에게 묻는 것이다. 우리 성품 안에도 천명이 있으니까 결국 자신을 바르게 한 뒤 스스로에게 묻고 답을 얻는 것이다. 사람은 누구나 자신과 문답한다." "운명이란 정해진 것이 아니어서 자동차 운전에 비유할 수 있다. 1차선으로 가느냐, 2차선으로 가느냐는 스스로 선택할 문제다."

또한, "주역의 핵심 이치는 무엇인가?"라는 질문에 "세상은 음양으로 이뤄져 있다. 음양이 서로 배타적이고 대립 관계로 보이지만, 그림자의 반대편에 빛이 있고, 빛에는 그림자가 따른다. 다시 말해 음에는 양이 들어있고, 양에는 음이 들어있어 음양은 상호 의존적 관계라는 뜻이다. 해가 어디를 비추느냐에 따라 음은 양으로 변하고, 양은 다시 음으로 바뀐다. 마음도 이와 같다. 그래서 주역에선 '역지사지'를 강조하고, 선악을 구별하지 않는다"고 했다.[173]

성현의 말씀을 알기는 하지만, 욕심 때문에 행하기란 쉽지 않다. 그동안 역지사지가 부족했다는 점을 반성한다. 작심삼일이니 마지막 날에 또 작심삼일 하면서 평생 공부인 인성 공부의 끈을 붙잡아 생활화하겠다고 다짐해 본다.

■ 박비향(撲鼻香) - 황벽선사

> 티끌 세상을 벗어나는 일은 예삿일이 아니니,
> 고삐를 단단히 잡고 한바탕 공부할지어다.
> 매서운 추위가 한 번 뼛속 깊이 사무치지 않으면,
> 어찌 코를 찌르는 매화 향을 맡을 수 있으랴.
> 塵勞逈脫事非常 緊把繩頭做一場 不是一番寒徹骨 爭得梅花撲鼻香

매화가 혹독한 추위를 견뎌내야 매혹적인 향을 품을 수 있듯이, 칠흑 같은 어둠도 그 순간을 지나면 여명이 밝아오는 것처럼, 현실의 삶이 고되고 힘들지라도 그 고비를 견뎌내면 삶을 아름답고 향기롭게 느낄 수 있는 날이 온다.

깊어가는 가을밤, 차 한 잔에 이 시를 음미하며 뼈에 사무치도록 화두를 잡고 정진해보았으면 한다.

봄에 나무가 꽃을 피우려면 추운 겨울을 이겨내야 한다. 푸르던 이파리를 남김없이 땅에 떨어뜨리고, 뿌리는 깊게, 껍질은 두껍게 한 채 당당히 서서 추위를 맞서야 한다.

그렇게 살아남아서 봄기운이 돌면 작은 실뿌리까지 부지런히 움직여 땅의 기운을 저 먼 가지 끝까지 올려 보내는 정성을 쏟아야 한다. 무언가 이루려면 과거와 현재의 연기적 관계성을 최대한으로 활용해야 한다. 통찰의 지혜가 필요하다.

오, 제발! 책 좀 읽어라

〈통계청〉 자료에 의하면, 2019년도 기준 우리나라 1인당(13세 이상) 평균 독서 권수는 남자 7.7권, 여자 6.9권으로 나온다. 충격적이다. 대개 1권에 10,000~18,000원 하는 책은 우리에게 너무나 싼 값으로 강의해 주는 명강사다. 성공하는 사람은 독서를 생활화했다는 점을 명심하면 좋겠다.

지난 삼천 년의 세월을 말하지 못하는 사람은 깨달음도 없이 깜깜한 어둠 속에서 하루하루를 살아갈 수밖에 없다.(괴테)·71 역사를 알아야 세계의 흐름이 보이고, 철학을 알아야 자기만의 생각을 가질 수 있다.(짐 로저스)·168

영험한 분위기의 아폴론 성지, 델포이

"책을 대할 때는 한 장 한 장 책장을 넘길 때마다 자신을 읽는 일로 이어져야 하고, 잠든 영혼을 일깨워 보다 가치 있는 삶으로 눈을 뜨게 해야 한다. 그때야 비로소 펼쳐보아도 한 글자 없지만, 항상 환한 빛을 발하고 있는 그런 책까지도 읽을 수 있다(無字經). 책 속에 길이 있다고 말하는 것은 이 때문이다. 책 속에서 그 길을 찾으라."57

"어떤 책을 읽었다고 말하지 말라. 그것을 통해 그대가 얼마큼 더 나아졌고 얼마큼 더 깊은 정신을 가진 인간이 되었는가를 삶에서 실천해 보일 수 있어야 한다. 책은 큰 도움이 된다. 그러나 그 내용을 다 읽었다고 해서 그대가 그만큼 성장했다고 생각한다면 그건 착각이다. 중요한 것은 그대의 삶이 어떻게 변화했는가 하는 것이다."58

성공한 사람의 비결은 바로 지속적인 독서와 메모다. 책은 자원의 보고요 다이아몬드요 인생의 나침판이다. 경험에는 살아가는 동안 부닥치면서 얻은 직접경험과 독서를 통해 얻는 간접경험이 있다. 간접경험은 동서양 최고의 지식인들을 만날 수 있어 내 인생의 가치관을 정립할 수 있도록 도와주고, 직접 하지 못한 경험을 보완해 주고, 정답 없는 인생길에 섬광 같은 가이드가 되어 줄 것이다.

뉴욕 공공도서관으로 가는 길에 있는 'Library Walk'가 있다. 바닥에 문학가나 철학자들의 명언을 새겨 놓았다. 이 중 데카르트 명언을 본다. "좋은 책을 읽는 것은 지나간 세기 최고의 인물들과 대화를 나누는 것과 같다."

중국 명 말의 사상가 고염무는 말했다. "만권의 책을 읽고 만 리 길을 여행하라(讀萬卷書 行萬里路)." 진정한 공부는 책상에만 붙어있다고 이루어지는 것은 아니다. "자식을 사랑한다면 여행을 보내라."라는 속담과 "여행하는 자가 승리한다."는 서양속담은 인생경험 중 여행만 한 것이 없다는 것을 알려준다. 알고 가는 여행이라야 제 맛이 나고 더 즐겁다.

수나라 때 최표는 "5천 권의 책을 읽지 않은 사람은 이 방에 들어올 수 없다. 이런 사람과 이야기 해봤자 쓸데없는 내용뿐이다."고 했고, 조선시대 어떤 사대부 집안의 어른은 "내 딸과 혼인하고 싶거든 5천 권의 책을 읽고 오라."고 했다.

고전은 함께 읽으며 가라. 올바른 공부에 필요한 것은 스승과 도반(道班)이다. 달리 말하면 고전과의 대화다. 먼저 고전 안에서 스승의 가르침을 들어야 한다. 눈앞에 큰 스승을 모시지 못하더라도 책을 통해 사숙(私

淑)할 수가 있다. 또한 배운 바를 벗과 함께 나누어야 한다. 빨리 가려면 혼자 가고, 멀리 가려면 함께 가라 했다. 끝없는 공부의 여정은 함께 가야 버틴다. 홀로 읽을 때에는 아집을 깨고 나오기 어렵다. 함께 읽고 함께 나누어야 삶이 바뀐다는 뜻이다.166

앞에서 본 〈트로이 전쟁〉하면, 트로이 유적지를 발굴한 하인리히 슐리만을 떠올리지 않을 수 없다. 당시 트로이 전쟁의 역사적 실존 여부에 대해 허구적인 신화로 취급하는 풍조가 있었다.

하인리히 슐리만은 7살 때 아버지가 선물해 준 『어린이를 위한 세계사』를 읽으면서 트로이 전쟁 얘기가 신화가 아니라 사실일 것이라 확신을 하고, 돈을 많이 벌어 그 유적을 꼭 발굴하겠다는 결심을 한다.

14살부터 가게 점원, 선원, 경리사원 등으로 일을 하다가 자기 사업을 벌여 돈을 모은 후 46살 때 트로이를 찾아 터키로 떠났다. 그는 발굴을 위해 그리스어를 비롯해 중동 각국의 언어를 배워 15개 언어를 배울 정도로 꿈과 열정이 대단했다.

결국 그는 1870년 트로이 유적지를 발굴했고, 그로 인해 세계적인 인물이 되었다. 슐리만이 유적지를 발굴하기 위해 준비했던 방식을 유형화시키고 목록으로 만들어 독서요령으로 활용해도 좋을 듯싶다.118

■ 전쟁과 평화 이야기

『전쟁과 평화』는 인간의 삶과 역사에 비추어진 시대를 초월한 대서사시다. 톨스토이가 나폴레옹의 러시아 침공을 배경으로 쓴 장편소설이다.

"생은 그 자체로 위대하고 찬란하다"고 전한다.

"내 생활이 나만을 위해 흘러가는 것은 옳지 않다. 다른 사람의 삶이 나와 아무 관계가 없는 것처럼 살아서는 안 된다. 어째서 지금까지 이 높은 하늘이 눈에 띄지 않았을까. 그러나 이제라도 겨우 이것을 알게 되었으니 나는 정말 행복하다. 이 끝없는 하늘 외에는, 모든 것이 공허하고 모든 것이 기만이다."

전쟁터에서 부상으로 쓰러진 안드레이는 의식을 되찾는 순간 이렇게 중얼거린다. 죽음의 문턱까지 다녀온 순간 올려다본 하늘은 얼마나 아름다웠을까? 그동안 전부라고 믿어왔던 욕망과 명예와 부가 얼마나 헛되게 느껴졌을까?

명예욕이 강하고 현실적인 명문가 출신 안드레이 공작은 아우스터리츠 전투에서 큰 깨달음을 얻은 다음 귀환해 새로운 인생을 시작한다. 그는 나타샤와 사랑에 빠지고 이어서 뒤엉켜 버린 상황 속에서 절망과 희망을 넘나들면서 인간의 어리석음과 싸우다 결국 자신의 생을 실험실에 내던지듯이 전쟁터에 지원하여 죽음을 선택한다.

나타샤는 평범한 여인이지만 마음 깊은 곳에는 진정한 인간애를 지니고 있다. 정직하게 자기 앞에 펼쳐진 모든 생을 아낌없이 살아낸다. 결국 끝까지 살아남아 희망의 씨앗을 뿌리는 역할을 한다. 삶의 어느 부분도 포기하지 않는 생명력 넘치는 여인상의 전형이다.[175]

6권의 책을 단 몇 줄로 요약해 이해하기 곤란하겠지만, 가만히 들여다 보면 마치 나를 보고 있는 듯하다.

어떤 독서는 얘기의 향유나 지식 축적의 역할을 넘어서 삶의 길잡이가 되기도 한다. '책 속에 길이 있다'는 오래된 금언의 책이 어느 순간 인생의 전환점이 되기도 한다. 여기에서 메모 노트를 한번 보자.

『성경』은 진정한 나를 비추는 거울이다. 현실에 안주하지 않고 나보다 남을 더 낫게 여기는 삶으로 나를 이끈다.

『데미안』은 성장소설로 자아를 찾아가기 위한 주인공 싱클레어의 내면 탐구가 나이 들수록 새롭게 다가온다.

"새는 알에서 나오려고 투쟁한다. 알은 세계다. 태어나려는 자는 한 세계를 깨뜨려야 한다. 새는 신에게 날아간다. 신의 이름은 아브락사스다."

『어린왕자』는 순수함을 잃을 것 같을 때마다 이 책을 통해 마음을 바로 잡는다. "가장 중요한 것은 눈에 보이지 않는다. 마음으로 보아야 보인다."[82]

『꽃들에게 희망을』은 애벌레들을 주인공으로 경쟁사회를 빗댄다. 나를 밟고 올라간다 해도 올라가면 또 다른 경쟁이 있으니 너무 치열하게 살지 말자고 한다. 따뜻하다.[7]

『소공녀』는 불운한 환경에서도 품위를 잃지 않고 삶을 대하는 자세와 늘 가지고 있는 착한 심성과 희망이 부럽다. 어려운 때마다 세리라면 이 상황을 어떻게 극복했을까 생각한다.

『그리스인 조르바』는 호쾌 방탕하고 자유로운 영혼을 가진 조르바의 선택과 삶의 행보가 '인간이란 무엇인가?'를 되씹어보게 한다.

『무소유』는 욕심 때문에 마음의 중심이 흔들릴 때마다 무심코 펼쳐 든다. 항상 내 옆에 놓여 있다.

『연금술사』는 주인공 산티아고에게 현자가 하는 말이 생각난다. "자네가 무엇인가를 간절히 원할 때 온 우주는 자네의 소망이 실현되도록 도와준다네."

『빨강머리 앤』은 "학원을 졸업할 때 내 앞길이 똑바로 뚫려 있는 것처럼 생각되었어요. 그러나 지금은 굽어진 모퉁이에 온 거예요. 이 길이 굽어지고 나면, 그 끝에 무엇이 있는지 모르지만."[154]

『차라투스트라는 이렇게 말했다』는 "삶이란 심연 위에 걸쳐있는 밧줄과 같다. 건너가는 것도 힘들고, 돌아서는 것도 힘들고, 멈춰 서 있는 것도 힘들다."

『태백산맥』과 『토지』는 수많은 인간 군상의 희로애락과 삶을 대하는 태도를 스스로 돌아보게 한다. 보통 사람들이 보여주는 인간에 대한 예의·사랑·번민 등을 여과 없이 보여준다.

『분노의 포도』는 대공황의 암울한 현실에서 가난에 시달리는 사람들의 가슴 속에 영글어 가는 분노의 포도에서 인간의 생명력과 희망을 보았다. 어떻게든 살아보려고 서부로 모여들지만, 달라진 것은 아무것도 없고, 그냥 하루하루를 살아가는 모습에서 연민을 느낀다.[50]

나를 든든히 지키려거든 재물에 목숨 걸지 말고 독서 습관을 들여라. 많은 사람을, 많은 일을 경험하고 싶은가? 내가 궁금해 하는 모든 것이 책 속에 다 있다. 그런데 읽지는 않으면서 배고프다고, 춥다고 한다. 술자리 할 시간은 많으면서 사는 게 바빠 책 읽을 여가가 없다고 변명하지 마라.

몰입하는 독서라야 제대로 된 독서다. 한 줄 읽고 딴생각하고, 한 장 읽고 딴 짓하는 독서는 독서랄 것도 없다. 책 속의 인물과 한마음으로 만나, 특히 역사책을 읽을 때는 나였더라면 어땠을까? 그래야만 꼼짝하지 않던 옛 인물들이 갑자기 살아 움직이기 시작한다.

조선 후기의 실학자 이덕무는 말했다. 배우는 자가 도를 구하는 것에는 세 가지가 있다. 엄한 스승과 좋은 벗을 따라 날마다 그 가르침을 듣는 것이 첫 번째다. 옛사람의 책을 읽는 것은 두 번째다. 길을 떠나 유람하면서 견문을 넓히는 것이 세 번째다.

니체는 말한다. 책을 읽은 뒤 약탈을 일삼는 도적과 같은 최악의 독자가 되지 마라. 그들은 무언가 값나가는 것은 없는지 혈안이 되어 책의 이곳저곳을 적당히 훑다가 이윽고 책 속에서 자기 상황에 맞는 것, 지금 자신이 써먹을 수 있는 것, 도움이 될 법한 도구를 끄집어내어 훔친다. 그리고 그들이 훔쳐 어렴풋이 이해한 것만 가지고 마치 그 책의 모든 내용인 양 앵무새처럼 큰 소리로 떠드는 것을 삼가지 않는다. 사색과 실천 없이 말만 마구 떠벌리면 망발이 된다. 결국, 그 책을 완전히 다른 것으로 만들어 버리고, 그 책의 전체와 저자를 더럽힌다.118

책은 눈으로 볼 때와 손으로 쓸 때가 확연히 다르다. 손으로 또박또박 베껴 쓰면 내 것이 된다. 눈으로 대충대충 스쳐보는 것은 말 달리며 하는 꽃구경일 뿐이다. 다산은 책 한 권을 통째로 베껴 쓰는 초서 작업을 중요시했다.

'부모가 자녀의 인생에 남겨줄 수 있는 최고의 유산은 독서라는 좋은 습관이다. 이보다 중요하고 강력한 것이 있다면 그것은 아마도 따뜻한 추억이 가득한 가족여행일 것이다.(시드니 해리스)'

'당신의 인생을 가장 짧은 시간에 가장 위대하게 바꿔줄 방법은 무엇인가. 만약 당신이 독서보다 더 좋은 방법을 알고 있다면 그 방법을 따르기 바란다. 그러나 인류가 현재까지 발견한 방법 가운데에서만 찾는다면 당신은 결코 독서보다 더 좋은 방법을 찾을 수 없을 것이다.(워런 버핏)'

'지금의 나를 만든 것은 하버드대학도 아니고 미국이라는 나라도 아니고 내 어머니도 아니다. 내가 살던 마을의 작은 도서관이었다. 100년이 지나도, 200년이 지나도 결코 컴퓨터가 책을 대체할 수 없다.(빌 게이츠)'

'책을 좋아해라. 책을 많이 읽어라. 책은 천만 개 은총으로 갚아준다. 10개를 바치면 1,200개를 돌려준다. 책은 매혹적이며 요염한 여인이다.(고은 시인)'

'독자 여러분의 현독을 기대한다. 독서는 삼독이다. 먼저 텍스트를 읽고, 다음으로 이 글을 쓴 작가의 마음을 읽고, 마지막으로 독자인 나 자신을 읽는 것이다.(신영복)'[1]

'끊임없이 이동하는 자만이 영원히 살아남는다.' 나만의 독서법은 읽고, 밑줄 치고, 베껴 쓰고, 다시 쓰고, 고쳐 쓰고, 외우고, 메모하고 독서일기를 작성하는 전략이다.[118]

고양이는 말한다. "어떤 이는 독서를 좋아한다. 책을 사면 몇 회 또는 수십 번 정독하며 빈칸에 메모하고 베끼고 다시 쓰고, 요약하며 독서에 몰입하고, 모아둔 자료와 대사하며 전달하고자 하는 숨은 뜻을 파악하며 다시 읽기의 매력을 즐겼다.

예로, 『햄릿』을 보다가 '거짓이란 미끼가 진실이란 잉어를 건진다.'는 표현에서, 『논어』의 〈군자불기(君子不器)〉를 써보다가, 영화 《터미네이터》 마지막에 펄펄 끓는 용광로에 빠지면서 'I will be back'하고 사라지는 장면에서, 『한 그릇의 가케소바』에서 어머니와 두 아들이 주어진 역경의 삶을 헤쳐나가는 모습이 겹치면서 허벅지를 내려친 적도, 온몸에 전율을 느낀 적도, 눈물을 흘린 적도 있었다.

이후 어느 순간부터 한 줄을 읽더라도 자각하는 버릇이 생겼다고 했다. 또한, 『신심명』을 여러 해 파고들다가 그분을 만나고 정좌한 체험은 그의 영혼을 정화해주었다고 했다. 그는 독서 속에서 세상을 여행하고 있었다."

그러나 독서로 얻은 지식과 지혜와 그 감정은 실제 경험에서 얻은 그것들에 미치지 못할 수도 있다. 괴테의 소설 『빌헬름 마이스터의 수업시대』에 나오는 「하프 타는 사람의 노래」라는 시로 이를 대신한다.

눈물 젖은 빵을 먹어보지 않은 자,
근심에 찬 여러 밤을
울면서 지새워 본 적이 없는 자,
그대들은 천상의 힘을 알지 못하리

고난을 상징하는 '눈물 젖은 빵'은 일찍이 『성경』〈시편〉에 나온다. 이 빵을 먹어보지 않은 사람은 인생의 진정한 맛을 알지 못하니 인생을 논하지 말라는 뜻이다.

과거 독재정권에 맞서 민주화운동을 하다 죄 없는 죄로 감옥에 가거나 갖은 고문을 참아내는 등 죽기보다 어려운 역경을 견뎌내 봐야 세상을 넓고 깊게 볼 수 있는 힘이 생긴다. 진정으로 감사하고 섭리까지 헤아리는 힘은 지식으로 얻어지는 게 아니라 실제로 부딪치는 고난을 통해 얻어진다고 해도 과언이 아니다.

한 예로, 넬슨 만델라와 김대중은 이 중 한 사람인데 대통령이 되자 보복 없이 용서와 화해로 포용했다. 존경할 수밖에 없다.

메모하라, 기록하라, 책을 써라

잠시 멍 때리고 있을 때, 삼매에 빠져 독서 할 때, 물소리에 맡기고 샤워할 때, 무심코 걷고 있을 때 갑자기 한순간 떠올랐다가 확 스쳐 지나가는 그 착상을 바로 붙잡아 메모하라. 언젠가는 헤라클레스처럼 어려움에 처한 두 갈래 길에서 헤매고 있을 때 올바른 방향을 제시해줄 것이다.

TV에서 개미, 벌, 새들의 삶 추적 프로그램이나 동물의 왕국은 모두 기록의 산물이다. 과학자가 되려면, 가장 기본이 되는 전제조건이 무엇인지 아는가? '초보자는 하나도 빠짐없이 모든 걸 기록하라.'이다.4

생텍쥐페리는 1942년 초 뉴욕 어느 식당 점심시간에 기다리면서 흰 냅킨에 장난삼아 한 소년의 그림을 그리고 있었다. 출판업자 커티스 히치콕이 다가와 "그게 뭐냐?"고 물었다. "별거 아니다. 마음에 담고 다니는 어린 녀석일 뿐이야"라고 답하자 "그 소년 이야기 한 번 써보라"라고 했다. 그래 볼까 하다가 캐릭터를 완성하고 『어린왕자』를 썼다. 1억 부가 판매되었다. 정말 대박이었다. 그렇다. 세상은 이렇게 흘러가 이루어진다.

잭 웰치는 1983년 1월에 부인과 식사 중에 흰 냅킨에 동그라미 세 개를 그렸다. Core(핵심사업), High Tech(하이테크사업), Service(신규사업, 금융방송서비스), 병합하면 엄청난 시너지효과가 창출된다고 판단하고 탄생한 '세 개의 원'은 GE 개혁의 바이블이 되었다.

프랑스 생물학자 루이 파스퇴르는 '우연은 미리 준비된 자에게 다가온다'고 했다. 어떤 일을 성공적으로 이루기 위해서 가장 필요한 것 중 하나는 성공의 기회가 왔을 때 그를 거머쥘 수 있는 준비된 자세로 메모 습관을 강조했다. 평상시 성실하게 준비하고 있으면 기회는 나도 모르게 선물처럼 다가온다.

파브르는 말한다. "누구나 평상시에는 전혀 예상치 못한 정신세계가 독서로 인해 새로 일깨워지는 수가 있다. 이렇게 새로운 세계가 열리는 바로 그 순간부터, 자신의 지혜는 그곳으로 집중되고, 그 결과는 화롯불을 지펴줄 하나의 불씨가 된다. 이런 불씨가 없는 화로 속의 장작은 언제까지나 쓸모없는 나무토막에 지나지 않는다. 사고가 발전해 가는 과정에 새로운 길의 출발점이 되는 이런 읽을거리는 우연한 기회에, 아주 정말 우연하게 손에 들어온다. 우연히 눈에 띈 몇 줄의 글자가 우리의 장래를 결정하고, 그 운명의 고랑으로 밀어 넣는다."[126]

'돈도 벌고 성공하고 싶으면 메모해라' 카이사르·레오나르도 다빈치·에디슨·링컨·잭 웰치의 공통점은 무엇일까? 이들은 한결같이 메모광이었다. 해외에서만 사례를 찾을 수 있는 것은 아니다. 박정희·김대중 전 대통령, 기업가 정신의 표본인 이병철 전 삼성그룹 회장, 전 안철수 카이스트 교수 등도 지독한 메모광이었다.

이들은 모두 자신의 성공은 품 안의 작은 메모지와 필기구가 함께했기에 가능했다고 말한다. 정말 이토록 작은 습관의 차이가 엄청난 결과로 이어진 것일까? 이에 대한 명쾌한 해답을 최효찬 자녀경영연구소장이 내놓는다. '환경에 가장 잘 적응하는 생물이나 집단이 살아남는다는 것이 아니라 메모지에 적는 사람이 살아남는다.'

고양이는 말한다. "어떤 이는 일상이 설렘이요, 호기심천국이다. 스치는 생각을 메모하는 습관도 있다. 메모하다 보면 세상 보는 눈이 달라져 마음이 평온해진단다. 직장생활을 하며 법 개정이나 업무개선사항 등을 제출하여 많이 채택되었다. 시간이 흐르다 보니 보물창고라면서 정보를 수집하려 모여들었다. 참 기분 좋은 일이었다고 회고한다. 지금도 메모하고 과거의 자료와 비교하다 보면 탐욕스러운 인간이 하는 일이 다 똑같구나, 어릴 때부터 인성교육이 중요하구나, 능력보다 먼저 사람이 되어야 하는구나, 마음공부를 쉼 없이 해야 하는구나. 하고 깨닫는다고 했다."

■ 글 읽는 요령

 연암 박지원(1737~1805)은 〈답경지〉와 〈소완정기〉의 답문 〈물을 잊은 물고기〉에서 경지가 보내온 편지에 "요즘 『사기』에 푹 빠져 있습니다. …참으로 사마천의 문장 솜씨는 경탄을 금할 수가 없군요."라는 표현에 대뜸 이렇게 지적하고 나선다.

 그대가 태사공의 〈사기〉를 읽었다고 하나, 그 글만 읽었지 그 마음은 읽지 못했구려. 왜냐구요. 〈항우본기〉를 읽으면 제후들이 성벽 위에서 싸움 구경하던 것이 생각나고, 〈자객열전〉을 읽으면 악사 고점리가 축(筑)을 연주하던 일이 떠오른다 했으니 말입니다. 이것은 늙은 서생의 진부한 말일 뿐이니, 또한 부뚜막 아래에서 숟가락 주웠다는 것과 무엇이 다르겠습니까?
 아이가 나비 잡는 것을 보면, 사마천의 마음을 얻을 수가 있지요. 앞발은 반쯤 꿇고 뒷발은 비스듬히 들고, 손가락을 집게 모양으로 해서 살금살금 다가가다 잡았는가 싶었는데 나비는 호로록 날아가 버립니다. 사방을 둘러보면 아무도 없고, 계면쩍어 씩 웃다가 장차 부끄럽기도 하고 화가 나기도 하는, 이것이 사마천이 이 책을 저술할 때입니다. 이런 마음으로 글을 지었을 것입니다.
 그 마음을 읽지 못하고 그저 그 문장력에 감탄만 하고 앉았다면 그대가 읽은 것은 사마천의 껍데기일 뿐입니다. 나비를 놓친 소년의 그 마음을 읽어야 합니다. 진실은 글자 속에 있지 않습니다."[52]

■ 글 쓰는 요령

영웅 얘기는 어린 시절부터 전성기와 죽음에 이르기까지 하나의 완벽한 이야기 구조를 이루고 있어서 스토리텔링의 모델이라는 것이다. 특히 캠벨은 『천의 얼굴을 가진 영웅』에서 신화 속 영웅들의 여정을 통해 인간의 마음을 움직일 수 있는 19단계의 이야기 구조를 만들어 소개했다.

미국의 저명한 스토리 컨설턴트 크리스토퍼 보글러는 캠벨의 이론을 토대로 『신화, 영웅 그리고 시나리오 쓰기』에서 신화 속 영웅들의 여정을 12단계로 요약했다.

① 영웅은 일상 세계에 소개되어
② 그곳에서 모험을 소명 받지만,
③ 처음에는 결단을 못 하고 주저하거나 소명을 거부한다.
④ 하지만, 정신적 스승의 격려와 도움을 받아
⑤ 첫 관문을 통과하고 모험의 세계로 들어가서,
⑥ 시험을 당하는 과정에서 협력자와 적대자를 만난다.
⑦ 이어 영웅은 동굴 가장 깊은 곳으로 접근하여
⑧ 두 번째 관문을 통과한 뒤 시련을 겪는다.
⑨ 영웅은 그 대가로 보상을 받게 되고
⑩ 귀환의 길에 올라,
⑪ 세 번째 관문을 통과하며 다시 한번 시련을 겪고 부활을 경험하면서 정신적 변모를 한 뒤,
⑫ 영약을 가지고 귀환한다.

보글러는 이 12단계를 현대 영화에 적용하여 영화 속 주인공이 이 단계를 충실하게 따랐을 때 완벽한 스토리를 구현해 낼 수 있다고 주장했다.

글을 쓰게 되면, 나를 되돌아볼 수 있고, 더 자유로워지고, 행복해진다. 내 생각을 정리할 수 있어 지식을 체계화할 수 있고, 지혜가 생긴다. 남을 설득하는 기술이 생기고, 스스로 하는 일이 생기며, 앞일을 계획하게 된다. 멋진 문구를 써놓고 좋아하게 되고, TV 보는 시간이 줄어들고 참 인생의 기록이 된다.

파스칼은 『팡세』에서 말했다. "내가 자주 말했듯이, 인간이 불행을 느끼는 유일한 이유는 그가 방에서 조용히 머무는 법을 모르기 때문이다." "사람들은 침묵을 견디지 못한다. 스스로 견디어내야 한다는 말과 같은 뜻이 될 테니까."[128·33] 이에 대한 해결책으로 놀고 싶은 마음을 붙잡고 때에 맞는 책을 골라 정좌의 자세로 독서에 몰입해 보길 권해본다.

우연과 인연 그리고 필연

어느 작가의 말대로 우연이란 '10만분의 1'에 가깝다. 이 확률은 거의 불가능에 가깝다는 뜻이다. 내가 읽은 소설 중에서 '우연'이라는 말이 가장 많이 나오는 소설은 1968년 프라하의 봄, 역사와 상처를 짊어지고 살아가는 네 남녀의 사랑을 우리의 자화상으로 그린 『참을 수 없는 존재의 가벼움』이었다.

살아가면서 반드시 붙잡을 일이 몇 가지가 있다. 그것은 나도 모르게 문득 스쳐 지나간 생각, 의도함이 없이 그냥 스쳐 지나간 우연, 시절 인연에 따라 나와 아무런 상관없는 누군가와 함께 일하면서 그냥 아무 생각 없이 툭툭 던지는 주옥같은 한마디의 말, 의도하는 방향으로 가지 못하고 잘못된 길로 들어섰을 때 나도 모르게 새로 맛보는 의도하지 않았던 새로운 경험 등이다.

■ 우연

찰스 다윈은 대학 졸업시험을 마치고 장래 계획도 없이 집으로 돌아왔는데, 편지 한 통이 와있었다. 보낸 사람은 케임브리지 대학의 헨슬로 교수였다. 그는 자기 대신 박물학자로서 모국 해군 측량선 비글호를 타고 세계 각지를 조사하러 가지 않겠느냐는 제안이었다. 의도하지 않았으나, 그의 인생을 바꿔 놓을 편지였다.

1931년 12월에 탐사를 나서 1935년 갈라파고스제도를 거쳐 1936년 10월까지 탐사했다. 도마뱀은 헤엄치는 능력이 좋은데 절대 물에 뛰어들지 않았다. 왜 그럴까? 상어 떼 때문일까. 해안에 적도 없는데 환경의 차이일까. 그것의 천적은 상어일까. 아니면 다른 바다 동물일까. 의심을 풀고자 메모하면서 바다 이구아나의 행동을 연구했다. 그 기록의 산물이

『비글호 여행기』『종의 기원』으로 탄생했다.4

또 한 예로, 뮤지컬『오페라의 유령』의 한 장면을 보자. 오페라 극장 지배인의 퇴임을 앞두고 마련한 특별공연 무대에서 이 극장의 주연 여가수인 카를로타가 주인공인 백작 부인 역을 맡아 노래를 부르기로 되어 있었다. 홍보물은 이미 배포되었고 벽면은 온통 카를로타로 도배되었다.

그러나 카를로타가 리허설 중에 갑자기 목소리가 잠겨 이를 대신할 가수가 필요했다. 고민 끝에 여러 명의 조연 무용수 가운데 '크리스틴 다에'가 대신하기로 했다.

크리스틴은 우연히 주어진 무대에서 천사와 같은 아름다운 목소리로 관객을 사로잡았다. 이로 인해 주연 여가수로 등극했다. 그 많은 보조무용수 중에 크리스틴이 뽑힌 이유는 무엇일까? 우연은 미리 준비하는 자에게 다가온다는 말이 딱 들어맞는다. 우연은 절대군주와 같이 큰 도움을 준다. 그래서 나는 '우연'을 매우 소중하게 붙잡는 버릇이 있다. 고양이가 말한다. "세상은 이런 곳이란다."

■ 인연 −피천득

어리석은 사람은 인연을 만나도 몰라보고,
보통 사람은 인연인 줄 알면서도 놓치고,
현명한 사람은 옷깃만 스쳐도 인연을 살려낸다.

사람 팔자는 상대방과의 인연에 따라 변하게 된다. 『열반경』 『전등록』 『벽암록』 등에서 불성(佛性)을 보려면 시절 인연을 관(觀)하라고 했다. 『주역』 20괘(卦)에 해당한다.

시절 인연이란 가장 알맞은 때를 말한다. 모든 인연에는 오고 가는 시기가 있다. 굳이 애쓰지 않아도 만나게 될 인연은 만나게 되어 있는 것이고, 애를 써도 만나지 못할 인연은 만나지 못한다는 것이다. 사람이나 일과의 만남, 또한 깨달음과의 만남도 때가 있는 법이다. 아무리 만나고 싶은 사람이 있고 혹은 갖고 싶은 것이 있어도 시절 인연이 무르익지 않으면 바로 옆에 두고도 만날 수 없는 법이다.

만나고 싶지 않아도 갖고 싶지 않아도 시절의 때를 만나면 만날 수밖에 없듯이 헤어짐도 마찬가지다. 헤어지는 것은 인연이 딱 거기까지이기 때문이다. 무엇이든 내 품 안에 영원히 머무는 것은 이 세상에 하나도 없다(諸行無常). 이렇게 생각하면 재물 때문에 속상해하고 인간관계 때문에 섭섭해 할 이유가 하나도 없다. 모든 인연은 심상에서 비롯된 것임을 부인하지 못한다. 인생은 회자정리(會者定離) 속에서 사필귀정(事必歸正)으로 돌아가는 자연의 섭리 속에 머무는 것이다.[182]

■ 함부로 인연을 맺지 마라 –법정 스님

진정한 인연과 스쳐 가는 인연은 구분해서 인연을 맺어야 한다. 진정한 인연이라면 최선을 다해 좋은 인연을 맺도록 노력하고, 스쳐 가는 인연이라면 무심코 지나쳐 버려야 한다. 그것을 구분하지 못하고 만나는 모든 사람과 헤프게 인연을 맺어 놓으면 쓸 만한 인연을 만나지 못하는 대신에 어설픈 인연만 만나게 되어 그들에 의해 삶이 침해되는 고통을 받아야 한다.

인연을 맺음에 너무 헤퍼서는 안 된다. 옷깃을 한 번 스친 사람들까지 인연을 맺으려 하는 것은 불필요한 소모적인 일이다. 수많은 사람과 접촉하고 살아가고 있는 우리지만 인간적인 필요에서 접촉하고 살아가는 사람들은 주위에 몇몇 사람들에 불과하다. 그들만이라도 진실한 인연을 맺어 놓으면 좋은 삶을 마련하는 데는 부족함이 없다.

진실은 진실한 사람에게만 투자해야 한다. 그래야 그것이 좋은 일로 결실을 맺는다. 아무에게나 진실을 투자하는 건 위험한 일이다. 그것은 상대방에게 내가 쥔 화투 패를 일방적으로 보여주는 것과 다름없는 어리석은 것이다.

우리는 인연을 맺어 도움을 받기도 하지만 그에 못지않게 피해도 많이 당한다. 대부분 피해는 진실 없는 사람에게 진실을 쏟아 부은 대가로 받는 벌이다. 이 모두 배움을 소홀히 하거나 배움이 부족하여 사리를 잘못 판단해 발생한 것이다. 부족한 마음은 독서로 채워야 한다.48

■ 방문객 −정현종

사람이 온다는 건
실은 어마어마한 일이다
그의 과거와 현재, 미래가 함께 오기 때문이다
한 사람의 일생이 오기 때문이다
부서지기 쉬운 그래서 부서지기도 했을
그 마음이 오는 것이다

사람을 만나고 인연을 맺는 일을 매우 중요한 일이라 조심해야 한다. 한 예를 보자. 손오공·저팔계·사오정이 배를 타고 가다 태풍을 만나 배는 부서지고 무인도에 도착했다. 손오공은 섬을 나가려고 헤매고 다니고, 저팔계는 먹을 것만 찾아다니고, 사오정은 피곤하다며 잠만 잤다.

어느 날 손오공은 돌아다니다 요술램프 하나를 발견했다. 주문을 외니 노인 한 분이 나타나 소원 한 가지씩 들어주겠단다. 손오공은 집에 가고 싶다고 해서 보내줬고, 저팔계는 먹을 것이 풍족한 미국으로 보내 달라서 보내줬다.

노인은 돌아갈 시간이 얼마 남지 않아 사오정을 깨워 너의 소원은 뭐냐고 물었더니 '어, 이놈들! 다 어디 갔지, 불러줘'해서 영문도 모른 채 다시 손오공과 저팔계가 돌아왔다. 어눌한 사오정 같은 인연을 만나면 죽을 쑤는 격이다. 삶을 함께할 사람과의 인연은 이렇게 중요하다.

『중일아함경』에서 말했다. '그래서 할 수만 있다면 어리석은 사람과는 만나지 말고, 어리석은 사람과는 함께 일하지도 말라. 또한 그런 이와 뭔가를 따지지도 말고 옳고 그름으로 다투지도 말라.'

한편, 인간은 리더가 누구냐에 따라 쓰임새가 결정되고 그 사람이 달라진다. 어린 시절에 TV에 나오는 〈손오공〉 만화를 좋아했다. 모두의 존경을 받는 삼장법사가 제자인 손오공·저팔계·사오정과 함께 인도에 가서 불경을 구해오는 과정에서 제자들은 각자 제 역할을 충실히 수행했다.

특히 손오공은 요술 봉을 휘두르며 요괴를 물리치고 세상의 정의를 위해 싸워 이긴다. 이때 노래가 나온다. '치키치키 차카차카 초코초코 추 치키치키 차카차카 초코초코 추' 지금도 생생하게 들린다.

나이가 들어 『서유기』를 또 읽어보니 정말 쓸데없이 개 고생한 것 같지만 함께 헤쳐 온 과정 자체가 성불의 과정이었고, 현실 세계의 추악함과 통치계급의 타락상을 폭로한 해학과 풍자의 문학이었다. 천제의 자리를 윤번제로 하자는 주장 등 진보적인 발상도 있었다.

불교 경전인 『숫타니파타』에 이런 말이 있다. "물을 소가 먹으면 우유를 만들어 만인을 이롭게 하지만, 뱀이 먹으면 독이 되어 사람을 죽인다." 당신이 물이라면 누구에게 먹일 것인가?

만약, 당신이 변호사인데, 피해를 준 A 의뢰인은 이기기만 하면 요구하는 거액의 수수료를 다 준다. 피해를 당한 B 의뢰인은 돈이 없어 조금밖에 줄 수 없다고 한다. 내용을 들어보니 A 의뢰인은 악마이고, B 의뢰인은 천사였다.

두 갈래의 갈림길에서 가치관대로 명예롭게 정의를 선택할 것인가, 아니면 그동안 쌓은 명예는 다 팽개치고 돈을 선택할 것인가. 매우 어려운 질문이다. 깊이 고민해 보고 그 길을 가라.

흔들리며 피는 꽃 -도종환

흔들리지 않고 피는 꽃이 어디 있으랴.
이 세상 그 어떤 아름다운 꽃들도
다 흔들리면서 피었나니
흔들리면서 줄기를 곧게 세웠나니
흔들리지 않고 가는 사랑이 어디 있으랴.

제4장.
마음을 어떻게
사용할 것인가?

텅 빈 산에 아무도 없는데
물이 흐르고 꽃이 피듯이

심경 心經

『서경』〈우서〉에서 순임금이 우임금에게 자리를 물려주면서 말했다.

> **"사람의 마음은 동물의 본능을 가지고 있어서 늘 위태롭고,**
>
> **도덕적인 양심은 약한 신념이라서 잘 드러나지 않으니,**
>
> **오로지 정밀하게 살피고 한결같이 지켜**
>
> **그 중심을 붙잡아야 한다."**
>
> 帝曰, 人心惟危 道心惟微 惟精惟一 允執厥中 2·21

『심경』[9]의 저자 진덕수는 〈심경찬〉에서 위 열여섯 글자를 마음공부의 근원이라고 했다. 여기서 인심은 오욕칠정을 말하고, 도심은 천리로서 의로움, 인자함, 치우치지 않음을 말한다. 맹자는 이를 선한 천성 즉, 인

---

9) 천년의 고전인 『심경』은 송나라 진덕수(1178~1235), 명나라 정민정(1445~1500), 퇴계 이황(1501~1570), 율곡 이이(1536~1584), 성호 이익(1681~1763) 등 많은 선비를 거쳐 다산 정약용(1762~1836)이 이어받아 자기 스스로 마음을 체험하고 스스로 경계하기 위해 『심경밀험』을 지었다.

의예지(仁義禮智)로 표현했다. 『중용』에서 '중(中)'은 칠정이 생겨나기 전의 상태로 '천하의 근본'을 가리킨다. 하여 감정과 욕망이 들끓을 때는 성찰이 필요하므로 중심을 지키기 위해 한 걸음 물러나 관조(觀照)하는 시간을 가지는 것이 좋다. 나아가 학문과 수양을 게을리 말아야 한다.

도가의 양생법으로 『백옥섬』에 "마음을 깨끗이 해야 기가 바르다(心淨則氣正)"는 표현이 있다. 정신이 맑으면 얼굴에 빛이 나고 표정도 밝고 기운이 따뜻하고 신심이 가뿐해진다. 이 정도가 되면 사사건건 도토리 키재기 하듯 논쟁을 벌이지 않을 수 있고, 철없는 손자가 실수하더라도 사랑스럽게 보듬어 주는 지혜로운 할아버지처럼 그저 바라보고 웃지 않을까 생각해본다.

1440년경 인도 시인 까르비의 시에 이런 구절이 있다.

꽃을 보러 정원에 가지 말라.
그대 몸 안에 꽃이 만발한 정원이 있다.
거기 연꽃 한 송이가 수천 개의 꽃잎을 안고 있다.
그 수천 개의 꽃잎 위에 앉으라.
그곳에서 정원 안팎으로 가득 피어있는 아름다움을 보라.

바로 보면, 우리는 이 세상에서 유일한 한 송이 아름다운 꽃이다. 문제는 어떻게 가꾸느냐에 달려있다. 아름다운 여자는 오래 못 가지만, 훌륭한 어머니는 영원하다. 자연에 순응하지 아니하고 아름다움을 뽐낼수록 추해져 간다. 자연은 익어가는 것이다.

마음에서 웃음이 피어난다. 그래서 웃음은 인간이 가진 최고의 보석이다. 한 송이의 꽃이 피는 것이다. 웃으면 세상은 정말이지 아름다운 화원이 된다. 그러니 힘들더라도 웃자. 억지라도 웃자. 세상이 힘들수록 웃음은 더욱 빛나는 보석이 된다. 마음이 얼굴의 미소로 웃음꽃이 피어난다. 복이 와서 웃는 게 아니라 웃으면 복이 온다고 했다.

오스트리아 비엔나에 있는 벨베데레 궁전 3층 구석에 전시한 '웃는 조각상'이 있다. 반달눈썹하고 헤벌쭉 웃는 사람, 터져 나오는 웃음을 참는 사람들, 보고만 있어도 웃음이 저절로 나온다. "미소를 지으면 좋은 일이 생긴다.(안면 피드백이론)" 그러나 미소를 지으려면 먼저 마음의 밭을 잘 가꾸어야 한다. 하루에 어린아이는 400번 정도 웃는데, 어른은 15번밖에 웃지 않는다고 한다. 385번의 웃음에는 무슨 일이 일어난 걸까?

날마다 웃으면서 행복하게 살고 싶은가. 좋은 사람을 만나고 싶은가. 그러려면, 내가 해야 할 일이 있다. 먼저 내가 좋은 사람이 되어 있어야 한다. 그럴 때라야 좋은 사람들 속에 들어갈 수 있고 좋은 사람을 만날 수 있다. 좋은 상대를 만나 나빴던 내가 좋아지는 게 아니라 실은 내가 좋아져야 좋은 상대를 알아볼 수 있는 것이다. 나다움이 그런 좋음과 연결될 때, 비로소 나다움 속에서 우리는 평온해질 수 있다.[157]

물리학적으로 좋은 에너지(氣)가 좋은 에너지(氣)를 만나면 그 파장이 점차적으로 널리 퍼져 엄청난 시너지효과를 가져온다. 본래의 마음이 오욕칠정(五慾七情)을 지배하여 천국으로 안내할 것이고, 그 결과에 만족할 것이다. 좋은 에너지를 가지고 있으면 좋은 에너지를 가진 사람들이 모여들고, 나쁜 에너지를 가진 사람들이 스스로 물러나게 되어 있다.

반대로 나쁜 에너지를 가지고 있으면 나쁜 에너지를 가진 사람들이 모여들기 마련이다. 이 경우에는 오욕칠정이 본래의 마음을 지배하여 지옥으로 안내할 것이다. 그럼 좋은 에너지를 가지려면 어떻게 해야 할까. 가랑비에 옷 젖듯이 매일매일 마음공부로 내공을 키워라.

■ 위왕과 미소년의 애증(愛憎) 이야기

'첫인상 밑천이 10년 간다.' 인간의 애증·변덕이 많은 인간관계는 선입관이나 주관에 의해 좌우되기 쉽다. 누군가를 좋아하면 결점도 장점으로 보이고, 싫어하거나 미워하면 과거 자신이 좋아하던 상대의 장점마저 결점으로 보인다. 이처럼 변덕스럽고 얄팍한 인간의 감정을 잘 보여주는 고사를 음미해보자.

사마천의 『사기』에서 '식여도(食餘挑)'에 대한 우화가 있다. 춘추전국시대 위나라 왕에게 총애를 받던 미자하라는 미소년이 있었다. 어느 날 밤, 자하는 어머니가 위독하다는 소식을 듣고 위왕의 명이라 속여 임금이 타는 수레를 타고 나가 어머니를 돌보았다. 이는 발이 잘리는 형벌에 해당하는데 왕은 "효성스럽구나! 어머니를 위해 발이 잘리는 형벌을 무릅쓰다니."하며 칭찬했다.

한번은 자하가 왕과 함께 과수원을 거닐다가 복숭아를 하나 따서 맛보고는 매우 달다면서 왕에게 먹던 것을 주었다. 이에 왕은 기분 좋다는 듯이 "나를 몹시 사랑하구나! 자신의 입맛은 잃고 나를 생각하다니."라며 칭찬했다.

세월이 흘러 자하의 용모가 시들어가면서 왕의 총애도 시들어갔다. 어느 날 자하가 잘못을 저지르자, 왕은 말했다. "저놈은 원래 성질이 좋지 못한 놈이다. 과인의 수레를 훔쳐 탄 적이 있고, 자기가 먹던 복숭아를 감히 과인더러 먹으라고 준 적이 있다. 저 무례한 놈의 목을 당장 베어라!" 그래서 죽었다.

『한비자』에서도 누군가의 마음을 얻고 그것을 유지하는 일이 얼마나 어려운가를 분석하며 변덕스러운 인간의 애증을 비꼬고 있다. 자하의 행동은 처음이나 나중에나 달라진 것이 없다. 그런데 처음에는 칭찬을 듣고 나중에는 죄를 얻었으니 무슨 까닭인가? 그것은 한 생각 차이로 사랑이 미움으로 변했기 때문이다. 그러므로 말을 올리거나 논의를 펼칠 때는 군주의 애증을 미리 살핀 다음 행하지 않으면 안 될 것이다.53·134

흔히 '여자의 마음은 갈대'라고 하지만 이 변덕스러운 마음이 인간의 마음이다. 사랑의 화학적 유효기간은 석 달 열흘이라고 하고, 콩깍지가 벗겨지면 싸움이 잦아져 헤어지게 된다고 한다. 변덕스러운 마음의 변화야 어쩔 수 없다 하더라도 상대방과 적절한 거리를 유지하고(不可近 不可遠), 둘 사이의 관계를 정확히 인지하여 그 선을 넘지 않도록 노력한다면 적어도 자하처럼 상대의 변덕에 휘둘러 비참한 최후를 맞이하지는 않을 것이다.

상선약수 上善若水

가장 훌륭한 것은 물처럼 되는 것이다.

물은 온갖 만물을 섬길 뿐,

그들과 겨루는 일이 없고,

모두가 싫어하는 낮은 곳으로 흐를 뿐이다.

그러기에 물은 도에 가장 가깝다.

上善若水 水善利萬物而不爭 處衆人之所惡 故幾於道

『도덕경』에서 노자는 물을 통해 인간의 최고선이 무엇인지 성찰해 보았다. 물은 생명의 근원이고 삶의 자세요, 존재 방식 그대로의 자기 낮춤이며, 도의 최고 상징이다. 노자가 가르치는 삶의 자세를 한마디로 말하면 "물같이 되라"는 것이다.

그는 "도는 언제나 억지로 하지 않으나 안 된 것이 없다(道常無爲而無不爲)."고 하여 도의 원리와 무위의 역동성에 대해 말한다. 그의 핵심 사상을 딱 3가지만 추리면 부드러움을 귀하게 여기고 약함을 숭상한다. 겸손하고 다투지 않는다. 도는 자연을 본받는다.27

■ 물이 흐르고 꽃이 피듯이(水流花開)

'물이 흐른다(水流)'는 것은 매 순간 살아있다는 의미다. 과거의 아름다운 추억과 아픈 기억이 현재의 삶을 구속하거나 방해할 수 없다는 말이다. '꽃이 핀다(花開)'는 것은 시련을 이겨낸 강인함과 꽃망울을 터트리기 위한 정성스러운 마음을 얘기한다.

물이 흐른다는 말은 지금 활발하게 살아서 새로운 것들을 환희롭게 만나라는 것이다. 강물은 과거에 아름다운 꽃밭을 지나왔을 때도 있었고, 노루와 달콤한 입맞춤을 하기도 했을 터이다.

폭포에서 떨어지는 공포도 있었을 테고, 웅덩이에 갇혀서 빙글빙글 제자리걸음하며 답답했던 적도 있었을 것이다. 만약 지금 흐르는 물이 과거의 아름다운 꽃밭과 현재 만나는 것들을 비교한다면 불만스러운 마음만 가득한 채 흘러가고 있을지도 모른다.

과거의 달콤한 기억 또한 현재를 만나는 것에 방해만 줄 뿐이다. '또다시 폭포를 만나면 어떡하지'하면서 공포스러운 마음으로 흘러가는 물은 없다. 깊은 웅덩이를 만날 것이라는 두려움을 안고 주저하며 흐르는 물은 없다. 새롭고 아름다운 꽃과 새들을 만나고, 신나게 미끄럼 타기도 하면서 모였다 흩어지기를 반복하며 흐를 뿐이다.

또한, 물은 바다로 간다는 기대를 하지 않는다. 그런데 가다 보면 바다에 와 있다. 그러기에 물에게는 온갖 가능성이 있다. 논밭으로 흘러 기름진 양식이 되기도 하고, 수증기로 증발하여 다시 산으로 올라가거나 더 빨리 바다로 가기도 한다. 가능성을 열어둔다면 무엇을 만나도 어떤 상황에서도 기쁠 것이며 좋은 기회가 될 것이다.[45·151]

우리 마음도 물이 흐르듯이 흐르고, 꽃이 피듯이 피어야 한다. 물같이 머무는 바 없이 그 마음 그대로 내야 한다(應無所住而生其心). 꽃은 그냥 피는 것이지 새와 벌과 나비가 오기를 바라고 피는 것이 아니다. 그런데 그들이 오는 것이다.

나의 삶이나 자식의 삶도 그렇다. 기대감을 버리고 온갖 가능성을 열어두어야 한다. 그러면 세상과 만나는 매 순간이 환희롭고 행복할 것이고, 언젠가 우리의 표정과 인생은 연꽃 봉오리처럼 활짝 펴져있을 것이다. 그래서 나는 언제부터인가 수류화개(水流花開)를 나의 가치관으로 삼았다.

설악산 가야동 계곡

멀리 가는 물 -도종환

어떤 강물이든 처음엔 맑은 마음
가벼운 걸음으로 산골짝을 나선다.
사람 사는 세상을 향해 가는 물줄기는
그러나 세상 속을 지나면서
흐린 손으로 옆에 서는 물과도 만나야 한다.

이미 더럽혀진 물이나
썩을 대로 썩은 물과도 만나야 한다.
이 세상 그런 여러 물과 만나며
그만 거기 멈추어 버리는 물은 얼마나 많은가.
제 몸도 버리고 마음도 식은 채,
그러나 다시 제 모습으로 돌아오는 물을 보라.

흐린 것들까지 흐리지 않게 만들어
데리고 가는 물을 보라.
결국 다시 맑아지며 먼 길을 가지 않는가.

때 묻은 많은 것들과 함께 섞여 흐르지만
본래의 제 심성을 다 이지러뜨리지 않으며
제 얼굴 제 마음을 잃지 않으며
멀리 가는 물이 있지 않은가.

일체유심조一切唯心造

『화엄경』에서 말한다. "마음은 그림을 그리는 화가와 같아서 능히 세상사를 다 그려내니 모든 것이 마음먹기에 달렸다(一切唯心造 心如工畫師)." 그래서 마음이 늘 문제다. 하루에도 오만가지 생각이 팥죽 끓듯 한다. 그래서 팔만대장경도 이 손끝 하나에 달려있다고 했다.

달마 조사는 말한다. "마음, 마음, 마음이여! 알 수가 없구나. 너그러울 때는 온 세상을 다 받아들일 듯하더니 한번 옹졸해지니 바늘 하나 꽃을 자리도 없구나."

번뇌(煩惱) 즉 보리(菩提), 마음, 마음, 마음이여! 모양도 빛깔도 없는 이 마음을 어찌 찾는단 말인가? 마음을 찾는다는 말은, 마음을 깨달아야 한다는 말은, 모양이 없는 마음을 찾으려 하지 말고, 마음을 바로 쓰는 길이 곧 마음을 깨닫는 길이라는 뜻이다. 아무 생각 없이 그냥 밥 먹을 때, 똥 쌀 때, 청소할 때의 그 마음, 거울에 먼지를 닦아낼 때의 그 마음이다. 평상심, 청정심, 무념, 무상, 무주다. 반면에 감정이 일어나서 한 일은 깨달음이 아니다.[54]

마음이 제자리에 있지 않으면 보아도 보이지 않고, 들어도 들리지 않고, 먹어도 그 맛을 알지 못한다.[10] 그래서 마음 없이 부르는 소리는 아무리 불러도 들리지 않는다.

판화가 이철수는 〈개소리〉에서 "마음을 열고 들으면 개가 짖어도 법문이다"고 부기했다. 이 정도라면 얼마나 풍요로운 삶이겠는가. 이 한 줄이 감동으로 다가온다.

누구나 몸을 쉬는 방법은 잘 알지만, 마음을 쉴 줄 모른다. 몸은 잠들면 쉬어지는데, 마음은 어떻게 쉴까? 마음의 쉼은 늘 순수한 본래 마음 상태로 회복하는 것이다. 우리 본래 마음으로 돌아가 이 순간을 바로 보는 것이 마음을 쉬는 것이다.

주인인 내 마음이 노예인 내 몸을 통제해야 한다. 거꾸로 되면 꼬리가 몸통을 치는 격이 되어 사고가 난다. 하물며 남이 나를 건드리면 씩씩거리면서 흥분하고 화를 낸다. 이것은 남이 내 마음의 주인이 되어 내 마음과 몸을 노예처럼 다루는 격이다. 이 얼마나 무서운 일인가? 이렇게 내 마음 관리가 안 되면, 큰 사고로 이어져 파란만장한 세계가 된다. 정말 조심해야 한다.

사람들은 바깥세상 탓만 하지 자기 내면을 돌이켜 보고 만족하는 일이 없다 보니 이 세상이 썩었다, 바꾸어야 한다고 한다. 그러나 이 세상은 썩은 일이 없다. 본래 이 세상은 모든 삼라만상을 다 품고 사는 산과 같

---

10) 心不在焉, 視而不見, 聽而不聞 食而不知其味『大學』〈三不在〉

은 것이다. 썩은 것은 주관적인 잣대로만 들이대는 당신의 마음이다. 이 마음만 바로 쓰면 세상은 항상 그대로다.

그 꽃은 항상 거기에 그대로 있었고, 풀잎도 거기 그대로 있었다. 보는 관점에 따라 달라 보인다. 그때그때의 감정에 따라 천사의 마음으로 볼 때 달라 보이고, 악마의 마음으로 볼 때 달라 보인다. 자세히 들여다 보면 잡초가 약초로 보일 때도 있고 그 반대로 보일 때도 있다.

내 몸이라고 하는 자신도 자기 마음대로 안 되는데, 어찌 남이 내 마음대로 되겠느냐? 내 마음대로 되기를 바라는 그 생각을 바꾸어라. 내가 환경에 적응해야지 환경이 나를 맞춰줄 수는 없다. 그런데도 사람들은 나 자신을 고치려 하기보다는 남이 바로 되기만을 바라고 세상이 변하기를 바란다. 꿈도 아닌 꿈을 깨라. 전도몽상(顚倒夢想)이다.[73]

대부분 자기를 돌아보지 않고 남 탓, 세상 탓만 한다. 어째서 그런가? 삶은 본질적으로 변한 것이 없는데, 속도가 가파르게 빨라지니 생각할 틈이 없어서일 게다. 긍정하고 변화에 대응해 가야 한다. 특히 늙은이는 변화에 관심 없이 제 고집대로 살려 하고, 젊은이는 인터넷과 IT시대에서 꼭 필요한 사색은 멀리하고 검색만 하거나 동영상으로 듣기만 하다 보니 전인교육과 더 멀어지는 문제가 있다.

법륜 스님은 말한다. 사람을 위해서 돈이 있는데 돈에 너무 집착하니 돈의 노예가 된다. 몸을 보호하기 위해 옷이 있는데 너무 좋은 옷을 입으니 내가 옷을 보호하게 된다. 사람이 살려고 집이 있는데 집이 너무 좋고 집안에 비싼 게 많으니 사람이 집을 지키는 개가 된다. 전도몽상(顚倒夢想)이다.

자기도 모르게 어느 순간 거꾸로 된다. 지금 여러분들이 인생에 너무 많은 의미를 부여하니까 의미의 노예가 되고 행복하지 못한 것이다. 알기는 하나, 정말 행하기 어려운 일이 구방심(求放心)이요, 방하착(放下著)이다. 탁 내려놓고 가볍게 살아보자. 그러면 인간다운 삶으로 행복해질 것이다.

■ 천당과 지옥은 모두 내 마음속에 있다

천당과 지옥은 어디에 있는가. 천사와 악마는 어디에 살고 있는가. 부처와 중생은 어떻게 살고 있는가. 행복과 불행은 어디에 있는가. 법정 스님은 말한다. "내가 살면서 즐겁고 행복하면 그곳이 바로 천당이요, 살면서 힘들고 고통스러우면 그곳이 지옥이다. 이 모두 내 마음속에 있다." 한 생각 잘하면 천사가 되고, 잘못하면 악마가 되는 것이다.

그러니 지금 이 순간을 그냥 받아들이고 한 생각 잘하여 슬기롭게 대처하면서 사는 것이 내가 해야 할 전부인 것이다. 설사 나와는 다를지라도 타인의 삶의 방식과 견해, 생각과 언행을 존중해야 다른 사람들도 당신을 똑같이 존중할 것이라는 말이다.48

'모든 것은 상대적이다. 고정의 가치가 없다. 불변의 진리는 존재하지 않는다. 모든 것은 변화하고 유동하는 가운데 있다. 놓이는 자리마다 달라진다. 꼭 이래야만 한다고 우기지 말아라. 이것만이 옳다고 고집하지 말아라.'¹³³

『장자』〈변무〉의 우화 중에 '오리 다리가 짧다고 늘리지 말고, 학의 다리가 길다고 자르지 말라'는 얘기가 있다. 짧으면 짧은 대로, 길면 긴 대로 내버려 두라. 다 제 본성대로 잘살아가고 있으니 자연의 이치나 도리에 어긋난 일을 억지로 하지 말라는 뜻이다. 사물에는 각자 본래 가진 성질과 개성이 있고 그에 적절한 면이 있으므로 함부로 손대지 말고 함부로 옳고 그름으로 판단하지 말고 다양성을 인정해야 한다는 말이다. 그럼에도 무식하고 어리석은 인간은 독선과 오만으로 자기 맘대로 늘리거나 줄이면서 아프게 하고 죽음에 이르게 한다.

〈백이열전〉〈노자열전〉에서도 말했다. 고니는 희고, 까마귀는 검다. 흰 게 좋고 까만 건 나쁘다면 까마귀는 어쩌란 말이냐. 그냥 생긴 대로 살도록 두라는 것이다. 천지는 어질지 않고, 만물의 생장성쇠를 자연스럽게 둔다. 이것이 꾸미거나 간섭하지 않는 무위자연(無爲自然)이다. 성인도 백성을 다스림에 있어 이쪽이다, 저쪽이다 깃발을 흔들어 대지 말고 스스로 조화롭게 살도록 그대로 두라고 했다.

맹자는 "대인은 어린 시절의 마음을 잃지 않는다."고 했다. 천하에서 올바른 길을 가는 사람은 태어날 때 그대로의 모습을 간직하고 살아간다는 뜻이다. 진심이 무시당한 경우는 노력을 덜 했기 때문이다. '마음으로 통하라'는 각오로 해야 한다.

고 김수환 추기경은 "머리에서 가슴까지 이 짧은 길을 오는데, 평생이 걸렸다"고 했다. 어느 장관은 직원들에게 진심이 통하게 하려고 컴퓨터 자판기에 의존하지 않고 서투른 글씨라도 손수 편지를 써서 건네주었다고 한 기사를 본 적이 있다.

『어린왕자』는 눈에 보이는 것에만 집착하는 어른들을 조롱하며 시작한다. '사막이 아름다운 것은 어딘가에 샘이 숨어있기 때문이다.' '내가 좋아하는 사람이 나를 좋아해 주는 건 기적이다'고 가르친다. 문제는 어른이 되면서 어린 시절을 잊어버리는 것'이라며 순수한 동시의 세계를 아름다운 영상으로 그려냈다.[82]

이 중 한 단락을 보자. 만약 어른들에게 "장밋빛 벽돌로 지은 예쁜 집을 봤어요. 창에는 제라늄꽃이 있고, 지붕에는 비둘기가 있고요."라고 말하면, 어른들은 그 집이 어떤 집인지를 생각해내지 못한다. "십만 프랑짜리 집을 봤어요!"라고 말해야, 비로소 그들은 "야! 참 멋진 집이구나!" 하고 소리친다. 이 얼마나 속물 같은 인간인가. 어린이들에게는 교통신호를 지키라고 가르쳐놓고서 본인들은 지키지 않는 어른들이여! 반성 좀 해봅시다.

■ 마음의 병, 일곱 가지 치료하는 약

'칠극(七克)'은 예수회 신부 판토하가 1614년 북경에서 한문으로 출판한 책이다. 천주교 교리를 쉽게 설명했다. 사도세자가 읽고, 성호 이익과 다산 정약용을 서학으로 이끈 천주교 수양서이다. 조선의 지식인들이 이 책을 통해 천주교인이 되었다. 서문에서 말했다. "대저 마음의 병이 일곱 가지요, 마음을 치료하는 약이 일곱 가지다. 핵심은 모두 묵은 것을 없애고 새것을 쌓는 것(消舊積新)에 불과하다." 이어 그는 교만함은 겸손으로 이기고, 질투는 어짊과 사랑으로 극복하며, 탐욕은 베풂으로 풀고, 분노는 인내로 가라앉힌다. 욕심은 절제로 막으며, 음란함은 정결로 차단하고, 게으름은 부지런함으로 넘어서야 한다.122·169

인간이 한 생각을 바꾼다는 것은 정말로 어렵다. 마음공부와 독서를 멀리한 사람은 마음이 강철처럼 고집불통이 되어 독불장군처럼 살다 보니 아무리 좋은 얘기라도 '차라리 죽었으면 죽었지, 나는 그렇게는 못해.'라고 말한다.

죽기보다도 어려운 것이 한 마음 바꾸는 일이다. 스스로 깨닫고 수행 정진해야 할 일이다.

■ 어디에도 흔들리지 않는 마음(八風吹不動 一屁打過江)

동파거사는 문장가요 정치가인데 화법이 요즘 말로 하면 너무 정직한 돌직구를 던지는 바람에 이리저리 귀양을 많이 다녔다. 좌천되어 과주의 지방관 태수를 맡았을 때 어느 날 부처님 점안식을 본 후에 자신의 수양에 진전이 있다고 생각해 시 한 수를 지었다.

하늘 중 하늘에게 머리 숙여 절하노니

한 줄기 빛으로 천하를 두루 비추고

팔풍이 불어도 흔들리지 않으며

자금련 위에 단정히 앉아 계시네.

稽首天中天 毫光照大天 八風吹不動 端坐紫金蓮

여기서 하늘은 부처를, 자금련은 부처가 수행하는 자리를 뜻하고, 팔풍은 사람의 마음을 흔들리게 하는 여덟 가지 바람 즉, 칭찬, 조롱, 비난, 명예, 두려움, 슬픔, 괴로움, 즐거움을 말한다.

동파거사는 지은 시 한 수를 자랑하고 싶어 동자를 보내 그 고을 산속에 계시는 친한 벗이자 금산사 큰스님인 불인 선사에게 품평을 정중하게 부탁했다.

태수의 비서가 찾아갔을 때 큰 스님의 몸에서 일어난 반응은 콧방귀였다. "이게 무슨 시란 말인가. 방귀 뀌는 소리로구만!"

동자는 갔다 와서 그대로 전한다. 잔뜩 무슨 호평을 했을까 내심 기다리던 소식은 그만 성질이 폭발해 버리고 만다.

말 한 마리를 잡아 올라타고 이 엉터리 노인네를 한방에 박살 내 버리겠다고 마음먹고 산속으로 달려갔다. 산으로 가는 도중에 큰 개울이 있고, 다리도 하나 있었다. 말발굽이 다리에서 큰 소리로 히잉! 하고 울리면서 막 다리를 건너려고 하는 순간에 동파거사는 큰 플래카드 하나를 보게 된다. 순간 말을 멈추고 한동안 멍해졌다.

거기에는 팔풍취부동 일비타과강(八風吹不動 一屁打過江) 즉, '여덟 가지 바람이 불어와도 마음이 흔들리지 않는다고 하더니 방귀 뀐다는 한소리 얻어맞고 덜컥 강을 건너오셨구려.'

이 게송은 매우 훌륭한 시이지만, 스스로 뽐냄을 알고 깨달음이 아직 멀었다는 뜻을 이런 식으로 일깨워 주었다. 깨달음이란 깨닫기도 어려울 뿐더러 깨달았다 하더라도 자연심을 유지하고 행하기란 참으로 어려운 평생 과제다.

비난이 사람의 마음을 대체로 격하게 흔드는 바람이라면, 칭찬은 소리 없이 흔드는 바람이다. '참 아름다우십니다.'라고 한마디 들으면 80세 노인도 거울을 본다. 반대로 비난받았을 때, 마음이 울컥하여 참아내기란 쉽지 않다.

사람의 마음을 흔드는 것이 어찌 여덟 가지뿐이겠는가. 실은 팔만 사천 가지 바람이 끊임없이 마음을 뒤흔들고 있다. 이 일화를 통해 '이런저런 바람에 의연하게 대처하며 살아야겠구나!'하고 다시 한번 내 마음을 잡아 본다.54

■ 마음의 구조

이나모리 가즈오는 『사장의 도리』에서 마음의 구조는 원으로 하여 혼과 영혼은 정신 의식이고, 이성은 중간에, 감정과 본능은 육체 의식에 속한다고 했다. 의식이 하늘이라면 마음은 그 하늘을 떠다니는 구름과 같은 것이다.

① 혼은 신(神)과 같은 영혼으로 본래의 진정한 나인 하늘의 마음(天心)을 뜻한다.

② 영성은 어느 순간에도 우주 법칙에 적합한 올바른 판단으로 타인을 배려하고 타인에게 도움이 되기를 원하는 이타적인 마음을 말한다.

③ 이성은 사심 없이 옳고 그름을 판단한다. 인간으로서 옳지 않은 일 아닌가? 하면서 최소한 이성으로 제어한다.

④ 감정은 좋고 싫음이나 기분에 따라 자기 마음대로 세상사를 판단하는 일반적인 인간의 모습에 해당한다.

⑤ 본능은 어떤 일이 일어났을 때, 아무런 의식도 없이 본능적으로 가장 먼저 나타나는 현상으로 조직에 옳고 그른가보다 이득과 손해를 기준으로 매사를 판단한다. 이는 짐승과 다를 바 없으며, 자신의 육체를 지키고 유지하기 위한 자기중심적이고 이기적인 모습이다.55

■ 마음이 만드는 4가지 세계

① 극락세계: 사랑과 발전이 조화롭게 발전하면서 모두 잘되기 바라는 착한 마음으로 우주 법칙에 부합한 자리이타(自利利他)의 세계이다.

② 파란만장한 세계: 성공을 하더라도 결국 몰락한다. 자신만 잘되면 그만이라고 여기는 이기적인 사람들의 세계다.

③ 지옥세계: 노력도 하지 않고 다른 사람을 방해하고, 실패를 다른 사람에게 전가하고, 쉽게 돈 벌려고 하는 아수라의 세계다.

④ 식물세계: 그다지 노력도 하지 않고 변화하지도 않지만, 협조는 잘한다. 진보·발전하지 못하지만, 주변의 존재물과 조화를 이루는 이타적

인 세계다.

■ 인간의 욕구위계설

미국 심리학자 매슬로(1908~1970)는 '욕구위계설'에서 인간의 욕구는 다음과 같이 5단계를 통해 단계적으로 나타난다는 이론을 통해 삶의 깊이를 보고 있다.

1단계는 생존이다. 기본적이고도 생리적인 의식주를 추구하고자 끝없이 자신의 욕구에 머물고 있다.

2단계는 안전이다. 이제 의식주는 해결되었으니 안정된 생활로 안전에 대한 욕구를 추구한다.

3단계는 애정이다. 사회에서 자기 위치를 확보하고, 소속감, 존재감, 명예욕을 과시하면서 경제적으로도 충족된 삶을 산다.

4단계는 존경이다. 경제적인 뒷받침과 무관하게 나는 누구인가? 진정 내가 할 일은 무엇인가? 생각하고 사는 삶이다. 실현하는 경우는 20% 미만으로 본다.

5단계는 자아실현이다. 자아를 성찰하고 자기 자신을 발견하고 사회에 환원하고 타인을 나와 같이 배려하면서 타의 귀감이 되는 삶을 말한다.

마음이 아름다우니 세상이 아름다워라 - 이채

밉게 보면 잡초 아닌 풀이 없고
곱게 보면 꽃이 아닌 사람이 없으되,
내가 잡초 되기 싫으니
그대를 꽃으로 볼 일이로다.

털려고 들면 먼지 없는 이 없고
덮으려고 들면 못 덮을 허물 없으되,
누구의 눈에 들기는 힘들어도
그 눈 밖에 나기는 한 순간이더라.

귀가 얇은 자는 그 입 또한 가랑잎처럼 가볍고
귀가 두꺼운 자는 그 입 또한 바위처럼 무거운 법,
생각이 깊은 자여
그대는 남의 말을 내 말처럼 하리라.

겸손은 사람을 머물게 하고
칭찬은 사람을 가깝게 하고
넓음은 사람을 따르게 하고
깊음은 사람을 감동케 하니,

마음이 아름다운 자여
그대 향기에 세상이 아름다워라.

명상과 호흡법 冥想과 呼吸法

참 나는 누구인지, 나는 오늘 어디로 가고 있는지, 자기 자신을 잘 지켜서 주인이 주인 노릇하는 시간을 고요의 체험이라고 한다. 마음을 평온하게 하는 치유 방법으로 명상이 있다. 명상은 우리의 내면세계를 자각하고 그것을 변화시키는 방법론으로 혼란에서 질서로, 혼돈에서 조화로 내면을 목욕하는 것과 같다. 자유와 지혜로 가는 열쇠다.

보지 못했던 것들

서울 진관사 함월당. 템플스테이 주요 프로그램이 이곳에서 진행된다. 눈앞에 소나무 숲이 펼쳐진다.

인도 철학자 오쇼 라즈니쉬(1931~1990)는 모든 문제의 원인은 자각의 결핍에서 온다고 했다. 자각은 만병통치약이다. 이 세상에는 단 하나의 명상만 존재한다. 그것은 바로 지켜보기만 하면 되는 명상이다. 단지 자각의 상태에 머물기만 하면 되는 것이다. 선(禪)은 자각의 정점이다. 명상 기법은 호흡을 들이마시고 내뱉을 때 생각을 멈추고 호흡에만 의식을 집중하여 호흡을 지켜보는 것이다. 딴생각이 떠오르면 그것을 알아차리고 바로 호흡으로 돌아오는 게 중요하다.43

불교의 선문(禪門)에서 흔히 '코끝의 흰 점을 응시하라'는 수행법이 있다. 정좌 자세로 고요히 앉아 시선을 코끝의 흰 점에 두고 숨을 배꼽 아래 단전 부분으로 서서히 깊게 들이마시고 한동안 고요히 있으면 몸의 움직임도 호흡도 없는 지극히 고요한 상태가 된다. 이 고요함이 지극하면 숨을 가만히 내쉰다. 이런 수행을 계속해 가면 마음은 태초의 우주처럼 가없이 텅 비고 얼굴은 호수처럼 평온해진다.

명상음악도 가끔 들으면 좋다. 또한 기회가 되면 미국의 밴드인 핑크마티니의 〈초원의 빛(splendor in the grass)〉도 들어보면 좋을 듯싶다.

사람들은 매일 저마다 급행열차에 몸을 싣지만 정작 자기들이 무얼 찾으러 가는지 모르고 있다. 안절부절 좌충우돌 돌아다니지만 결국은 제자리에서 맴돌고 있다. 세상에 매몰되어 살다 보면 무엇이 중요하고 무엇이 사소한지 잊어버린다. 세상과 격리되어 보아야 문득 정신을 차리고 정말 중요한 것이 무엇인지 다시금 깨닫게 된다.

여름에는 산천초목들이 모두 푸르니, 돋보일 것이 없었다. 추운 겨울이 되어 온갖 초목이 시들게 된 뒤에야 소나무와 잣나무의 푸름을 안다 (歲寒然後 知松栢之後彫也).18·〈세한도〉

도시에서 살다가 은퇴하여 산에서 살다 보면 도시의 삶에서 중요하다고 생각했던 것들이 사소하게 느껴지고, 도시에서 사소하게 생각했던 것들이 중요하게 다가온다고 한다.

잠복은 고개를 들어 유한한 인생의 저 끝을 보게 한다. 중병을 앓거나 죽음이 다가오면 다들 느낀다고 한다. 무엇이 중요했고 무엇이 사소했는지를, 잠복은 인생을 마감할 때 느끼는 것들을 미리 느끼게 한다. 삶이 아직 남아 있을 때, 그 느낌을 느껴보고 실천해 보았으면 한다.[70]

틱낫한 스님은 베트남 출신으로 프랑스에 망명하여 〈자두마을〉이라고 하는 명상센터를 설립했다. 바쁜 일정 속에서도 채소를 가꾸고, 작은 나무를 돌보았다. 한 외국인이 물었다. 이 일을 하지 않는다면 명상할 시간도 많고 저술할 시간도 더 많지 않겠습니까?

이에 답했다. "이런 작은 생명을 돌보고 사소한 일을 하는 것도 명상이지요. 이런 일이 시를 쓰거나 글을 쓰는데 좋은 매개체가 됩니다." 작은 미물과 생명, 사소한 일로부터 참 행복을 얻을 수 있건만, 우리는 너무 멀리서 행복을 찾아 헤매고 있지 않은지 생각해 볼 일이다.

법정 스님 산문집 『버리고 떠나기』에서 말했다. "홀로 있는 시간을 갖도록 하라. 홀로 있어야만 벌거벗은 자기 자신을 그대로 성찰할 수 있다. 그 까닭은 자신을 들여다볼 수 있는 내면의 눈이 가장 맑고 밝기 때문이다. 인간은 고독할 때 신의 음성을 들을 수 있다."

1913년 아시아인 최초로 노벨문학상을 수상한 '심연을 울리는 인도의 등불' 타고르(1861~1941) 시집 『기탄잘리』(신께 바치는 노래)에 실린 '영혼을 정화해주는 아름다운 시'가 있다. 감상해 보자.[8]

■ 기탄잘리 12 −타고르

내 여행의 시간은 길고, 또 그 길은 멉니다.
나는 태양의 첫 햇살을 수레로 타고 출발해,
수많은 별과 행성들에 자취를 남기며
광막한 세계로 항해를 계속하였습니다.

당신에게 가장 가까이 가기 위해서는
가장 먼 길을 돌아가야 하며,
가장 단순한 곡조에 이르기 위해
가장 복잡한 시련을 거쳐야만 합니다.

여행자는 자신의 집에 이르기 위해
모든 낯선 문마다 두드려야 하고,
마침내 가장 깊은 성소에 도달하기 위해
모든 바깥세상을 헤매고 다녀야 합니다.

눈을 감고 '여기 당신이 계십니다!' 하고 말하기까지
내 눈은 멀고도 오래 헤매었습니다.
'아, 당신은 어디에?' 하는 물음과 외침이 녹아
천 개의 눈물의 강이 되고
'내 안에 있다!'라는 확신이 물결처럼 세상에 넘칠 때까지.

행복을 추구할 때 우리는 『오즈의 마법사』처럼 바깥 세계로 치닫게 마련이다. 자기도 모르는 것을 갈망하다 보니 바깥 세계가 기분 좋게 해줄 거라고 기대하는 거다. 그래서 외적인 것에 극도로 매달리게 된다.

반대로 의미를 추구할 때 우리는 내면에 집중하게 된다. 평안한 마음으로 내가 누구인지, 왜 인생을 사는지 알아보는 것이다. 이런 사색을 통해 우리의 영혼이 조화를 이루게 된다. 이처럼 중심을 찾은 사람은 내면에서 스스로 우러나오는 일, 우리 자신에게 꼭 맞는 일을 하게 되어 삶이 풍요로워진다.

제5장.
삶을 어떻게
살 것인가?

오직 지금 이 순간을 즐겨라
그리고 사회에 가치 있는 일을 하라

갈릴리 바다의 폭풍우, 렘브란트

삶이란 무엇인가?

천지라는 것은 만물이 잠시 머물다 가는 호텔과 같은 곳이다. 세월도 백 대의 세대가 나그네로 지나가는 길목일 뿐이다. 우리는 어느 시공간도 주인으로 점유하는 것이 아니고 잠시 셋방처럼 머물다 갈 뿐이다. 인간은 자연 앞에 불가항력적인 한계가 있다. 어찌 그뿐인가. 사람끼리도 어찌하지 못하는 한계가 있다.

세상이 어떻게 돌아가는가를 알고 있으면 크게 화를 낼 일이 적어진다. 모르고 당했을 때 억울하고 화가 나는 법이다. 세상이라는 그물에 걸리지 말아야 한다. 세상이 돌아가는 이치를 궁구하려면 마음공부와 독서가 최고다. 예나 지금이나 세상은 수천 년 동안 변해도 인간의 본성과 삶의 본질은 조금도 변한 것이 없다. 삶의 의미에서 '옛날'이란 언제나 살아 있는 '지금'뿐이다. 앞으로도 그렇다.

이 세상은 본래 약육강식이 지배하고, 불공평하고, 아수라장이고, 요지경이고, 막장 드라마보다 더하여 마음을 상처받는 일이 다반사로 일어난다. 이게 정상적인 모습이다. 세상이 내 맘 같지 않아서 '내가 이 모양인 건 다 세상 탓이고, 빌어먹을 환경 탓이고 남의 탓'이라고 소리쳐 봐야 소용없다. 이런 감정은 내가 모두 바라고 기대한 것이 있어서 그냥 받아들이지 못하기 때문일 수도 있다.

구름이 오고 가는 것에 저 산이 성을 낸 적이 있던가? 이래야만 하고 저래서는 안 된다는 자기만의 잣대를 자꾸 들이대니 삶이 피곤해진다. 상황에 따라 기분이 널을 뛰면, 정작 큰일이 닥쳤을 때 감당이 안 된다. 이러면서 기쁘고 좋은 일만 있기를 바라는가? 그런 것은 세상 어디에도 없다.169

인간의 삶은 흐르는 강물과 같다. 좋은 사람을 만나면 착해지고 나쁜 사람을 만나면 나빠질 수 있다. 물이 개울을 만나면 물소리가 커지고, 폭포를 만나면 험해지고, 평범한 곳에서 조용히 흐르다가 넓은 강에 이르면 서로 엉키고 시끄러워지는 것처럼 말이다.

세상을 살아가기 위해서는 세상과 어울리는 지혜가 필요하다.14 철학적인 삶을 고집할 필요도 없고, 교과서에서 배운 대로만 살 수도 없다. 착한 사람이 잘살고 나쁜 사람이 못사는 세상도 아니다. 겉모습으로만 보면, 악마 같은 사람이 오히려 더 과시하고 더 잘 사는 경우도 많다.(언젠가는 지옥으로 떨어지겠지만)

사람들은 말을 할 때는 객관적인 논리를 중시하지만, 막상 삶의 현장에서는 이와 전혀 다른 양상을 보여준다. 윤리나 도덕을 떠나 동물적인 인간 본연의 시각으로 본다. 때에 따라 이성적인 사고보다 감정적인 사고가 삶을 지배하기도 한다. 주어진 현실이 내 생각과 맞지 않다고 거부할 것이 아니라 받아들이고 주어진 상황을 지배 관리해야 한다.

　본인의 올바른 생각은 접어두거나 무시되고, 나쁜 결과를 초래할 수밖에 없는 소속집단의 잘못된 선택에 저항도 없이 함께하기도 한다. 프리드리히 폰 실러의 말처럼 "개인으로서의 인간은 이성과 상식을 갖추고 있지만, 군중 속에서는 바보가 되기도 한다."

　인간의 탈을 쓰고 언어폭력과 횡포를 일삼는 나쁜 인간들은 권력·직위·재력 등을 이용하거나 밥줄을 담보로 탐욕을 부리기도 한다. 화가 나지만 대항할 힘이 부족하니 이것 또한 지나가리라 생각하고, 때로는 귀머거리가 되고, 봉사가 되고, 벙어리가 되고, 영혼 없는 허수아비가 되어야 한다. 이를 잘 헤쳐나가려면 자신을 드러내지 않고 인내하고 능력을 키우며(韜光養晦) 느긋하게 때를 기다려야 한다, 그때는 반드시 오고 만다는 믿음을 가지고.

　행복한 가정을 꾸려가며 내 뜻대로 한세상을 잘 살아가기란 그리 쉬운 일이 아니다. 이럴 땐 어떻게 해야 할까? 삶의 방정식은 어떠한 일이 닥쳤을 때 처한 상황을 알고, 너를 알고, 나를 알고 무심코 받아들여 관조하며 슬기롭게 대처하는 일이 전부다.[115]

　우리는 세상이라는 주어진 무대에서 천지의 산천초목을 관객으로 삼고 주어진 배우 역할(주연, 조연, 천사, 악마, 행인 등)을 바꾸어가며 살고 있다. 그러니 그 역할에 최선을 다하고 즐기면 된다.

스콜라 철학의 대표자이자 신학자 토마스 아퀴나스(1225?~1274)는 '고통은 은혜요, 축복이다. 고통을 겪으니 사람이 감사하는 마음을 배우게 된다'고 했다. 세상이 모두 끝난 것처럼 무섭다고 눈 감지 마라. 울지도 마라. 살면서 한 번이나 그냥 되는 일을 보았느냐. 그만큼 시간이 흐르고, 그만큼 아픔과 슬픔이 지나고 난 뒤에야 그 길을 더듬어 오지 않았느냐며 우리에게 용기를 북돋아 준다.

바둑을 두는데 꼭 명심해야 할 위기십결(圍碁十訣)[11]이 있다. 평상심을 유지하고 욕심내지 말 것, 상대의 경계에 들어갈 때는 여유를 가질 것, 공격하기 전에 자기의 약점부터 살필 것, 버릴 것은 버리고 선수를 잡을 것, 작은 것은 버리고 큰 것을 취할 것, 달아나도 잡힐 것은 과감히 버릴 것, 함부로 움직이지 말고 신중할 것, 완급을 보아 조화롭게 응수할 것, 상대가 강하면 수비에 힘쓸 것, 불리하면 화평을 취할 것 등이다. 바둑은 인생의 축소판으로 마음 관리에 도움이 된다. 동적인 사람의 마음을 가라앉게 하므로 산만한 어린이에게 집중력을 길러주는데 바둑을 권장하고 싶다.

■ 존재의 삶과 소유의 삶

삶에는 두 가지 방식이 있다. 하나는 석가모니, 예수, 리빙스턴 등과 같은 존재의 삶이 있다. 나 살자고 하는 일이 남에게까지 도움 되기가 어

---

11) 不得貪勝 入界宜緩 攻彼顧我 棄子爭先 捨小取大 逢危須棄 慎勿輕速 動須相應 彼强自保 勢孤取和

디 쉬운 일인가. 오히려 자칫 잘못하면 남에게 해를 입히기도 한다. 그럼에도 그저 존재하고 있는 것만으로도 만물의 삶을 풍요롭게 보듬어 주는 나무처럼 평온함과 행복감을 주며 살아가는 사람을 말한다.

다른 하나는 괴테의 『파우스트』에서 나오는 악마 메피스토텔레스 등과 같은 소유의 삶이 있다.127 탐욕으로 가득 찬 악마처럼 타인의 삶을 짓밟고 노동력을 착취하며 자기의 이익만을 위해 살아가는 욕심 가득 찬 우리 인간이 여기에 속한다.64

19세기 영국 시인 테니슨의 시를 보면 소유를 나타낸다.

"갈라진 암벽에 핀 한 송이 꽃,
나는 너를 갈라진 틈에서 뽑아낸다.
적은 꽃이여, 내가 너를,
뿌리만이 아니라 모든 것을 이해할 수만 있다면
신과 인간이 무엇인지를 이해할 수 있으련만."

일본의 〈바쇼의 하이쿠〉에서는 그저 바라보고 하나가 됨을 나타낸다.

"가만히 살펴보니
냉이 꽃이 피어있네

울타리 밑에!"

괴테의 시 〈발견〉에서는 지속적인 자연 탐구를 나타낸다.

"나무 그늘에 서 있는 작은 꽃을 보았다.
그 꽃을 뿌리째 뽑아
정원에 심으려고 집으로 가져왔다.
그리고 조용한 곳에 꽃을 다시 심었다.
이제 그것은 자꾸 번져나가 꽃을 피운다."

인간은 본질적으로 선한 사람도 악한 사람도 없다. 한 생각 잘하면 천사가 되고, 한 생각 잘못하면 악마가 된다. 한 생각 잘하려면 어떻게 해야 할까? 평생 공부인 마음공부를 생활화하여 평상심을 유지하고 관리하는 것이다. 그러면 평상심이란 무엇인가? "흔들림 없이 고요한 것을 찾는 것이 아니라 흔들리는 물결 위에서 고요해야 한다. 오면 오는 대로 맞아주고 가면 가는 대로 놓아 주면서 매 순간 삶에 충실하는 것"이다. "평상심으로 산다는 것은 물결과 파도를 피해 물속으로 숨는 것도 아니고, 그것에 끌려 다니는 것도 아니다. 따라가되 끌려 다니지 않고, 타고 가되 부대끼지 않는 것이다."

■ 유정설법(有情說法)과 무정설법(無精說法)

'인간은 세상을 살아가는 의미를 두 곳에서 찾는다. 자기 내면인 마음에서 찾거나 외부의 종교·권위·미신·민족에서 찾는다(쇼펜하우어).'

당송 팔대 문장가인 소동파는 약관 20세에 진사로 벼슬길에 올랐고, 『화엄경』 80권을 모두 암기하여 그 박학다식함을 자랑하면서 고승들과 토론을 즐겼다.

어느 날, 동파거사는 세상의 문장과 재주, 식견이 별것 아니라는 것을 깨닫고 참선 수행 중에 노산 흥룡사 동림상총선사를 찾아가 법문을 청한다.

"스님, 저는 제방 여러 고승을 찾아뵙고 법을 청해 들었는데도 아직도 내가 누구인지를 잘 모르겠습니다. 참 나를 깨닫지 못하고 있으니 답답합니다. 부디 이 답답한 마음을 풀어주십시오."

선사는 "그대는 어찌 무정설법은 들으려 하지 않고, 유정설법만 들으려 합니까?"라고 일깨워 주었다. 유정설법은 남의 소리라 소리가 있는 소리요, 무정설법은 자기 내면의 소리라 소리가 없는 소리, 무언의 설법이다.

동파거사는 그길로 무정설법이 과연 어떤 세계일까? 생각과 정이 있는 유정물뿐만 아니라 산·바위·나무 같은 무정물도 설법을 한다고, '이 뭐꼬?'하는 의문이 극점에 이를 때까지 자신을 잊은 채 오직 그 한 생각에 몰두했다.

말이 가는 대로 갔다가 길을 잃고 다시 산모퉁이를 돌아오는 순간, 골

짜기 폭포 앞에 도달했다(老馬之智). 떨어지는 폭포 소리에 확연히 깨닫고
게송을 읊었다.

> 계곡의 물소리는 부처님의 장광설이요.
> 산색 또한 그대로 청정법신이로다.
> 밤새 본 팔만 사천 이 법문을
> 뒷날 후인에게 어찌 전할 수 있을까.
> 溪聲便是廣長舌 山色豈非淸淨身 夜來八萬四千偈 他日如何擧示人

이렇게 마음의 눈이 열렸다. 스스로 얽매인 중생이 한 생각 잘하여 무
위의 지혜인이 된 것이다. 속박을 벗어나니 무위요, 지자와 우인은 둘이
아니었다. 마음을 깨달았느냐, 미했느냐 그 한 생각 차이일 뿐이고, 있는
그대로가 공(空)이요, 색(色)이었던 것이다.

■ 부운(浮雲) −선시(禪詩)

> 삶이란 한 조각 구름이 일어남이요.
> 죽음이란 한 조각 구름이 사라지는 것
> 뜬구름이란 그 자체는 본래 텅 빈 것이니
> 살고 죽고 가고 옴이 또한 이와 같다네.
> 生也一片浮雲起 死也一片浮雲滅 浮雲自體本無實 生死去來亦如然

부처님의 법어로 인생은 '공수래공수거(空手來空手去)'란 말이 여기서 유래했다. 무학대사의 스승인 고려 시대 나옹선사, 조선 초 승려인 함허당 득통화상(1376~1433), 서산대사(1520~1604)의 해탈 시다. 전남 해남 대흥사 가는 길에 혜안으로 '삶과 죽음은 한 조각의 뜬구름'이라 했다.

■ 유훈(遺訓) −도쿠가와 이에야스(1543~1616)

사람의 일생은 무거운 짐을 지고 가는 먼 길과 같다.
그러니 서두르지 마라.
무슨 일이든 마음대로 되는 것이 없음을 알면
오히려 불만 가질 이유도 없다.
마음에 욕심이 차오를 때는 빈궁했던 시절을 떠올려라.
인내는 무사장구의 근본이요, 분노는 적이라고 생각해라.
이기는 것만 알고 정녕 지는 것을 모르면 반드시 해가 미친다.
오로지 자신만을 탓할 것이며 남을 탓하지 마라.
모자라는 것이 넘치는 것보다 낫다. 자기 분수를 알아라.
풀잎 위의 이슬도 무거우면 떨어지기 마련이다.

이에야스는 100년 이상 지속된 전국시대를 통일하고, 에도막부를 250년간 지속시켰다. 도저히 벗어날 수 없어 보이는 온갖 위기 상황을 백번 참으며(百忍) 극복하고 마침내 최후의 승자가 되었다. 그의 삶은 고난과 위기 극복의 연속이었다.

　퇴계의 '경(敬)'사상을 근간으로 한 벽돌 책『대망』12권, 권당 620쪽 분량을 읽은 것도 인내력 테스트지만, 몇 번 읽다 보면 정말로 많은 것을 얻고 깨닫게 한다.[23]

　공자는 "사람이 자신과 결이 다르다고 해서 그의 좋은 말까지 버리지 말라"고 했다. 나는 학인(學人)으로서 공부하며 한국사·동양사·서양사, 인접국인 중국과 일본의 역사를 깊이 알게 되었다.

　인간은 누구나 잘한 일(功)과 잘못한 일(過)이 있다. 우리는 외세침략 등으로 좌우 편 가르기 식의 이데올로기 문화가 만연하여 한번 나쁜 사람 또는 우리 편이 아닌 사람으로 간주하면 아무리 유능한 사람이고 배울 점이 많더라도 이를 배척하며 무조건 나쁜 사람 취급하고 끼리끼리만 하려는 바람직하지 않은 문화가 자리 잡고 있다.

　대국적인 관점에서 무조건 이분법적으로 좋고 싫음이 아니라 미래지향적인 관점에서 배울 것은 배우고 버릴 것은 버리고 유지할 것은 유지하는 문화가 되어야 정신적으로 진정한 선진국에 진입할 수 있다. 이에 대해 깊이 토론 한 번 해보았으면 좋겠다.

　우리는 스스로 왜 침략을 당해야 했는지 깊은 반성(당쟁·당파싸움이 원인)은 하지 않고 조선을 침략하고 반성이 없다는 이유로 일본을 무조건 싫어하고 거부하는 경향이 있다. 여기에는 공부가 부족하여 부화뇌동하는 민심을 흔들어 표를 얻고 자기편끼리 정권을 유지하려는 일부 잘못된 위정자들이 한몫하고 있음을 부인할 수 없다.

앙숙(怏宿) 일본은 동양 문화권에 있지만, 그 정신은 대부분 서양사상과 문화로 구축되어 미세한 부분까지 들여다보면 많은 차이가 있다. 일본을 넘어서는 길은 내 몸속의 암을 친구처럼 동행하듯이 감정적 대응으로 논쟁을 벌이기보다 정략적으로 경제적으로 협력할 것은 협력하고 더 잘살아서 강자가 되는 것이다. 지피지기면 백전불태라 하지 않았는가?(知彼知己 百戰不殆) 약자에겐 굴욕만 있을 뿐이고, 강자가 되어야 평화를 유지하고 경제를 번영시킬 수 있다.67

■ 삶과 죽음(生死觀) ─사마천(BC145?~86?)

사람은 누구나 한 번 죽지만
어떤 죽음은 태산보다 무겁고,
어떤 죽음은 새털보다 가볍다.
이는 죽음을 사용하는 방향이 다르기 때문이다.

人固有一死 或重於泰山 或輕於鴻毛 用之所趨異也

"제가 법에 굴복하여 죽임을 당한다 해도 '아홉 마리 소에서 털 오라기하나(九牛一毛) 없어지는 것과 같고, 땅강아지나 개미 같은 미물과 다를것이 없습니다. 게다가 세상은 절개를 위해 죽은 사람처럼 취급하기는커녕 죄가 너무 커서 어쩔 수 없이 죽었다고 여길 것입니다. 왜 그렇겠습니까? 평소에 제가 해놓은 것이 그렇게 만들었기 때문입니다." "저 같은 사람이 왜 자결하지 못했겠습니까? 고통을 견디고 구차하게 목숨을 부지한 채 더러운 치욕을 마다하지 않는 까닭은 마음속에 다 드러내지 못한 그 무엇이 남아 있는데도 하잘것없이 세상에서 사라져 후세에 제 문장이 드러나지 못하면 어쩌나 한이 되었기 때문입니다."[53]

사마천은 49세에 막다른 골목에서 자결 대신 궁형을 자청하여 세간의 손가락질을 받는 구차한 삶을 선택했다. 후세의 평가를 스스로 위로하고, 미처 다하지 못한 일이 남아 있어서 가치 있는 위대한 선택을 했다. 삶과 죽음은 동전의 양면처럼 함께 있다는 사실을 깨달아야 더 충실한 삶을 살 수 있고, 더 나은 죽음을 맞이할 수 있다.

인생에는 정답이 없다. 고민 끝에 내가 가는 길이 정답이다. 더 강한 표현을 빌리자면 인생이란 죽음을 초월하는 전쟁이다. 왜 무엇 때문에 살고 있는지, 어떻게 살아야 할지, 어떻게 죽길 원하는지 사마천의 근원적인 질문에 고민해야 한다. 삶과 죽음에 대한 생사관은 지독한 고독과 처절한 고통 속에서 정립되는 최소한의 자기 생각이다.

"삶이란 숲속의 길을 걸어가는 것이다. 가보지 않는 길을 헤쳐나가는 것이다.(하이데거)" "삶은 해결해야 할 문제가 아니라 각자 살아내야 할 신비다.(산티아고 순례길 성당 쪽지)" 인생의 일들은 계획한 대로 일어나지 않으며, 사건은 무질서하게 벌어진다.(Life is suddenly) 여기에서 배울 점이 더 많다.

인생은 본래 쓰고 괴로운 것(苦)이고 덧없는 것이다(人生無常). 수만 가지 번뇌가 있으니 깨달음이 있다. 어둠 속에서 불행하다고 생각하지만 참고 견디다 보면 밝은 빛을 볼 수 있어 행복을 느끼는 것이다. 인생에서는 행복이라는 하얀 그림자와 불행이라는 검은 그림자가 동행한다.

세상은 보이는 게 다가 아니다. 사람들은 저마다 깊은 고통을 감추고 산다. 삶은 위장의 가면이다. 평화는 위장된 유예다. 일상은 아슬아슬한 줄타기의 연속이다. 우리는 절대 그 싸움터에서 지치거나 포기해서는 안 된다.81

암사자는 새끼를 낳으면 젖을 빨리기 전에 새끼들을 벼랑에서 내던진다. 그리고 살아 돌아오는 놈들에게만 젖꼭지를 물린다. 정글의 적자생존에서 살아남을 수 없는 허약한 놈은 아예 키우지 않는다. 살아있음을 행복할 줄 알아야 본질이 보인다.

내가 느끼는 감정들을 누구나 겪으며 살아간다. 주어진 처지와 상황만 다를 뿐 누구나 힘겹고 어려운 시간이 있다. 누구나 아픔을 가슴속에 품고 살아가고 있다. 어린이대로 청소년대로 노인대로 그 나이만큼의 무게와 생각을 지니고 살아간다. 그러니 잘 대해 주어야 한다. 그렇다. 이방인이라고 홀대하지 마라. 그들은 변장한 천사일 수 있으니!

"좋은 날이 어디 따로 있어서 우리를 기다리는 것이 아니다. 우리 스스로가 순간순간 하루하루를 살아가면서 좋은 일을 만들어 가야 한다. 인생의 전부는 내가 스스로 만들어나가는 것이다.(법정 스님)" "어찌 인생이 마냥 즐겁고 아름답기만 하랴. 좋은 일이 있으면 나쁜 일도 있는 법, 삶의 괴로움이 없다면 무엇으로 만족할 것인가.(톨스토이)" "우리 인생은 우리가 생각하는 대로 만들어진다.(마르쿠스 아우렐리우스)" "당신의 피난처는 당신 자신이다. 그 외에 누가 당신의 피난처가 되어줄 수 있겠는가."[48]

독일 철학자 니체는 아모르파티(Amor Fati), 운명을 사랑하라고 조언한다. 자신에게 주어진 운명을 거부하지 않고 스스로 극복해야 함을 깨달을 때 진정 운명과 맞설 수 있는 힘을 키울 수 있다는 얘기다. 내게 주어진 운명을 그대로 받아들이자. 피할 수 없으면 맞서야 한다. 그래야만 스스로 행복을 만들 수 있다. 우리는 끊임없이 '스칼라와 카리브디스 사이'에서 전진해야 하는 존재이기 때문이다.[49·162]

한 예로 나무의 운명에서 한번 배워보자. 움직일 수 없는 나무가 더 먼 곳까지 후손을 남기려면 자신을 대신해 씨앗을 옮겨 줄 존재가 절대적으로 필요하다. 나무는 새들에게 질 좋은 먹이를 주는 대신 새가 씨를 가져가서 더 멀리 뿌려주기를 바란다. 나무는 하늘을 나는 새가 씨앗이 섞인 배설물을 어디에 떨어뜨리느냐에 따라 운명이 180도 달라진다. 계곡 근처의 비옥한 땅에 떨어질 수 있고, 산꼭대기의 바위 능선에 떨어질 수 있다.

주변 환경에 맞추어 적응하는 것이 나무의 생존 전략이다. 주어진 환경을 탓하지 않고, 변화를 올곧이 받아들이며, 자신이 처한 상황에 완전히 적응하다 보니 나무가 이 지구상에 현존하는 가장 오래된 생명체가 될 수 있었다.

자라는 생장 속도가 빠른 대나무나 오동나무는 속이 비어있거나 속이

차 있어도 목질이 물러서 조그만 위협에도 쓰러지기 쉽다. 반면에 한 해에 한 마디만 자라는 소나무는 천천히 자란 덕에 속을 꽉 채우므로 천년의 풍상을 견뎌낸다. 이 자연의 섭리를 거울삼아 빠르게 갈 사람은 빠르게 가도록 내버려 두고, 느리게 갈 사람은 느리게 가도록 내버려 두고, 내 스타일대로 나만의 속도로 사는 것이 지혜가 아닌가 싶다.10

나이 들수록 사는 게 재미없는 이유는 변화 대신 안정을 택했기 때문이다. 입으론 새로운 무언가를 기대한다고 하면서도, 정작 변화가 두려워 그 어떤 새로운 시도도 하지 못한다. 안정적인 날들은 어느 순간 뻔하고 지루하고 재미없는 날들로 둔갑하고 만다. 안정된 삶을 선택한 대가로 중세시대의 공주처럼 책을 벗 삼아 권태와 지루한 일상을 즐겁게 견디어내면 좋겠다.

헤밍웨이(1899~1961)는 릴케의 시 한 구절인 "누가 승리를 말할 수 있으랴. 극복이 전부인 것을."에서 모티브를 얻어 『노인과 바다』을 썼다고 했다.

바다 한가운데서 작은 새가 날아와 줄에 앉은 순간, 산티아고 노인이 "꽤나 지쳤구나, 꼬마야. 겁낼 것 없어. 조금이나마 쉬려무나. 너도 네가 해보고 싶은 걸 마음껏 해보렴." 하고 용기를 주는 대목도 감동이고, 노인이 항구에 돌아와 "상어에게 다 뜯겨 뼛조각 외에 남은 건 아무것도 없다." 말하자, 꼬마 마눌린이 "그래도 끝까지 포기하지 않았잖아요." 하고 위로하는 대목도 압권이다.

이 소설은 승리와 소유보다 극복하는 순간을 녹아들게 하려 했다. 운명에 맞선 인간의 실존적인 투쟁을 그려 환호와 슬픔, 득의와 상실, 영광과 상처, 후회와 갈망, 사랑과 젊음의 덧없음을 토해냈다.

노인의 독백에 우리 삶의 전 과정이 녹아있다. 불운과 역경에 맞선 늙은 어부가 피투성이가 되도록 싸운 것은 상어가 아니라 그의 운명과 싸운 것이고, 다 빼앗기고 돌아온 노인은 달고 깊은 잠에 빠졌다.

어린 시절에 이 책을 보면, 단순한 문장으로 지루해서 보기만 하면 스르르 잠이 왔던 기억이 나고 잘 이해하지도 못했다. 나이 들어 몇 번을 읽고 행간의 의미를 알고 보니 어마어마했다. "인간은 파멸할 수 있어도 패배하지 않는다(Man is not made for defeat)." "희망을 버리는 건 어리석은 짓이다."라는 백절불굴의 정신이 깃들어져 있었다.

태평양

삶을 어떻게 살 것인가?

■ 대작(對酌) ─백거이(772~846)

> 달팽이 뿔 위에서 무엇을 다투는가.
> 부싯돌 불꽃처럼 짧은 순간 살거늘,
> 풍족하면 풍족한 대로
> 부족하면 부족한 대로 즐겁게 살자.
> 허허! 웃지 않으면 그대는 바보.
>
> 蝸牛角上爭何事 石火光中寄此身 隨富隨貧且歡樂 不開口笑是痴人

　백거이가 일흔이던 841년에 쓴 시다. 삶이란 달팽이 뿔 위처럼 '좁은 공간'에서 부싯돌 불꽃처럼 '짧은 시간'을 살다 가는 것이다. 본래 사람의 개성이란 중립적이기 어려운 법이라 자기가 특별히 좋아하는 게 있다. 재물을 탐해 부자가 되면 생명이 위험해졌을 것이고, 도박에 빠져 파산 했다면 굶주림에 시달렸을 것이다. 그 무엇에도 연연하지 않고 술과 시에 만족하며 즐겁게 지내는 게 훨씬 낫지 않느냐고 반문하고 있다.

　백거이는 사회의 부조리를 고발하고 폐단을 질책하고 백성의 뜻을 전 달하는 대중적인 시로 사회·정치 문제를 공론화하고자 했다. 백거이의 시를 보고 권세와 돈이 있는 자는 안색이 변했고, 집정자는 주먹을 불끈 쥐며 격분했다. 결국 모함을 받아 강주로 좌천되었고, 암울한 정치 현실

속에서 문학운동은 좌절되었다.[183]

■ 행로란(行路難) −이백(701~762)

황하를 건너려니 얼음이 가로막고

태항산을 오르려니 눈이 가득 쌓여있네.

한가로이 푸른 냇물에 낚싯대 드리우고

홀연히 꿈속에서 배를 타고 해 곁으로 갔네.

인생길 어려워라, 인생길 어려워라.

갈래 길은 많은데 지금은 어디쯤인가.

큰바람에 물결쳐도 때가 있을 것이니

그때는 구름에 돛을 달고 창해를 건너리라.

欲渡黃河冰塞川 將登太行雪滿山 閑來垂釣碧溪上 忽復乘舟夢日邊 行路難行
路難 多歧路今安在 長風破浪會有時 直挂雲帆濟滄海

　시인은 대범하나, 냉혹한 현실 속에서 벼슬길에 크게 좌절하여 복잡한
감정을 비유적으로 드러내고 있다. 농사 짓다가 은나라 탕왕에게 중용된
재상 이윤과 낚시하다 80세에 주 문왕에게 등용된 강태공처럼 언젠가는
역사에 이름을 남길 수 있을 거라고 자신을 격려하고 있다.
　그렇지만 눈앞의 고난을 아주 무겁기만 하다. 어떤 인생길을 갈 것인
가. 가혹한 인생길에 시인의 감정은 복잡한 모순 속에서 서로 부딪쳐 실

망과 희망, 방황과 탐색, 고민과 집념이 일파만파로 변화를 일으켜 마침내 백절불굴의 정신으로 강한 자신감과 낙관주의를 보여주고 있다.[69]

언젠가는 정상에 올라갈 수 있다. 다만 지체될 뿐이다. 하고 싶은 일이 있으면 무조건 빨리 가려고 하지 말고 돌아갈 수 있으면 돌아가는 것도 좋다. 몸이 그댈 거부하거든 몸을 초월하라. 힘들더라도 기운을 내자. 우리는 아직 지켜야 할 약속과 잠들기 전에 가야 할 길이 있지 않은가?

■ 난득호도(難得糊塗) ─정판교(1693~1765)

바보처럼 살기 어렵다.
남들에게 총명해 보이기도 어렵고
어리석게 보이기도 어렵다.
총명함에도 멍청한 것처럼 보이기는 더욱 어렵다.
외골수 집착을 내려놓고 한 걸음 물러서면
늘 마음이 편안하리니
나중에 불러올 복을 도모함이 아니겠는가.

難得糊塗 聰明難 糊塗難 由聰明而轉入糊塗更難
放一着 退一步 當下心安 非圖後 來福報也

중국 사람들의 많은 가정에서는 '난득호도'를 가훈 또는 난세를 헤쳐 가는 최고의 처세술로 여긴다. 중국 역사에서처럼 난세가 계속되던 시대에는 현명한 사람도 때로는 바보처럼 보이며 혼란한 세상에 잘 대처해야 한다는 교훈이 대대로 전해진 것은 당연한 일이다. 여기에서 도가의 황로사상과 명철보신의 대명사 장량의 처세가 생각난다.

가치부전(假痴不癲)이라, 자신의 어리숙함을 가장하여 상대방을 안심시킨 후 접근하여 자신이 얻고자 하는 바를 얻는 계책으로 삼국지의 사마의가 대표적이다. 바보짓 하는 사람은 겉으로는 어리석은 것처럼 보이지만 내심은 매우 냉정하다. 남이 비웃고 헐뜯고 비방해도 귀머거리·벙어리·장님처럼 처신하라는 뜻이다.

극기복례의 공부가 부족한 사람은 영달과 추락이라는 벼슬의 무상함을 모른다. 이런 사람이 비중 있는 공직에 나가는 것은 장작을 품고 불속에 뛰어드는 것과 같이 위험한 일이다.

그런데 요즘 권력을 잡았다고, 지위가 높다고, 재산이 많다고, 학식이 뛰어나다는 이유 등으로 패거리를 주변에 두고 거들먹거리며, 자기들의 탐욕을 채우고자 세상을 주관적인 잣대로 재단하며 원칙을 무시하고 철면피같이 생떼 쓰며 살아가는 종자들이 많다.

자신을 낮출 줄 알고, 도덕적 소양과 인품의 격을 높일 수 있는 삶의 자세가 절실하다. 『채근담』에서 말한다. '매는 조는 듯이 서 있고, 호랑이는 병든 것처럼 걷는다.'

세상을 지배하는 세 가지 막강한 힘은 인간의 어리석음과 공포, 그리고 탐욕이라고 아인슈타인이 말했다. 누구나 욕심이 많아 건강·명예·권력·재물을 모두 갖고 싶어 한다.

　누구나 좋은 대학, 좋은 직장 다니고 싶고, 높은 직위에 올라가고 싶고, 인정받고 싶고, 돈 많이 벌고 싶고, 좋은 집 살고 싶고, 자식들이 잘 되기를 바라고, 가정의 행복을 바라며 한세상을 즐겁게 살다가 죽고 싶어 한다.

　이것은 인간의 욕망이다. 욕망을 갖는 것은 바람직하지만 다스릴 줄 알아야 잘 사는 것이다. 삶은 과연 누구를 위한 것이고, 무엇을 하고자 함인가, 자신 홀로만의 행복을 누리는 것이 인간의 값진 삶은 아닐 것이다. 모두의 행복이어야 하고, '우리'라는 테두리 속에서 함께하는 존재 가치를 찾아보자는 것이다.

　여기서 행복을 느끼지 못한다면 다른 곳에 가서도 행복을 느끼지 못한다. A라는 사람과 함께 하면서 불만이 많다면 B라는 사람과 함께해도 만족하지 못한다. 또한, 현재 주어진 직업이나 일에 최선을 다하지 못한다면 다른 직업을 가져도 최선을 다하지 못하는 법이다. 지금 이 순간 홀로 있든 누군가와 함께하든 이 순간의 소중함을 인식하는 것이 인생에서 가장 값진 것이 아닐까 싶다.

　사람은 살면서 별의 별 일을 다 겪게 된다. 내가 원하는 사람만 만날 수 없고, 모든 이들이 다 나를 좋아하지 않는다. 내가 원하지 않는 사람도 만나야 하고, 나를 싫어하는 사람도 보아야 하는 법이다.

　좋은 일이든 나쁜 일이든, 좋은 사람이든 싫은 사람이든 그때를 알고 사유하며 부닥친 일들을 그대로 받아들이고 수용하는 삶의 여유를 가져야 한다.

혹독한 겨울의 아픔을 인내하고 봄이 왔을 때 향기를 내뿜는 매화처럼 사람도 인생의 주기에서 찾아오는 고통을 이겨내고 수용하는 마음가짐이 진정한 철듦이리라.

사람은 나이가 들어갈수록 자신 스스로나 주위 여건에서 수많은 고(苦)가 발생하는 법이다. 살아가는 일에도 늘 좋은 일이나 행운만 올 것 같지만, 좋지 않은 일이 더 많이 발생하게 되어 있다. 인생의 무게만큼 고뇌와 고통스러운 일도 증가하게 되는데, 이 고(苦)를 피하지 말고 수용하는 자세를 갖는 것이 바람직하다.

사람들은 자신만의 향기를 뿜으며 나름대로 세상을 살아가고 있다. 누구나 자신의 길에서 열심히 각자의 길을 가고 있다. 다양한 사람들이 모여 살기에 이 세상은 아름다운 것이요, 살맛나는 인생인 것이다.

관건은 우리가 각각의 인품을 볼 줄 알고 나보다 상대가 못난 것이 아니라 서로 생각이 다르고, 차이가 있음을 인정하고 그대로 받아들이자. 바로 이렇게 수용할 때 오만과 편견에서 벗어날 수 있다. 그러니 우리 서로를 이해해 주고 겸손해지자.96

다음으로 몇 가지 삶의 방식을 적어 보고자 한다.

1. 자기 자신의 삶을 살아라

■ 기본원칙에 충실하라

기본원칙에 충실하라(Back to the basic)는 말은 하늘의 뜻에 순응하라. 자연의 섭리에 따르라. 초심을 잃지 말라. 배운 대로 행하라. 물이 흐르고 꽃이 피듯이 본래의 마음을 내라는 말과 일맥상통한다.

설악산 봉정암은 풍수지리학으로 볼때 봉황의 정수리 부위에 해당하는 국내 최고의 명당터다.

기본에 충실하려면, 자기의 양심을 속이지 말아야 한다(不欺自心). 어린 아이의 마음은 신과 같아서 좋고 나쁨이 그대로 진실을 찌르는 법이다. '내 뜻대로 모든 것을 이루겠다'고 해서 세상이 내 맘대로 할 수 있는 물건은 아니다. 그 오만을 버려야 한다.

마음속의 거울에 자기 자신을 비추어 부끄럽지 않은 '나'를 만들어야 한다. 그래야 걸림이 없어 자신감이 생기고 용기가 난다. 그래야 행복해질 수 있다. 초심을 잃고 과거 지식에 사로잡히고 욕심을 내면 옷자락이 무거워 날아오를 수가 없다.

토크쇼의 여왕 오프라 윈프리(53)는 하워드 대 졸업식장에서 타협하면 10배 더 부유해질 기회가 있었지만, 원칙을 지키며 살아왔다면서 "자신을 팔아 노예로 만들지 말고, 여러분도 자신과 원칙을 지키며 살길 바란다"며 눈물의 답사를 했다.

어디에도 걸림이 없는 참사람(無位眞人)[12]은 눈(眼)·귀(耳)·코(鼻)·입(舌)·몸(身)·뜻(意)이 얼굴의 문(面門)으로 출입한다. 걸어 다니고 머무르고 앉고 눕고 말하고 침묵하고 움직이고 고요하고 보고 듣고 느끼고 알면서 하루 종일 일상적으로 하는 모든 행동 그 자체가 수행이요 선이다.

현대물리학은 마음을 담는 길이다. 어떠한 길도 하나의 길에 불과하다. 너의 마음이 원치 않으면 그 길을 버리는 것은 너에게나 다른 이에게 무례한 일이 아니다. …모든 길을 가까이, 세밀하게 보아라. 네가 필요하다고 생각하면 몇 번이고 해보아라. 이 길이 마음을 담았느냐. 그렇다면 그 길은 좋은 것이고, 그렇지 않으면 그 길은 소용없는 것이다.[137] 마음이 하자는 대로 하는 것, 이것이 천심이니 그 길을 따르는 것이 기본에 충실한 자신의 삶을 사는 것이다.

2007년에 삼성그룹 최초 여성 전무가 된 최인아 제일기획 제작본부

---

12) 無位眞人, 行住坐臥 語默動靜 見聞覺知, 坐禪

장은 유명한 광고 카피가 많다. '당신의 능력을 보여주세요.' '모든 것을
할 수 있는 자유, 아무것도 안 할 자유' '그녀는 프로다. 프로는 아름답
다.' '자꾸자꾸 당신의 향기가 좋아집니다.'

　…최고자리에 오르긴 쉬워도 지키기는 어려운 법, 성공 가도를 달리는 비
결에 돌아온 답은 '기본이 중요하다'였다. "꾸준히 일정 수준의 성과를 내는
사람은 기본이 돼 있는 사람이지요. 기본을 갖추고 있으면 '잘 한다'는 평가
를 받을 수 있어요. 제가 평소 기본자세와 태도를 중시하는 이유입니다."
　최 전무는 개인 스스로 '파워 브랜드'가 돼야 한다고 강조하고, 후배들
에게는 무엇에 승부를 걸지 고민하라고 주문했다.184 그렇다. 프로라면
9회 말 투아웃에 경기를 마무리할 수 있는 히든카드 하나는 가지고 있어
야 하지 않겠는가?

■ 비교하지 마라

　　다른 사람들은 멋진 말을 타는데
　　나 혼자 나귀 등에 앉아 있네.
　　고개 돌려 땔나무 짐꾼을 바라보니
　　마음이 조금은 좋아지네.
　　他人騎大馬 我獨跨驢子 回顧擔柴漢 心下較些子

당나라 시승 왕범지(590경~660)가 쓴 시다. 비교는 불행의 시작이다. 현실의 각가지 불합리한 일들인 능력, 직위, 재물 등을 맹목적으로 비교한다면 심리적으로 불안정할 수밖에 없다.[69] 남의 삶과 나의 삶을 단순 비교하는 것은 남이 가장 잘하는 부분과 내가 가장 못 하는 부분을 비교하는 것과 같다.

비교우위를 차지하고 싶고 인정욕구에 목말라 잘난 척하고자 함은 보통 사람들의 심리이지만, 때로는 유식함이 오히려 병인 때도 있다. 비교는 시샘과 열등감을 낳는다. 사람마다 자기 그릇이 있고 가야 할 길이 다를 뿐이다.

꽃이나 새는 자기 자신을 남과 비교하지 않는다. 꽃을 보면, 봄에 핀 꽃, 여름에 핀 꽃, 가을에 핀 꽃, 겨울에 핀 꽃이 있다. 가을에 핀 꽃이 늦게 핀다고 봄에 핀 꽃과 비교하지 않는다. 각자 속성대로 주어진 삶을 살아가는 것이다. 그러니 서두르지 마라. 때가 되면 나만의 꽃을 피울 수 있다. 걱정하지 마라. 시간이 걸릴 뿐이니 간절한 마음을 가지고 하고자 하는 일에 매진하면 된다.

대부분 사람은 타인의 인생 속도와 시간표를 자기와 대조하면서 늘 불안해하고 초조해한다. 우리의 인생에는 이 상대적인 시간표보다 오히려 개인적인 시간표가 더 중요한데도 말이다. 정상까지 가려면 반드시 자기 속도로 가야 한다. 쓸데없이 남과 비교하면서 체력과 시간을 낭비하느라 꼭대기에 오르지 못하고 주저앉은 사람이 많다. 좌고우면하지 말고 나만의 길을 가라.

자신의 심리적인 불균형과 현실의 갖가지 불합리한 일들 때문에 마음이 흔들린다. 행복과 불행, 그것은 당신의 마음에서 오는 법. 그래서 이런 노래도 있다. "세상사 참 신기해. 남들은 말을 타고 나는 나귀를 타네. 돌아보니 수레 끄는 사람이 있네. 위보다 못하지만, 아래보다 낫네. 만족을 알면 항상 즐거우니 위로 올라갈 생각 말게나."

주어진 일에서 불만족을 알아야 항상 즐거울 수 있다는 말은 이 노래와 모순되지 않는다.

루쉰(1881~1936)은 『아큐정전』에서 신해혁명이라는 사회적 변혁기에 중국 농촌의 가난하고 자각하지 못한 민중 형상인 아큐를 통해 우매한 중국인의 실상을 폭로했다. 특히 남에게 모욕당하면 자기보다 못한 자에게 분풀이하고, 그것이 안 되면 자기기만을 찾아 '정신승리법'이라는 자아도취에 빠지는 아큐를 중국인을 상징하는 인물로 묘사했다. 지금도 이런 현상은 어디에나 존재한다.

이덕무가 말했다. "여룡은 제 여의주를 가지고 놀면서 말똥구리의 말똥을 비웃지 않는다. 말똥구리는 제 말똥을 소중히 알아 여룡의 여의주에 눈길 한번 주지 않는다. 말똥구리에게는 말똥만이 소중할 뿐인데, 그것이 하찮고 더럽게 여기는 것은 어리석은 인간들뿐이다." 경쟁을 선한 일인 양 미화하는 오늘날 곰곰이 되새겨 볼 말이다.6·52

'남이야 어떻게 살든(Live and let live).' 자신의 삶을 사는 것이고 남이야 어떻게 살든 상관하지 말라. 이 구절은 관용(Tolerance)의 정신과 개인주의가 복합된 의미로 미국 톱(Top) 265개 속담 중 하나이다.

자기와 다른 종교·종파·신앙을 가진 사람의 입장과 권리를 용인하고 다양성을 이해하라는 뜻이다. 주인의 삶이든 머슴의 삶이든 그 자체는 인정하더라도 비교할 이유는 없다. 순리에 따라 가고자 하는 길을 가면 그것으로 족하다.

인생은 흐르는 물처럼 그 과정 자체를 즐기면 된다. 서둘러 목적지를 가는 데만 신경 쓰다가 과정의 즐거움을 놓치는 것이 없는지 생각해 볼 일이다.

2. 꿈과 희망을 가지고 목표를 세워 실행하라

꿈 얘기를 하면 마틴 루터 킹 목사가 1963년 8월 28일, 링컨기념관 앞에서 "나에게는 꿈이 있다(I have a dream)."고 한 연설이 떠오른다. 산을 넘고 강을 건너니 또 산이 나오고 강이 나오더라도, 또 걷다 보면 꿈은 이루어진다(dreams come true).

'첩첩한 산중에 시냇물도 끊기고 거의 막다른 길에 들어선 듯 보이는 절망적인 곳에 문득 버드나무가 우거지고 꽃들이 활짝 피어있는 마을이 다시 펼쳐지고 있다.(유산서촌)'

"사람은 스스로 위대해지기를 작정했을 때만 위대해 진다.(샤를 드골)" "인간은 자기의 운명을 스스로 창조하는 것이지, 받아들이는 것이 아니다.(프랑스 문학자 비르만)" "우리 모두 리얼리스트가 되자. 그러나 가슴속에 불가능한 꿈을 가지자.(체게바라)" 열정과 꿈 뒤에는 누구나 흉내 낼 수 없는 결단과 추진력이 있다.

나의 꿈은 세상에 단 하나뿐인 나의 얘기다. 그 얘기는 언젠가는 현실이 된다. 지금 바로 그 위대한 시작을 하자. "어제와 똑같이 살면서 다른 미래를 기대하는 건 정신병 초기 증세다.(아인슈타인)" "우리의 상상은 모두 현실이 될 수 있다. 우리가 그 꿈을 추구할 용기만 갖고 있으면 말이다.(월트 디즈니)"

돈키호테는 묻는다. "위대하신 여러분! 장차 이룩할 수 없는 세상을 꿈꾸는 내가 미친 거요. 세상을 있는 그대로 바라보는 사람이 미친 거요."

돈키호테와 산초 판사는 인간의 내면에 공존하고 있는 이상주의와 현실주의의 화신으로 설명된다. 돈키호테는 그의 충실한 시종에게 말한다. "여보게, 내 친구 산초, 세상을 바꾸는 것은 유토피아도 광기의 행동도 아니야. 그건 정의라네."28

꿈을 포기하지 않는 사람은 누구냐? 라만차의 기사 돈키호테와 가장 고귀한 숙녀 둘시아네다. 스페인의 독재와 부패사회를 풍차로 비유하고 도전하며 나가떨어지면서도 또 다시 변화를 꿈꾸는 돈키호테와 함께하고 싶다. 꿈이 이뤄지길 기원한다. 꿈은 이루어진다.

■ 세 가지 은혜

'경영의 신'으로 추앙받는 일본 파나소닉 창업자 마쓰시다 고노스케는 직원들과의 워크숍에서 어느 직원이 성공비결을 묻자 이렇게 말했다.

"하늘이 나에게 준 세 가지 성공비결의 은혜가 있다. 가난한 집에서 태어난 덕분에 부지런히 일해야 살 수 있다는 진리를 깨달았고, 허약하게 태어난 덕분에 건강의 소중함을 깨달아 90이 넘어도 추운 겨울에 냉수마찰을 할 수 있고, 초등학교 4학년 중퇴로 배움이 부족한 덕분에 이 세상 모든 사람을 나의 스승으로 받들고 배워 지식과 상식을 얻을 수 있었다. 이러한 시련이 오늘의 나를 있게 했다. 나는 시련은 극복의 대상이라고 믿었지 결코 장애물이라고 생각하지 않았다."

이와 같이 바닥에서 시작해 온갖 고난과 역경을 딛고 정상의 자리에 우뚝 선 사람들의 얘기는 가슴을 울리며, 동기부여를 한다.

2013년 12월 5일, 남아프리카공화국 최초의 흑인 대통령이자 흑인인권운동가 넬슨 만델라는 27년간 감옥살이와 온갖 핍박에 굴하지 않았던 평화·평등·인권·인류애의 수호성인으로 전 세계에 희망의 메시지를 주고 세상을 떠났다. 그는 생전에 "나를 내 성공으로 심판하지 말아 달라. 얼마나 많이 쓰러졌다가 다시 일어났는지로 나를 심판해 달라"는 말을 남겼다.185

세상의 기운(energy)은 오르내리며 나아간다. 변하는 게 세상이다. 성공한 사람이 무너지기도 하고, 부자는 가난뱅이가 되기도 한다. 이러한 틈새시장은 도처에 널려있다. 누구나 간절히 원하고 실행하면 성공할 수 있다. 세 가지 은혜를 성공 인자로 삼아 세운 목표를 이뤄 기분 좋은 성취감을 맛보아야 하지 않겠는가? 계획은 구체적이어야 하고 실현가능해야 한다. 작심삼일이 지나면 또 작심삼일 하면서 큰 뜻을 품고 한 걸음 한 걸음 걸어가 보자(愚公移山).

■ 두려워하지 말고 도전하라

한 알의 모래 속에서 세계를 보고
한 송이의 들꽃에서 천국을 본다.
그대의 손바닥 안에 무한을 쥐고
한 순간 속에서 영원을 보라.

윌리엄 블레이크(1757~1827)가 지은 「순수의 전조(Auguries of innocence)」 시의 첫 대목이다. 스티브 잡스가 좋아한 시로 시공간을 넘어 많은 가능성을 열어두고 있다.

세상은 늘 그렇듯이 저지르는 자의 몫이다. 도전은 산소요, 삶의 뿌리를 건드리는 것이다. 그 저지름 속에서 진짜 행복을 느낄 수 있다면 최고의 인생을 사는 것이다. 돈키호테처럼 "미쳐야 산다. 꿈꿔야 산다." "풍파가 없는 항해는 이 얼마나 단조로운가! 고난이 심할수록 내 가슴이 뛴다.(니체)" "우리에게 존재하지 않은 것들을 꿈꿀 수 있는 사람들이 필요하다.(케네디)"

사람들 대부분은 모든 일이 일어나는 현장에는 가보지도 않고, 해보지도 않고 시간이 없다, 내가 왜 그 일을 해야 하느냐, 아니면 하기 어렵다고 단정해 버린다. 용기가 없고, 열정도 없고, 도전할 생각도 없다. 그러고서 잘살기만 바란다. 그 꿈 깨라. 가방끈이 길다고 전문가는 아니다.

진짜 고수는 저잣거리에 있다는 말이 있다.

이런 멍텅구리 같으니! 그 일을 해보긴 "해봤어?" 그 현장에 가보긴 "가봤어?" 현대그룹 고 정주영 회장의 청천벽력 같은 목소리가 쩌렁쩌렁 울린다.

24년 전인 1997년 11월 16일 일요신문을 보면, 새벽에 일어난 정주영 명예회장, "일해야 하는데, 해가 왜 안 뜨는 거야." 제목으로 가족사진과 함께 현대그룹 명예회장 정주영의 성공비결 다섯 가지 즉, 신용 없이 성공 없다. 검약이 최대 자본이다, 남보다 몇 배를 살아야 한다. 모험심과 창의적인 사고로 지면을 장식하고 있다.

남보다 조금만 더 희생 봉사하면 그게 음덕이 쌓여 언젠가 나에게 복이 오는 것이 진리이건만 이를 무시하거나 참지 못하고 눈앞의 이익에 어두워 잔머리 굴리며 '돈' 계산부터 먼저 한다. 명심해라. 돈은 급하게 좇아가면 달아난다. 돈은 강태공처럼 세월을 낚으며 모여드는 길목에서 기다릴 줄 알아야 한다. 그럼 어떻게 해야 할까? 근면 성실하게 주어진 일을 계속하라고 말해주고 싶다.

혼다 창업자 혼다 소이치로는 말한다. "실패하는 걸 두려워하지 말고, 아무것도 하지 않는 걸 두려워하라. 성공은 99%의 실패에서 나온 1%의 성과다." "바른 생각, 열의, 노력이라는 말은 너무나 소박해 눈여겨보는 이들이 적다. 그러나 이런 소소하고 단순한 원리가 인생을 결정하는 포인트가 된다."

『실패도감』에서는 세계 위인들의 다양한 '실패담'을 보여준다. 전구를 발명한 토머스 에디슨은 '발명왕'이었지만, 또 다른 별명은 '실패왕'이었다. KFC를 만든 흰머리의 자애로운 할아버지 커널 샌더스는 사업에 너무 자주 실패해서 보통 사람이 그 정도 실패하려면 세 번쯤 다시 태어나야 할지도 모른다는 얘기를 들었다. 아인슈타인, 스티브 잡스, 프로이드, 도스토옙스키, 코코샤넬, 베토벤, 오드리헵번, 월트 디즈니, 찰스 다윈… 모두 여러 번 실패를 겪었고 그것을 극복해서 위대한 인물이 되었다.

『다윗과 골리앗』의 저자 말콤 글래드웰은 다윗의 승리는 기적과 행운이 아닌 지혜와 전술의 결과로 보고 '불가능해 보이는 승리'의 비유로 잘못 쓰이고 있다고 했다.

다윗은 청동 투구를 쓰고 전신 갑옷을 두른 210㎝ 거인이었던 골리앗의 약점을 파고들었다. 양치기였던 다윗은 맹수와 싸우면서 터득한 속도와 기동성을 살려서 느리고 시력이 약한 골리앗을 향해 끈 달린 돌팔매로 이마를 맞춰 쓰러뜨린 후 그의 목을 벴다.

다윗의 승리는 강력하고 힘센 것들이 언제나 겉보기와 같지 않다는 점을 예리하게 간파한 지혜와 그것을 겁내지 않고 행동으로 보여준 용기에 기인한 것이다. 강점의 불리함과 약점의 유리함은 기적이 아닌 과학, 행운이 아닌 전략, 훈련의 결과라는 의미도 된다. 다윗은 골리앗이 원하는 백병전이 아니라 자신이 잘하는 투석전을 펼쳐 승리했다.

자신의 한계나 불운을 상징하기도 하는 골리앗과 싸울 때 필요한 것은 절박함이었다. 다윗은 필사적이기에 이겼고, 골리앗은 자만했기에 졌다.

그래서 다윗의 승리는 필연이고, 골리앗의 실패는 순리이다. 모든 다윗은 이기고, 어떤 골리앗도 진다. 그동안 이를 벤치마킹하여 뜻한 바를 이룬 경험들이 있을 것이다. 함께 토론 한번 해보았으면 한다.

"다르게 생각하라(Think Different)."는 애플의 1997년 광고 문구다. 정말로 얻을 게 많다. 그 내용을 음미해보자.

"미친 자들을 위해 축배를, 부적응자들, 반항아들, 사고뭉치들, 네모난 구멍에 박힌 둥근 말뚝 같은 이들, 세상을 다르게 바라보는 사람들, 그들은 규칙을 싫어한다. 또 현실에 안주하는 것은 원치 않는다. 당신은 그들의 말을 인용할 수도 있고, 그들에게 동의하지 않을 수도 있으며, 또는 그들을 찬양하거나 비난할 수도 있다. 당신이 할 수 없는 한 가지는 그들을 무시하는 것이다. 왜냐하면 그들이 세상을 바꾸기 때문이다. 그들은 인류를 앞으로 나아가도록 한다. 어떤 이들은 그들을 보고 미쳤다고 하지만, 우리는 그들을 천재로 본다. 자신이 세상을 바꿀 수 있다고 믿을 만큼 미친 자들, 바로 그들이 실제로 세상을 바꾸기 때문이다."

스티브 잡스 하면, 직관·다른 생각·아이디어·창조·도전·혁신이 떠오른다. 스티브 잡스에게 큰 영향을 끼친 세 가지는 이탈리아 디자인, 일본의 선불교, 인도에서 배운 직관이라고 했다. 그는 1974년 19살 때 인도를 여행했다. 공부가 깊어지면 그 현장에 가고 싶어진다.

그는 자신이 누구인지 아는 깨달음의 경지를 추구하길 원했고, 7개월간의 여행을 통해 직관에는 대단히 강력한 힘이 있으며 이성적 사고보다 더 큰 힘을 발휘한다는 것을 배웠다고 했다.

스티브 잡스는 죽기 전 10여 년의 시간이 인생에서 가장 생산적인 시기라고 자평하는데, 이는 앞선 17년 시간이 일과 인생에 대한 판단기준을 구축하는 토대 역할을 했기 때문이다. 그는 자신의 내적 동기가 어디에서 비롯되는지 정확히 이해하는 인간이었다. 그에게 가장 중요했던 가치는 우주에 흔적을 남기는 탁월한 제품을 만들면서 영속하는 회사를 창조하는 것이었다.

아내 로런 파월의 말에 따르면, 잡스에게는 인류의 진보와 인간의 손에 훌륭한 도구를 들려주는 일이 가족보다도 우선이었다. 그는 돈을 버는 것보다 대중의 삶을 변화시키는 제품을 만들어냈다는 역사의 훈장을 원했고, 기업시장에서는 열정을 느낄 수 없다는 점을 분명히 했다. 비즈니스 차원에서는 쉽지 않은 결정이었을 것이다.

원대한 가치를 실현하기 위해 잡스에게 필요한 것은 팀이었다. "창의적인 사람 한 명보다는 체계를 갖춘 훌륭한 기업이 더 커다란 혁신을 일궈낼 수 있다는 사실"을 강조한다. A급 팀원들은 A급 팀원하고만 일하고 싶어 한다는 것을 배웠고, 그 때문에 팀을 탁월하게 유지하기 위해 무자비할 수밖에 없었다고 말한다.

동시에 그는 불가능해 보이는 것도 할 수 있다는 믿음과 영감을 심어주는 리더였다. "저는 저 자신을 세상에서 가장 운이 좋은 사람이라고 생각해요. 그와 함께 일하는 행운은 아무한테나 생기는 게 아니거든요." 팀원의 고백은 잡스에게 또 다른 훈장이다.

1997년 잡스가 만든 광고 속의 문장처럼 "세상을 바꿀 수 있다고 생각할 만큼 미친 사람들이 결국 세상을 바꾸는 사람들이다." 지금까지 세

상은 저런 미친 사람들에 의해 진보하고 발전했다.77

또 한 예로, 스티브 잡스의 2005년 스탠퍼드 대학 졸업식의 연설을 음미해보자. "다른 사람의 생각에 맞추는데 여러분의 삶을 허비하지 말고, 마음의 목소리를 따르십시요. 저는 여러분이 진실로 원하는 것을 따르는 용기를 갖길 바랍니다. 이 말을 기억하세요. '늘 배고프고, 늘 어리석게(stay hungry, foolish)!' 늘 '배고파라.'는 말은 현실에 안주하지 말라는 뜻이고, '늘 어리석게'라는 말은 다른 사람이 아닌 자신의 생각을 따라 우직하게 살라는 뜻입니다." 자신의 아픔과 좌절, 실패와 성공을 담은 이 연설문은 많은 이에게 방향을 제시하고 감동을 주었다.

또 한 예로, 현대그룹 고 정주영 회장의 일화를 소개한다. 1975년 여름, 석유파동으로 유가가 급등했다. 중동국가는 달러가 쌓이다 보니 사회 인프라 구축을 희망하고 건설사업 참여 의사를 물었다. 정부 관료와 회사임직원은 '물이 없다, 더위 등 최악의 조건으로 불가능하다'고 의견을 냈다. 정 회장은 다른 생각을 했다. '사막은 비가 오지 않아 1년 내내 공사가 가능한 지상 최고의 공사장이다. 모래와 자갈도 있고, 밤에 일하면 된다. 없는 물은 해결하면 되지 뭐가 문제야?' 서로 다른 의견이었지만, 정 회장은 급파하여 대형 프로젝트를 수주했다. 중동 건설 붐을 일으켜 한국경제가 선진국으로 도약하는 발판을 만들었다. 지극한 정성에 하늘이 감동한 것이다. 이렇게 가장 단순해 보이는 다른 생각이 탁월한 아이디어가 되고 성공의 지름길로 안내한다.

옛날에 어린애가 큰 물독에 빠졌는데 주위 사람들이 사다리 가져와라.

누가 들어가야 한다고 난리를 피웠다. 길을 가던 사마천이라는 어린아이가 이걸 보고 돌을 던져 큰 독을 깨뜨려버렸다. 한 가지를 얻으려면 한 가지를 버려야 한다. 마음이 가는 대로 쉽고 단순하게 생각하라.

자연에서 영감을 얻은 생체모방, 직원을 배려하는 구글의 조직문화, '나는 소비한다. 고로 나는 존재한다.'는 소비본능과 소비 욕구 충족, 작은 선물이 우정을 지킨다는 선물 가게, 난 너무 멋져 등 창의적인 아이디어는 모두 다른 생각에서 나온 것이다.

2007년에 말기 암으로 6개월 시한부 삶을 살면서도 '마지막 강연'이라는 동영상을 통해 전 세계인들에게 희망과 사랑의 메시지를 던진 미국의 랜디 포시 교수는 인생의 벽에 대해 이렇게 말했다. "벽이 있다는 것은 다 이유가 있다. 벽은 우리가 무언가를 얼마나 진정으로 원하는지 가르쳐준다. 무언가를 간절히 바라지 않는 사람은 그 앞에 멈춰서라는 뜻으로 벽은 있는 것이다." 이 말은 도전하라, 불가능은 없다. '모든 벽은 문이다'라고 깨닫게 해준다.

일본 왕실에서 서자로 태어난 이큐 스님은 세상을 떠나기 전에 내일을 불안해하는 제자들에게 편지 한 통을 내주면서 말했다. "곤란한 일이 있을 때 이것을 열어봐라. 조금 어렵다고 열어봐서는 안 된다. 정말, 힘들 때 열어봐라." 세월이 흐른 뒤 사찰에 큰 문제가 발생했다. 해결할 실마리도 없었다. 그래서 열어봤다. 단 한 마디가 있었다. "걱정하지 마라. 어떻게든 된다." 평소에도 "근심하지 마라. 받아야 할 일은 받아야 하고, 치러야 할 일은 치러야 한다. 그치지 않는 비는 없다."고 했다. 그렇다. 걱

정은 거리의 돌멩이 하나도 옮길 수 없다.[15]

"나를 흥미롭게 하는 일은 스스로 거대하게 만드는 것이다. 이룰 수 없는 도전이 확실한데도 그것을 뛰어넘으려는 노력에서 삶의 재미를 찾을 수 있다." "나는 정말 많은 것에 열정을 가지고 있다. 이런 열정을 가지고 사업을 하다 보면 세상을 바꿀 수 있는 것을 만들고 있다는 느낌을 받게 된다." '즐거운 도전'이 더 나은 세상을 위한 열정에서 나왔다는 것을 짐작할 수 있는 대목이다.[152]

처음 구글을 만들 때 사람들은 우리를 정신 나간 창업자로 여겼다. 물론 그렇긴 했다. 그러나 정말 결과적으로 정말 괜찮은 베팅이었다.(래리 페이지) 나는 내가 해온 거의 모든 일마다 그 일을 하지 말라는 충고를 들었다.(클린트 이스트우드) 부모님·교수님·친구의 말을 듣지 마라, 네가 간절히 하고 싶은 일을 하고, 좋아하는 것에 집중하라.

이스라엘은 해수 담수화로 사막지형의 수자원 절반을 충당한다. 역삼투방식을 작동하여 바닷물 한 컵을 20분 만에 식수로 만들어 물을 수출하는 이스라엘이다. 주변의 산유 국가가 부럽지 않다.[186]

일을 벌이지 않으면 현상타파란 있을 수 없다. 요는 일을 벌이는데 있지 성공 여부는 생각할 필요가 없다.(사카모토 료마) 모난 사람이 모나지 않은 사람보다 우수한 개인일 가능성이 높다. 빠져나온 못은 더욱 빠져나오게 하라.(호리바 마사요)

용기란 두려움이 없는 상태가 아니다. 진정한 용기란 두려움에도 불구하고 행동하는 것이다.127 생각을 바꾸면 미래가 바뀐다.(구겐하임미술관) 성공한 사람은 실패를 무릅쓰고 새 아이디어를 실행하지만, 성공하지 못한 사람은 아이디어의 문제점을 지적하여 실행하지 않을 구실만 찾는다.(브라이언 트레이시)

상식적인 사람들은 스스로를 세상에 잘 적응시키지만, 상식을 벗어난 사람들은 세상을 자기 자신에게 적응시키려고 한다. 이 때문에 모든 진보는 상식을 벗어나려는 사람들에게 달려 있다.(버나드 쇼) 라퐁텐 우화 중 「비둘기 형제」에서 말한다. '꼭 멀리 가야만 새로운 세계를 만나게 되는 건 아니란다. 우리가 사는 곳도 생각에 따라서는 얼마든지 새로운 세계가 될 수 있단다.'

참으로 독창적인 아이디어는 비난·무시·비웃음을 사는 경우가 더 많다. 그래서 절대적인 고독을 넘어설 각오 없이는 독창성을 키워나갈 수 없다. 니체는 "모든 위대함이 이르는 길은 고요 속을 가로지른다.(이어령)"고 했다.

길이 없으면 길을 찾고, 찾아도 없으면 만들면 된다.(정주영 회장) 인생을 두려워 말라, 겁내지 말라, 무서워 말라.(정우 스님) 내가 진실로 너희에게 말한다. 밀알 하나가 땅에 떨어져 죽지 않으면 한 알 그대로 남고, 죽으면 많은 열매를 맺는다.123

불우한 환경에서도 좌절하지 않고 죽기 살기로 노력하는 눈먼 열정과 낙관적인 자세로 극복했다. 내가 하고 싶은 일이 무엇인지 끊임없이 고민하고 목표를 세우면서 자신을 뛰어넘기 위해 부단히 노력해 왔다.(김동현)144

영화 〈리틀러너〉 대사에서 '너의 전부를 걸어 보았는가. 눈을 감고서 마음이 가는 대로 널 내맡겨 보았는가. 결국 모든 게 잘 될 거예요. 그렇게 안 되면 아직 때가 아닌 거지요.' 이 말은 변화를 기뻐하면서 도전할 때만 모든 것이 잘 될 거라는 뜻이다.

개혁은 살가죽을 벗기는 고통이 따르지만, 분배는 산 호랑이의 입속의 고기를 빼앗아 나누는 것만큼 위험한 일이다.

한편 '전문가'일수록 혁신이 힘든 것도 사실이다. 문제를 정의할 때부터 이미 오랜 경험과 관점이 내면화된 상태이기 때문이다. 행동경제학의 언어를 빌리면, 경력이 긴 전문가는 오히려 기준점 편향, 즉 틀에 박힌 사고에서 벗어나기 어렵다. 가령 휴가철이 되면 빈집을 빌려주거나 사용하지 않는 자동차를 이용해 돈을 버는 아이템도 전혀 다른 분야에서 흘러나왔다.187 벤치마킹할 필요가 있다.

3. 긍정적인 마음을 가져라

"언제 어디서나 모든 것을 긍정적으로 생각하라. 그러면, 서 있는 자리마다 향기로운 꽃이 피어나리라.(임제선사)"

『명상록』의 표현을 빌리자면, 오이가 맛이 쓰면 버려라. 길에 가시덤불이 있으면 피해 가라. 그걸로 족하다. "왜 세상에 이런 것들이 있단 말인가?"라고 단서를 달지 마라. '이런 일이 내게 생겨서 불행하다'가 아니라 비록 이런 일이 내게 생겼지만, 나는 위축되지 않고 미래를 두려워하지도 않으며 슬픔 없이 계속해 나갈 수 있으니 행복하다. 이제 앞으로 어떤 일 때문에 쓸쓸함을 느끼려 할 때 기억해야 할 규칙이 있다. '이거 재수 없군'이 아니라 "이를 값지게 견뎌내는 것이야말로 행운이야"라고 말하자.42

앞에 있는 돌을 보고서 디딤돌로 볼 것이냐, 걸림돌로 볼 것이냐, 한 생각 차이는 결국 하늘과 땅만큼 차이가 나는 결과를 가져온다. 긍정과 부정, 받아들임과 거부, 디딤돌과 장애물, 현실과 이상, 이 한 생각은 마음먹기에 달렸다. 올바른 해답은 당신 몫이다.58

■ 우산 장사와 소금 장사

어느 시골 할머니는 장사하는 두 아들이 있었다. 큰아들은 우산 장사를 하고, 작은아들은 소금 장사를 하고 있었다. 두 아들의 장사 때문에 갠 날은 우산 파는 큰아들을 걱정하고, 궂은날은 소금 파는 작은 아들을 걱정하면서 살고 있었다. 할머니가 만약 정반대로 햇볕이 나니 소금을 파는데 걱정이 없고, 비가 내리니 우산 또한 더 잘 팔리겠지 하고 생각했다면 비가 와도 해가 떠도 걱정이 없게 된다.

이 얘기는 한 가지 일에 대한 긍정적 사고의 접근이 얼마나 다른 결과를 가져오는가를 말해준다. 한 생각의 전환과 관점의 차이가 얼마나 큰 변화와 용기를 주는가는 발상의 근원적인 쇄신이다.

■ 행복은 선택이다

부처님이 말했다. "행복도 내가 만든 것이고, 불행도 내가 만든 것이다. 그 행복과 불행은 다른 사람이 만든 것이 아니다. 그러니 자기 인생을 남에게 의존하지 말고 스스로 책임지는 자세를 가져야 한다."

우리 모두 행복하게 살고 싶다고 난리다. 과연 행복이란 인류 역사가 시작된 이래로 인간의 삶을 관통하는 영원한 주제다. 플라톤은 행복의 다섯 가지 조건을 말했다. 첫째, 먹고 입고 살기에 조금은 부족한 듯한 재산. 둘째, 모든 사람이 칭찬하기엔 조금은 부족한 외모. 셋째, 자신이 생각하는 것의 절반밖에 인정받지 못하는 명예. 넷째, 남과 힘을 겨루었을 때 한 사람에게는 이기고 두 사람에게는 질 정도의 체력. 다섯째, 연설했을 때 듣는 사람의 절반 정도만 박수를 치는 말솜씨. 이와 같이 약간 모자라는 듯한 삶에 행복이 숨어있다고 했다.

법륜 스님은 말한다. "보통 사람들이 괴로운 일 따로 있고 즐거운 일 따로 있다고 생각하는데 잘 보면 이 둘은 마치 동전의 양면처럼 붙어있다. 우리는 괴로움을 떼어버리고 즐거움만 취하고 싶은데 이건 현실에서 이뤄질 수 없다. 불교에서 말하는 윤회란 사람이 소가 되고, 개가 되는 황당한 애기가 아니라 괴로움(苦)과 즐거움(樂)이 되풀이되는 것을 말한다." "좋은 인연도 없고, 나쁜 인연도 없다. 다 자기가 만들어 가는 것이다."

'결혼은 해도 후회하고 안 해도 후회한다'는 말이 있다. 이 말은 자기 자신에게 만족하지 못하는 인간은 타자에 의존하더라도 결국은 자기가 추구하는 이상적인 행복에는 도달할 수 없다는 의미다. '인간의 행복이란 타자와의 관계성에서 오는 것이 아니라 내면의 관조를 통해서만 깃들 수 있는 것이다.'51

『적과 흑』에서 주인공 쥘리앵은 죽음 앞에서 마음의 평정과 행복을 발견한다. "만일, 내가 자신을 멸시한다면 내게 무엇이 남겠습니까? 나는 한때 야망에 차 있었지만, 그 점에 대해 자책하고 싶지 않습니다. 그때는 시대의 조류에 따라 행동했던 것입니다. 양심에 따라 사는 것, 타인들이 심어놓은 가치를 좇아가는 것, 타인이 욕망하는 것을 나도 욕망하는 것은 그때나 지금이나 마찬가지 아닐까요. 다만, 진정한 행복은 자신의 내면에서 찾아낼 수 있는 사람에게나 오는 것이고, 그들은 '행복한 소수'일 것입니다."104

100세 인생 김형석 교수는 말한다. '행복하고 싶은데 행복해질 수 없는 사람 두 부류가 있다. 먼저 정신적인 가치를 모르는 사람이다. 돈·권력·명예를 좇는 사람은 행복을 찾을 수 없다. 이것들은 기본적으로 소유욕구라 그걸 가지면 가질수록 더 목이 마르고 배가 항상 허기진 채로 살 수 밖에 없다. 행복에 꼭 필요한 조건인 '만족'을 모르기 때문에 오히려 더 불행해진다.

두 번째는 이기주의자다. 이기주의자는 자신만을 위해 산다. 그래서 인간관계에서 나오는 선한 가치인 인격을 가지지 못한다. 이기주의자와 행복은 절대로 공존할 수 없다. 인격의 크기가 결국 자기 그릇의 크기다. 행복하고 싶은데 행복할 수 없는 삶. 그건 정말 비극이다. 내가 바로 그 비극의 주인공일 수 있다. 행복은 공동체 의식이지, 나만을 위한 행복이 아니다.149

그렇다. 물질욕, 명예욕, 권력욕이 가족 간의 정, 사랑, 우정보다 앞서 게 되면 인간은 병적인 상태에 빠진다. 행복해지기는커녕 정신은 나약해지고 성격은 괴팍해지며 불안감에 휩싸여 결국에는 불행해질 수밖에 없다. 행복은 사랑하는 사람들과 함께 보내는 시간 속에 있으니 금전적·세속적인 성공에서 찾지 말라.160

비가 오는 날, 내가 선택할 수 있는 것은 두 가지다. 주룩주룩 내리는 비를 보면서 왜 하필 지금 비가 오는 거야 하고 짜증을 낼 것이냐, 비를 맞아가며 싱그럽게 올라오는 나뭇잎을 보면서 삶의 환희를 느낄 것이냐?
직장 동료들과 서울 근교 북한산에 등산을 갔다. 정상까지 가서 정복의 기쁨을 맛볼 것이냐, 중간 능선까지만 가서 주위를 둘러볼 것이냐?

주위 사람들은 자기 생각대로 왜 비를 맞느냐, 정상까지 가야지 무슨 소리냐며 설득할 것이다. 그러나 생각이 서로 다를 뿐이다. 하고 싶은 대로 해라. 그게 정답이다. 행복은 선택이다.

어느 미국 기자가 보스턴 마라톤 대회에서 1등을 한 선수에게 소감 한 마디를 물었다. "최선을 다했습니다." 꼴찌를 한 선수에게도 물었다. "최선을 다했습니다." 둘 다 과정을 즐겼는데, 결과는 1등과 꼴찌로 나타났다. 행복은 선택이다. 그럼 당신은 어느 쪽인가 그리고 그 이유는 무엇인가?

마쓰시다 고노스케는 신입사원 면접 때 항상 "당신은 지금까지 운이 좋았다고 생각합니까?"라는 질문을 했다. 그는 아무리 우수한 인재라도 운이 좋지 않았다고 대답하는 사람은 채용하지 않고, 운이 좋았다고 대답하는 사람은 전원 채용했다. 왜 그는 우수한 사람보다 스스로 운이 좋다고 생각하는 사람을 더 선호했을까?

그 답은 다음의 글로 대신한다. 내게 어떤 일이 일어났을 때, 내 안의 긍정 스위치와 부정 스위치 중 어떤 스위치를 켜시렵니까? 지금 내 안의 절대 긍정 스위치를 켜는 것이 중요하다.

내게 다가온 그 일은 그럼에도 나를 성장시키는 선물이기 때문이다. 운이 운을 부르고 불운이 불운을 불러들이기 때문이다. 스스로 불운하다고 생각하면 안 좋은 일이 생기고 스스로 운이 좋은 사람이라 생각하면 실제로도 좋은 일들이 뒤따라온다. 더 놀라운 것은 운이 좋은 사람과 함께 있으면 주위 사람의 운도 함께 좋아진다는 사실이다. 기왕이면 운이 좋은 사람과 함께 가는 것이 좋다.117

여러분은 운이 좋은 사람인가, 나쁜 사람인가. 흔히 운이란 타고난 것이라 말하지만 운은 자신이 만들어 사용할 수 있다. 매일 나는 운이 좋은 사람이라고 외쳐보라. 좋은 일이 반복적으로 일어날 것이다.

- **괴테가 말한 행복한 삶의 다섯 가지 원칙**
  ① 지난 일에 연연해하지 않는다.
  ② 사람을 미워하지 않는다.
  ③ 작은 일에 화내지 않는다.
  ④ 현재를 즐긴다.
  ⑤ 미래는 신에게 맡긴다.

- **정신과 의사 꾸뻬씨의 행복여행에서 행복의 조건**
  ① 자신을 다른 사람과 비교하지 말라.
  ② 자신이 좋아하는 일을 하라.
  ③ 다른 사람에게 꼭 필요한 존재가 되라.
  ④ 행복은 사물을 바라보는 방식에 달려있다.
  ⑤ 행복은 좋아하는 사람과 함께 있는 것이다.
  ⑥ 행복의 가장 큰 적은 경쟁심이다. 중요한 것은 스스로 깨달음을 얻는 것이다.

- **셰익스피어, 중년을 위한 9가지 교훈**
  ① 학생으로 계속 남아 있으라. 과거 자랑하지 마라. 처량해 보인다. 책을 포기하는 순간 늙기 시작한다.
  ② 젊은 사람과 경쟁하지 마라. 성장을 인정하고, 용기를 북돋아 주어야 한다.

③ 부탁받지 않은 충고를 굳이 하려고 하지 마라. 기우에 해당하고 잔소리로 오해 산다.

④ 삶을 철학으로 대처하지 마라. 배움과 삶은 다르다.

⑤ 아름다움을 발견하고 즐겨라. 심리적으로 좋다. 자연과 함께하고 음악을 즐겨라.

⑥ 늙어가는 것을 불평하지 마라. 초라해 보인다.

⑦ 리어왕처럼 젊은 사람에게 세상을 다 넘겨주지 마라.

⑧ 죽음에 대해 자주 말하지 말고 삶을 탐닉해라.

4. 지금 이 순간을 즐겨라

■ 오직 지금 이 순간을 즐겨라

티베트에 사는 노구의 스님이 그 추운 겨울날 히말라야산맥을 넘어 인도에 도착했다. 사람들이 놀라 어떻게 넘어왔느냐고 묻자 덤덤하게 "그냥 한 걸음 한 걸음 걸어서 왔다."고 말했다. 스님에게 한 걸음 한 걸음이 전부였다. 산을 넘겠다는 생각이 아니라 한 걸음 한 걸음에 집중함으로써 히말라야를 넘을 수 있었던 것이다.

사는 것도 마찬가지다. 지금 여기의 삶에 충실하게 되면 사는 것이 한결 가벼워진다. 우리의 삶이 무거운 것은 우리의 삶이 지금 여기를 벗어나 과거나 미래에 가 있기 때문이다. 과거를 돌아보면 회한만 가득하고 미래를 생각하면 두려움만 가득한 것이 인생이다.[172]

『중아함경』에 이런 문구가 보인다.

과거를 좇지 말고 아직 오지 않은 미래를 염려하지 말라.
과거는 이미 지나갔고, 미래는 아직 오지 않는 것
오로지 현재에 일어난 것들을 관할하라.
어떤 것에도 흔들리지 말고 그것을 추구하고 실천하라.

『마태오의 복음서』에서도 내일 걱정은 내일에 맡겨라. 하루의 괴로움은 그날에 겪는 것만으로 만족하라. 예수도 내일 일로 고민하지 말고 오늘이라는 하루에 최선을 다해 살아가라고 했다. 지금 이 순간이 모든 것이라는 뜻이다.

러시아의 대문호 톨스토이가 여행 중에 농사를 짓고 있는 한 농부와 세 가지 문답을 하였다. 세상에서 가장 중요한 때는 바로 지금 이 순간이고, 세상에서 가장 중요한 사람은 바로 지금 함께하는 사람이고, 세상에서 가장 중요한 일은 바로 지금 내 곁에 있는 사람을 위해 최선을 다하는 일이다. 즉, 지금 '이 순간을 살아라.'는 뜻이다. 그렇다. 우리 모두 어느 노래 가사처럼 서로서로 있을 때 잘해야 한다.

불가(佛家)에서 '문수동자'에 대한 시가 있다. 감상해 보자.

성 안내는 그 얼굴이 참다운 공양구요,

부드러운 말 한마디, 미묘한 향이로다.

깨끗해 티가 없는 진실한 그 마음이

언제나 한결같은 부처님 마음일세.

■ 진리를 탐구하며 스스로 변화에 앞서가라

『주역』〈계사전〉에서 "역(易) 궁즉변(窮則變) 변즉통(變則通) 통즉구(通則久)"라고 적고 있다. 역이란 궁하면 변하고, 변하면 통하고, 통하면 오래 간다. 극에 달하면 변하게 마련이고, 변화하면 새롭게 발전하고, 그 상태가 오랫동안 지속된다. 이 문구는 주역의 핵심 사상이자 우리 인생사를 함축하고 있는 대표적인 문장이다.

궁하다는 것은 사물의 변화가 궁극에 이른 상태, 즉 양적 변화와 양적 축적이 극에 달한 상태에 다다르면 질적 변화가 일어난다는 뜻이다. 그리고 질적 변화는 새로운 지평을 연다는 것이고, 그렇게 열린 상황은 제자리걸음 하지 않고 부단히 새로워진다는 것이다.

이 문구는 더 나아갈 수가 없을 만큼 최선을 다하면 변화를 얻고 그 변화를 통하면 해결책을 마련할 수 있다는 말이다. 주역에서 '양→음→양', 헤겔의 변증법인 '정→반→합'과 같은 원리다. 인간사에서 '행복→불행→행복' 경제적 측면에서 '호황→불황→호황'도 마찬가지다.

하지만, 사람들은 아집으로 변화를 잊고 사물을 외면한 채 이미 낡은 기호, 죽은 사상에만 집착한다. 서산대사가 묘향산 원적암에 있을 때 자신의 영정에 쓴 시가 있다. "80년 전에는 저것이 나더니, 80년 후에는 내가 저것이로구나."[1]

'주역의 대가' 대산 김석진 선생은 주역을 설명하면서 '변화(變化, Change)'에 방점을 찍었다. 누구든 때에 맞춰 변화해야 하며 그렇지 않으면 어려움을 당할 수 있다는 이치가 수시변역(隨時變易)이다. 주역 공부는 그때를 알기 위함이다. 하지만 자기 자식이라도 자기 앞날을 모르고 사는 삶이 행복한 삶이라면서 시대에 따라 변하여 자기 역할에 충실하고, 분수에 맞게 살면 된다."고 주문했다.

이건희 전 삼성그룹 회장은 1993년 독일 프랑크푸르트에서 "마누라와 자식만 빼고 다 바꿔라."며 신 경영 선언을 했다. 나 자신부터 변해야 일류가 된다. 미래 지향적 사고와 질적 개선을 통해 세계적인 경쟁력을 갖춰야 한다고 했다.[205]

허창수 GS그룹 회장은 2019년 4월 임원 모임에서 카멜레온 조직론을 설파하며 "경영환경과 기술속도가 빠르게 변하고 불확실성이 커질수록 민첩하고 유연하게 변신하라." "우리가 쌓아 온 노하우와 성공 방식이 새로운 환경에서도 효과적일지 의심해보고 열린 마음으로 새로운 지식을 받아들여 우리 역량으로 내재화해야 한다."고 했다.

대부분 인간은 몰라서 하지 않는 것은 드물고, 이기심 때문에 알면서도 안 하는 것이라 세상은 잘 변하지 않는다. 그래서 지행합일이다. 변화의 중심지로 사회나 공동체를 생각하지 말라. 세상이 변하려면 나 자신이 먼저 변해야 한다. 내가 변하면 세상이 변한다. 내가 달라져서 그로 인해 더 많은 사람이 눈을 뜨고 더 공감하게 만들어야 한다.

나 하나 꽃이 되어 -김춘수

나 하나 꽃피어
풀밭이 달라지겠냐고
말하지 말라
네가 꽃피고 나도 꽃피면
풀밭이 온통
꽃밭이 되는 것 아니냐

세상의 모든 일은 좋은 면과 나쁜 면이 표리를 이루고 있다. '인간 만사에 오랫동안 당연시해왔던 문제들에 대해 때때로 물음표를 달아 볼 필요가 있다.(버트런드 러셀)'

'관행은 편의대로 만들어 놓은 것이라 아무런 생각 없이 해오던 일들도 생각을 달리하면 현실에 맞게 고쳐야 할 사항이 너무나 많다. 물론 현재 아무리 나쁜 관행으로 여겨지는 것도 그것이 시작된 애초의 계기는 좋은 의도였을 것이다.

몇 십 년이 흘러도 아무 일이 없을 때가 있고, 몇 주간에도 몇 십 년의 변화가 올 수 있다.(레닌)' '세상을 변화시키려는 사람은 많지만, 자신을 변화시키려는 사람은 없다.(톨스토이)' '파도를 즐기는 방법은 파도를 피하는 게 아니라 파도에 올라타는 거다. 부처도 변화하지 않으면 로봇이 될 수밖에 없다.'60

『더 퓨처』에서 고어 전 부통령은 '어떤 현상을 완벽히 이해할 수 있다고 여기는 인간의 지나친 자부심이 오류를 만들고, 잘못된 방향의 변화를 지속적으로 이끌어 간다'며 인류의 미래에 대한 경고를 던졌다.

우리가 알고 있는 것은 '빙산의 일각(tip of the iceberg)'일 뿐이다. 빙산의 7/8은 물속에 잠겨있다. 헤밍웨이는 이 글귀를 가슴에 아로새겨 1/8만큼으로 『노인과 바다』을 썼다고 했다. 나머지는 독자의 몫이란다. 그렇다면 사고의 영역을 확장하거나 판을 뒤집어 보는 역발상으로, 변화와 혁신으로, 차별화된 아이디어를 가지고 그 숨은 의미를 찾아보고, 벤치마킹하여 서로 점으로 선으로 연결하고 통섭하여 새로운 일거리를 창출해 보자. 정말 신난 일 아닌가?

변화와 소통이 곧 생명의 모습이다. 가장 잘나가는 중심부가 쇠락하는 가장 큰 이유는 지금 이대로의 쾌락에 매몰되어 변화에 무관심하기 때문이다. 그러다 보니 변방이 새로운 중심지가 되어 변화와 창조의 공간이 되고, 생명의 공간이 된다.24

자유분방의 극치를 보여준 낭만주의 인물인 바이런은 1812년 『헤럴드 공자의 순례기』라는 시를 발표한 뒤 갑자기 인기가 폭발하자 한마디 했다. "어느 날 아침 일어나 보니 유명해져 있었다."

마음만 먹으면 세계는 넓고 할 일은 많다. 한 생각 잘해서 기발한 아이디어 하나를 시장에 내놓아보자. 어느 날 갑자기 바이런처럼 유명인사가 되어 있을 것이다. 한번 도전해 보자, 분명 남는 장사이니까.

찰스 디킨스가 쓴 『두 도시 이야기』는 프랑스혁명을 배경으로 한 파리와 영국 두 도시 얘기다. '최고의 시간이었고 최악의 시간이었다. 지혜의 시대였고 어리석음의 시대였다. 빛의 계절이자 어둠의 계절이었다.'로 시작한다. 누구나 꾸준히 하다 보면 무심코 변화의 시점이 보인다. 이때 스치는 아이디어를 꽉 붙잡아 시대의 조류를 선점하거나 탑승해보자. 정말 멋진 일 아닌가! 요즈음 비트코인, 블록체인, NFT, 메타버스가 그렇다.

사회를 변화시키는 핵심은 우리 자신에게 있다. 변화를 추구하려면 다양한 이해관계자가 있음을 고려하여 그 계획은, 1차 방정식은 곤란하고 2~3차 방정식 또는 미적분 이상이어야 하고, 시행할 경우에 의도한 결과와 함께 나타나는 또 다른 문제점까지를 사전에 시뮬레이션 해야 시행착오를 줄일 수 있다. 잘못되면 예산만 낭비하고 모두 힘들어진다는 점을 명심해야 한다.

『할아버지의 기도』 중에서 이런 말이 있다. '앞장선다는 것은 외로운 일이다. 어떤 것을 바꾸려고 할 때에는 반드시 위험이 따른다. 손가락질을 당할 수도 있고, 실망을 느낄 수도 있으며, 상실의 아픔을 겪을 수도 있다.

앞장선다는 것은 외로운 일이다. 하지만 진정으로 중요한 것은 다른 사람들이 어떻게 보는가가 아니다. 자신이 그것을 어떻게 바라보고 생각하는가에 달려있다.135 여기에 길이 있다.

5. 욕심을 다스려라

"만족할 줄 알면 맨땅에 누워있어도 행복으로 알고, 만족할 줄 모르면 천당에 있어도 불행하다고 여긴다.(『유고경』)"

"금이건 권력이건 혼자 가지려 하면 비극뿐이다."

"모든 고뇌에서 벗어나고자 한다면 만족할 줄 알아라. 만족할 줄 알면 항상 넉넉하고 즐거우며 평온하다.48"

인간은 허용된 일에는 매력이 없고, 금지된 일에 욕심을 일으킨다.(오비디우스) 인간은 현재 가지고 있는 것에다가 다시 새로 가질 수 있다는 보장이 없으면 현재 가지고 있는 것조차도 가졌다는 기분이 들지 않는 법이다.(마키아벨리) 인간의 욕심이 이렇게 무섭다.

『대망』 등을 읽으면서 깨달은 게 있다. 탐욕 때문에 임진왜란을 일으킨 도요토미 히데요시가 그의 주군 오다 노부가나로부터 보고 배운 것은 전쟁하고 싸우는 것이 전부였다. 아는 것이 전쟁놀이라 땅따먹기는 잘했는지 모르겠으나, 이를 지키기 위한 관리를 배우지 못하다 보니 죽을 때까지 전쟁만 했다.

그 이유는 어려서 인성공부를 접하지 못했고 배움이 부족한 탓이다. 칭기즈칸도, 알렉산드로스 대왕도, 히틀러도, 사담 후세인도 전쟁만 하다 죽었다. 사실 우리의 삶도 이와 다를 바 없다. 과연 잘 살고 있는지, 무엇을 잘못하고 있는지 잠시 생각해보았으면 한다.

■ 땅 3평 이야기

『사람은 무엇으로 사는가』 중 '사람에겐 얼마만큼의 땅이 필요한가'에서 톨스토이는 마지막에 "머리에서 발끝까지 그가 차지할 수 있었던 땅은 정확히 땅 3평밖에 되지 않았다."는 구절로 끝을 맺는다. 독자에게 전하고자 하는 메시지가 무엇인지 알아보자.

어느 농부가 평생 주인집에서 머슴살이를 했다. 어느 날 주인이 독립시켜주려고 그를 불러 '내일 해가 뜨는 순간부터 해가 질 때까지 네가 밟고 돌아오는 땅은 모두 너에게 주겠다'고 했다. 농부는 새벽을 기다리느라 한숨도 자지 못했다. 날이 밝자마자 달리기 시작했다. 땅 한 평을 더 차지하려고 끼니도 거르며 잠시도 쉬지 않고 뛰고 또 뛰었다.

가슴에 맺힌 한을 풀기 위해 그 보상을 받겠노라고 미친 듯이 뛰었다. 뛰는 만큼 모두 자기 것이 되리라 생각했다. 그러다가 해가 뉘엿뉘엿 넘어갈 무렵, 헐떡거리며 주인집 대문으로 뛰어들었다. 그리고 쓰러졌다. 끝내 의식을 되찾지 못한 채 심장마비로 죽고 말았다.

자신이 묻히게 된 무덤의 땅 한 쪼가리가 평생 머슴살이를 하며 뛰고 또 뛰어, 자기 것으로 만든 이 세상 땅의 전부였다. 결국 그가 묻히게 될 무덤 크기는 '땅 3평'에 불과했다. 이 작품은 절제할 줄 모르는 인간의 욕심이 얼마나 허망한 것인지, 또한 과욕으로 인간은 어떻게 파멸되는지를 잘 보여주고 있다.

지나치게 이기적이고 편협한 생각을 가지면, 욕심 가득한 눈에는 3평이 보이지 않는다. 자신을 너무 혹사하지 마라. 객사할 수 있다. 지나치게 욕심 부리다가 외면당하며 담쌓고 사는 일은 없어야겠다. 이제라도 알았으면 방하착(放下着), 오늘 하루라도 욕심 버리고 보람되게 살아보았으면 한다.

■ 목걸이 이야기

『목걸이』에서 모파상은 헛된 욕심과 허영이 얼마나 비참한 결과를 가져오는지 잘 보여준다. 아름다운 르와젤은 가난한 집안의 딸로 태어나 하급 관리자로 일을 하는 남자와 결혼하여 화려한 생활을 꿈꾸지만, 현실은 초라했다.

남편이 파티 초대장을 가지고 온 날, 파티에 가기 위해 남편의 비상금을 몰래 빼내 옷을 사고, 친구에게 다이아몬드 목걸이를 빌린다. 파티에서 인기를 얻었지만, 그 행복은 너무 짧았다. 돌아오는 길에 목걸이를 잃어버렸다.

그 돈을 벌기 위해 차마 이루 말할 수 없는 온갖 고생을 다해야 했고, 전 재산을 처분하고 비싼 이자로 돈을 빌려 똑같은 목걸이를 사서 돌려주었다. 10년 만에 만난 친구는 그 목걸이는 가짜였다고 말한다. 참으로 어이없고 허무한 일이었다.

■ 어부와 아내 이야기

『그림 형제의 동화』의 얘기다. 가난한 어부가 어느 날 주문에 걸려 커다란 넙치가 된 왕자를 잡았다. 왕자가 바다에 보내줄 것을 청하자 착한 어부는 그 청을 들어준다. 그 소리를 들은 그의 아내는 어부를 꾸짖고 소원을 들어 달라고 요청하도록 강요한다.

할 수 없이 착한 어부는 왕자에게 멋진 집을 요구하여 그 집을 받게 되자 이제 정원을 요구하고, 또 성을 요구하고, 또 왕좌를 요구하고, 또 황제를 요구하고, 또 교황이 되게 해달라고 요구한다. 왕자는 무리하지만 다 들어 준다.

아내의 성화에 못 이겨 이제는 신의 능력까지 달라고 요구한다. 그러자 갑자기 바닷가에 폭풍우가 일어나고 어부와 아내는 원래 살던 초라한 오두막으로 돌려 보내진다. 분수를 알고 족함을 알고 멈출 줄 알아야 한다.

■ 세 강도 이야기

독일의 동화 얘기다. 어느 날 세 강도가 만나 길을 함께 가고 있었다. 그들은 신세를 타령했다. '우리도 최소한의 수입이라도 주어진다면 강도질을 끝내고 부끄럽지 않게 인간다운 생활을 할 수 있겠다.'는 소원이었다. 돈이 없어 할 수 없이 강도가 되었다는 후회였다.

그들이 길가에 앉아 쉬고 있는데, 맞은편 언덕 숲속에 번쩍이는 물건이 보였다. 무엇인가 싶어 가보았다. 황금 덩어리였다. 세 사람은 이것을 나누어 가지면 부자는 못 되지만 남들같이 고생 안 하고 살 수 있겠다고 생각했다.

셋은 발길을 돌려 고향으로 돌아가 안정된 삶을 꾸리기로 했다. 강가에 있는 빈 나룻배를 타고 강을 건널 때였다. 앉아 있던 두 강도가 노를 젓던 친구를 강물에 밀어 넣고 몽둥이로 때려죽였다. 금괴를 삼등분하지 않고 둘이서 차지하려고 했던 것이다.

늦은 오후에 한 마을에 이르렀다. 한 강도는 동네로 들어가 도시락을 준비하고 남은 강도는 금괴를 지키기로 했다. 도시락을 사 들고 나오던 강도는 생각했다. '저놈을 없애버리면 내가 고향에서 큰 부자가 되겠는데' 하고, 술병 안에 독약을 타 넣었다. 남아 있던 강도도 같은 생각을 했다. 도시락 준비를 하러 간 강도가 갖고 있던 칼을 내던지고 허리에 비수를 감추고 기다렸다.

점심 도시락을 차려놓은 강도에게 칼을 든 놈이 대들었다. 두 강도는 싸웠으나 칼을 든 놈이 상대방을 죽여 시신을 가까운 모래밭에 묻어버렸다. 이제 이 금괴를 혼자 가지면 부자가 되어 가정도 꾸미고 행복해질 거라며 웃었다.

격렬한 싸움을 했고 시신을 묻는 동안에 갈증을 느낀 강도는 죽은 강도가 남긴 술병을 열고 한참을 들이켰다. 눈앞이 캄캄해지면서 그는 쓰러졌다. 세 강도는 이렇게 모두 저승으로 떠나고 금덩어리만 남겨 놓았다.

톨스토이는 소유가 인생의 목적이 되거나 전부라는 인생관을 갖고 산다면 허무한 인생으로 끝난다는 교훈을 남겼다. 세 강도 이야기는 탐욕에 빠져 이웃을 해치거나 독점욕의 노예가 되면 본인은 물론 사회악을 저지르게 된다는 뜻이다. 우리 모두에게 해당하는 경고이기도 하다. 욕심이 잉태하면 죄를 낳고 죄가 자라면 사망에 이른다는 말 그대로였다.

욕심이 불타오를 때면, 잠시 긴 호흡 몇 번으로 날뛰는 기운을 붙잡아 배꼽으로 가져가라. 마음이 평온해질 때까지 쉬었다가 계영배(戒盈杯) 즉, '넘침을 경계하는 잔'을 생각하라. 잔의 7할 이상을 채우면 모두 밑으로 흘러버려 과욕과 지나침을 경계하라고 보여주는 상징물이다. 제나라 환공이 늘 곁에 두고 경계했고, 공자도 그랬고, 조선 시대 거상 임상옥도 가지고 다녔다.

6. 좋은 대인관계를 유지하라

누군가가 말했다. 사람을 만나면, 그 사람이 남을 이해할 줄 아는 사람인지, 자기 몫을 줄일 줄 아는 사람인지, 남을 믿고 도울 수 있는 사람인지, 나아가 언행을 살피고 인성도 파악하여 함께 할 수 있는 사람인지를 판단한다.

세상을 살면서 겪는 괴로움 대부분은 사람과의 관계에서 비롯된다. 그럼 다른 사람들이 당신을 좋아하게 하려면 어떻게 해야 할까? 미국 하버드대 신경과학자 다이애나 타미르 박사가 제시하는 방법은 이렇다.

① 상대가 자신에 대한 얘기를 하도록 북돋아 준다. 기쁨을 유발한다.

② 상대의 말에 반응을 보이고 질문을 한다. 친근감을 갖게 한다.

③ 상대에게 조언을 구한다. 스스럼없는 사이가 된다.

④ 상대의 말 마지막 두세 단어를 반복한다. 경청과 관심에 고마움을 느낀다.

⑤ 남에 대한 험담은 하지 않는다. 백해무익하다.[185]

■ 오우가(五友歌) ―윤선도(1587~1671)

내 벗이 몇이나 되는 고 하니

수석(水石)과 송죽(松竹)이라,

동산에 달(月)이 오르니 더 더욱 반갑구나.

두어라, 이 다섯밖에 또 더하여 무엇 하리.

좋은 인간관계를 유지하려면 일부러 잘하려고 애쓰지 말고 내가 남의 꼴을 얼마나 잘 봐주는가에 달려있다. 내가 남의 꼴을 잘 봐주어야 남도 내 꼴을 잘 봐주는 것이다. 그냥 이렇게 수용할 때 오만과 편견에서 벗어날 수 있다.

또한 벗이란 지음(知音)과 고산유수(高山流水)곡의 시초가 된 '백아와 종자기'정도는 되어야 하지 않을까 싶다.

'사람들이 얼마나 무서운 줄 아나? 이해가 안 되면 혼자서 추측하게 되지.(영화 〈August Rush〉)' 사람을 대할 때는 있는 그대로의 나를 자연스럽게 보여주는 것이 가장 좋은 방법이다. 아무리 내가 옳고 상대방이 틀렸다 하더라도 상대방을 벼랑 끝으로 몰고 가는 일을 해서는 안 된다.

일본 메이지유신 탄생에 깊이 개입한 사이고 다까모리는 "사람을 상대하지 말고 하늘을 상대하라(敬天愛人). 하늘을 상대하여 자기의 최선을 다하고, 남을 원망하지 말고, 자기 자신의 정성이 부족한 것을 미워하라(盡人事待天命)."고 했다.

좋은 인맥을 만들기 위해 비즈니스 스쿨(MBA)에 가려는 사람이 있다면 '지금 당신이 하는 일과 일에 대한 당신의 자세가 좋은 인맥을 만들수 있는지 결정한다.'고 말해주고 싶다. 누구를 위해서 일하는 것보다 스스로 스테이지를 빛내는 사람이 훨씬 중요하다.153

어떻게 해야 젊은이들의 오감을 만족시키는 노포(老鋪)같은 인생 선배가 될 수 있을까? 일본의 성공한 리더 200명을 인터뷰한 내용을 담은 『어른의 의무』란 책을 보면, 후배의 존경을 받아 행복한 어른의 공통점은 '잘난 척하지 않고, 자기보다 어린 사람을 우습게보지 않는다'는 것이었다. 상식적으로는 자신의 조언에 후배들이 '잘 알겠습니다.'라고 반응할 때 '내가 존경받고 있구나.'라고 느껴지게 되는데, 사실 그런 반응은 선배의 잔소리를 최단 시간에 끝내려는 전략이란다.

  젊은이를 만날 때 신세 한탄하지 않고, 자기 자랑하지 않고, 긍정적인 기분을 유지하는 어른이 인기가 많다고 한다. 우리 몸에는 '시간은 짧고 할 말은 많다'란 유전자가 있다고 한다. 잔소리는 본능이니 그 자체를 탓할 순 없지만, 사랑받는 선배가 되려면 잔소리는 줄이고 공감 소통하려는 노력이 필요하다.[188] 나이가 들면 지갑을 열고 입을 닫으라는 충고가 있다.

■ 겸손(謙遜)과 배려(配慮)

  공자가 대묘(大廟)에 들어가 일마다 하나하나 물었다. 어떤 사람이 "누가 저 사람이 예(禮)를 안다 했는가. 매사를 남에게 묻지 않음이 없으니."라고 했다. 공자가 그 말을 듣고 말했다. "이것이 예(禮)이다."

  노나라에서는 매년 시조 주공단을 제사 지냈다. 국가의 중대사였다. 그런데 주관할 사람이 병이나 토의 끝에 학식이 많은 공자를 추천했다. 드디어 제전의 준비가 시작되고, 모두 그의 모든 것을 지켜보았다. 그런데 공자가 먼저 제관들에게 제기의 명칭과 그 용도를 묻고, 하루 종일 이것저것 다루는 방법이나 의식의 경우, 앉거나 일어섬, 나아가고 물러남의 자세한 것 등을 묻는 것이었다.

"뭐야, 예상과 다르잖아. 이래서야 마치 대여섯 살짜리 어린아이를 쓰는 것과 같지 않나?" "평판과 맞지 않는 사람이다." "저런 자잘 자잘한 것을 하나하나 묻고, 부끄러운 줄도 모르니까요." "부끄러워하기는요. 그것이 당연하다는 듯한 얼굴을 하고 있어요." 관심을 두지 않고 할 일을 마치고 물러났다.

걱정이 된 공자의 추천자는 제자인 자로를 만나 자초지종을 얘기하고 함께 공자를 찾아갔다. "어쩌자고 선생님이 가지신 학문의 힘(禮)은 보여주지 않고 일부러 시골뜨기 어린애란 소리를 들을 만한 일을 하신 겁니까?"

"예(禮)라면, 오늘만큼 내 전심을 쏟아 부은 바를 여러 사람에게 보여준 적이 없어." "자로, 자네는 대체 예를 뭐라고 알고 있는가?"

"공경하는 것입니다." "그럼 내가 공경을 잊었다는 말인가?" 자로의 혀는 갑자기 굳어져 버렸다. "꿈에라도, 대묘에 봉사하면서는 거기에 공경한 윗사람들에게도 공경하지 않으면 안 되지. 나는 선배에 대한 경의를 빠뜨리고 싶지 않았고, 그래서 종래의 관례에 대해 한번 여쭤보고 싶었던 것이네. 그것을 자네까지 문제 삼을 줄은 꿈에도 생각하지 못했네."

"그러나, 내게도 충분히 반성할 여지가 있을 듯하네. 본디 예는 공경함에서 시작하여 조화롭게 끝나지 않으면 안 되지. 그런데 오늘 내가 여러분에게 여쭤본 게 기분을 해쳤다면, 내 어딘가에 예에 맞지 않는 구석이 있었는지 모르겠네. 이 점에 대해서는 나도 살펴보고 싶네." 공자의 추천자와 자로는 공자의 말이 끝나자마자 잽싸게 물러났다.17

성공한 사람들의 공통점 중 하나는 남을 배려하는 마음이다. 제 잇속만 차리려는 이들은 큰사람이 되기 어렵다. 군자불기(君子不器)를 모르면 제 그릇으로만 살아갈 수밖에 없어 실패하기 쉽다. 그의 인생은 거기까지 부여받은 것이기 때문이다.

어느 한 신문 기사에서 본 적이 있다. 2012년 호주오픈 테니스 우승컵 대회는 너무나 긴 5시간 53분 만에 끝이 났다. 조코비치는 스페인 세계 2위 나달에게 이기고 코트에 벌렁 누워버렸다. 기자가 소감 한마디를 묻자 말했다. "우승자가 둘이 될 수 없다는 것이 매우 아쉽습니다." 기쁨을 억제하고 상대방을 배려하는 말이다. 설사 인사치레의 말이라도 이런 말은 얼마나 격조 있고 아름다운가?

■ 화해와 협력

"여러분들은 꽃이 왜 꿀을 만드는지 아는가?" 서울대 농과대학 〈화훼학개론〉 첫 수업에서 고 유달영 박사가 던진 질문이다. 대답이 없자 말했다. "꽃은 자신이 먹으려고 꿀을 만드는 것은 아니다. 벌과 나비에게 주려고 만든다. 이 꿀을 먹고 벌과 나비가 번성하지만, 그 결과 꽃가루받이가 잘 되어 벌과 나비와 더불어 꽃도 함께 번성하는 것이다" 경쟁과 대립이 아니라 화해와 협력이 우리를 번성하게 하는 원동력이요, 우리를 공동번영의 길로 이끌 수 있다는 의미다.[129]

한 예로, 어느 날 산사에서 열린 법회에서의 설법을 음미해보자. 극락과 지옥의 환경은 다를 바 없는데 극락 사람들은 얼굴이 윤기가 나고 복스럽게 보이고, 지옥 사람들은 얼굴에 윤기가 없고 피죽 한 그릇 못 먹는 것처럼 피골이 상접 하더라. 극락이나 지옥이나 똑같이 팔 길이보다 훨씬 긴 밥숟가락을 하나씩 주었는데 왜 그러한가?

극락 사람들은 그 긴 숟가락을 가지고 서로 떠먹여 주다 보니 제 때에 밥을 먹어 윤기가 날 수밖에 없고, 지옥 사람들은 그 긴 숟가락으로 자기 입에만 퍼 넣으려고 하니 흘리고 버려서 결국 쫄쫄 굶어서 그런 것이었다.

이 우화 같은 얘기에 "남에게 활용될 때 나의 가치가 있구나. 남에게 도움 되지 않으면 아무것도 얻을 수 없고 남을 도와야 그 대가로 얻는구나."하고 깨달았다.15·107

■ 백번 참아라, 한산과 습득 이야기

심장 위에 칼날이 있는 것이 '참을 인(忍)'자다. 인격이 있는 사람(君子)은 너그러이 받아들이는 마음으로 덕(德)을 이룬다. 흐르는 물 아래에서 불이 타고 있는 것이 '재앙 재(災)'자다. 속 좁은 사람(小人)은 분하다, 화난다고 하면서 자기 몸을 죽여 간다.

삶에서 느긋함과 기다림에 대한 미학은 백번 참는 것이다(百忍). 성공 요인도 백번 참는 것이다. 학창 시절에 놀고 싶은 마음을 억제하지 못해 놀러 다니는 학생보다 이를 꾹 참고 책상에 오래 앉아 공부한 사람이 좋은 대학에 가는 것은 사실 아닌가? 대화중에도 간혹 뼈있는 한마디를 해주고 싶지만 참다 보면 다른 사람이 그 말을 해주어 대리만족할 때도 있고, 또 시간이 지나고 보면 그때 정말 참기를 잘했다고 스스로를 위안할 때도 있지 않은가 말이다.

'사람은 누구나 자기가 있는 곳에서는 만족하는 법이 없다.[82]' 내 마음에 드는 환경은 있을 수 없다. 그러니 참고, 또 참고, 또 참아야 한다. 그러려면 어떻게 해야 할까? "가자! 갈 순 없어. 왜? 참! 그렇지"하면서 느긋하게 고도를 기다리듯이[3], 강태공이 세월을 낚듯이 기다리며 오늘도 바보처럼 그냥 허허! 웃고 사는 것이다. 독서와 마음공부를 함께 하면 내공이 깊어져 더 잘 견뎌낼 수 있다.

『맹자』〈고자〉에서 "하늘이 장차 이 사람에게 큰 임무를 맡기고자 할 적에는 반드시 그의 마음과 육체를 고통스럽게 만들고, 가진 것이 하나도 없게 만들며, 뭔 일을 하고자 하면 항상 목표와 어그러지게 만드는데, 그 까닭은 마음가짐을 변화시키고 인내하는 성격으로 만들어 평소라면 감히 할 수 없었던 능력까지 더 주려고 하기 때문이다."고 했다.[116]

『성경』에도 "하느님께서 사랑하는 자를 채찍으로 단련시킨다."는 얘기가 있다. 또 어떤 이는 "신은 우리를 사랑하기에 넘어뜨린다. 그리고 다시 일어서는 방법을 배우게 한다."고 했다.

고통과 시련은 삶의 존재 근거이자 본질로서 불가피한 것이다. 역경은 우리가 이전에 보지 못한 것을 보게 해주고 가지지 못했던 능력을 새로 가지도록 해준다. 더욱 성숙하도록 고통의 시간을 잘 견디어내자. 바람이 불어오면 낮게 머리를 숙이는 저 풀도 실은 갖은 고통과 시련을 견뎌낸 강인한 존재임을 알아야 한다.

다음으로 〈백번 참는 요령〉을 배워보자. 당나라 때 고승인 한산이 물었다. "세상 사람들이 나를 비방하고 업신여기고 욕하고 비웃고 깔보고 천대하고 미워하고 속이니 어떻게 대처하는 것이 좋을까요?"

습득이 말했다. "참고 양보하고 내버려 두고 피하고 견디고 공경하고 따지지 않으면, 몇 해 후에는 그들이 그대를 다시 보게 되리라."

만약, 누군가 여러분을 업신여기면 아마 여러분은 그를 미워하고 욕하고 저주하며 심지어 보복할 것이다.

만약, 여러분이 인내를 선택한다면 그것은 스스로 보복할 능력이 없다는 것을 알기 때문일 것이다. 설령 보복하지 않는다고 해도 분노 때문에 마음이 편하지 않을 것이다.

만약, 이를 참고 견딘다면 겁쟁이처럼 여겨져 치욕을 느낄 것이다. 이것이 우리 대다수의 가치관이고, 오랫동안 이렇게 생각하는 것에 익숙해져 있다. 여태껏 '눈에는 눈, 이에는 이'가 잘못되었다고 생각한 적은 없을 것이다.

내가 누명을 벗고 싶어도 벗을 수없는 경우가 있고, 심한 경우 해명할수록 더 벗어나기 힘든 경우도 있는데 어찌하겠느냐? 어떤 사람은 굴욕을 참지 못하고 자살하지만, 어떤 사람은 굴욕 속에서도 많은 공부를 하여 도량이 더 넓은 사람으로 다시 태어나기도 한다. 지극히 높은 도량과 기백이 아니라면 억울함과 굴욕을 당하면서도 어찌 정성과 사랑이 가득한 삶을 살 수 있겠는가?[11]

삶 속에서 벌어진 일 중에는 살아서도 죽어서도 다 말할 수 없는 것들이 있는 법이다. 다산의 치욕은 침묵 속에 잠겨있다. 주위에도 억울한 일을 당하고도 혼자 삭이고 조용히 살아가는 훌륭한 사람들이 많이 있다.

법정 잠언집 『살아있는 것은 다 행복하라』에서 '나의 취미는 끝없는 인내다.'라는 문구로 글을 마감하고 있다. 이 묵직한 표현은 나에게 많은 영향을 주었다. 영국 여왕 엘리자베스 1세에게 얻어야 할 교훈도 '기다림과 인내'다. 영화 〈뮬란〉에서 '역경을 이겨내고 핀 꽃이 가장 진귀하고 아름다운 꽃이다.'라고 말하지 않았던가?57

삼성그룹 고 이병철 회장이 좋아하는 글이 있다. 1991년 5월경에 용인자연농원 사무실에서 우연히 보고, 메모해 두었다. '사람은 능력 하나만으로 절대 성공할 수 없다. 운을 잘 타고 태어나야 한다. 때를 잘 만나고, 사람을 잘 만나야 한다. 이보다 더 중요한 것은 운이 다가오기를 기다리는 둔한 맛과 운이 트일 때까지 버텨 낼 수 있는 끈기, 즉 근성이다.' 어쩌면 운은 둔한 맛이 있는, 끈기를 갖고 근성으로 버티는 사람에게만 주어지는 또 하나의 실력인지도 모른다.99

견디어 낼 수 없는 일은 그 누구에게도 생기지 않는다.41 고통이 싫다면 고통 그 자체가 되라(릴케) 딱 한 가지 확실한 것은 확실한 게 없다는 것이다.46 매사 참지 못하고 '예.' '아니오.'를 분명히 하는 사람은 아웃사이더로서 그 사회의 주류에 반대하는 사람으로 살게 될 것이다. 사사건건 이건 이렇고 저건 저렇다고 재단하지 말고, 기가 막히더라도 씩 웃어 넘기며 살아가라.(카네기)

■ 불평불만 · 비난 · 지적질 · 뒷담화 · 평가하지 마라

우주 자연은 모든 생명을 평등하게 받들고 있건만, 인간들의 불평불만, 비난, 뒷담화는 끊어질 줄 모른다. 사실도 모르면서 남의 말을 듣고 나쁜 사람으로 만들고 호랑이를 만들어(三人成虎), 기어이 마녀사냥까지 한다.

왜 그럴까? 스스로 만든 욕망이 온통 내 마음의 주인 노릇을 하고 있기 때문이고, 내 마음속에 본래 못된 성질을 가지고 있다가 표출되기 때문이다. 이런 짓은 하지 마라. 비난의 대상이 바로 당신이라면 좋겠는가? 탐욕과 분노를 이런 식으로 표현하지 마라. 차라리 입을 다물어라. 견딤이 쓰임을 결정한다.

세상에서 가장 어려운 일은 무엇인가? '자신을 아는 것이다.' '상대방의 마음을 얻은 것이다.' 세상에서 가장 쉬운 일은 무엇인가? '자기 자랑하는 것이다.' '다른 사람을 비난하고 충고하고 평가하는 것이다.' 그렇다면, 세상에서 가장 즐거운 일은 무엇인가? '성공하는 것이다.(디오게네스 라에르티오스)'

주로 신경과학, 유전학, 사회심리학, 진화론 모델과 관련한 연구 얘기에서 전해오는 메시지는 "우리는 누구나 독선적인 위선자라는 사실, 바로 그것을 깨달아야 한다는 것이다." "어찌하여 너는 네 이웃의 눈에 든 티는 보면서 너 자신의 눈에 든 들보는 보지 못하느냐. 위선자여! 먼저 너 자신의 눈에 든 들보부터 빼내어라, 그래야 비로소 밝은 눈으로 네 이웃의 눈에 든 티를 빼줄 수 있을 테니.

우리는 이웃의 눈에 든 티만 보려 한다.(마태복음 7:3.-5. 누가6:37.38.) 비난받지 아니하려거든 비판하지 말라.(마태복음 7:1-5) 남의 잘못을 알기는 쉬우나, 자신의 잘못을 알기란 어렵다. 사람들은, 남의 잘못은 바람에 곡식 키질하듯 드러내고, 자신의 잘못은 노련한 도박꾼이 패를 숨기듯 감춘다.(석가모니)47

'비난하지 마라. 불평하지 마라.' 카네기 인간관계의 첫 번째 원칙이자 유일한 부정적인 표현이다. 백해무익하기 때문이다. 남을 얘기할 때는 두 달 동안 그 사람 입장이 돼보고 난 뒤에 하라고 했다. 남을 험담하면, 지적하는 주먹처럼 세 방향으로 해악을 미친다. ① 험담 대상인 사람 ② 함께 듣는 사람 ③ 자기 자신이다.(톨스토이) 험담을 당하면 잘못을 저지른 사람들조차 스스로 자신의 잘못을 인정하는 사람은 없고, 반박만 있을 뿐이다.25

내가 던진 비난은 집비둘기처럼 언젠가는 되돌아온다. 명심해 주기 바란다. "입술의 30초가 가슴에 30년을 간다." "꿀을 얻기 위해 벌통을 걸어차지 마라.25" "판단하지 마라. 그러면 오판할 일도 없다. 판단을 잠시 멈추는 신중한 태도가 중요하다.(루소)"

지금보다 쉽게 상처받던 젊은 시절에 아버지가 내게 해주신 충고를 지금까지 마음 깊이 되새기고 있다. "혹여, 남을 비판하고 싶어지면 말이다. 이 세상 사람들 모두가 너처럼 혜택을 누리지 못한다는 것을 명심해라." 이 짧은 말씀에 깊은 뜻이 함축되어 있다는 것을 알았다.

그래서 그 후로 내게는 매사에 판단을 유보하는 습성이 생겼다. …판단을 유보한다는 것은 무한한 희망을 갖게 된다는 뜻이다. 아버지께서 마치 세상 위치를 다 깨우친 사람처럼 해주신 말씀을.91

춘원 이광수가 친구에게 보낸 편지에 이런 표현이 있다.

기쁜 일이 있으면 기뻐할 것이나, 그리 기뻐할 것이 없고,
슬픈 일이 있으면 슬퍼할 것이나, 그리 슬퍼할 것도 없다.
항상 마음이 광풍제월 같고 행운유수와 같을 지어다.

춘원 이광수는 남을 미워하지 못하는 사람이었다. 중상모략은 물론 나쁘게 말하는 일이 없었다. 언제나 남의 좋은 점을 먼저 보며, 칭찬하는 기쁨을 즐겼다. 그를 위선자라고 비난하는 사람이 많았지만, 그가 비난하는 사람은 한 사람도 없었다. 그는 어린아이처럼 순진하고 정직하고 평범하고 자연스러운 것을 좋아했다.100

퇴계 이황은 말했다. "남의 허물을 찾는 것은 이미 내 마음속에 그런 류의 잠재된 씨앗이 있기 때문이다. 내 마음의 반영으로 말과 행동으로 그런 허물이 보인다." "사람이 애써 배우려 하지 않으므로 자신의 부족함을 모르고, 자신의 부족함을 모르기 때문에 남이 자신의 단점을 얘기하는 것을 들으면 화를 낸다."98

평소에 먼저 화낸 사람이 진다는 말을 들어본 적이 있다. 퇴계는 말한다. "대부분 인간은 스스로 죄로 가득 차 있으면서도 타인의 죄는 참지 못하는 일이 너무도 많다. 내가 그런 종류의 사람이니 그렇게 보는 것이고, 혹시 나의 숨겨진 죄가 밝혀질까 두려워 타인의 죄를 비방하면서 그 뒤에 비열하게 안 그런 척 숨기려는 심리와 자신의 못난 점을 남의 실패에 견주어 스스로 위로하는 버릇을 갖고 있기 때문에 그렇다."[98]

공자는 "길 위에서 들은 얘기를 옮기지 말라"고 했다. 그럼에도 사람들은 바람을 타고 들려오는 타인의 은밀한 얘기를 애타게 기다리며 뒷담화를 즐긴다. 진실을 알 수 없으니 함부로 억측하는 건 삼갈 일이다. 그럴 시간 있으면 차라리 욕망덩어리인 스스로를 바로 보았으면 좋겠다.

주체적으로 자기 삶을 바라보고 진지하게 사는 사람일수록 남의 얘기에 개입하지 않으려고 하고 들으려 하지 않는다. 자신이 가진 스토리와 드라마만으로도 충분히 풍요롭고 흥미로우니까 그럴 것이다. 배움이 부족하고 무료하고 권태롭고 게으른 사람들일수록 자기의 삶을 방치하고 기다렸던 소문을 붙잡고 늘어지며 뒷담화에 열을 올린다.

자기 자랑 잘하고 소문 퍼뜨리는 사람치고 자기 앞가림 제대로 하는 사람 못 봤다. 그런 소문을 입에서 입으로 전하지 마라. 참 부끄럽고 민망하다. 다만 꼭 말하고 싶거들랑 당신 자신에게 있었던 일, 당신이 보고 들은 것만 말하는 게 좋다.[143]

비난할 시간 있으면 차라리 잘하는 것을 찾아 칭찬해 주자. '나를 인정해 주는 한 마디로 두 달을 살아간다.(마크 트웨인)' 스스로 부정적 마음을 가지고 있거나 배움이 부족하거나 진정한 사랑을 받아보지 못했거나 사랑할 줄 모르는 사람은 대개 칭찬에 인색하고 칭찬을 할 줄도 모르며 유머 감각도 없다. 사물을 바라볼 때 비난거리보다 칭찬거리를 찾도록 노력하라. 세상을 바라보는 관점의 차이로 행복한 마음은 갑절로 늘어날 것이다. '칭찬은 고래도 춤추게 한다.'고 하지 않았는가!

타인의 기대나 관심, 칭찬으로 인해 능률이 오르는 현상을 피그말리온 효과라고 한다. 그리스신화에 나오는 조각가 피그말리온은 아름다운 여인상을 조각했다. 그리고 진심으로 사랑했다. 그 사랑에 감동한 여신 아프로디테가 여인상에게 생명을 불어넣어 주었다. 둘은 행복하게 살았다.

선생님에게 칭찬받는 아이들은 성적과 인성이 더 좋아진다는 연구 결과가 있다. 칭찬을 하게 되면 마음이 뿌듯해지고 웃음꽃이 피어나지만, 비난을 하게 되면 지옥으로 떨어진다. 칭찬이나 비난에 흔들리지 않은 바위가 되라. 스스로 흔들리면 세상은 더 세차게 흔들어 댈 것이다.

• **화 다스리는 법** –한국힐링센터 전경수 심리학 박사
 ① 분노가 쌓이면 언젠가 폭발하니 화가 가슴에 쌓이기 전에 풀어라.
 ② 새치기했다고 따지는 등 사소한 것에 목숨 걸지 마라.
 ③ 비행기가 결항되었을 때 등 자기가 통제할 수 없는 것은 잊어라.
 ④ 나쁜 감정과 기억은 평생 가니 상대방을 무시하는 감정을 갖지 마라.
 ⑤ 나만 불평불만을 늘어놔 봐야 세상은 변하지 않으니 서로 노력하여 함께 발전하고 변하는 방향으로 나아가자.

7. 경제의 흐름을 알아야 '돈(money)'이 보인다

  '삼류기업은 노동력을 팔고, 이류기업은 제품을 팔고, 일류기업은 특허를 팔고, 초일류기업은 표준을 판다.'고 했다.

  세상에 공짜는 없다. 경제는 심리의 작용이다. 공(空)은 마음이요, 색(色)은 돈이다. 돈 벌고 싶으면 자연의 섭리를 통달할 수 있는 마음공부와 문학·역사·철학, 전문분야 등에 대해 공부하여 예지력과 혜안을 키우고 인간의 본성과 오묘한 심리를 꿰뚫어 활용할 줄 알아야 한다.
  많은 노력을 기울여 선점할 수 있는 정확한 정보를 수집해야 한다. 그래야 세계의 정치·사회·경제의 흐름과 투자할 기업 또는 사람을 파악하고, 거래할 물건이 옥돌인지 짱돌인지 판단할 수 있다. 투자는 보수적으로 장기투자를 선호한다.

  『메가트랜드』에서 미래학자 존 나이스비트 박사는 말했다. '미래를 보려면 신문을 통해서 미래를 봐라. 아무리 많은 것들이 변해도 삶의 본질은 변하지 않는다. 미래는 현재에 있다. 게임 스코어에 집중하라. 언제나 옳을 필요는 없다. 그림 퍼즐처럼 미래를 분석하라.
  시장에 너무 앞서가지 마라. 변화에 대한 저항은 현실의 이익 앞에 굴복한다. 기대했던 변화는 더디게 일어난다. 성과를 얻으려면 순간에 열렸다 닫히는 기회를 활용하라. 덜어낼 수 없다면 더하지 말라. 과학기술보다 인간의 본성을 먼저 연구하라.'[40]
  경제활동에서의 이익 추구는 상대방 호주머니 속에 있는 돈을 정당하게 내 호주머니 속으로 옮기는 작업이라 쉽지 않다. 또한, 돈을 벌었으면 독식하지 말고 다소라도 기여한 주위사람에게 베풀기도 하고, 성과 배분도 잘해야 한다.

관리하기는 더 어려우니 마음을 더 다스릴 줄 알아야 한다. 돈은 많이 가질수록 더 가지려는 욕심이 배로 생긴다. 돈 벌기는 어렵고 언제라도 내 마음을 생사의 갈림길로 흔들어 대는 요물이다. 경계해야 한다.

니체의 말에 의하면, 인간은 자기 자신의 이익만을 꾀하고, 사회 일반의 이익은 염두에 두지 않으려는 태도(egoism)를 취한다. 선악의 에고이즘에서 자신에게 손해를 끼치는 것은 악(惡)이요, 자신에게 이득을 안겨 주는 것은 선(善)이라는 이기주의를 따르는 경향이 있다. 머리와 생각은 '돈이 중요하다.'고 하고, 무의식과 가슴은 '돈보다 명예가 중요하다.'고 말하는 듯하다.

유대인은 우주적 신(神)을 믿는 전통 종교를 큰 종교라 하고, '돈은 주머니 속의 작은 제2의 종교'라며 신봉한다. 지금 세계는 유대인의 신념 체계를 따라가는 것 같다. 돈을 벌기 위해 불철주야 애를 쓰고, 매일매일 고민하고, 자린고비로 축적한다. 돈이라는 종교 앞에서는 의리도, 명예도, 양심도 던져 버리고, 타인을 위한 배려도 없어 모든 인간적 가치를 초토화시켜 버린다. 돈이라는 종교를 절대적으로 믿어 돈으로 이미 해탈과 구원을 얻어서일까?171

'오직 돈만이 절대적으로 선한 것이다. 돈은 하나의 욕구를 구체적으로 만족시켜 주고, 욕구 일반을 추상적으로 만족시켜 준다.(쇼팬하우어)' '성욕과 허영심은 인간 행동의 원동력이다. 그러므로 과시적인 소비도

경제성장의 동력이다.(데이비드 흄)'

　시장은 사회정의를 외면하기 때문에 선악을 구분하지 않는다. 늘 감정도 없는 냉정한 모습이다. 누구나 한정된 자원을 가지고 많은 돈을 벌려고 하고, 지급할 돈은 적게 부담하려다 보니 해결사(위법·부당여부를 불문한다. 그래서 부정부패 발생 원인이 되기도 한다)를 원하기도 한다.

　이런 점에서 4차 산업혁명에 해당하는 빅 데이터를 기반으로 감정이 없는 인공지능(AI)을 활용하거나 수학과 통계, 컴퓨터 알고리즘에 의한 트레이딩 기법을 활용하는 것이 시장의 각종 악재에 심리적으로 동요하는 투자자보다 더 많은 투자이익을 가져다줄 것으로 보이기도 한다.

　생활이 안정되지 않으면 바른 마음을 지키기 어렵다(無恒産無恒心).39 〈양해왕〉 창고에 재물이 풍족해야 예절을 알고, 먹고 입는 것이 넉넉해야 명예와 치욕을 안다.(관중) 지조만 높게 가진다면 장사꾼 흉내를 내도 상관없다. 오히려 세상을 움직이고 있는 것은 사상이 아니라 경제다.(다카스키 신사쿠)

　"자네는 이 세상에 악인이라는 별종의 인간이 있다고 생각하나? 그런 틀에 박힌 악인은 있을 리가 없어. 보통 때는 다 선인이야. 적어도 모두 보통 인간인 거지. 그랬던 것이 결정적인 순간에 갑자기 악인으로 변하기 때문에 두려운 거야. 그것이 무엇일까? 그것은 바로 '돈'이야."13·35

■ 유대인 이야기

　유대교 경전 『탈무드』가 가르치는 돈의 중요성에 관한 유대인의 속담이 있다. "사람을 헤치는 것이 세 가지가 있다. 근심, 말다툼, 그리고 빈 지갑이다" "몸의 모든 부분은 마음에 의존하고, 마음은 돈지갑에 의존한다. 돈은 사람을 축복해 주는 것이다. 부는 요새이고 가난은 폐허다."

　세계의 종교들은 청빈을 덕목으로 하여 부를 부정하고 물욕을 버리라고 가르치는데 유대교와 청교도는 부를 인정하고 부자가 돼도 좋다고 가르친다. 청교도는 깨끗한 부자를 강조하고, 자신의 직업에 충실한 것이 신에게 봉사한 길이라고 가르친다.

　유대교는 부를 인정하고 부자가 돼도 좋다는 교리와 부도 엄연한 하느님의 축복이라고 가르친다. 다만, 부는 인간을 교만하게 하여 하느님을 잊어버리게 할 수 있으며 금전욕은 불의와 부패로 이끈다는 경고를 잊지 않았다. 부의 축적은 자유를 획득하기 위해 필요하다고 믿었고, 자유로운 삶을 보장받아 신에게 좀 더 가까이 다가가는 길이라고 믿었다. 역사는 그들 덕분에 진보할 수 있었다.

　부를 축적했다는 것은 경쟁자보다 훨씬 나은 가치를 제공해 고객을 만족시켰다는 뜻이었다. 돈은 '버는 게' 아니라 '불리는' 것임을 먼저 배우게 했다. 일견 사소한 것처럼 보이지만 큰 차이가 있다. 유대인 상업의 특징은 혁신의 생활화, 판매의 중요성, 넓은 시장 추구, 상품가격 낮추기, 정보수집과 활용에 있다.

독일 프랑크푸르트 게토 출신 마이어 압셀 로스차일드는 19세기 초에 국제금융업에 본격 진출했다. 자녀들에게 유대인의 역사와 정신과 장사를 가르쳤다. 유대인이 돈을 벌 수 있는 이유는 5천 년 역사(지혜축적을 의미)와 머리다. 그러나 아무리 개인이 총명하더라도 일의 성취를 위해서는 집단의 힘이 필요하다는 것을 알고 이를 강조했다.

그는 협상 능력보다 상대방을 즐겁게 하는 능력이 더 중요하다는 사실을 알고 항상 스스로 먼저 미소를 지었다. 사람을 편하게 해주는 능력이 있었고 이것이 사람을 끌어당기는 매력이었다. 현대경영학에서 고객만족·고객감동 경영과 같은 것이다.[93]

■ 돈을 잘 벌려면 먼저 '나'라는 제품이 잘 팔려야 한다

초등학교도 나오지 못한 주얼리 업계의 황금손 이재호 리골드 회장은 자서전 『필연적 부자』에서 말한다. 모든 사람이 돈 벌기 위해 혈안이 되어 있지만, 정작 당신에게 돈을 주기 위해 기다리고 있는 사람은 한 명도 없고, 당신이 가지고 있는 능력을 자신들에게 써주기를 바라는 사람들만 있을 뿐이다.

어떻게 하면 돈을 벌 수 있을까? 하는 생각은 아예 잊고, 당신을 필요로 하는 사람들에게 어떻게 값지게 활용될 수 있을까를 생각하라. 타인에게 도움 줄 수 있다면 게임은 끝난 것이다. 그들이 당신을 활용하는 시간이 차츰 많아지면 부(富)도 자연스럽게 따라온다. 남에게 도움을 주지 않고는 나도 돈을 벌지 못한다, 잘 사는 것은 남을 돕는 경쟁이다.

요즘 젊은이들이 꿈이 없다고 하는데, 그건 편하게 살고 돈벌이를 잘 할 수 있는 것만 생각하니까 그렇다. 경쟁에서 남보다 앞서고 이기기 위한 것만 생각한다. 젊어서 고생은 사서도 한다는 말이 있다. 어떻게 하면 남을 잘 도울 수 있을까 생각해보라. 그렇게 돕는 능력을 향상하면 인생이 달라진다. 남에게 쓰인 만큼 얻어지는 것이다.[173]

어려서 공부하는 것은 후에 재물로 환산하기 위한 작업으로 볼 수도 있다. 그래서 공부는 때가 있다고 하는 것이다. 사회에 나와 인정받고 잘 살아가려면 마치 과일가게에 진열된 다양한 과일 중 가장 맛있게 보이는 사과 한 개를 고르듯이 나라는 제품이 차별화되어 잘 팔려야 한다. 그러려면 끝없는 인내와 기다림 속에 희생과 봉사, 근면과 성실이 전제되어야 한다. 손해라고 생각하겠지만 멀리 보면 손해가 아니라 장래에 큰 이득을 가져다줄 것이다.

나만 죽어라 일한다고 불평하지 마라. 그것은 더 많이 배울 기회이니 감사해야 한다. 조급해하지 마라. 그것은 욕심 많은 당신의 생각일 뿐이다. 씨앗을 뿌리고 때가 되어야 열매를 맺듯이 하다 보면 어느 날 재물이 쌓여있다. 어떤 일이든지 어떤 자리에 있든지 내가 주인인 것처럼 입장 바꿔 생각하고 일해보라. 시야가 넓어질 것이고 지위 고하를 막론하고 주위 사람들이 모여들 것이다.

나에게 해야 할 일이 있다는 것은 감사할 일이다. 그때는 힘들어도 맡은 소임을 다 하다 보면 스트레스도 즐겁다. 모르면 모르는 대로, 시키면 시키는 대로 묵묵히 하다 보면 그 경험이 축적되어 언젠가는 빛나게 마련이다.

상사가 호랑이면 당시에는 힘들지만, 내공과 맷집을 키울 수 있는 좋은 계기가 되고 오히려 더 많이 배울 수 있어 남들보다 앞서가게 될 것이다. 모든 일은 빛과 그림자가 함께한다. 젊어서의 음(고생)이 나이 들어가며 양(축복)으로 변해가는 삶이 아름답다고들 한다.

이응문 주역선생이 말했다. '아무리 열심히 해도 앞날이 캄캄한 절벽에 가로막혀 한 치 앞을 볼 수가 없다는 생각이 들 때가 있다. 그런데 이게 정상이다. 그래도 점보지 마라. 항상 최선을 다하는 것이 내가 할 일이다.' 목표는 언제나 우리의 눈높이를 벗어난다. 진보를 거듭할수록 우리의 모습은 초라해지기만 하다. 만족이란 어떤 업적을 이루었다기보다는 충실히 노력했다는 데서 찾아야 한다. 최선을 다했다면 이미 우리는 승리한 것이다.

서구의 '파우스트' 정신이 도달한 결론은 '과정'을 중요시한다는 점이다. 어떤 결과가 나올지 모르지만, 그 과정 자체를 즐기다 보면 그 결과는 부산물일 뿐이라는 것이다.

뜻한 바를 이루고 성공하는 삶도 좋지만, 이루지 못하고 실패하는 삶도 나쁘지 않다. 다시 도전하면 되니까, 지나간 시간은 나름대로 그 의미가 있다. 합격과 불합격, 성공과 실패는 오직 간절함의 차이에서 나온다고 본다. 선택과 집중이 필요하다.

때로는 잘못 탄 기차가 당신을 목적지에 데려다준다.(영화 〈The Lunch Box〉) 경험이란 하고자 하는 일을 한 것을 경험이라 하지 않는다. 교통 사고를 당했다거나 억울한 누명을 쓰고 감옥을 가거나 어처구니없는 실수를 하여 대형 사고를 내는 등 누구나 하고 싶지 않은 일을 한 것을 경험이라 한다.71 이런 일이 닥치더라도 훌훌 털고 다시 일어나 주어진 일을 계속하는 것이 우리가 할 일의 전부다.

경력보다 중요한 것이 고생한 경험, 즉 고력(古曆)이다. 지금까지 극복해온 수많은 어려움, 그 어려움이 어느새 당신에게는 보석이 돼 있을 것이다. 어제의 수고가 있기에 오늘의 가치가 있는 것이다. 인생은 뜻대로 되지 않기에 스스로 처지를 깨닫고 남에게 너그러워질 수 있다. 불완전한 사람들이 모여서 사는 사회에서 원하는 대로만 살 수 없다는 걸 깨달아야 한다.

『상도』를 보면 일개 점원에서 동양 최고의 거상이 된 조선 후기의 무역상인 임상옥은 상업의 길을 말한다. "장사란 이익을 남기기보다 사람을 남기기 위한 것이다. 사람이야말로 장사로 얻을 수 있는 최고의 이윤이며, 따라서 신용이야말로 장사로 얻을 수 있는 최대 자산이다." 그렇다. 장사 중에 가장 좋은 장사는 사람을 남기는 장사다. 사람은 가치를 창조하는 무형자산이기 때문이다.94

조선 시대 제주도에서 객주 집을 운영하여 거상이 된 김만덕 얘기도 더 찡하게 가슴을 울린다. 이와 같이 모든 성공은 최악의 조건에서 탄생한다. 배고픈 사람이 먹고 살기 위해 간절한 마음으로 배수진을 치고 링

위에 올라가는 것이지 배부른 사람이 올라가지 않는다. 올라가더라도 이기고 싶은 인자가 없거나 부족하여 패할 수밖에 없다. 그래서 가진 것 없는 자가 한 마음 잘 먹고 도전하게 되면 성공할 수 있어 이 세상은 살만한 장소다.

성공의 3요소는 ① 세상에 공헌하겠다는 욕망(desire) ② 특정 분야를 향한 열정(passion) ③ 명예와 부에 대한 갈망(looging)이다.(스탠포드대 심리학교수 캐롤 드웩) 성공은 절대 혼자 할 수 없다. 반드시 주위의 도움이 필요하다. 노장의 경험과 장년의 판단과 청년의 열정이 조화로우면 더 성공할 수 있고, 더 지속될 수 있다. 그래서 사람이 전부다.

어린 시절, 파노라마와 같은 인생역정에서도 나타나듯이 실패친화력이 몸에 밴 칭기즈칸의 말이다. "가장 낮은 밑바닥을 이해하는 사람만이 가장 넓은 곳을 지배할 수 있다." 우리의 모든 문제는 현장에 답이 있으니 반드시 현장을 경험하라는 것이다.

주위를 보면, 돈 많이 벌어 성공했다고 최고급 외제차로 과시하는 사람이 있다. 그러나 성공했더라도, 주위 사람으로부터 탐욕스러운 악마로 소문나면 성공했다고 말할 수 없다. 진정한 성공이란 주위로부터 존경받을 수 있어야 한다(이채욱 CJ부회장).

진정으로 성공한 사람은 매사에 품위를 유지하며 산다. 자기 자신에게는 서릿발처럼 엄격하고 타인에게는 봄바람처럼 따뜻하다(自己秋霜 對人春風). 이런 분과 함께 하면 좋은 기(氣)를 받아 하는 일이 잘 풀려간다. 지금까지 이런 경험을 못해본 사람은 잘살고 있다고 말할 수 없다. 다 본인의 회색빛 마음에서 비롯된 것이니 성찰하고 마음부터 바로 바로잡아야 한다.

■ 주인처럼 일하라

어떤 경우에도 어디를 가든지 그곳에서 주인이 되면 서 있는 그곳이 극락이다(隨處作主 立處皆眞). 일을 잘한다는 소리 듣고 싶은가? 주인처럼 일하라. 성공하고 싶은가? 봉급쟁이처럼 적당히 하거나 수동적으로 일하지 말고 적극적으로 일하라. 주인의식은 사고를 180도로 바꿔주고 성취욕을 느낄 수 있어 기분이 좋아진다.

한 예로, 공장바닥에 나사 하나가 굴러다니면, 사장은 어떤 제품의 나사가 빠졌을까 고민하며 불량제품을 걱정하고 소비자를 걱정하는데, 직원은 발로 톡 차서 보이지 않는 곳에 숨긴다.55 주인처럼 일하면 칭찬받을 수밖에 없고, 나도 모르게 핵심 인재로 거듭나 자연스럽게 성공이 보장된다.

정말이지 간절히 원하는 일을 해라. 일할 때는 즐거움을 가지고 선뜻 나서서 해라. 그래야만 하는 일에 능률이 오르고 일 자체가 기쁨이 될 수 있다. 일은 묵묵히 해라. 때가 되면 다 알아준다. 그 누군가는 회사에 필요한 핵심 인재로 키울지 말지 저울질하며 말없이 당신이 일 잘하는 모습을 쭉 지켜보고 있을 것이다.

일 잘해놓고 그새를 못 참고 알아주지 않는다고 징징거리며 스스로 다 까먹는 사람이 되지 마라. 일을 잘하려면 일하는 요령이 필요하다. 일머리를 알아야 과정도 즐겁고 결과도 잘 나온다.

일하면서 필요한 시점에 목적 적합한 정보를 제공하면 칭찬받을 수밖에 없다. 나아가, 주어진 상황과 문제점을 검토하여 대응 방안을 제시하고, 그 대안에 따른 또 다른 문제가 없는지와 기대효과를 추정해보고, 실행에 따른 추가예산 소요 여부 등까지 망라한 정보를 보고서 등으로 제시하면, 꼭 필요한 사람이 되어 함께 하자는 상사가 많아질 것이고, 그러다 보면 통장 잔고는 점점 늘어날 것이다.

주어진 일은 『삼국지』에서 제갈공명의 〈후 출사표〉와 같이 지극정성으로 해야 한다. '모든 일이 그러하오니, 미리 헤아려 살피기란 실로 어렵습니다. 신은 다만 엎드려 몸을 돌보지 않고 죽을 때까지 애쓸 뿐, 그이루고 못 이룸, 이롭고 해로움에 대해서는 미리 내다보는 데 밝지 못합니다.[13]

일이 즐거우면 인생은 낙원이고, 일을 의무감으로 하면 인생은 지옥이라는 말은 결코 빈말이 아니다. 호기심으로 여기저기 기웃거리지 말고 최소 10년 이상 한 우물을 파서 '한 가지에 똑 부러진 전문가가 되어라. 그러면 아침에 저절로 눈이 떠질 것이다.(워렌버핏)' '오늘은 또 무슨 일이 일어날까?'하는 설렘으로 소풍가듯 출근해서 하루에 한 가지 이상 배우는 자세로 일하면 스트레스도 없고 하는 일마다 즐거워 질 것이다. 이것

---

13) 臣鞠躬盡力 死而後已 至於成敗利鈍 非臣之明所能逆竟睹也

이 행복이다.

■ 상사는 이렇게 모셔라

2000년 1월 매일경제신문 기사를 인용하여 미 정계 여성파워 라이스·휴스·몬테뉴 3인방을 예로 들어본다. 백악관에는 5개의 모서리 사무실이 있다. 이 중 세 곳을 여성이 차지하고 있다. 사무실 위치로만 보면 '여성 천하'다. 1층에 있는 두 개 모서리 사무실은 앤드루 카드 비서실장과 콘돌리자 라이스 안보 보좌관이 사용하고, 2층 세 자리 중 두 곳은 캐런 휴스 기획 담당 고문과 마거릿 몬테뉴 국내 정책 고문이 차지했다. 아닌 게 아니라 미국 정계에서는 사실상 미국을 움직이는 힘이 여자들에게서 나온다고 말한다.

부시 대통령 고향인 텍사스 주의 케이 베일리 허치슨 상원의원은 대통령과 부통령 다음의 넘버3로 대통령과 관련된 홍보 기획을 총괄하는 캐런 휴스 기획 고문을 지목한다.

대변인은 단순히 성명을 낭독하고 질문을 받는 직책이지만 휴스 보좌관은 중요한 순간마다 어떤 정책 패키지를 내놓고 대통령이 어떻게 운신해야 할지를 결정한다. 허치슨 의원은 "캐런 휴스가 없다면 어떤 전략적 결정도 나올 수 없을 것"이라고 말한다.

그녀 스스로 대통령을 잘 안다고 말한다. 그리고 보스를 방어하는 방법을 그녀는 안다. 그녀 책상에는 윈스턴 처칠이 남긴 명언이 적혀 있다.

"나는 사자가 아니다. 그러나 사자가 포효할 수 있도록 하는 것이 나의 임무다."

부시 대통령도 "휴스는 줄곧 곁에 있어 왔고 그녀를 매우 신임한다."며 "솔직하며 판단력이 빠르다."고 찬사를 아끼지 않는다. 선거 유세 기간에 13세 아들을 데리고 다니면서 정치와 선거를 교육시킨 맹렬여성이기도 하다.

외교 분야에서 부시 대통령의 오른팔은 콘돌리자 라이스다. 스탠퍼드대 부총장으로 있으면서 매주 두 차례씩 부시 후보에게 외교를 가르친 가정교사다.

물론 그녀는 스스로를 낮춘다. 본인 임무를 대통령에게 여러 가지 선택 가능한 정책을 제시하는 것으로 제한한다. 결정은 어디까지나 대통령 몫이라는 것. 그러나 외교에 대한 경험이 없는 부시 대통령으로서는 그녀의 판단을 중시할 수밖에 없다. 행정부 초기 그녀에게는'미스 인사이더'라는 별명이 붙었다.189 각자의 위치에서 상사를 모실 때 벤치마킹하면 좋겠다.

또한 경험한 바로, 느닷없이 "오늘 저녁 시간 있어?"라고 던진 상사의 말은 대체로 시간을 내주었으면 좋겠다는 뜻이 포함되어있다. 그 속뜻을 눈치 채고 꼭 가지 않아도 되는 선약이라면 변경하고 함께하면 좋을 듯 싶다. 친구끼리 만나면 즐겁고 수평적인 정보를 얻을 수 있는 반면에, 세상을 더 살아본 상사와 함께하면 마음이 서로 통해 친근감을 느낄 수 있고 수직적인 정보도 얻을 수 있어 사회 및 직장생활을 하는데, 많은 도움이 될 수 있다.

또 한 가지, 상사와 대면하거나 합석한 자리에서 대화할 때는 먼저 예의를 갖추어라. 상사의 말과 내 생각이 다르더라도 가능한 '그게 아니고요'하면서 면박주지 말고 일단 물러났다가 "제가 확인해 보니, 사실은 이러한 내용이던데요."하며 결론도 내지 말고 의견을 제시하는 수준으로 말하는 습관을 길러라.

또 한 가지, 상사 앞에서 직장이나 다른 사람을 비방하지 마라. 인간의 심리가 작용하는 사회생활이 그리 쉬운 일은 아니다. 누구에 대해 물어보면 미소로 답하던지 비난보다 칭찬을 해주어라. 하다 보면 참 좋은 대화법임을 알게 될 것이다. 대화할 때에도 존경과 경청의 자세를 유지하고, 가능한 물어보았을 때 말하고, 말할 때는 자신 있게 말하라.

또 한 가지, 일을 하다보면 젊은이들은 충분히 검토했다는 전제하에 의견을 말하지만, 경험 많고 노련한 상사는 그 순간에 당신의 수준이 상하좌우로 어느 정도인지 간파한다. 겉으론 웃으며 마무리하지만, 이후 당신의 쓰임은 그 수준에 맞게 쓰일 것이다. 군계일학(群鷄一鶴)이 될 것인가, 하수가 될 것인가는 스스로에게 달려있다. 일은 배울 때 제대로 배워야 한다. 누구나 모른 게 너무 많으니 항상 배우는 자세로 일하고 꾸준히 마음공부를 해서 자신의 품격을 높여보면 좋겠다.

■ 가르시아 장군에게 보내는 편지

당신이 일하고 칭찬받을 수 있는 책으로 엘버트 허바드가 쓴 『가르시아 장군에게 보내는 편지』를 추천해 본다. 이 글은 지금 하는 일에 목숨을 걸고 사선을 넘은 로완 중위의 얘기다. "주어진 임무에 대한 충성심은 일을 처리하는 유능함보다 훨씬 가치가 있다(앨버트 허바드)."

이 책과의 인연은 1991년도 봄, 33살 때로 기억난다. 출장 갔다 오다 광화문 교보문고에 무심코 들렀다. 90쪽도 안 되는 얇은 책이 보여 샀다. 마음에 와 닿아 수십 번 읽고 베끼고 체득했다. 수십 권을 사놓고 직원들이 인사이동으로 오면, 읽어보라고 줬다. 이 책을 신주 모시듯 한다. 젊은 시절에 흔들리는 마음을 잡아주는 계기가 되었기 때문이다.

"물이 흐르고 꽃이 피듯이 그 마음을 내고, 로완 중위처럼 즐겁게 일하자."는 나의 인생관은 이렇게 탄생했다.

사냥개는 어째서 주인의 감격 어린 칭찬을 받을까? 바로 직무에 충실하기 때문이다. 직무에 충실한 최고의 경계는 미치는 것이다. 브라질 축구황제 호나우두는 늘 말한다. "축구는 내 인생의 전부입니다. 몇 백만 달러의 연봉이 없더라도 나는 축구를 선택할 겁니다. 유럽에 살든 남미에 살든 어디에 있든지요." 호나우두는 축구에 미쳤기 때문에 축구의 황제가 되었다.

'프로정신(profession)', 비즈니스 세계에서 불멸의 단어인 이 말에는 사업에 대한 개인의 집착과 열정, 그 무대인 회사에 대한 충성이 담겨 있다. 회사에 충성을 바치지 않고 일에 미치지 않는다면 CEO는 허황된 꿈일 뿐이다.

1898년 미국과 스페인 전쟁이 발발하기 전, 미국의 매킨리 대통령은 스페인 반란군의 수뇌인 가르시아 장군과 긴급히 연락해야만 했다. 하지만 그는 쿠바의 밀림에 있었고 아무도 그 정확한 지점을 알지 못했다. 매킨리 대통령은 하루빨리 그의 도움을 받아야만 했다. 정보국장이 로완 중위를 추천했다. 그는 "로완 중위라면 틀림없이 가르시아 장군을 찾아낼 것입니다."라고 자신 있게 말했다.

로완 중위에게 편지 한 통이 전해졌다. 그는 이 편지를 전하는 일이 얼마나 어렵고 위험한 일인지 잘 알고 있었다. 편지를 받아 든 로완은 "그가 어디에 있습니까?"라고 묻지 않고 전할 방법을 궁리했다. 3주 후, 로완은 천신만고 끝에 이 편지를 전하는데 성공했다.

로완이 성공을 거둔 것은 걸출한 재능이 있어서가 아니라 절대적인 용기, 불요불굴의 진취적 정신을 가지고 있기 때문이다. 이것은 상사에 대한 충성심이고 업무에 대한 존경이다. 예측불허의 위험이 첩첩이 가로놓여 있기 때문에 로완은 갖가지 핑계를 들어 빠져나갈 수도 있었지만, 두려움 없이 목표를 향해 굳건히 매진했다. 그러한 인간적 자질이 있었기에 평범한 장교이던 로완은 이 전쟁에서 특수한 임무를 달성하고 영웅이 될 수 있었다.

123년이 지난 이 편지 얘기는 각국 언어로 번역되어 전 세계에 펴져갔고 수많은 젊은이를 감동시켰다. 이 이야기가 어째서 시공을 초월하여 사람의 마음을 뒤흔드는 신비의 무기가 되었을까?
로완의 뛰어난 군사적 재능 때문에? 아니다. 그것은 일개 평범한 중위가 보여준 고결함이고, 직무에 충실하고 약속을 지키고 주체적으로 개척

하는 그 인품 때문이다.

주변에서 로완처럼 직무에 충실한 사람을 찾아보기는 결코 쉽지 않다. 대다수 사람은 주어진 임무를 어떻게 완성할까 보다는 이 일을 왜 내가 해야 하는지를 따지는데 더 많은 에너지를 소비한다. 임무를 완성하여 영광을 누릴 기회를 잃는 게 당연하지 않은가?

생각해보라. 로완이 무엇이 얼마나 위험한지를 일일이 따진 다음 행동에 들어갔다면, 미국과 스페인 전쟁의 주도권은 스페인 측에 넘어갔을지도 모른다. 비즈니스 세계는 극심한 경쟁의 장이고 기회는 순식간에 지나간다. 타이밍을 잡는 것은 곧 기회를 장악하는 것이다. 늦춘다는 것은 곧 실패를 의미한다.

우리가 어떤 회사에서 무슨 직위에서 일하든 이 편지를 전달하는 것과 같은 어렵고 위험하기 짝이 없는 임무와 언제든 마주칠 수 있다. 당신이라면 어떻게 하겠는가?

무수한 기업에서 '가르시아 장군에게 편지를 보낼 수 있는' 사람을 찾아 자기 조직의 정신적 귀감으로 삼고 싶어 한다. '편지 전달'은 이미 직무에 충실한 사람, 약속을 지키는 사원, 충성을 바치는 명예로운 사람의 상징이 되었다. 어떤 일을 하던 사냥개와 같은 정신자세로 더욱 값지고 완벽하게 업무를 달성하면 모두를 만족시키고 스스로도 성취감을 맛볼 수 있다.

이 세상에 재능 있는 실패자가 그토록 많은 이유는 그들이 단지 스펙과 재능만 가지고 있기 때문이다. 유능한 재능만 믿고서 일에 태만하고 집중하지 않으며 대충 시간을 때우기 때문이다. 이런 사람은 어르고 달래가며 도와줄 조수를 붙여주지 않는 한 결코 임무를 완성하지 못한다. 이런 유약한 정신자세, 안일한 태도를 보이는 직원은 한없이 책임을 미루다가 회사 전체를 위험에 빠뜨릴 가능성이 높다. 성공한 리더가 되고 싶은가? 핵심 인재 요건은 '충성심을 가지고 주어진 일을 충실하게 해내라'이다.141

50년 동안 회사생활에서 시련이 없었던 시기는 한 번도 없었다. 열심히 해서 목표를 달성하면 상사는 항상 수고했다. 이게 100이라면 남은 것이 또 100이 있다고 얘기했다. 정말 열심히 했으니까 이제부터는 좀 여유를 갖고 하자는 말은 한 번도 들어본 적이 없다고 했다. 회사는 나를 만들어 가는 곳이지 내가 의존해가는 곳이 아니다. 언젠가 회사를 졸업할 수 있는 자기만의 무대를 만들어라.125

살다 보면 뜻하지 않게 몇 번의 기회가 찾아온다. 30년 전에 예기치 않게 감사받았던 일은 내게 위기인 한편 나를 세상에 드러내 준 기회였다. 그런데 기회란 것도 어느 날 갑자기 찾아오는 선물이 아니라 최선을 다하는 날들이 차곡차곡 쌓였기에 찾아든 결과물이다.

누군가 말했다. '좋은 일은 믿음을 가진 사람에게 찾아오고, 더 좋은 일들은 인내심을 가진 사람에게 찾아오지만, 최고의 일은 포기하지 않는 사람에게 찾아온다고.'10

100번 싸워서 100번이기는 것은 최고의 전법이 아니다. 싸우지 않고 적을 굴복시키는 것이 최고의 전법이다. 최고의 병법은 적의 계략을 공격하는 것이고, 그다음은 적의 외교관계를 공격하는 것이고, 그다음은 적의 군대를 공격하는 것이고, 가장 낮은 방법은 적의 성을 공격하는 것이다.[67] 인의와 덕을 중시하는 표현이다.

일 잘하는 예로, 고려 태조 왕건이 후백제 견훤과 싸움에서 상주를 두고 신경전을 벌였으나, 결국 왕건이 승리할 수 있었던 것은 상주를 지배하던 견훤의 아버지 아자개의 중립이 크게 작용했다. 이때 견훤의 편에 섰다면 크게 달라졌을 것이다.

왕건은 견훤과의 큰 싸움을 두고 아자개를 찾아가 상부(아버지)라는 호칭을 쓰며 존경심을 표했다. 아자개는 자신을 무시한 아들 견훤보다 왕건을 더 높게 보았고, 고려가 통일한 후에도 대대손손 그 지역을 다스렸다. 왕건은 『손자병법』〈모공 편〉에서 보듯, 견훤과 아자개의 틈을 발견하여 상주지역을 고려의 편으로 복속시켰다. 후에 신라도 이러한 방식으로 피를 흘리지 않고 굴복시켰다.

■ 워커홀릭과 워라벨

일 중독자를 워커홀릭(workaholic), 일과 삶의 균형(Work-life balance)을 워라벨이라고 한다. 1970년대 후반 영국에서 처음 등장했다. 이상은 좋지만, 살다보면 많은 괴리가 있다.

자유 민주주의와 자유 시장경제에서 경제주체는 소비자인 가계, 생산자인 기업, 관리자인 정부(국회, 법원, 지방자치단체, 국영기업체를 포함)로

구분한다. 가계는 의식주 해결을 위해 노동의 대가로 돈을 번다. 잘못하면 밥 먹고 살기 힘들다. 기업은 이익 추구를 위해 허허벌판에서 살벌한 경쟁을 한다. 잘못하면 부도가 난다.

정부는 온실 속에서 가계와 기업으로부터 피와 땀과 노력도 없이 세금을 거둬 사용한다. 참 편한 직장이다. 잘못해도 부도날 일이 없다. 그렇다면 정부는 가계와 기업이 잘 성장하도록 적극 지원해야 함에도 현실은 오히려 규제를 일삼고, 당연히 해야 할 일을 하고서 생색내고, 못된 상전 노릇만 하려고 하고, 끼리끼리 제 잇속 챙기기에 여념이 없다.

경제활동은 심리작용이다. 비용보다 효익을 추구하는 경제성 원리에 따른다. 모든 거래는 '수량×단가=금액'으로 이루어진다. 수량이 많으면 단가는 낮아지고, 수량이 적으면 단가는 높아진다. 이러한 초등학생 수준의 상식을 배척하고, 엉터리 정책이나 법을 만들어 시행해서는 안 된다.

한 예로, 노동시간을 주 52시간으로 정하고 이를 위반하면 처벌하겠다는 정책은 인간의 본성을 무시할 뿐만 아니라 가계의 수입이 줄어들고, 기업의 성장을 가로막고, 정부의 세금도 덜 걷히고, 글로벌 시장의 경쟁에서 밀리고, 국가의 품격도 떨어진다. 정말 모순투성이요 한심스러운 엉터리 정책이다(도처에 널려있다. 관련 인에 대해 책임을 물어야 한다). 피땀 흘려 낸 세금이 아깝다는 생각이 든다. 또한 마구잡이로 세금폭탄을 때리는 종합부동산세나 임대차3법도 마찬가지다.

워커홀릭과 워라벨은 각 개인의 심리적인 상태에 따라 각자 선택할 문제다. 돈 벌고 싶으면 일하고, 쉬고 싶으면 일 안해도 된다. 이는 스스로 알아서 판단할 일이다. 자유 시장경제는 거래 당사자 간의 수요공급의 원리에 따라 거래되며 스스로 자정능력을 가지고 있다.

한 예로, 전 세계를 대상으로 영화 등 인터넷 스트리밍 비디오서비스(OTT) 사업을 하는 넷플릭스는 가장 빠르고 유연한 기업이지만, 임직원 스스로 알아서 일하도록 하고, 내부통제와 내부규정은 무능력한 직원에게나 필요한 것으로 보고 모두 없애버렸다.

이와 같이 가계와 기업은 정부나 위정자보다 더 똑똑하며 자유와 독립을 원한다. 이러한 심리를 알고 정부와 위정자는 가계와 기업을 시장에 맡겨놓고 개입하지 말아야 하며 이래라 저래라 규제해서는 안 된다. 꼭 필요하다면 세(勢) 과시가 아닌 올바른 공청회를 열어 여론을 수렴해야 하고, 그 규제 또한 지극히 최소화해야 한다.

한 국가의 리더와 위정자들은 5년 또는 10년 주기로 정권을 잡았으면 미래지향적으로 본연의 업무에 충실해야 한다. '나 이런 사람이야' 폼이나 잡고 관리한답시고 엉터리정책을 가지고 간섭하고 통제해서는 안 된다. 스스로 잘하고 있는 국민과 기업을 피곤하게 하지 말고, 무위자연(無爲自然)이라는 대자연의 이치처럼 그냥 내버려 두면 좋겠다.

고양이는 말한다. "무식하고 무능한 위정자들이여! 국민과 국가가 희망을 잃어가는 모습이 보이지 않는가?"

8. 사회에 가치 있는 일을 하라

경영의 대가 피터 드래커는 "어떻게 하면 성공할 수 있습니까?"라는 질문방식을 바꾸지 않는다면 당신은 절대로 성공할 수 없다."고 하면서 "사회를 위해 내가 무슨 일을 해야 성공할 수 있습니까?"라고 해야 한다고 했다.

그럼 사회에 가치 있는 일은 무엇일까? 그것은 함께 잘살아가기 위해 극기복례하여 사회가 올바른 방향으로 나갈 수 있도록 주어진 자리에서 흔들림 없이 주어진 일에 최선을 다하는 것이다. 나아가 어려운 이웃과 함께하기 위한 다양한 기부는 모두를 행복하게 한다. 주는 것은 받는 것보다 훨씬 더 행복하다. 이에 참여하여 나의 인생을 졸작이 아닌 걸작이나 명작으로 만들어보았으면 좋겠다.

■ 노블레스 오블리주

"노블레스 오블리주(noblesse oblige)"는 '높은 사회적 신분에 상응하는 도덕적 의무'를 뜻한다. 그 시작은 초기 로마 시대로 거슬러 올라간다. 당시 왕과 귀족들이 보여 준 투철한 도덕의식과 솔선수범의 공공정신은 로마를 고대 세계의 맹주로 자리매김하는 원동력이 되었다. 그들에게 봉사와 기부행위는 의무인 동시에 명예로 인식되면서 경쟁적으로 이루어졌다.

특히 고위층이 솔선수범하여 전쟁에 참여하는 전통은 오랫동안 지속되었다. 한니발과의 싸움에서 매번 지기만 할 때 로마 지도층이 몸소 최전방에 나서 집정관 10명이 희생당했다. 19세기 유럽 귀족계급도 매너와 관례에 따라 살고 싶다는 열망과 도덕과 용기에 따라 살고 싶다는 포부를 누구나 갖고 있었다.30·191

다음으로 함께 근무한 분으로 기부를 생활화하고 계신 몇 분의 아름다운 얘기를 소개하고자 한다.

박찬욱 서울지방국세청장은 2007년 4월 퇴임사에서 말했다. "국세청의 영광은 곧 저의 보람이었고, 국세청의 근심은 저의 아픔이었습니다. 선배님들은 저에게 둘도 없는 선생님이었고 후배님들은 진정 사랑스런 동반자였습니다. 한 가정이나 조직이 발전하기 위해서는 그 수장의 철학과 의지, 그리고 추진력이 무엇보다 중요하다고 생각합니다. 서울청장으로 재직하는 동안 참으로 행복하였습니다." 퇴임 후 P&B 세무컨설팅을 운영하며 소년 소녀 가장과 국세공무원 자녀를 돕기 위한 '정평장학회'를 설립하여 9급 신화, 박찬욱 청장은 끝없이 불우이웃과 부하를 사랑하고 있다.192

또 한 예로, 조용근 대전지방국세청장은 9급으로 출발하여 2004년 12월에 퇴임하고, 세무법인 석성을 운영하며 '석성장학회'를 설립하여 '나눔의 전도사' 역할을 수행하는 천사로 알려져 있다. 한양대에서 열린 매경CEO특강에서 그는 "인생을 100세까지 길게 봐야 한다. 세상을 비관하지 말고 내적 내공을 쌓아야 한다. 인생을 즐기고 함께 나누며 살아

간다는 원칙을 새겼으면 한다."고 강조했다.[193]

또 한 예로, "결혼식 축의금이 어디 제 몫인가요. 주변 친지로부터 받은 도움이니 돌려 드리는 게 도리라고 생각했어요." 제스프리 키위 등 과일 수입 유통업체인 수일통상을 경영하는 석수경(61) 대표의 딸이 한 인터뷰다.

석 대표는 2013년 첫딸 혼사를 치른 뒤 돈을 더 보태 1억 원을 사회복지공동모금회에 기부하고 개인 기부자 모임인 아너 소사이어티에 가입했다. 한사코 사양하는 인터뷰에서 강릉에서 어린 시절을 힘들게 보낸 석 대표는 "도둑질 빼곤 안 해본 일없이 성균관대 법학과 4년 학비를 손수 마련했다. 창피한 일도 있었고, 은인을 찾을 길이 없어서 빚도 아직 갚지 못했다."고 했다.

"공부를 어렵게 한 저로선 장학 사업이 오랜 꿈이었어요." 그는 출신학교 강릉명륜고 이사장으로 일하며 이 지역 다른 학교에도 두루 장학금을 지원했다.

"결혼을 앞두고 있던 아이가 내 축의금도 기부했으면 좋겠다고 했어요. 아비가 했던 일이 좋아 보았나 봐요." "그 말을 들었을 때 무지무지하게 기분 좋았다."고 했다. 이제 부녀 아너가 됐다. "앞으로도 더 많이 해야 해요."라는 말만 되풀이했다.[194]

또 한 예로, 5급 행정고시 출신으로 2010년 12월에 서울지방국세청장을 퇴임한 조홍희 청장의 부하 사랑도 남다르다.

법무법인 태평양 고문으로 재직하면서 모은 돈으로 골프회원권을 샀다. 함께 고락을 같이한 조사4국 직원들의 삶의 휴식과 친목 도모를 제공하기 위해 솔선수범하여 부킹 일정을 잡아준다. 함께 어울리며 아무 조건 없이 그냥 놀다 가란다. 보기 드물게 마음 씀씀이가 따뜻하다.

이외에도 많은 분이 이웃과 사회를 위해 묵묵히 희생 봉사하면서 살아 가고 있다. 이분들 때문에 좋은 사회가 유지 발전하고 있다. 다양한 기부 의 생활화로 주변 사람에게 행복을 주는 모든 분께 고개 숙여 감사드립 니다. 그리고 존경합니다.

어쩌면 이 글을 쓰게 된 것도 가치 있는 일의 하나로 볼 수도 있다. 그 동안의 경험과 독서로 얻은 지식과 지혜를 혼자 알고 가는 것보다 필요 한 사람들에게 보탬이 되도록 알려드리고 가는 것이 도리라 생각하고 속도 느린 독수리타법으로 자판기를 두드렸다.

9. 리더의 조건

한비자가 말했다. "삼류의 리더는 자기의 능력을 이용하고, 이류의 리 더는 남의 힘을 사용하고, 일류의 리더는 남의 지혜를 사용한다."

리더는 비전과 방향을 제시하고, 사람에 의한 경영보다 시스템에 의한 경영을 해야 한다. 적재적소에 인사를 배치하여 임직원 모두 조직의 가 치를 공유하여 꿈을 펼칠 수 있도록 판을 깔아주고, 믿고 맡기면 더 효과 적이다. 만기친람형보다 권한위임형이 더 낫다고 본다.

합심하여 함께 성장하고 사회에 기여할 수 있도록 해야 하고, 조직에 걸맞은 리더십을 발휘해야 한다. 그러기 위한 리더의 조건으로 ① 마음 공부 ② 경청 ③ 인재관리 ④ 올바른 결정 ⑤ 합리적인 성과 배분이라고 말하고 싶다. 여기에서 한 회장님과 박 회장님이 생각난다.

리더는 남들의 관심을 받으려고 애쓰기보다는 다양한 이해관계가 상충하는 데서 균형점을 찾고 불가능한 문제에 대한 해법을 찾아야 하기 때문에 항상 침착하고 안정된 모습을 통해 신뢰를 쌓아야 한다.(힐러리 클린턴)[195]

리더는 절대군주 같은 주인으로서 구성원을 책임지는 자리이니만큼 독서를 생활화해야 한다. 리더는 천리마를 볼 줄 아는 백락처럼 사람을 보는 안목이 있어야 한다. 한 집안이나 기업이 잘 되려면 결국 사람이 전부요, 재산이니 다소 실력이 부족하더라도 인성(人性)이 더 좋은 사람을 선호하는 것이 좋다. 부족하면 가르치면 된다.

한편, 본인이 아무리 천리마라고 생각한들 백락을 만나지 못하면 조랑말로 살아갈 수밖에 없다. 그래서 우연히 좋은 기회가 주어지고 잘 배워서 이후에 잘 나가더라도 교만하지 말고 그러한 기회를 만들어준 사람에게 감사할 줄 알아야 하고, 주위 사람을 존중하고 겸손한 마음으로 살아가는 것이 은혜에 보답하는 길이다.

우리는 리더 한 사람의 역할이 얼마나 중요한지를 깨달아야 하고, 인재 한 명이 천 명을 먹여 살릴 수 있다는 사실을 깨달아야 한다. 그리고 본인 스스로 할 수 없는 일을 누군가가 해내면 찬사를 보내고 감사할 줄 알아야 한다.

수평적 리더십을 요구하는 시대다. 미국이 영국에 맞서 독립전쟁을 벌이던 때의 일이다. 전투가 소강상태여서 무너진 막사를 보수하기 위해 나무를 베어 옮기는 일을 하던 중이다. 하사관이 부하들에게 큰소리친다. "이 느림보들아! 빨리 옮기지 못해!" 부하들은 땀을 뻘뻘 흘리고 있고 하사관은 뒷짐을 지고 있었다. 어느 신사가 다가와 "이보시오, 당신도 같이하면 더 빨리 옮길 수 있을 거 아니요." 기가 찬 듯 "난 저들보다 높은 사람이오. 부하들 통솔이 내 임무지." "그럼 내가 저들을 돕는 것은 괜찮겠소?" "마음대로 하구려." 나그네는 옷을 벗고 통나무를 옮기기 시작했다.

연대장이 순찰하다가 "저 사람은 누구인가? 사복 차림을 보니 군인도 아닌 것 같은데, 왜 일하고 있나?" 고개를 쳐든 신사 얼굴을 보자, "아니 총사령관님! 여기서 무엇하고 계십니까?" 나무를 어깨에 맨 채, "부하들이 고생하고 있는데 나만 편할 수 있는가? 앞으로 내가 도울 일이 있으면 언제든 이야기하게!" 그 신사는 독립전쟁을 승리로 이끌고, 미국 초대 대통령이 된'조지 워싱턴'이었다.[89]

■ 이병철 회장의 인재 육성 이야기

호암 이병철 회장 탄생 100주년 기념으로 도쿄 선우정 특파원이, 이 회장이 일본 가면 꼭 만나던 경제 평론가 하세가와의 인터뷰 내용을 전하면, 이 회장은 일본의 힘이 아주 강할 때 도전했다. 아무것도 없는 곳에서 성공 모델을 만들고, 세계 1위를 만들었다. 그는 일류에 강한 집념을 가진 위대한 혁신가(innovator)였다.

이 회장은 아무것도 없는 한국이 키울 수 있는 것은 인재뿐이라면서 가장 먼저 일본에 요청한 것이 인재였고, 많은 인재를 데려갔다. 빌리는 것만으로는 안 된다고, 스스로 발전해야 한다면서 수많은 삼성 인재를 거꾸로 일본 대학에 보냈다. 그의 인간관계는 넓다기보다 깊었다. 버릴 사람은 야단도 안 치고, 눈여겨본 사람은 매정하게 다뤘다. 이와 같은 노선에 이건희 회장이 더 많은 돈을 투자해 지금의 삼성이 된 것이다.

이 회장은 일본에 오면 맨 먼저 책방에 가서 장르를 불문하고 샀다. 엄청난 독서가였다. 특히 아키하바라 전자상가를 다니면서 신제품을 사 모았다. 그걸 보면서 제품은 신뢰성이 있어야 한다. 고장이 없는 것을 만들어야 한다. 일본 수준까지 올라가자면 아직 멀었다.'면서 기술혁신을 만들어낸 최고의 공로자이자 기획자(promoter)였다. 이와 같은 인재 육성 과정과 끝없는 독서를 배워야 한다.[190]

■ 항우와 유방의 인재 관리 이야기

리더의 카리스마와 관련하여 아주 흥미로운 일화를 『사기』〈항우본기〉에서 전하고 있는데, 다른 사람도 아닌 유방 자신이 리더십 문제를 공신들과 토론한 자리에서였다. 천자 자리에 오른 후 유방은 공신들을 위로하면서 이런 문제를 던진다.

여러 장수와 제후는 짐에게 숨기지 말고 솔직히 말해보시오. 내가 천하를 얻은 것은 무엇 때문이며, 항우가 천하를 잃은 것은 무엇 때문이오? 유방은 자신과 항우의 리더십이 가진 차이점과 장단점을 물은 것이다. 제후나 장군으로 봉해진 공신들이지만 모두 생사를 함께한 동지들이고, 또 분위기가 편했던지라 거리낌 없이 하고 싶은 말들을 했다.

같은 호족 출신인 고기와 왕릉은 다음과 같이 대답했다.

폐하는 오만하여 사람을 업신여기고, 항우는 인자하여 다른 사람을 사랑할 줄 압니다. 그러나 폐하는 성을 공격하게 해서 점령한 곳은 그들에게 나누어주며 천하와 더불어 이익을 함께하셨습니다.

반면에 항우는 어질고 재능 있는 자를 시기하고 공을 세운 자를 미워하고 현자를 의심하며, 전투에서 승리해도 그 공을 돌리지 않고 땅을 얻어도 그 이익을 나누어주지 않았습니다. 항우가 천하를 잃은 것은 이 때문입니다. 왕릉의 분석은 매우 날카롭고 정확했지만, 겉으로 드러나는 두 사람의 리더십에 중점을 둔 분석이었다.

이에 유방은 다음과 같은 자신의 분석을 내놓았다.

공들은 하나만 알고 둘은 모르는군. 군대 막사 안에서 계책을 짜내어 천리 밖에 있는 전장에서 승리하는 일에는 나는 장량보다 못하고, 나라를 안정시키고 백성을 달래며 양식을 공급하고 운송로가 끊어지지 않게 하는 일에 있어서 나는 소하보다 못하고, 백만 대군을 통솔하여 싸웠다 하면 승리하고 공격하면 반드시 점령하는 일에는 나는 한신보다 못하다.

이 세 사람은 모두 걸출한 인재이고, 바로 내가 그들을 기용했기 때문에 천하를 얻은 것이오. 그러나 항우는 범증 이라는 뛰어난 인재가 있었으나 그마저 끝까지 믿고 쓰지 못했지. 그래서 나한테 잡힌 것이오.

유방은 사람, 특히 인재에 중점을 두고, 각 분야의 최고 전문가를 기용했기 때문에 승리했다고 진단했다. 뛰어난 전문가들을 모으고 이들의 충성을 유지하기 위해서는 남다른 리더십이 필요하고, 이때 카리스마는 대단히 중요하게 작용한다. 문제는 카리스마의 질적 내용이다.

항우가 누구보다 빛나는 카리스마를 가진 영웅인 반면에 유방의 카리스마는 항우의 그것에는 훨씬 미치지 못했지만, 내용과 질에서 뭔가 다른 것이 있었다.

인물은 하늘이 내리고 사람을 제대로 쓰는 자가 천하를 얻고 인재는 사람이 만든다. 유방은 항우와 비교하여 6가지가 부족했다. 명성, 세력, 용맹, 인의, 신의, 병사들에 대한 사랑이 모두 부족했다. 그가 항우보다 뛰어난 점이 한 가지 있었으니 그것은 바로 인재를 다루는 능력이었다. 인재를 어떻게 관리했느냐에 따라 한 사람은 목숨을 끊었고, 한 사람은 천하를 손에 넣었다. 이 얘기는 경극인 〈패왕별희(覇王別姬)〉로 전해지고 있다.53

유능한 리더는 유능한 관리자이며, 관리의 핵심은 인재 관리에 있다. 아리스토텔레스는 말했다. "남을 따르는 법을 알지 못하는 사람은 좋은 지도자가 될 수 없다."

맹자는 말했다. "마음을 쓰는 자는 다른 사람을 다스리고, 힘을 쓰는 자는 다른 사람의 다스림을 받는다." 이 다스림이 바로 관리다. 관리가 없으면 조직 전체가 모래알처럼 흩어져 정상적으로 운영되지 못한다. 기업이 인재를 구하고 잘 활용하는 것, 그리고 개인과 집단의 잠재력을 최

대한 발휘하게 하는 것이 모두 관리의 문제에 속한다.101

■ 잭 웰치 회장의 인재관

20세기의 가장 위대한 CEO 중 한 사람으로 '경영인의 모범'이란 영예로운 호칭을 얻은 미국 제너럴 일렉트릭 잭 웰치 회장에게 물었다. GE가 성공한 이유는? 인재를 쓰는데 성공했다. 가장 중요한 직무는? 전 세계 각처의 우수한 인재를 자기 주변에 불러 모으는 일이다. 가장 중요한 일은? 업무시간의 절반을 인재의 선발 및 기용에 쓰는 것이다. 가장 큰 취미는? 인재를 발견하고 활용하고 애호하고 길러내는 일이다. 당신의 경영술은? 적합한 인물이 적합한 업무를 수행할 수 있도록 배려하는 것이다.108·109

■ 나폴레옹과 병사이야기

"모든 것을 걸어야 한다면 최전방에 있는 저 어린 신병들과 함께 내가 던지는 목숨이야말로 최후의 카드가 아니겠는가?"

19세기 프랑스 황제이자 장군인 나폴레옹 보나파르트는 근대 전쟁에서 가장 뛰어난 전술 구사와 과학적 전쟁 수행, 뛰어난 용병술과 포병이라는 강력한 무기를 사용할 줄 아는 타고난 군사 전략가였다.

그는 유럽 대륙을 정복해 20년 이상 유럽을 정치·군사적으로 지배하고 그 세력을 아시아·아프리카까지 확장했다. 비록 러시아 원정에서 날씨에 대한 무지와 무모한 원정으로 치명적인 타격을 입기는 했지만, 동서고금의 가장 위대한 군사 지도자 중 한 사람으로 평가되고 있다.

나폴레옹은 부하들에게 매우 엄격했다. 그는 명령을 어긴 사람에 대해서는 모두가 지켜보는 가운데 단호히 처벌했다. 러시아 원정 때 하루는 눈보라가 세차게 불어와 벌판에서 그대로 야영을 하게 됐다. 그날 저녁 그는 밤새 보초 설 병사들을 직접 불러 모아 놓고 명령했다.

"오늘 밤 러시아 코사크 기병들이 기습 공격을 해 올지 모른다. 자기 위치에서 책임을 다하라. 만일 명령을 어긴 자는 내일 총살형에 처할 것이다."
이윽고 밤은 깊어가고 나폴레옹은 자정 무렵 숙소에서 나와 야간 순찰을 했다. 마지막 초소에 이르렀을 때 보초를 서던 병사가 너무 피곤한 나머지 앉은 채 잠들어 있었다.

이 광경을 본 나폴레옹은 말없이 보초 임무를 수행했다. 날이 밝아 올 즈음 잠에서 깬 보초병은 자기 대신 보초 임무를 서고 있는 나폴레옹을 보고는 소스라치게 놀라며 무릎을 꿇고 죽여 달라고 했다.
한참 보초병을 바라보던 나폴레옹은 총을 건네주며 말했다. "나밖에 본 사람이 없다. 그래서 나는 너를 용서해 주겠다." 날이 밝으면서 러시아군의 갑작스러운 공격을 받자 한 병사가 적진으로 뛰어들어 용감히 싸웠다.

그 용기 있는 모습을 지켜보던 동료 병사들도 사기가 충천되어 싸움에서 승리할 수 있었다. 전투가 끝난 뒤 나폴레옹은 용사의 시신을 보고 깜

짝 놀랐다. 바로 그날 새벽 자신이 대신 보초를 서 준 병사였다.[89]

■ 맹상군과 계명구도(鷄鳴狗盜) 이야기

맹상군의 다른 식객들은 학문은 없고 천박한 꾀를 써서 남을 속이거나 하찮은 재주를 가진 그들을 미워하고 싫어해서 식객들은 내쫓자고 했다. 하지만 맹상군은 사람의 재주는 다 소중한 것이니 언젠가는 소중하게 쓰일 것이라며 식객 대표들의 요구를 거절했다.

이웃 진(秦)나라 소양왕은 그러한 맹상군을 흠모하여 예를 갖추어 국빈으로 초청했다. 국제관계를 고려하여 초청에 응했고 식객 중에서 엄선한 십여 명과 함께 진나라에 들어갔다. 그중에는 동물 소리를 흉내 내는 식객도 있었다.

맹상군은 많은 예물을 바치며 환심을 샀고 진왕은 재상으로 기용하려고 했다. 신하들은 제나라 왕족을 재상으로 등용하는 국익에 반한다는 이유로 반대하고 오히려 국익을 위해 맹상군의 목을 베어야 한다고 주장했다. 진왕은 차마 그리할 수 없어 우선 맹상군 일행을 객사에 연금토록 했다.

맹상군은 위험한 지경을 벗어나려고 진왕이 총애하는 희첩에게 도와달라고 요청했다. 흰여우 털가죽으로 지은 외투 한 벌을 마련해 달라는 조건으로 수락한다. 그건 이미 진왕에게 예물로 바쳐 왕궁의 보물창고에 있어 다른 방도가 없었다.

바로 그때 평소 제일 업신여김을 당하던 식객 하나가 "제가 그 문제를 해결해 드리겠습니다."고 한다. 이 사람은 원래 좀도둑이었는데 손을 씻고 맹상군의 문하에 투신했던 사람이다. 외투를 훔쳐 와 그 여인의 도움으로 도망칠 수 있었다.

캄캄한 밤중에 진나라 도성을 빠져나온 일행이 지금의 하남성의 함곡관에 도착하였을 때는 벌써 동틀 무렵이었다. 그곳은 진나라 영토를 드나들 때 반드시 거쳐야 하는 곳이어서 관문을 빠져나가지 못하면 꼼짝없이 도로 붙잡혀 끌려가야 할 위험한 상황이었다. 함곡관에는 규정이 하나 있는데 반드시 그날 새벽닭이 우는 소리를 들어야만 성문지기가 관문을 열 수 있다는 것이었다.

그러나 날이 밝으려면 아직도 한참을 더 기다려야 했다. 진왕은 풀려난 맹상군 일당의 보복이 두려워 다시 잡아 오라는 명을 내렸다. 진왕의 추격은 뒤따르고 문은 안 열리고 닭은 울지 않고 절체절명의 위기에 놓였다.

그때였다. 식객 하나가 산자락 밑으로 가서 한바탕 닭 울음소리를 냈다. 꼬끼오! 인근 동네 닭들이 모두 꼬끼오! 울기 시작하고 이에 성문 지기는 간문을 열었다. 탈출에 성공하여 제나라로 돌아올 수 있었다.

맹상군이 위험을 벗어난 경위가 무엇을 말해주는가? 바로 인재의 중요성이다. 또한 이 에피소드는 어떤 교훈을 주고 있는가? 맹자의 말처럼 "윗자리에 앉은 사람이 먼저 베풀어라(居上先施)"는 도리의 중요성을 깨우쳐 주고 있다.

남에게 잘 대우하면 남도 갑절로 보답한다는 것이다. 맹상군이 남을 용납할 줄 아는 도량과 인재를 모아들이는 능력을 보면 왕도의 기풍이 느껴진다.[67]

■ 김 박사님 이야기

내 가슴속에 '김 박사님'이라고 부르는 분이 계신다. 김 박사님은 부처님의 모습이요, 덕장이다. 항상 스스로를 낮추는 겸손과 경청하는 자세가 몸에 배어있다. 언행도 잔잔한 호수처럼 부드럽다. 쓸모없는 인간은 하나도 없다면서 누구나 보듬어주는 포용의 리더십이다.

인연이 되어 북촌에 있는 허름한 한정식 집에서 뵌 적이 있다. 방문을 열고 들어오시는 순간에 부처님 같은 광채를 보았다. 저절로 허리가 숙여졌다. 어려움을 처했을 때 물심양면으로 많은 도움을 주셨다. 한스럽게도 잘 모시지 못하고 신세만 졌다. 지금도 그 은혜에 보답하지 못했다. 언젠가는 보답해야 한다는 마음으로 살아가고 있다.
'존경하는 김 박사님! 오래오래 만수무강 하십시오.'

제6장.
말과 행동을
어떻게 할 것인가?

바른 마음, 바른 생각, 바른 말, 바른 행동
겉으로 드러나는 말과 행동은 내 인격의 전부다.
나는 무엇으로 기록될 것인가?

배우고 생각하기

    자연에는 섭리(攝理)가 있고, 동양사상으로 사회 도피보다 현실에 참여하여 진리를 추구하고자 하는 공자사상과 무위자연이라는 범우주적인 진리를 추구하고자 하는 노장사상이 있다. 공자의 가르침이 나아감과 채움의 원리라면 노장의 가르침은 멈춤과 비움의 원리다. 나아감만 있고 멈춤이 없다면 그건 스스로 명을 재촉하는 일과 다름이 없다.

    사람이 화(禍)를 당하는 것은 멈춰야 할 때 멈추지 않았기 때문이다. 때에 맞추어 분수를 지켜 만족할 줄 알고(知足) 멈추어야 할 때 멈출 줄 안다면(知止) 이것이 곧 어울림이라 삶의 경지에 다다른 것이라 해도 과언이 아니다.34

    나아가 과거지향적이고 정적인 동양사회와 미래지향적이고 동적인 서양사회를 비교해 보면 노마드(nomade)적인 사고가 세계로 확장되어 더 큰 지식과 지혜를 얻을 수 있다. 가끔 생각해보면 좋겠다.

    색은 공이요, 공은 곧 색이다.

    공이 색과 다르지 아니하며, 색 또한 공과 다르지 아니하니,

색인 것이 곧 공이요 공인 것이 곧 색인 것이다.

色卽是空 空卽是色 色不異空 空不異色 色卽是空 空卽是色

인도의 성인 라마 고빈다는 말했다. '색과 공의 관계는 서로 배타적인 대립상태로 생각할 수 없으며, 동일 실재의 양면성으로 공존하면서 연속적인 협력관계 속에 존재한다. 이와 같은 반대되는 개념들이 하나의 단일한 전체로 융합되는 것이 불경 속에 유명한 말로 표현되어 있다.'

여기서 색(色)은 보이는 겉모습이라, 바람에 출렁이는 파도와 같고, 공(空)은 보이지 않는 속마음이라, 고요한 바닷물과 같다. 가짜와 진짜, 거짓과 진실의 의미로도 볼 수 있다. 색과 공이 하나임을 깨달으려면 인터넷에서 동영상에 의존하거나 검색만 하지 말고 쉼 없는 마음공부로 자신을 돌아보고 사색하는 습관을 가져 체화해야 하고, 상대방의 언행을 듣고 보고 내면세계와 외부세계의 연관성을 발견하고 그 이면에 숨어있는 뜻까지 헤아려 정확한 판단을 할 줄 알아야 한다. 이렇게 생각이 깊어지면 똑같은 세상이지만 완전히 다른 활기차고 아름다운 경험을 하게 될 것이다.

우리가 곤경에 빠지는 이유는 뭔가를 몰라서가 아니라 뭔가를 분명히 안다고 확신하기 때문이다.(마크 트웨인) 컵에 담긴 물을 보고 반이나 남았다고 하는 사람도, 반밖에 남지 않았다고 하는 사람도 나름대로 그 이유가 있기에 모두 맞는다는 진리를 깨달아야 만물을 수용할 수 있다.

■ 하루도 빠짐없이 시간을 쪼개서 공부해라

공부는 남녀노소 지위 고하를 막론하고 죽을 때까지 밥 먹듯이 해야 한다. 그래야 내가 누구인지 알고 살다가 행복한 죽음을 맞이할 수 있다. 공부를 생활화해야 객관화가 되어 부끄러움을 알고 극기복례 하려고 애를 쓴다.

특히 사회나 조직에서 중대한 영향력을 행사할 수 있는 위치에 있는 사람이나 그 자리를 가고자 하는 사람은 국민과 국가의 번영을 위해 변화하는 환경 속에서 솔선수범하고 모범을 보여야 하므로 더 쉼 없는 마음공부와 독서를 해야 한다.

그럼에도 현실은 어떠한가? 공부는 학생이나 수험생이 하는 것이고 어른이 되면 공부를 하지 않아도 되는 것처럼 착각하고 권력과 재물과 쾌락에 취해 혀 세 치로 세상을 살며 탐욕을 부린 경우가 허다하다.

특히 어린이는 부모의 언행을 보고 따라 배우기 때문에 부모는 어린 시절부터 모범을 보이고 인성교육을 잘해서 올바른 자아를 정립할 수 있도록 온 정성을 다해야 한다.

그러나 주위를 돌아보면, 부모가 바쁜 경제활동으로 인해 자녀와 함께 공부하며 솔선수범하는 경우는 그리 많지 않아 보인다. 그러면서도 자식이 잘되기만 바란다. 심혈을 기울여 씨앗도 심지 않고 가꾸지도 않으면서 과실만 탐하려 함은 이치에 맞지 않는다(語不成說).

부모는 보고싶은 TV 연속극을 보면서 놀고 싶어 하는 자녀에게 네 방으로 들어가 공부하라고 해서는 안 된다. TV를 끄고 독서를 하며 면학분

위기를 만들어 놓고 우리 함께 공부하자고 해야 한다. 공부는 이렇게 가르치고 배우며 함께 성장하는 것이다(敎學相長).

『햄릿』 제2막 1장에서 재상 플로니어스는 프랑스로 유학을 떠나는 아들 레어티즈에게 '내 생각을 발설하지 말아라. 친절하되 천박해지면 안 된다. …상대방이 널 알아 모시도록 행동해라. 귀는 모두에게, 입은 소수에게만 열고 모든 의견을 수용하되 판단은 보류해라. 무엇보다도 너 자신에게 진실 되어라.' 등 몇 가지 교훈을 말한다.

그리고 나서 아들의 행실을 염탐하라고 함께 보내는 하인 레이날도에게 말한다. "너의 거짓이란 미끼가 진실이란 잉어를 건진단 말씀이야. 이렇게 지혜와 능력을 갖춘 사람들은 변죽을 울리고 옆을 찔러 간접 수단으로 직접 목적을 달성하지. 내 아들에게도 그렇게 하는 거야. 앞서 내가 준 교훈과 충고로, 알았지."

부모가 공부하지 않으면 이런 고차원적인 말을 할 수가 없다. 누구나 공부에 정진해서 지식이 쌓이고 지혜의 눈이 열리면 상대방보다 우위에 서서 세상과 그 대상을 바라볼 수 있고 선점해 나갈 수 있다.

고양이는 말한다. "어떤 이는 신문이 스승이었다. 주로 뒷면의 사설과 그 앞장인 오피니언·칼럼 등을 보았다. 책은 장르를 불문하고 보았다. 동시에 5~6권을 사서 이 책 저 책 손에 잡히는 대로 정독했다. 10분을 읽더라도, 한쪽을 읽더라도 집중해서 작가가 전하고자 하는 뜻을 파악하고 스스로를 반추하며 읽었다. 그러다 보니 내공이 깊어져 말수는 점점 줄어들고, 얼굴빛은 밝아져갔다."

■ 항상 생각하라

『르네상스를 만든 사람들』에서 시오노 나나미는 말한다.

'보고 싶고, 알고 싶고, 이해하고 싶다는 욕망의 폭발, 만족할 줄 모르는 냉철한 탐구 정신은 편견을 뒤엎는 데 가장 좋은 무기로 이것이 바로 르네상스라고 부르게 된 정신운동의 본질이다.'

두오모 대성당, 피렌체

성 프란체스코는 제 마음속의 목소리를 충실히 따랐고, 단테는 라틴어가 아닌 이탈리아어로 『신곡』을 저술했고, 레오나르도 다빈치는 〈최후의 만찬〉, 〈동방박사의 경배〉를 그렸다.

이들은 평생 앎(知)에 대한 폭발로 왜? 왜? 왜?(why? 페르케?)로 일관했다. 창조는 '왜?'를 해명하려는 욕구에서, 현실을 파괴하는 데서부터 시작된다. 누구에게도 지지 않겠다는 오만함이 필수이다. 이는 겸허함과

모순되지 않는다.31

   역사를 보면, 중세 천년의 암흑시대와 페스트 전염병 창궐로 유럽 인구의 1/3이 사라지고, 자연으로 돌아가자는 르네상스 시대가 도래 했다. 반복되는 3천 년의 역사 속에서 작금의 온 지구촌을 강타한 코로나 전염병 사태가 앞으로 어떤 시대로 변화할지 궁금하다. 이 답을 풀기만 하면 대박을 터뜨릴 수 있다. 깊이 고민 한번 해보았으면 한다.

   어떤 기자가 교세라 이나모리 가즈오 회장의 애제자에게 배운 교훈이 무엇이냐고 물었다. 회장은 항상 '어떻게 되고 싶은지'를 생각하는 것이 가장 먼저 해야 할 일이라고 말했다. 어떤 결과가 갑자기 일어나는 것이 아니라 '그렇게 되고 싶다. 그렇게 하고 싶다.'고 계속 생각하는 것이 중요하다. 생각하기 때문에 그것이 행동으로 나오고, 그것이 시작이 되어 결과로 연결된다는 것이다.161

   예를 들어 옛날 옛적에 인류가 어느 날 갑자기 불을 일으킨 것이 아니지 않는가? "불을 피우고 싶다. 불을 피우고 싶다"고 계속 강렬히 원했고 그래서 계속 시도했고, 그 과정에서 처음으로 불을 피울 수 있었을 거다. … 그리고 '사람으로서 올바르다는 것이 무엇인가?' 하는 기본에 관한 것을 계속 강조했다. 마치 부모님의 가르침을 받는 느낌이었다고 할까요.179

   경영학의 구루 피터 드러커가 오스트리아의 한 김나지움(고등중학교)을 다니던 시절의 얘기다. 수업 시간에 필리글러 신부가 들어와 칠판에 썼다. '나는 무엇으로 기억될 것인가?' 당시 13살 정도 나이의 어린 학생

들은 엉뚱한 모습으로 눈만 깜빡거렸다. "지금 너희에게 이 말의 무게가 전해질 리 만무하다. 하지만 너희가 나이 오십이 되고 육십이 되어서도 이 말이 던지는 의미가 다가오지 않는다면 인생을 헛산 줄 알아라."하고 교실을 나갔다. 졸업 60주년이 되던 해에 모였는데, 이 얘기는 크나큰 화두가 되었다.

이 부분에 별 다섯 개가 그려져 있고, 핵심단어가 부기 되어있다. 가족에게, 타자에게 나는 무엇으로 기록될 것인가? 중요한 질문이다. 이 죽비 같은 물음에 전율을 느낀다. 죽었다고 죽은 것이 아니다. 그러니 제대로 살아야 한다.

통찰(洞察, insight)은 세상을 꿰뚫어 보는 능력으로 안을 들여다본다는 뜻으로 안은 안에 숨어있는 것(裏面)이고, 밖은 겉으로 드러난 것(現象)이다. 세상의 변화를 통찰하는 3가지 방법은 ① 세상을 꿰뚫어 보는 것 ② 세상을 다르게 보는 것 ③ 세상을 다르게 만들어보는 것이다.

통찰은 갑자기 일어나는 경향이 있다. 책상에 앉아서 등식을 풀고 있을 때가 아니라 욕탕에서 심신을 녹이고 있을 때나 숲속이나 해변을 거닐 때 등 허심(虛心)할 때에 홀연히 떠오르는 특성이 있다. 잘 붙잡아 실행해보았으면 한다.

■ 코끼리 철학

코끼리는 길을 열어주고, 물길을 찾아주는 '사바나의 지킴이'다. 그래서 맹수의 왕 사자도 감히 덤비지 못한다. 힘도 힘이지만 코끼리 떼가 아니면 사막 깊숙이 숨어있는 물웅덩이를 찾을 수 없다. 한마디로 용맹과 지혜를 두루 갖춘 셈이다. 코끼리는 불교에서 가장 높은 수행의 상징이다.[83]

사찰에 가보면, 석가모니 부처님 또는 비로자나 부처님의 좌우에 문수보살과 보현보살을 모시고 있다. 문수보살은 지혜(智慧)를 나타내고, 보현보살은 행원(行願) 즉, 깨달음과 중생구제를 향한 실천행의 의지를 나타내어 부처님의 두 가지 커다란 덕성을 상징한다.

문수보살은 손에 칼을 들고 있거나 사자를 타고 있는 형상을 하고 있고, 보현보살은 흰 코끼리를 탄 경우가 많은 것도 묵묵히 한 길을 가는 코끼리를 통해 보살도(菩薩道)[14] 실천의 올바른 자세를 일깨우고자 하는 것이다.

■ 옳고 그름의 판단기준

다산 정약용(1762~1836)은 천하의 두 가지 큰 저울을 가지고 있었다. 하나는 '옳음과 그름'이라는 저울이고, 다른 하나는 '이득과 손해'라는 저울이다. 이 네 가지 등급의 최상의 순서는 ① 옳음을 지켜 이득을 얻는 것 ② 옳음을 지키다 손해를 입는 것 ③ 그름을 쫓아 이득을 얻는 것 ④ 그름을 쫓다가 손해를 입는 것이다. 어떤 거래 상대방에 대해 좋고 나쁨도 아니고, 이익과 손해도 아니고, 옳고 그름으로 판단하는 것이 아름답고 지혜로운 모습이다.[106]

---

14) 위로는 깨달음을 구하고 아래로는 중생을 교화하는 자리이타(自利利他)의 수행

사심이 없을 때의 옳음과 그름이다. 욕망의 노예가 되어 본래의 마음을 다스리지 못하고, 옳다는 것도 자기 이익에 도움이 되면 옳다고 하고, 손해가 나면 그르다고 하면 안 된다. "궁하더라도 의로움을 잃지 않고, 출세했더라도 정도를 떠나지 않는다"는 말이 있다.[39]

사람이 궁해지면 체면 불고하고 무슨 짓이든 하려 한다. 어떻게든 비빌 언덕을 찾아 비굴하게 행동한다. 그럼에도 의(義)에 벗어나는 짓을 해서는 안 된다. 최소한의 도덕은 지켜야 한다. 그리하면 삶이 고단하고 힘은 들지언정 적어도 자신의 지조를 잃지 않으며 자존감은 지킬 수 있다. 오늘이 어렵다고 내일도 어려우랴. 바르게 생각하고 떳떳하게 살아가며 어려움을 극복하면 된다.[163]

『다산 정약용 유배지에서 보낸 편지』에서 보인다. 다산이 강진에서 유배 생활을 하고 있을 때의 일이다. "내가 돌아가고 못 돌아가는 일이 참으로 큰일이기도 하다만, 살고 죽은 것에 비하면 하찮은 일이다. 홍의보에게 편지를 써서 유배지에서 풀려나기를 구걸하라고 하고, 강준흠과 이기경 두 사람에게 동정을 구하라고 서너 번 이야기하더라, 내가 무엇 때문에 그렇게 해야겠느냐?"

■ 천하의 일은 형세·시운·시비에 달려있다

성호 이익(1681~1763) 선생은 『성호사설』〈독사료성패〉에서 말했다. "천하의 일은 대개 열에 아홉은 요행이다. 역사책에 나오는 고금의 성공이나 실패, 날카로움이나 둔함은 그때의 우연에 따른 것이 워낙 많다. 선과 악, 어짊음과 어리석음의 구별이 반드시 그 실지를 얻은 것도 아니다. …당시에 훌륭한 꾀가 이루어진 것도 있겠고, 졸렬한 계책이 어쩌다 맞아떨어진 것도 있을 것이다. "천하의 일은 놓인 형세(形勢)가 가장 중요하고, 운의 좋고 나쁨(時運)은 다음이며, 옳고 그름(是非)은 가장 아래가 된다."62

역사에서 옳고 선한 것이 반드시 승리하는가? 그는 역사의 결정요인으로 시세와 우연을 중요하게 보았고, 십중팔구는 도덕성과 무관하다고 보았다. 세상은 착한 사람이 복 받고, 나쁜 사람이 벌 받는 그런 공정한 곳이 아니다. 삶에서 우리가 경험하는 일들이 옳고 그름을 재는 저울에 의해서가 아니라 앞을 보지 못하는 장님인 행운과 우연 등에 따라 운명이 엇갈리는 것이 아닌지 깊이 회의했다.

■ 조짐이나 경고를 알아차리고 즉각 대응하라

『하인리히 법칙』에 의하면, 모든 재난과 위기의 88%는 인간이 만든 것이고, 한 번의 큰 사고가 일어나기 전에는 재앙을 예고하는 300번의 징후와 29번의 경고가 있다고 한다. 이를 무시하거나 방심하여 타이타닉호 침몰, 9·11 테러, 세월호 참사 같은 재난 등이 있었다고 한다.130 찬바람에 가끔 찾아오는 감기 기운도 마찬가지다.

2018년 러시아 월드컵축구 역사에 전 세계가 충격하는 일이 일어났다. 한국이 독일을 이긴 것이다. 이 경기는 역대 이변 3위로 기록되었다. 조별리그 3차전이 열리기 하루 전인 2018년 6월 26일, 천둥소리와 함께 우박이 쏟아져 카잔 아레나에서 예정된 한국대표팀의 공식훈련이 취소되었다.

"축하해요." 우박이 그치길 기다리던 기자에게 자원봉사자가 인사를 건넸다. 그는 "카잔에선 누군가 큰일을 앞두고 천둥 번개가 치고 폭우가 쏟아지면 반드시 그 사람에게 좋은 일이 온다는 믿음이 있다"며 "훈련을 앞두고 이렇게 됐으니 내일 좋은 결과가 있을 것"이라고 했다. 옆에 있던 독일 기자에겐 "유감이다"란 말도 건넸다.

27일, 그 말은 놀랍게도 현실이 됐다. 한국대표팀은 세계랭킹 1위이자 전 대회 우승팀인 독일을 2대0으로 꺾었다. 독일은 일격을 당하면서 월드컵 이래 처음으로 조별리그 탈락의 수모를 맛봤다. 본선에서 아시아 팀에 패배한 것도 처음이다. 월드컵 성적은 우승 4회, 준우승 4회, 3위 4회다. 지난 네 번의 월드컵에선 모두 4강에 올랐다.

월드컵 역사에 남을 대이변을 영국 가디언은 이렇게 전했다. "세상이 종말을 맞으려면 어떤 징조가 있다. 가령 천둥 치는 하늘 아래 부엉이가 매를 잡아먹거나 하는 일 말이다. 하지만 독일은 화창하고 기분 좋은 오후, 80년 만에 처음으로 조별리그에서 탈락했다." '카잔의 기적'은 한국 축구 역사에 오래 남을 명승부였다.[196]

한편, 독일은 왜 졌을까? 때가 되었기 때문일까? 실력이 모자라서였을까? 한번 생각해 볼 일이다.

  또 한 예로, 어느 날 저녁 거센 비바람과 함께 천둥 번개가 치고 폭우
가 쏟아졌다. 잠에서 깨어나 커튼을 열고 잠깐 밖을 바라보았는데, 갑
자기 아파트 정문에 있는 큰 벚나무가 강풍에 뿌리가 뽑혀 옆으로 넘어
지고 있었다. 재앙을 눈앞에서 보고 놀라 시계를 보니 새벽 3시였다. 무
언가 암시였다는 것을 직감했다. 한동안 아무 일도 일어나지 않았다. 악
몽을 꾸기도 하다가 잊고서 한참 지났는데, 마침내 가슴 아픈 일이 일
어났다.

  이 일로 서시가 오물 뒤집어쓴 격이 되었지만, 가이드인 베르길리우스
와 함께 지옥·연옥·천국을 걸으면서 대부분 모르거나 모를 수도 있는 그
무엇을 얻었다. 내공이라는 마음의 근육이 누워있는 바위처럼 더 단단해
졌다. 인생사 모든 분야, 한순간의 설마 속에 터지는 법이다. 항상 마음
을 바로잡고 조심하고 또 경계해야 한다.72

보기

■ 겉모습에 속지 마라

있는 그대로를 잘 보아야 한다. 그 속에 답이 있다. 바로 보는 것이 지

혜고, 우주 만물을 있는 그대로 볼 수 있는 사람이 현자다. 겉모습에 속지 말고 본질에 집중하라. 지치고 힘들 때는 산이나 물, 나무나 풀잎 등 자연을 가만히 들여다보라. 그러면 저절로 답이 나올 것이다.

천태학(天台學)에서는 어떤 존재의 시시각각 변화하는 겉모습을 가(假)라 하고, 변화하는 겉모습 배후의 변함없는 일여(一如)의 적적 평등한 모습을 공(空)이라 하고, 이 둘의 모습을 동시에 비추어 보고 원융(圓融)하는 것을 중(中)이라 한다. 바로 이 중(中)의 자리에 서서 사물을 바라볼 때 비로소 사물의 진상(眞像)이 드러난다. 그러므로 육안으로 앞에 있는 사물의 현재 드러난 모습을 보고, 사유의 힘으로 사물 배후의 평등하고 여여(如如)한 본체를 보고, 이 둘을 종합하여 사물의 진상을 파악해 가라고 했다.

'누구나 모든 것을 볼 수 있는 것은 아니다. 대부분 사람은 자신이 보고 싶어 하는 것밖에는 보지 못한다.(카이사르)' '하지만, 기억해요. 눈에 보이는 그대로를 다 믿어서는 안 돼요!(『미녀와 야수』)' '가장 소중한 것은 눈에 보이지 않는다. 그건 마음으로 보아야 보인다.'[82] '그 어떤 것도 겉모양을 보고 판단하지 말게. 모든 증거에 입각해서 보게. 할 수만 있다면 문서로 된 증거를 절대로 남기지 말게.'[92]

우리는 장식에 유혹을 받는다. 황금과 보석은 결함을 감춘다. 소녀 자신은 우리에게 기쁨을 주는 최소 부분에 불과하며 흔히 많은 장식품 속에서 사랑의 본체를 찾기 힘들다. 이러한 풍부한 방비 밑에 사랑은 우리 눈을 속인다.[49]

화려하게 보이는 겉모습(形式)과 보이지 않는 속마음(實質)이 다른(表裏不同) 사람들의 말과 행동은 차이가 있다. 진정성과 과장, 이런 걸 볼 줄 알아야 성공을 담보할 수 있다. 우리가 본 것은 빙산의 일각이니 본 그대로를 다 믿지 말라. 삶의 지혜이니 제발! 겉모습으로만 판단하지 마라. 겉으론 치장하고 성인군자처럼 행세지만 한 꺼풀 벗겨보면 인간의 탈을 쓴 악마로 짐승보다 못한 경우가 허다하다.

우리는 사물을 바라볼 때 바른 마음으로 상하 전후좌우를 살펴 바로 보아야 함에도 스스로 올바르다는 착각과 고정관념, 모순덩어리인 자기 잣대나 잘못된 선입관으로 바라보려는 경향이 너무나 많다.

사물 전체를 제대로 간파해서 보아야 함에도 세상을 동굴 속에서 빛이 들어오는 조그마한 구멍이나 붓 대롱으로 보거나, 칸트가 말한 것처럼 색안경을 끼고 보거나, 보더라도 보고 싶은 부분만 보거나, 자기가 본 것이 전부이고 맞고 다른 사람이 본 것은 틀리다고 우겨대거나, 눈앞에 보이는 것이 허상임에도 진상으로 믿는다. 보는 각도에 따라 달리 보이는 큰 코끼리를 예로 들면 딱 들어맞을 것이다.

한 예로, 24년 전 IMF사태로 부도가 났으나, 이 고난을 이겨내고 사업을 더 잘하는 사업자가 있다. 당연히 찬사를 보내야 마땅함에도, 강철 같은 착각과 시샘으로 부도났던 사람으로 치부하고 깔아뭉개려 한다.

그는 당신보다 더 많이 사회에 기여한 사람일 수도 있다. 죄는 미워도 사람은 미워하지 말라고 했다. 열 번 잘해놓고 한 번 실수했다고 나쁜 사람으로 취급해서는 안 된다. 당신의 밴댕이 소갈머리가 인생을 불행하게 사는 원인이 된다. 공부를 해봐야 스스로 무식한 언행을 하고 있음을 깨달을 수 있다.

■ 석공 이야기

질풍노도의 젊은 시절, 우연한 기회에 어느 신문쪼가리에서 '고바우 영감' 만화를 본 적이 있다. 어느 날 길을 가던 나그네는 나이 많은 석공이 망치로 몇 번 내려쳐 돌을 반으로 쪼개는 것을 보았다.

저 정도라면 나도 할 수 있겠다고 생각하고 도전해 보기로 했다. 땀을 흘려가며 수십 번을 내려쳐도 꿈적하지 않았다. "해보니 어렵습니다." 하며 포기했다.

석공이 말했다. "저는 오랜 세월 동안 수십만 번을 내려쳤습니다. 당신은 마지막 순간만을 본 것입니다."

이와 같이 사람들은 얼마만큼의 노력이 있었는지 모른 채 겉모습만 보고 너무 쉽게 판단하는 경향이 있다.

■ 일본인의 마음 관리

중학생 시절에 신문을 보다가 일본사람들이 지진이 났는데도 우왕좌왕하지 않고 질서 있게 줄 서 있는 모습을 본 적이 있다. 이해하기 힘들었다. 왜 그럴까? 알고 싶었다. 긴 세월이 흐르고 우연히 누군가가 건네준 책을 보다 유레카! 흥분했다.

우리나라 '가나다라'를 암기하는 노래처럼 일본노래를 '히라가나'로 적고 이것을 뜻으로 적으면, 중세유산답게 불교적 무상감이 물씬 풍겨왔다. 이걸 태어나서부터 인성교육으로 배웠다는 것이다. 그래서 그런 것이었다. 일본인의 마음을 이해할 수 있는 노래다. 감상해 보자.[37·120]

아름다운 꽃도 언젠가는 저버리거늘
우리가 사는 이 세상 누군들 영원하리.
덧없는 인생의 깊은 산을 오늘도 넘어가노니
헛된 꿈 꾸지 않으리, 취하지도 않을테요.

어릴 때부터 마을에 있는 신사나 절에서 덕망 높으신 어른들로부터 인간으로서 가장 중요한 지혜가 들어있는 시를 배우고 있었다. "옛 도를 들은 들, 읊은 들, 내가 행하지 않으면 소용이 없네." "동기가 선하고 사심이 없으면 오히려 하늘이 돕는다네."[55]

2018년 5월에 하와이에 있는 빅 아일랜드의 킬라우에아 화산이 43년만에 폭발해 88일간 계속됐다. 용암이 흘러내려 가옥 700채가 파손되었다. 요즘 어떻게 살아가고 있느냐는 기자의 질문에 아주머니는 방긋 웃으며 냉정하게 말했다. '언제 어디서 터질지 모르는 화산섬에서 그냥 이 순간을 즐겁게 살아갑니다. 다른 방도가 없잖아요?'

또 한 예로, 섣달그믐에 먹는 도시코시 소바. 구리 료헤이 작가가 1987년에 발표한 『한 그릇의 가케소바』라는 단편소설은 일본인의 단면을 잘 보여준다. 1972년 섣달그믐날, 삿포로의 소바가게 북해정을 무대로 운동복을 입은 6세와 10세 정도의 사내아이와 철 지난 체크무늬 반코트를 입은 엄마가 주인공이다.

머뭇거리면서 "저… 가케소바 1인분만 주문해도 괜찮을까요?"로 시작된다. 다 먹은 후 150엔을 지불하며 "맛있게 먹었습니다. 고맙습니다. 복많이 받으세요." 나는 이 소설을 수십 번 읽고 베껴보았다. 읽을 때마다 감동했다. 지금도 내 마음 한구석에 간직하고 있다.

일본인의 겉모습과 속마음을 혼네(本音)와 다테마에(健前)라고 한다. 규약을 벗어나지 않는 예측 가능한 행동을 함으로써 일본의 큰 자산인 사회적 신뢰의 바탕이 된다. 굳이 말하지 않아도 능히 짐작할 수 있는 것을 꼭 집어 말해서 상대를 난처하게 만드는 일은 일본식 예절에 어긋난다. 당연히 서로 다른 문화적 차이가 있다.

이에 반해 우리는 백번 잘하더라도 한 번 잘못하면 그걸 가지고 험담하며 나쁜 사람으로 만들기 좋아한다. 이것이 바로 품격, 국격의 차이다. 국민소득은 3만 불이라지만 시기·질투가 내재 된 자기 잣대로 과거를 파헤치며 매사 부정적으로 보려는 정신자세는 다른 선진국과 비교할 수 없을 만큼 낮은 것으로 보인다.

작금의 마땅히 지켜야 할 상식과 도덕과 법과 질서를 지나칠 정도로 위반하고 파괴하는 일부 강성 노동조합의 행태와 이를 수수방관하는 위정자와 고위 관료의 모습이 바로 우리의 모습이다. 상대를 알아야 이길 수 있다. 우리 모두 쉼 없는 마음공부로 대오각성해야 희망찬 미래로 나아갈 수 있다. 정신 차리고 해야 할 일은 하자.

듣기

'모든 사람에게 너의 귀를 주어라. 그러나 너의 목소리는 몇 사람에게만 주어라(셰익스피어).' '성공의 비결은 남에 대한 험담을 결단코 하지 않고, 장점을 들어주는 데 있다(벤저민 프랭클린).'

사람마다 서로 다른 환경에서 자라고 배우고 익힌 문화의 차이로 서로 생각이 다르다. 그래서 사람 간의 마찰은 당연히 있을 수밖에 없다. 그 사람의 말과 행동에는 그 나름대로 의미가 있을 텐데, 그것을 배제하고 겉만 보고 판단하려고만 한다(Don't judge a book by its over). 서로 다름을 알고 "어머 그랬어." 하면서 공감하는 말을 먼저 건네 보라. 좋은 대화가 될 것이다.

대화의 기본은 상대방의 눈과 몸짓을 바라보고 잘 들어주는 것이다. 언행에서 마음을 볼 수 있다. 대화는 탁구공처럼 왔다 갔다 해야 하는데 대개 내 말을 전달하는 것을 대화로 착각하고 남의 말은 들으려고 하는 자세가 부족하다 보니 대화가 안 되고, 타협이나 협상이 어려워진다.

■ 경청(傾聽)하라

경청에서 들을 '청(聽)'자는 귀 이(耳), 임금 왕(王), 열 십(十), 눈 목(目), 한 일(一), 마음 심(心), 6개 한자로 이뤄져 있다. 무슨 뜻일까. '왕 같은 귀'는 집중해서 들어야 한다는 뜻이고, '열 개의 눈'은 말하는 표정·눈빛·태도 등을 파악하면서 정말로 무슨 말을 하고 있는지 들으라는 뜻이고, '한 마음'은 상대의 마음과 하나가 되라는 뜻이다. 진정한 듣기란 말하는 상대의 생각과 마음을 읽는 것으로 마음을 얻는 지혜가 된다. 성공을 부른 최고의 습관은 경청이다.

대화와 소통의 기본은 경청이다. 상대방은 늘 진심을 말하는데, 그 사람의 진정성을 알려고 하지 않고 내 말만 상대방에게 주입하려는 오만과 편견에 가득 차 있다. 칼 로저스의 『진정한 사람 되기』에 이런 내용이 있다.

"우리가 다른 사람의 말을 듣고 제일 먼저 취하는 반응은 그것을 이해하려고 하지 않고, 그 대신 먼저 평가나 판단을 내리려고 한다. 누군가 자기의 기분이나 태도, 혹은 신념을 나타낼 때 우리는 대개 즉시 옳다, 그르다. 비정상적이야. 이치에 맞지 않아. 틀렸어. 옳지 않군. 등이라고 생각하려는 경향이 있다. 우리는 상대방의 말을 정확히 이해하려 듣지 않는다."

"아무리 잘 듣는 사람이라도 선택적으로 듣는다는 사실을 알아야 한다. 사람들은 자기가 듣고 싶은 것만 듣고, 나머지는 무시해 버린 경향이 있다. 사람들은 대개 고된 하루를 보낸 저녁 시간보다 아침에 더 효과적으로 듣는다."

상대방이 이야기할 때, "어머 그랬어." 맞장구치며 공감해 보라. "세상에! 그게 사실이에요." "그런 얘기 처음 들어요." "어떻게 그런 일이 일어날 수 있죠?" 이 정도는 되어야 좋은 소통이 될 것이다.26

"그랬구나. 참 힘들었겠다." "그래. 그동안 애는 어떻게 키웠어." 세상을 살며 제일 위로가 되는 말이다. 상황을 있는 그대로 받아들인다는 제스처다. 그저 들어주는 게 힘이 된다. 정신과 전문의 정혜신 박사의 말이다. "공감하려면 충고·조언·평가·판단을 하지 말아라." 대화할 줄 모르는 한국 사람의 전문 분야이니 경계했으면 좋겠다.

"사람의 마음은 외부에서 이식된 답으로는 정돈되지 않는다. 스스로 찾는 답만이 마음에 스민다. 공감자의 역할은 상대가 자기의 마음을 또렷이 볼 수 있게 '심리적인 조망권'을 확보하도록 귀를 여는 것"이라고 했다. 헤겔의 말처럼 "마음의 문을 여는 손잡이는 마음 안쪽에 달려 있다. 상대가 스스로 마음 안쪽에 달린 문을 열고나올 때까지 듣고 기다려 줘야 한다." 공감은 '듣기'에서 시작한다.174

대치 상태에 있는 마음의 문은 갑의 입장에 있는 사람이 먼저 열어주어야 문제를 더 잘 해결할 수 있다.

경청을 가장 잘하고 실행한 예를 들어보자.

당 태종은 위징이 죽자 직접 묘비 문을 썼다. 이후로도 잊지 못하고 그에 대한 얘기를 자주 하곤 했다. 하루는 조정 대신들에게 말했다. "사람이 거울에 자신을 비춰보면 의관이 바른지를 알 수 있고, 역사를 거울로 삼으면 나라의 흥망성쇠의 도리를 알 수 있고, 사람을 거울로 삼으면 자신의 잘잘못을 알 수 있는 법이오. 위징이 죽었으니 나는 거울을 잃어버린 것이오." 위징의 충직한 간언을 태종이 잘 받아들인 덕분에 당나라는 큰 번영을 누렸다. 이 태평성대의 시기를 역사에서는 '정관의 치'라고 한다.[105]

세종대왕은 높은 수준의 학문을 갖추고 통찰력도 있었지만, 오만과 독선에 빠지지 않고 신하들의 말에 귀 기울이고 그들의 의견을 채택해서 힘을 실어주었다.

퇴계 선생은 다른 사람의 말이 비록 하찮더라도 반드시 살폈고, 좋은 점이 있으면 채택하지 않음이 없었고, 도덕을 이룬 뒤에도 잘못을 고치느라 겨를이 없었으니, 표정과 말에 털끝만큼이라도 인색하고 막힌 것을 보인 적이 없었다.

이청득심(以聽得心)이라, 들음으로써 마음을 얻는다. 가르치려 들지 말고 그들의 고통에 귀를 기울여야 한다. 말하는 것은 지식으로 내부의 영역이라면, 경청하는 것은 지혜로 외부의 영역이다. 제발 내 속마음이 드러나지 않기를 바라며 손짓 발짓 해가면서 몸을 기울여 경청하라. 아마 천군만마를 얻을 것이다.

■ 소통 잘하는 요령

'위로'를 갈망하는 상대방에게 "답은 정해져 있고 너는 대답만 하면 돼

('답정너')"식의 응대가 정답이다. 희생적으로 엄마와 아내로 살아온 70세 여성이 가족들에게 외로움을 호소하였다. "왜 갑자기 그러느냐"는 반응에 더 외로워졌다. 그래서 친구들에게서 위로를 받고자 말했다. 그랬더니 "그만하면 됐지, 뭘 더! 만족하고 살아라."고 했다. 사실 "너무 힘들겠다."란 위로의 말을 듣고 싶었는데….

우리 마음속에 정답을 정해놓고 상대방에게 인정받고 싶은 욕구가 많이 있다. 그래서 답정너 식의 응대가 정답이다. 소통이 어려운 이유는 두 명이 대화해도 사실은 네 명이 엮여 있기 때문이다. 눈에 보이는 너, 나와 함께 각자의 마음이 또 존재하다 보니 복잡해진다. 내 마음을 내가 모르는 경우가 많은데 상대방의 마음을 알기란 더 어렵다.

아내가 "얼굴에 기미가 늘어난 것 같지 않으냐"고 말한다. 남편은 이전에 어느 정도였는지 기억장치에서 꺼내어 비교한다. 상당한 노력이 들어가는 일이지만 최선을 다해 정확한 답변을 해야 한다. 드디어 측정이 끝나 답변을 한다. "20% 정도 늘어난 것 같아"라고, 이렇게 진정성 있게 대답했는데 결과는 참담한 경우가 대부분이다. 칭찬을 들어야 하는데 "내가 그렇게 늙어 보여."라고 한소리 듣게 된다.

남편은 논리적 소통을 한 것인데 논리와 다른 감정이 마음에 있기에 이런 일들이 벌어진다. 같은 질문에 남편이 공감 소통을 했다면 "여보, 기미가 늘고 나는 흰 머리가 늘고 우리 서로 아끼며 삽시다."란 대답이 가능할 것이다.

이 정도만 해도 아내의 반응은 나쁘지 않다. 그런데 공감 소통을 넘어

'답정너' 소통을 한다면 아내의 질문에 즉각적으로 "무슨 기미는, 어떻게 당신은 더 젊고 예뻐져!"라고 답해야 한다. "말도 안 돼"라고 아내는 응대할지 모르지만, 얼굴은 기분 좋게 웃고 있을 가능성이 크다.

"시간이 되면 내려 오거라."하는 시어머니의 말을 논리적으로 받아들여 내려가지 않았다가 꾸중을 들은 며느리가 불평한다. "그러실 거면 차라리 바빠도 내려오라고 말씀해 주시면 좋지 않았냐."고 말이다. 그러나 내려오라고 해서 내려오면 마음에 만족감이 덜하다. 그래서 우리 마음은 답은 정해놓은 채 우회적인 화법을 선호하는 경우가 많다.

그래서 '답정너' 소통에 잘 응대하는 사람이 인기가 많다. 어찌 보면 상당한 에너지가 들어가는 작업이다. 상대방의 논리적 질문 속에 숨어있는 감성적인 부분을 잘 찾아내어 원하는 대답을 해주어야 하기 때문이다. 또 상대방이 원하는 대답을 한다는 것은 나를 스스로 거짓말쟁이로 만든 경우가 있기에 자기희생적인 면도 있다. 마약처럼 중독성이 있는 아부(阿附)도 일종의 과도한 '답정너'소통이라 볼 수 있다. 세종대왕이 한글을 창제한 후에 신하들이 맨 처음으로 작성한 글이 '용비어천가'라고 하지 않았던가?

중요한 자리에 오른 리더에게 주변에서 주는 칭송은 그간 고생했던 자기 삶의 보상으로 느껴지고 쾌감을 준다. 그래서 훌륭한 리더가 되기란 쉽지 않다. 그런 달콤한 아부에서 벗어나 일에 있어선 정확한 정보와 권고에 직면할 수 있어야 하기 때문이다. 때에 따라 행복을 원하는 자리라면 남이 원하는 정답을 말해주는 것도 좋다.[157]

■ 마음에 담아두지 마라

〈쓰레기 트럭의 법칙〉에서 말한다. "저는 많은 사람이 쓰레기 트럭 같다고 생각합니다. 좌절·분노·실망 등으로 가득 차 돌아다니는 쓰레기차요. 쓰레기가 쌓이면 버릴 곳이 필요한데 그걸 당신에게 버릴 수도 있지요. 기분 나쁘게 받아들일 필요 없습니다. 그 쓰레기를 떠안아 그걸 또 직장, 집, 길거리에 뿌려대면 온통 쓰레기 천지가 됩니다."

"난폭운전자, 무례한 웨이터, 퉁명스러운 직장 상사 등이 경솔한 행동, 화가 난 고함소리, 비방, 욕설 등 쓰레기를 쏟아붓더라도 그냥 지나치십시오. 그리고 그 쓰레기를 소중히 보관하였다가 다른데 갖다버리지 마십시오. 당신의 인생이 쓰레기 트럭이 됩니다."

■ 고민 상담 요령

처자식이 있는 남자와 미혼인 여자가 사랑하다가 임신을 했다. 그 남자는 책임질 수 없고 혼자 키울 수 없으니 지우라고 한다. 그 여자는 불임증이 있었다. 간만에 희망인 임신을 했으니 낳겠다고 한다. 그 여자는 나미야 잡화점의 할아버지에게 상담했다.

할아버지가 고민을 나누고자 아들에게 물어보니 무책임한 사랑이니 쉽게 지우면 그만이다. 걱정도 아니다고 말했다. 어떻게 해야 할까. 당사자의 모든 고민은 고민을 거듭한 끝에 상담하는 것이다. 뭐 전문지식을 알려고 하는 것도 아니다. 그러니 상담은 그걸 감안해서 답을 내야 한다.

할아버지는 말한다. "내가 몇 년째 상담하고 글을 읽으면서 깨달은 게 있어. 대부분 상담자는 이미 답을 알아. 다만 상담을 통해 그 답이 옳다는 것을 확인하고 싶은 거야. 그래서 상담자 중에는 답장을 받은 뒤에 다시 편지를 보내는 사람이 많아. 답장 내용이 자신 생각과 다르기 때문이지."

지도가 백지라면 난감해하는 것은 당연합니다. 누구라도 어쩔 줄 모르고 당황하겠지요. 하지만 보는 방식을 달리해 보면 백지이기 때문에 어떤 그림도 그릴 수 있습니다. 모든 것이 당신 하기 나름이지요. 모든 것에서 자유롭고 가능성은 무한히 펼쳐져 있습니다. 이것은 멋진 일입니다. 부디 스스로 믿고 인생을 여한 없이 활활 피워보시기를 진심으로 기원합니다. 나미야 잡화점 드림.12

■ 기도하는 요령

"이렇게 되게 해 주십시오." "어려움을 당하지 않게 해 주십시오." 이렇게 기도하는 것이 아니다. 어려움이 닥쳐와도 그 어려움을 능히 이겨낼 수 있도록 마음을 잘 닦아 나가겠다고 소원을 빌면 그 기도는 틀림없이 성취된다.

사람들은 대부분 신의 말씀을 알아들으려 하지 않고 내가 바라는 바를 고해바치는 기도만 하고, 어린애같이 지극히 초보적인 떼쓰기만 한다. 묵상만 한다면서도 끝도 없이 중얼중얼하는 스스로에 놀라는 일만 하고 있다. 이래서는 기도라 할 수 없다. 기도의 5단계는 아래와 같다.

① 갈구하는 단계: '돈 벌게 해주십시오.'라고 소원을 빈다.

② 메시지에 주목하는 단계: 무엇을 해달라고 하지 않고 메시지에 귀기울인다.

③ 감사의 단계: 무조건 감사합니다.

④ 찬양하는 단계: 항상 기도가 되는 상황이다.

⑤ 무심의 단계: 기도하려는 마음도 없는 상태의 기도이다.

말하기

『숫타니파타』서 말한다. "사람은 태어날 때부터 입안에 도끼를 가지고 나온다. 남을 헐뜯는 어리석은 사람은 말을 함부로 함으로써 그 도끼로 자신을 찍는다. 입은 곧 재앙의 문(口是火門)이요, 혀는 곧 몸을 자르는 칼이다. 입을 닫고 혀를 깊이 감추면 처신하는 곳마다 몸이 편하다." 세상의 모든 언짢은 일들이 다 이 조그만 혀끝에서 생겨난다.

『채근담』에서 말한다. "한마디의 말이 들어맞지 않으면 천 마디의 말을 더해도 소용이 없다. 그러기에 중심이 되는 한 마디를 삼가서 해야 한다. 중심을 찌르지 못하는 말이면, 차라리 입 밖으로 내지 않으니만 못하다." 가까울수록 해야 할 말과 해서는 안 될 말을 더 가려서 해야 한다.

『아리스토텔레스 수사학』에서 설득의 3요소로 에토스(성품)와 파토스

(감정), 로고스(이성)를 제시한다. 그리고 "사람이 언제나 논리적이면 로고스만으로 충분하지만 그렇지 않기 때문에 파토스가 필요하다."고 했다. 이때 파토스의 영향력은 로고스보다 파괴적이며 즉각적이다.

"죽고 사는 것이 혀의 권세에 달려 있다.(잠언8:21)" "혀는 뼈가 없지만, 뼈를 부를 수 있다." "말은 은이요, 침묵은 금이다.(J. wycliffe)" "내가 한 말과 행동이 100% 맞는다고 착각하지 마라.(텃낫한 스님)" "입을 다물고 멍청하게 보이는 편이 입을 열어 의혹을 씻어주는 편보다 낫다.(마크 트웨인)" 대변인보다 과묵(寡黙) 즉, 크레믈린이 더 낫다. 판도라 상자를 열지 마라.

진정한 마음에서 우러나오는 말은 그 향기가 난초와 같다. '진실이 담긴 말은 그대 가슴에 스며들어 영원히 기억된다.(인디언 수우족 추장)' 말은 생각의 표현이기도 하지만 생각을 숨기기 위해 인간에게 주어졌다. 험담은 날개가 달려 있고, 칭찬은 느린 거북이다.

우리가 학교에서 배우는 지식은 사지선다형처럼 정답이 있지만, 사회에서는 정답이 없는 상황이 벌어진다. 똑같은 말도 이 사람에게는 잘 통하는데 다른 사람에게는 통하지 않는 것은 물론 오히려 역효과를 내기도 한다. 똑같은 상황에서 같은 물음이라도 상대에 따라 가장 적절한 대답을 해주는 것이 올바른 대화법이다.36

말을 할 때는 항상 몸가짐을 단정히 하고, 상대방이 들을 자세가 되어 있는지를 먼저 살핀 후에 그 사람의 처지를 고려해서 꼭 필요한 말만 한다. 겸손한 자세와 미소 띤 얼굴로 부드럽게 말한다. 목소리의 높낮이도 잔잔한 호수처럼 일정하면 좋다. 긍정적이고 미래지향적인 표현을 쓴다. 상대방이 듣고 싶은 말을 하는 것도 요령이다. 어려운 문제에 닥쳤을 때 현 실태와 문제점, 그 대안과 기대효과까지 제시하면 더 좋다.

가끔은 은유적 표현과 위트와 유머도 필요하다. 유머 감각이 없는 사람은 스프링 없는 마차와 같다고 했다. 어떤 이는 한마디 말로 분위기를 웃음바다로 만들지만, 어떤 이는 꿔다놓은 보릿자루처럼 말 한마디 못한 경우도 있다. 준비해서 가끔 필요할 때 한마디 말로 폭소를 일으켜 즐거운 분위기를 만들어보자.

말의 표현은 당신의 품격을 드러내는 것이니 정말 조심해야 한다. 내 마음이 자연스럽게 말로 나오면 말 한마디로 세상을 지배할 수 있다. 가볍게 말하지 말고, 말하기 곤란하면 차라리 미소로 답해라. 그러면 저절로 마음이 한가로워질 것이다(笑而不答 心自閑).

이 정도가 되려면 어려서부터 잘 받은 인성교육에 더하여 꾸준한 마음공부와 독서를 해야 한다. 글은 쓰다가 버리면 그만이지만 한 번 뱉은 말은 주워 담을 수 없다. 나쁜 코치는 자신의 현역 시절의 무용담을 자랑하지만, 선수를 성장시키는 코치는 자신의 실패담을 고백하여 공감을 얻는다.

로마교황청 교황 베네딕토 16세는 건강상의 이유로 사퇴했다. 2013년 3월 13일 오후 호르헤 마리오 베르골리오(76) 아르헨티나 추기경을 제266대 프란체스코 교황으로 선출했다. 비유럽권 교황은 1282년 만이다. 프란체스코는 청빈과 헌신의 상징인 가톨릭 사제 성 프란체스코에서 유래한다.

새로 선출된 교황은 의관을 정제하고 발코니에 섰다. 첫걸음을 시작하면서 한 말씀 하신다. '여러분도 알다시피 콘클라베는 로마에 주교를 앉히는 일입니다. 동료 추기경들이 그 사람을 찾으려 지구 저편 끝까지 갔다 온 모양입니다. … 이제 우리 여행을 시작합시다. 그 여행은 박애와 사랑, 믿음의 여행입니다. … 부탁이 있습니다. 자신을 위해 기도해 주십시오.'하면서 고개 숙여 인사했다. … '형제자매 여러분, 좋은 저녁입니다. 편안한 밤을 보내세요.'

새 교황은 우리의 마음을 얻었다. Viva Papa! 교황 만세! … 교황 선출 후 저녁 식사 자리에서 "나를 선택한 여러분을 하느님이 용서할 것"이라며 건배를 제의했다. 핵심을 위트로 전달하는 그 모습이 아직도 생생하다. 생각할 때마다 가슴이 뭉클해진다.

정신분석학자 프로이드의 '프로이드의 말실수'라는 게 있다. 감추고 싶은 속마음이 무의식중에 입 밖으로 튀어나오는 것을 말한다. 드러나면 곤란해지거나 간절히 원하는 속마음을 억누르다 보면 이런 실수가 나타난다. 조심 또 조심해야 한다.

함석헌 선생은 "말을 하는 사람은 한마디 말을 하기 전에 천 마디 말을 제 속에서 먼저 버려야 하고, 글을 쓰는 사람은 한 줄 글을 쓰지만 백 줄을 제 손으로 버리지 않으면 안 될 현실이다"고 했다.76
'사람의 마음을 움직여 세상에 변화를 일으키는 무기는 폭력이 아니라 품격 있는 언어의 힘이다.(영화 〈Green Book〉)' 해는 바람보다 지나가는 행인의 겉옷을 더 잘 벗긴다.95 정제되지 아니한 채로 말을 함부로 내뱉게 되면 그 이상 천한 것도 없다.

자기 감정을 억제하지 못하고 언어폭력과 '막말을 일삼는 자는 말을 뱉고 쉽사리 잊어버리지만, 그 말로 마음의 상처를 입은 사람은 가슴속에 수십 년 동안 화살처럼 꽂혀 두고두고 잊지 못한다. 으레 그런 말은 끄트머리가 예리한 가시와 같은 것이 있다.(롱 펠로우)' 상대의 심장에 박히면 쉽게 안 뽑히는 '막말 가시'엔 독이 묻어 있기도 하다. 사람 입속에는 생태계가 있다. '인성의 숲'이다. 인성이 나쁜 이의 생태계는 황무지와 같아서 '막말 가시'로 무성한 선인장만 번식한다.197

주위를 돌아보면, 혀가 귀를 밀어낸 지 오래됐다. 말할 자격도 없는 사람들이 양철북 두드리듯 너무나 많은 말을 떠들어 댄다. 옳고 그름을 떠나 내 말만 옳고 다른 사람 말은 틀렸다고 단정한다. 말도 안 된 소리를 함부로 내뱉어 남을 해코지한다. 사실을 호도하고 남을 속이는 새빨간 거짓말을 너무나도 잘한다. 주위 사람이 얼마나 힘겨워하는지 관심도 없다. 자신의 잘못된 언행과 거짓말에 대해 사과 한마디 없이 변명으로 일관하거나 또 다른 망발로 그 말을 덮어버리고 주워 담지 않는다. 타인은 법정이다. 남들이 내 말을 듣고 어떻게 생각하는지에 대해 고민해야 한다.33

특히, 상식 이하의 짓을 하는 인간들의 말은 위선적이고 자극적이고 선동적이며 청산유수인데 행동은 없다. 얼굴에 다 드러나니 속지 말자. 속마음을 감출 줄 아는 것이 지혜인데, 배움이 부족하고 저질이라 완장 값 하느라 언어폭력을 일삼고 뻔뻔하게 즐긴다.

요즘 댓글은 더 그렇다. 당하는 사람은 너무 힘든데 아무도 책임지지 않는다. 죽어도 놓아주지 않는다. 이런 나쁜 짓은 하지 말자. 처지가 바

뀌면 고스란히 돌아온다. 정말로 말조심하면 좋겠다.

■ 말 표현과 대화 요령

『등대로』에서의 대화 내용을 한번 보자.

· 6살 아들 제임스, "저기 섬 등대에 가고 싶어요."

· 램지부인, "그래, 물론이지. 내일 날이 밝으면 말이야." "하지만 종달 새가 지저귈 때 일어나야 할 걸." 특별한 기쁨을 안겨 준다.

· 램지 남편, "하지만, 날이 밝지 않을게다." 사실이지만 쨍그랑하고 기 대를 깨뜨린다.

· 램지부인, "하지만, 날이 맑을지도 몰라." "어쩌면 네가 깨어날 때 햇 살이 빛나고 새들이 노래하고 있을 거야." 아들이 등대 원정을 열렬히 바 란다는 것을 알고 있기에 이와 같이 말했다.[32]

남성 대부분은 대화의 과정을 중요시하는 여성과는 달리 하고 싶은 말만 툭툭 던지고 결론을 통보하는 형식이다. 이건 대화로 보기 곤란하 다. 말의 뜻을 헤아려 탁구공처럼 왔다 갔다 해야 좋은 대화라 했다. 남 성들이여! 거친 말투를 잠재우고 부드러운 대화를 하려고 노력 좀 해보 자구요.

사마천은 『사기』〈골계열전〉 첫머리에서 골계, 즉 유머의 역할에 대해 의미심장한 말을 남겼다. "세상의 도리는 많고도 많고, 문제 해결의 방법 도 천차만별이다. 그러나 말도 요령을 얻으면 세상의 다툼을 해결할 수 있다." 중남미 여성에게 "오빠라고 부르라"고 하면 배꼽 잡고 웃는다. 스페인어로 '바보 멍청이' 뜻이기 때문이다. 제대로 알고 써먹어야 한다.

■ 거절하는 요령

지혜로운 사람이 거절할 때 몇 가지 요령이 있다. 먼저 딱 잘라 거절하는 행위는 절대 피한다. 상대방의 말을 주의 깊게 들으며, 어떤 상황에서도 완전하게 거절하지 않는다. 마지막으로 겸손한 자세와 따뜻한 말 한마디로 상대방을 위로한다. 그렇게 하면 상대는 자신이 거절당했다는 것조차 깨닫지 못하게 될 것이다.

■ 사과하는 요령

사과는 자신이 잘못한 행동에 대한 회한의 표현이자 그 행동으로 틀어진 관계를 복구하는 것이다. 실수에 대해 사과하는 것이 힘들겠지만, 적절한 때와 장소에서 한다. 누가 "옳다"는 생각을 버린다. 상대방을 탓하지 말고 자신이 한 행동에 대한 사과를 한다. 자기의 행동을 정당화하지 마라. "하지만"이라는 단서는 절대로 달지 마라. 진정성 없는 사과로 보인다. 같은 실수를 반복하지 않겠다고 약속한다. 자신의 삶이 부족했음을 인정한다.

행동하기

자공이 군자에 관하여 여쭈어보자 공자는 "먼저 자신의 말을 스스로 실행하고 그다음에 다른 사람으로 하여금 자기를 따르게 하는 것이다(先行其言 而後從之)"고 말했다.

■ 착한 일을 행하시오

세상을 살다 보면, 가장 쉬운 일이 가장 어렵다. 일화 하나를 보자. 어느 날 당나라의 어느 마을 태수이자 시인인 백거이는 항저우에 사는 도림선사를 찾아갔다.

"이렇게 높은 나무 위에 사는 건 위험하니 내려와 사십시오."

"태수의 벼슬자리가 더 위험합니다."

"태수 자리는 가장 높은 관리의 자리인데 어찌 위험합니까?"

"그 자리는 자리다툼·음모·시기·질투·암투·근심·걱정·욕망으로 한시도 편안한 날이 없습니다. 그래서 위험합니다."

"제가 어떻게 하면 좋을까요?"

"좋은 일만 하고 나쁜 일은 행하지 마십시오."

"세 살짜리 아이도 아는 단순한 도리를 제게 말하는 겁니까?"

"그렇습니다. 세 살짜리 아이도 다 아는 도리지만 여든 살 노인도 실천하지 못하지요."

이 말에 그는 크게 회심하고 정중히 절을 하고 물러갔다.

공자는 『논어』 〈공치장〉에서 "그 말을 듣고도 행실까지 살핀다."고 했다. "나는 처음에는 사람들이 그렇게 하겠다고 말을 하면, 그가 곧 그 일을 하는 것으로 믿었다. 지금은 사람들의 말을 듣고 나서도 그가 그 일을 하는지 관찰하게 되었다. 나는 재여의 낮잠 사건이 있는 후로 나의 태도를 고치게 된 것이다."

나름대로 공부를 많이 하다 보니 지식이 쌓여 알고 있다는 것과 겉으로 행하는 것은 별개의 문제다. 머리로는 알았을지라도 실천이 따르지 않으면 아니 배움만 못하다. 사물의 이치는 일시에 이해할 수 있지만, 말과 행동은 반복된 훈련을 통해서만 몸에 밸 수 있다. 올바른 말 한마디를 그대로 행한다는 것, 아는 것을 그대로 행한다는 것은 그리 쉬운 일이 아니다.56 그래서 밥 먹듯이 마음공부와 독서를 하여 자기의 감정을 다스리고 예(禮)를 행하라는 것이다.

■ 실행하라

매튜 퀵의 소설 『용서해줘, 피콕』에는 이런 대목이 나온다. 세상만사가 마음에 안 드는 18살 불만투성이 주인공 레너드 피콕은 현대미술을 비웃는 경향이 있었다. 어느 날 실버 맨 선생님과 미술관에 가서 새하얀 캔버스 위에 가늘고 붉은 줄 하나를 세로로 찍 그어놓은 작품을 보았다.

그 그림을 보고 "이런 건 나도 하겠다"고 말했다.

선생님이 자신만만한 목소리로 말했다. "하지만, 안 했잖아." 피콕은 입을 다물었다. 희미한 붉은 줄 하나일 뿐이지만, 그걸 긋는 것과 긋지

못한 것 사이에는 엄청난 차이가 있다. 비난하기는 쉽지만, 선을 긋는 건 어렵다.[145]

『이자수어』〈역행편〉에서 퇴계는 말한다. "배우는 자가 성현의 말에 대해 행간의 의미를 생각하며 참되게 공부할 수 있다면 한마디 말도 넉넉한 도움이 되겠지만, 힘써 실천하지 않는다면 많이 보아도 아무런 도움이 없을 것이다."

"자녀들아, 우리가 말과 혀로만 사랑하지 말고 행함과 진실함으로 하자.(요한서 3:18)" "행동하라. 그러면 신은 내 편이 되어 줄 것이다.(잔다르크)" "행운(신)은 용감한 자의 편이다." 베르길리우스는 서사시 『아이네이스』에서 이를 로마의 성공비결로 보았다.

■ 덕행(德行)과 겸양(謙讓)

『소학』에서 말한다. 사람의 덕행은 겸손과 사양이 제일이다. 자신에 대한 내적 충만감을 먼저 가져야 진정한 겸손의 태도를 가질 수 있다. 마음이 충만한 사람은 겸손하게 물러나서 자신을 과장하지 않고도 만족할 수 있고, 이러한 자기만족은 다른 사람을 무시하거나 우월감을 느끼는 것과는 거리가 먼 것이다. 즉, 무시와 우월감은 다른 사람과 자신을 견주는 마음에서 나오는 것인데, 견주게 되면 충만감을 얻기 어렵고, 설사 얻는다고 해도 오래 갈 수 없다.

덕행을 이룬 현인은

높은 산의 눈처럼 멀리서도 빛나지만,

악덕을 일삼는 어리석은 자는

밤에 쏜 화살처럼 가까이에서도 보이지 않는다.

어리석은 자는 평생이 다하도록

현명한 사람과 함께 지내도

역시 현명한 사람의 진리는 깨닫지 못한다.[48]

■ 금강경(金剛經)에서 배우기

『금강경』 첫 대목에서 "식사 때가 되자 붓다는 가사를 입고 밥그릇을 들고 집집마다 다니며 동냥을 하려고 사위성으로 들어갔다. 그리고 성 안에서 차례로 남에게 음식을 빌어먹은 후 본래 머물러 있던 자리로 돌아와 음식을 먹었다. 그런 뒤에 가사와 밥그릇을 거두고 발을 씻고 제 자리로 돌아와 앉았다.

이 대목에 금강경의 핵심이 모두 담겨 있다고 한다. 붓다의 식사 풍경일 뿐인데 '이게 바로 평상심이다.'고 한다. '응당 머무는 바 없이 그 마음을 내라'고 했다. 마음을 쓰고 그때그때 툭툭 놓으라는 것이다. 마치 도화지에 그림 한 장을 그리고 나서 다시 새로운 백지 도화지에 그림을 그리듯이 어디에도 머물지 말고 얽매이지 말고, 소중하게 붙잡은 것을 놓아 버리고 본래의 그 마음을 내라는 것이다.

영원한 영적 진리를 보관하고 있는 『성경』에서 '유혹에 빠지지 않도록 깨어서 기도를 하라(마가복음 14:38)' '잠들지 말고 깨어 있으라'는 예수의 메시지도, '머물지 말라'는 붓다의 메시지도 우리에겐 길이다.138

금강경 마지막 대목에서 "생각이나 형체가 있는 모든 법은 마치 꿈과 같고, 허깨비, 물거품, 그림자와 같고, 이슬 같고 또한 번개와 같으니 마땅히 이와 같이 보아야 하느니라. … 부처님께서 말씀하신 바를 듣고 모두 몹시 기뻐하면서 믿고 받들어 행하더라."하고 끝을 낸다.15)

여기서 '일체유위법'이란 상대 세계의 상사법 일체를 말하는 것이다. 춘하추동, 음양의 조화, 있는 것(生) 없는 것(死), 중생을 제도하기 위해 사구계(四句偈)를 설명하는 것, 부처께서 49년간 설명하신 팔만대장경 모두 유위법이다. 이와 같이 유위법이란 궁극적으로 현상계의 모든 운행과 직결되는 것으로 무상함을 느끼게 한다.133

『법구경』에 "비록 경전을 많이 외워도 방일하여 바르게 행하지 않으면 남의 소를 세는 목동처럼 바른 진리를 얻기 어려우리라"라는 말이 있다. "많이 듣는 것으로써만 도를 사랑하면 도를 알기 어렵다. 뜻을 지켜 도를 받들면 그 도는 크게 이루어지리라." 여시아문만 하고 신수봉행을 하지 않으면 소용없다는 말씀이다. 진리를 듣기만 하고 암기하더라도 실천이 없으면 그 결과가 없는 것은 자명한 이치다. 진리를 바로 알기 위해서는 가르침을 일상생활에서 잘 실천하여 괴로움에서 해탈하는 것이다. 이 생

---

15) 一切有爲法 如夢幻泡影 如露亦如電 應作如是觀 … 聞佛所說 皆大歡喜 信受奉行

활철학이 불교의 본의다.

■ 소동파의 칭(稱)가 이야기

소동파는 젊은 시절에 자기보다 뛰어난 지성인은 없을 것이란 자만에 빠져 불교를 우습게 봤다. 형주 고을에 머물 때 옥천사로 승호선사를 찾아갔다. 선사가 "대관의 존함이 어떻게 되십니까?"하고 정중하게 물었다. 그러자 소동파는 "나는 칭(稱)가요."라고 대답했다. "칭가라니요." 선사가 반문했다. 소동파는 거만하게 대답했다. "천하의 선지식을 저울질하는 '칭가'란 말이요."

말이 떨어지자마자 승호선사는 "할(喝)!"하고 벽력같은 소리를 질렀다. "그렇다면 지금 이 소리는 몇 근이나 되지요"라고 되물었다. 소동파는 할 말을 잃었다. 아무리 생각해도 그 '할!'소리가 몇 근인지 알 수가 없었다.

여기서 딱 막혔다. 내가 어디서 와서 어디로 가는지 인생의 근본 문제를 모르고 있다는 사실을 알았다. 내가 누구인지 모른다면 내가 알고 있는 것이 꿈속에서 잠꼬대하는 일과 다르지 않다. 스스로 저울이라고 했으니 그랬던 것이다.

이 사건을 계기로 소동파는 불교에도 인물이 많다는 것을 깨달았다. 이후 남몰래 경전과 선어록을 공부했고 수시로 고승들과 친견하며 선

(禪)에 대한 안목을 길렀다. "기한(飢寒)에 발도심(發道心)이라." 고난이 있어야 겸손하고 진리에 대한 갈급함이 생기는 법이다. 역시 소동파는 뛰어난 재주에 비해 벼슬길은 순탄하지 못했다. 선문답을 비롯한 마음공부에선 진실하고 곧은 마음이 중요하다.

■ 심은자불우 -가도(779~843)

소나무 아래서 동자에게 물었더니
스승은 약초 캐러 갔다고 하네요.
이 산속에 있거늘
구름 깊어 그곳을 모른다네요.

〈尋隱子不遇〉 松下問童子 言師菜藥去 只在此山中 雲深不知處

화자는 산속에 사는 은자를 찾아갔으나, 만나지 못하고 동자와 몇 마디 대화를 나눈다. "선생님 계신가?" "약초 캐러 가셨어요." "어디로 가셨는가?" "이 산속에 계실 거예요." "어느 골짜기로 가면 뵐 수 있을까?" "구름이 깊어서 어디 계신지는 모르겠는데요."

화자는 은자를 찾아갔으나 만나지 못했다. 만나지 못한 것일 수도 있고, 만나주지 않은 것일 수도 있다. 은자는 만나기 힘들다. 만나기 힘드니까 은자고 그런 은자니까 찾아가는 것이다.

동자는 은자가 자기 대신 내놓은 작은 은자다. 공손히 대답하고 있는 듯하지만, 그리 친절해 보이지 않는다. 멀리서 찾아왔지만 뜻을 이루지 못하고 돌아가게 될 손님에 대한 안타까움 따위는 없다. 무심히 자기가할 말만하고 돌아서서 제 일을 한다.

화자는 은자를 만날 수 있을 거라는 기대를 애초에 하지 않을 수도 있다. 만나기 힘든 걸 알고 찾아갔다. 아직 한 번도 만나지 못했을 수도 있다. 은자를 찾아가는 화자는 오며가며 스스로 해답을 얻었을 수도 있다. 그게 은자의 역할이니까.

옛글을 탐함은 찾아가는 길과 같다. 내가 직면한 현재 상황에 꼭 맞는 해답을 알려주지 않는다. 내가 누구인지 궁금해 하지도 않고 그저 자기 일만 한다. 증상을 묻고 거기에 맞는 약을 처방해 주지 않고 여기저기에 좋은 보약 같은 이야기만 들려준다.

옛글을 탐함은 구름 깊은 산속에서 약을 캐는 것과 같다. 무엇이 약이고 무엇이 독인지 알지 못하고 함부로 캐 먹으면 예상치 않은 불행을 겪을 수도 있다. 무엇이 약인지 알았더라도 어디에 가야 있는지 알지 못한다면 이리저리 찾아다니는 노력이 헛수고가 될 수도 있다.

예로, 새벽에 좋은 고기 사러 어물공판장에 가는 경우를 생각해보면 깨달을 수 있다. 때를 맞춰가야 한다. 운도 있어야 한다. 어디에 있는지 알았어도 때를 맞추지 못하면, 이미 팔려 좋은 고기를 보지 못할 수도 있다.

무엇이 약이 되는지, 어디에 가면, 언제 가면, 좋은 답을 들을 수 있는지, 좋은 놈을 만날 수 있는지 현자가 안내해 줄 것이다. 은자는 모습을 드러내지 않는다. 동자는 제 할 일만 한다. 은자를 찾아온 화자는 스스로 해답을 얻어야하는 것이다.78·69

이 시를 인문학적 관점에서 보면, 한 폭의 수묵화와 같고 제목에 보이듯 구도적(求道的)이다. 불교에서 소를 찾아 길들이는 것처럼(十牛圖) 약은 마음을 다스리는 도(道)다. 구름은 덧없는 인생, 아니면 혜안을 가리는 티끌 같은 것이다. 돈·명예 같은 부질없는 것들이 늘 진실을 보지 못하게 가린다. 자연산수(自然山水)와 부귀영화(富貴榮華)가 함께 어울리면 더없이 즐거울 텐데 말이다.

첫 구절은 아이에게 묻는 내용이고, 나머지 삼구는 모두 아이의 대답이다. 묻고 답하는 형식을 취해 은거자를 만나지 못하는 조급함을 잘 표현했다. 이 시에서 흰 구름은 고결함을, 푸른 소나무는 기개를, 은거자를 만나지 못함은 흠모의 정을 은유한다.

시는 쉽고 평범하나 모호한 시다. 희망을 가득 안고 찾아왔는데, 한순간 실망했다가 한 줄기의 희망이 싹튼다. 화자는 은자와 아는 사이일까? 만남을 기대했을까? 은자는 동자를 내세웠는데, 왜 직접 왔을까? 은자는 화자가 올 줄 알고 자리를 피했을까? 이 시에는 많은 지혜가 담겨 있다. 함께 음미하면서 토론 한번 해보았으면 좋겠다.

제7장.
역사에서 배워야 할
마음공부

우리나라 정치는 4류,
관료와 행정조직은 3류,
기업은 2류다.

선공후사 先公後私

앞의 말은 고 이건희 삼성그룹 회장이 1995년 베이징 특파원들과 간담회에서 경제계의 어른으로서 용기를 내어 현실의 답답한 상황을 피력한 것이다.206

한 국가와 국민의 운명을 좌지우지하는 중대한 영향력을 행사하는 위정자 등 사회지도층 인사는 쉼 없는 마음공부와 독서로 자기의 감정을 다스리고 예로 돌아가(克己復禮) 바른 마음·바른 생각·바른 말·바른 행동을 해야 한다. 그래야 국민이 따르며 잘살아가고 국가는 번영한다.

그럼에도 이와 반대로 행세하다 보니 매년 언론 보도에 의하면, 가장 신뢰받지 못한 곳이 항상 사회지도층 인사가 모여 있는 정치 분야, 위정자, 고위 관료 및 강성 노동조합이다.

세계의 수많은 권력자를 인터뷰한 이탈리아 기자 겸 작가 오리아나 팔라치는 권력자들의 속성에 대해 이렇게 말했다.

"그들은 대체로 교양도, 지식도, 철학도, 세계관도, 인내심도, 가정교육도, 감성도, 지성도, 윤리관도 일반인보다 낫지 않다. 그들의 공통점은 단지 거대한 탐욕과 이를 실현하기 위한 끝없는 잔인함을 가지고 있다

는 것이다." 언론은 이 탐욕과 잔인함을 견제할 의무가 있다.158

　예나 지금이나 대부분 그들은 옳고 그름을 몰라서 못 한 것이 아니라 알면서도 안 한다. 그들만의 정권 유지와 탐욕과 특권의식 때문에 주특기인 당쟁·당파싸움에 이전투구(泥田鬪狗)한다. 국민의 삶은 안 중에 없고 꼴사나운 언행을 일삼는다. 수치스러움도 모르는 뻔뻔함으로 위선의 극치를 달린다.

　공직을 소신껏 성실히 수행하는 자는 소수에 불과하다. 항상 특혜를 일삼으려는 상위지도층 5%가 문제다. 배움이 부족할수록 갑질을 더 좋아한다. 그들만의 리그를 하고, 권력과 지위를 이용해 제 잇속만 챙긴다. 거짓말을 밥 먹듯이 하고, 잘못해도 인정하지 않는다. 증거나 대안도 없이 교묘하게 꾸며대며 오직 입으로만 외친다. 법을 위반하고 잘못된 일을 저질러 놓고도 진실을 호도하고, 정치화하여 희석하고, 미꾸라지처럼 법망을 피해 가거나 지키지도 않고 책임도 지지 않는다.
　그러고서 95%의 국민에게는 법을 지키라고 한다. 권력을 거머쥔 사회지도층의 윤리적 타락을 일컫는 '밧세바 신드롬'을 밥 먹듯이 한다. 적반하장(賊反荷杖)도 유분수(有分數)다.

　"마음을 올바로 써야 한다."는 역사의 교훈을 무시한 사회가 제대로 굴러가겠는가? 기회주의자의 한탕주의를 양산하고, 부정부패가 판을 치고, 질서가 무너져 국가기능이 마비될 수 있다. 리더부터 우리 모두 대오각성해야 한다.

조선 초반까지 일본보다 앞서갔지만, 주변 정세에 관심 없이 우물 안 개구리처럼 살다가 임진왜란 등 두 세기 이상 끌어온 전쟁과 당쟁·당파 싸움으로 가문의 생존이 나라나 백성보다 더 중요해졌다. 세금 등으로 가문의 곳간이 텅 비다 보니 장자상속제도도 이때 만들어졌다.[199] 다산 의 말대로 조선은 병들지 않은 곳이 없었다.

조선의 몰락을 앞당긴 '삼정(전정·군정·환정)의 문란'은 크게 두 가지 요 인에서 비롯됐다. 가문의 이익이 우선이었던 탐관오리(사람)와 이들이 마음대로 잘못을 저지를 수 있도록 가능케 한 지방통치제도(시스템)이다.

우리는 그들의 감언이설(甘言利說)에 현혹당하지 말고 우리의 삶을 스 스로 책임져야 한다. 그러니 한탄만 하지 말고 마음을 나쁘게 쓰는 그들 을 가려내야 한다. 잘 속아주니 속이는 것이다. 그들을 바른길로 안내하 려면 4~5년마다 주어진 한 표를 잘 행사해야 한다. 한 국가의 정치 수 준은 그 나라 국민 수준을 나타내는 척도라고 했다. 잘못하면 도로아미 타불! 후진국으로 추락할 수 있다. 정말로 정신 차려야 한다.

■ 대한민국의 IMF 사태

이 기사는 1997년 말 외환위기로 대한민국이 부도가 나 IMF(국제통화 기금)에 구제 금융을 신청하고 보름이 지나 1998년 1월 8일 중앙일보와 한국재정학회가 공동으로 기획한 '긴급 진단 10대 한국병'이라는 글이 다.[200]

긴급진단 10대 韓國病 ①
중앙일보·한국재정학회 공동기획

덩치만 키운 기업 '자금추위'에 약해

勞使 관절염 중증 - 대외 경쟁력 뒤져

'검은돈' 많이 먹은 정치는 혈관성 치매

정부 식탐많아 비만 국가 위기대처 둔감

〈대표집필〉
이계식 〈한국재정학회회장·KDI선임연구위원〉
정도언 〈서울대 의대교수〉
배준호 〈한신대 경제학과교수〉

IMF응급실서 본 실상

한국이 국제통화기금(IMF)에 구제금융을 신청한지 한달 보름 남짓 지났다. 그동안 한국은 바닥난 달러를 긴급수혈받으며 IMF 응급실에 실려 응급처치를 받고 있다. 언제 중환자실로 옮겨질지 모르는 처지다. 경제협력개발기구(OECD)에 가입하며 선진국 진입을 자처하던 것이 언제였던가, 어째서 이지경이 됐을까. 연초부터 실업과 물가등 고통의 바람이 본격적으로 밀어닥치면서 많은 사람들이 던지고 있는 질문이다. 본지는 한국재정학회와 공동으로 빈사상태에 빠진 한국의 문제점을 진단하고 처방을 모색하는 시리즈를 마련했다. 두차례 전체 토론과 원고작성과정을 거쳐 나온 진단결과는 한국이 비단 경제뿐만 아니라 정치·행정·사법·교육·과학기술등 국가 전반에 걸쳐 중증의 질환들을 앓고 있는 것으로 나타났다. 건강한 나라로 거듭나기 위해 반드시 수술해야 할 '10대 한국병(病)'의 실태와 치료법을 12회로 나눠 소개한다. 편집자

低수준의 과학기술

과학·기술은 국가 경영의 미래와 같다. 일개 벤처기업이 엄청난 부가가치를 창출해 국제시장에서 과학기술은 국가의 흥망을 좌우하는 중요한 요인이다. 우리나라의 취약한 과학기술 수준은 그동안의 지속적 투자 부족으로 인해 마치 빈혈환자와 같다. 단기기술을 외국에서 막대한 돈을 주고 빌려와 수혈하기에 급급하다.

공급자중심 사법제

우리나라에서 법적 혜택을 제대로 받기는 매우 어렵다. 이는 소비자 중심의 사법제도가 아니라 공급자 중심의 사법제도가 완고하게 버티고 있기 때문이다. 사법의 뒷받침은 검찰·사회·문화·정치 활동에서 모두 중요하다. 그러나 지나치게 공급자 중심으로 움직이고 있는 사법제도는 국민 각자가 자신의 권익을 제대로 제때에 보장받기 어렵다. 신체로 비유하면 세균의 침입으로부터 신체를 보호할 수 있는 면역기능을 보장받지 못하고 있는 것이다.

방만한 기업경영

남의 돈 많이 빌려 덩어리를 키움수록 부도가 나 기업이 쓰러질 위험성은 줄어들 것이라는 계산이 그동안 국내 기업경영의 '노하우'였을지 모른다. 그러다 보니 겨울 한파속에 하의는 얇은 반바지 차림이고 상의는 최고급 모피로 만든 재킷을 무리하게 구입해 걸친 꼴로 피부보호나 체열관리에 전혀 도움이 안되는 옷차림이다. 경영이 부진한 계열기업들을 과감히 버리지 못하니 마치 만성 변비증 환자와 같이 복통에 시달리지 않을 수 없다.

경직적 노사관계

경직적 노사관계는 관절염에 걸려 경직되고 움직이기 힘든 관절과 같다. 무릎에 관절염이 있으면 보행이 자유롭지 못하니 좋아오는 경쟁자들을 물리치기 힘들다. 체중을 과감히 줄여 관절의 부담을 덜어 주어야 하나 경직적 노사관계는 단기적 이익만을 노려 감량을 거절한다. 체중을 줄여 관절에 대한 부담을 줄이는 것이 바람직하나 값비싼 신발만 찾는 식의 어리석음을 범하고 있다. 무력증에 빠진 기업은 생산이나 연구시설에 투자하기보다 부동산 투기, 고가 외제품 수입판매등 손쉬운 방법에 매달린다.

낭비적 정부·재정

우리의 정부조직은 식탐으로 인해 비만증에 걸린 환자와 같다. 당장 맛있는 음식만 골라 편식을 하다 보니 영양섭취의 균형이 깨지면서 결국 사회간접자본과 같은 중요분야에 투자할 여력이 부족하다. 맛있는 음식에만 길들여지다 보니 구린내나 썩는 냄새에는 둔감해져 외환부족과 같은 국가위기에 대처하는 능력이 부족하게 됐다. 비만증은 동맥경화를 불러일으켜 행정의 효율성을 저해하고 비만증으로 인한 운동부족은 방어기능을 약화시킨다. 그 결과 범죄·밀수·음주교통사고 등 반체제적 문제들에 대한 대처능력이 감소됐으며 납치·인신매매·불법감금 및 노역등 인권침해 사례들에 관한 근본적 대처도 극히 미약한 상태에 있다.

우리 국민이 피와 땀과 노력으로 세금을 내가면서 위정자와 고위 관료에게 국가를 잘 관리하라고 맡겨놓았더니 24년 전에 국가를 부도냈다. 이에 책임지는 사람이 없음에도 세계역사상 유례없는 "금 모으기 운동"으로 국가를 되살려놓았다.

그런데 지금도 그들은 양심의 가책도 없고 마음을 올바로 쓰지 않는다. 예나 지금이나 변한 것이 없다. 오히려 규제는 늘어나고, 갈등은 심해지고, 당쟁·당파싸움은 치열해졌다. 마음공부로 극기복례하는 진정한

지도자가 나오기를 학수고대(鶴首苦待)한다.

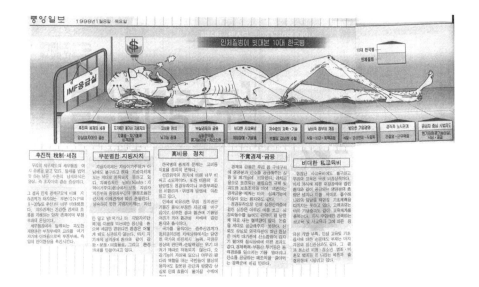

명나라 때 비판 정신이 투철했던 사상가 이탁오는 "입으로는 도덕을 이야기하지만, 마음은 높은 관직을 바라고 뜻은 부자에 두었다. 유학자들은 고상한 옷을 입었으나 행동은 개, 돼지와 같다."며 위정자들의 위선을 비판했다.

고양이는 말한다. "귀가 막히고 코가 막힐 노릇이다. 국민이 고통 받고 세금 내가면서 오히려 국가를 걱정하게 하고, 이런 잘못된 환경을 만들어 놓고서 기업과 국민의 노력으로 수출이 늘어나고 경제가 발전하면 자기들이 정치 잘해서 그렇다고 홍보하고 자기들의 치적으로 삼는다. 철면피도 이런 철면피가 없다. 소가 웃을 일이다."

삼부요인(三府要人)과 위정자 및 고위 관료는 당쟁·당파싸움 그만하고, 세계에서 가장 우수한 1등 국민을 잘살게 하고, 국가 융성을 위해 류성룡과 이순신 같은 멸사봉공의 자세로 어떻게 국가를 운영해 나갈지 대타협해 주기 바란다.

팁을 말하면, 1992년 미국 대선 때 클린턴을 대통령으로 만든 슬로건은 "문제는 경제야, 이 바보야!(It's economy, stupid)"였고, 2008년 오바마를 대통령으로 만든 건 "변화!(Change)"였다.

■ 외국인이 바라본 한국, 한국인

1939년 10월 5일, 중국 국민당의 「한국 보고서」에 의하면, 남북통일 실패의 원인을 몇 가지로 분석했는데, "한국인의 민족성 자체가 단결 정신이 부족하다. 민족혁명을 영도할 영수가 존재하지 않는다. 중심사상이 결핍되어있다. 각 당파 간에 서로 헐뜯고 극심한 시기·질투·견제 현상이 난무한다. 한국 민족은 개성이 워낙 강한 데다 자존심이 세며 자기중심적인 경향이 강하다. 젊은이들은 나이 든 사람들이 무능하다고 비웃으며, 나이 든 사람은 청년들이 유치하고 무지하다고 손가락질하기 일쑤다. 사람마다 품고 있는 마음이 다르고, 타인의 말을 들으려는 정신이 부족해 의견이 엇갈리고 당파가 난립했다. 서로 기득권을 지키는 데만 급급해 통일을 이루는 것은 지극히 어려워 보인다."[201]

『대한제국 멸망사』를 쓴 호머 헐버트는 "조선은 일본이라는 외부 요인보다는 자체 모순 때문에 멸망의 길로 들어섰다. 관찰사 직을 5만 달러에 거래하는 매관매직과 이후 본전을 뽑기 위한 수탈 때문에 민심이 조

선왕조에 등 돌린 것을 망국의 근원"으로 파악했다.147

『한국은 하나의 철학이다』에서 오구라 기조 교토대 교수는 말한다. "일본인은 칼로 싸우고 한국인은 혀로 싸운다. 말싸움에 지면 권력과 부를 모두 잃을 수 있으므로 한국인의 논쟁은 격렬하기 그지없다."

『소용돌이의 한국 정치』에서 그레고리 헨더슨은 말한다. "한국은 중심을 향해 쏠리는 소용돌이 국가다. 정작 그 중심은 텅 비어있다. 이것이 한국 정치의 본색이다. 통치 권력의 수단으로 창당하여 이합 집산하는 당파성과 개인 중심의 기회주의 형태라 합리적인 타협을 이루기 어렵다."

『한국, 한국인』에서 마이클 브린은 말한다. "한국 민주주의에서 법보다 중요한 건 국민의 분노다."

『조선, 1984년 여름』에서 헤세-바르텍은 말한다. "조선인의 내면에 훌륭한 본성이 들어있다. 현명한 정부가 있다면 깜짝 놀랄만한 성취를 이룰 것이다."

한국에서 26년 동안 살다가 IMF를 맞은 일본인 이케하라 마모루가 1999년에 쓴 『맞아 죽을 각오를 하고 쓴 한국, 한국인 비판』에서 '경제는 1만 달러인데 의식은 1백 달러라고 비판하고, 망나니로 키우는 가정 교육을 비판하고, 교통 신호를 위반해놓고 걸리면 재수 없어 걸렸다고 하는 선천성 질서 의식 결핍증을 비판했다.38

이 충정어린 외국인의 글들을 읽고 답답하고 분하겠지만 부끄러워해야 한다. 바로 본 우리의 모습이니 진심으로 감사해야 하고 보약으로 삼아야 한다.

■ 죽은 선비의 사회

"선비란 하늘이 내린 지위이므로 천자라 할지라도 그의 몸은 죽일 수 있지만, 그의 뜻만은 빼앗을 수 없다." 한 말의 꼿꼿했던 선비 유중교의 말이다. 선비정신이 방부제 역할을 해준 덕분에 조선왕조는 그럭저럭 500여 년을 유지할 수 있었다.

학문과 인격을 함께 갖춘, 창조적 소수들이 바로 진정한 선비들이다. 임금이 어리석음과 탐욕의 길로 들어설 때 목숨을 걸고 충간하던 그들이 있었기에 사직을 지탱해 나갈 수 있었다. 선비에겐 언제나 명예와 죽음이 함께 붙여 다녔다. 그래서 선비를 나라의 원기(元氣)라고 했다.

인간으로서 지켜야 할 도리, 나라의 만년대계, 백성들의 행복한 삶은 선비들이 지켜야 할 큰 의리이자 추구해야 할 이상이었다. 기회가 주어지면 세상에 도움 될 만한 일을 행하고, 물러나서는 후세에 모범이 될 만한 말이나 행동을 남기는 것이 그들의 임무였기 때문이다.

예나 지금이나 가짜 선비들은 모래알처럼 많고, 실제로 그들이 국가의 일을 좌우한다. 알량한 몇 날의 지식과 위장된 충성심으로 권력자에 기생하여 사리사욕을 채우는 자들, 그들은 어리석은 군주의 눈과 귀를 막고 국정을 제멋대로 휘저으면서도 그럴듯한 명분으로 위장하는 데 능숙하다. 반성할 줄 아는 것은 선비의 도리요, 사회의 계층들을 조화시키는 것은 선비의 임무다.

그러나 지금은 이념이나 대의를 버리고 모두들 제 잇속 챙기기에 혈안이 되어 있는 시대다. 목에 칼이 들어와도 할 말을 하는 선비의 모습은 역사책에서나 찾을 수 있을 뿐이다. 가뭄 속에서 하릴없이 하늘만 쳐다보듯 '죽은 선비의 사회'에 사는 민초들은 이 시대의 진정한 선비들이 나타나기만을 속수무책으로 기다릴 수밖에 없는가?[165]

■ 류성룡의 징비록과 이순신의 난중일기

문신 류성룡(1542~1607)과 무신 이순신(1545~1598)은 사익보다 공익을 우선하였고, 주변의 비난과 질책에도 흔들림 없이 고귀한 신념을 지켜나갔기 때문에 시대를 초월하여 존경과 사랑을 받는다.

『징비록』은 지난 일의 잘못을 징계하니 뒤에 환난이 없도록 조심하기 위해 썼다. 역사의 교훈을 망각하면 수모의 역사는 되풀이될 수밖에 없다. 임진왜란, 정묘호란, 병자호란, 일제강점기라는 뼈아픈 역사는 왜 반복해서 일어났는지 그 질문에 답을 하려면 읽어봐야 한다.

우리가 얻어야 할 교훈으로 ① 한 사람이 정세를 잘못 판단하면 천하의 큰일을 그르칠 수 있다. ② 나라의 최고 지도자가 국방을 다룰 줄 모르면 나라를 적에게 넘겨주는 것과 같다. ③전쟁 같은 큰일이 닥쳤을 때 반드시 나라를 도와줄 만한 후원국이 있어야 한다고 했다.[118]

『난중일기』는 임진왜란(1592~1598) 때에 진중에서 쓴 친필일기이다. 무능한 선조와 당시 조정은 여전히 주변 정세에 관심도 없고 주특기인 당파싸움만 했다. 한산도대첩에서 승리한 이순신을 모함으로 하옥하고, 원균을 수군통제사로 임명했다. 원균이 지휘하는 조선 수군은 1597년 7월 15일, 칠천량 해전에서 4,000명이 전멸하고, 160척의 배를 잃었다. 남은 장병은 120명이었고, 배는 12척이었다.(『정유일기』이순신, 1597.7.18.)

이 소식을 들은 선조는 옥살이하던 이순신을 출옥시켜 백의종군하게 하였다가 1593년 9월 12일, 수군통제사로 임명했다. …이후 선조는 12척을 가지고 해전을 할 수 없다는 생각에 수군을 없애고 모두 육군에 가담해서 싸우라는 밀지를 보냈다.

이에 이순신은 비참한 상황에서도 선조에게 비장한 장계를 보낸다. "임진년부터 오륙 년간 적들이 전라도와 충청도를 바로 들어오지 못한 것은 우리 수군이 바닷길을 막고 있었기 때문이옵니다. '지금 신에게는 아직 12척의 배가 남아 있습니다(今臣戰船 尙有十二). 죽기를 각오하고 싸움에 임한다면 오히려 지켜낼 수 있습니다.' 지금 만약 수군을 완전히 없애버리면 적들이 다행하게 여길 이유가 될 것이며, 적국들이 전라도와 충청도를 거쳐 한양에 다다를 것입니다. 이것이 바로 신이 두려워하는 바이옵니다. 전선의 수가 비록 적지만 신이 죽지 않는 한 적들이 우리를 감히 업신여기지는 못할 것 이옵니다.(『이충무공전서』)"

이순신은 1597년 10월 26일(음력 9월 16일), 울돌목에서의 명량대첩을 하루 앞두고 병사들에게 말했다. 병법에 이르기를 "죽고자 하면 살 것이요, 살고자 하면 죽을 것이다(必死則生 必生則死). 한 사람이 길목을 지키면 천 명도 두렵게 할 수 있다. 오늘의 우리를 두고 이른 말이다. 그대들 뭇 장수들은 살려는 마음을 가지지 말라. 조금이라도 군령을 어긴다면 즉각 군법으로 다스리리라! 승리하기 위해 잘 훈련된 군대라야 싸움에서 승리할 수 있다. 그것은 병사의 숫자에 달려있는 것이 아니다.(『정유일기』 이순신, 1597.9.15.)" 마침내 13척의 배로 왜 수군 333척을 침몰시키고 대승리를 했다. 너무나 기적 같아 말이나 글로 형용할 수가 없다. 세계해전의 모범사례가 되었다.

이순신은 어떤 위기에서도 두려워하지 않고 담대했다. 감옥에서 선조가 극형에 처하라고 하자, 장군은 "죽으면 죽는 것"이라고 했다. 운명에 대해 달관했다. 원균이 원망하고 증오해도 "운명이다."고 얘기할 정도로 대범했다. 그런 굳은 심지가 있었기에 전쟁에 이길 수 있었다. 그는 사소한 전투를 치르지 않았다. 일망타진을 목표로 전쟁했다. 불리하면 싸우지 않았다. 이길 수 있다는 확신이 있을 때만 출정했다.[203] 언제나 이순신 같은 사람이 나타나려나?

한편, 선조는 전쟁이 끝나고 1604년 7월에 공신명단을 발표했는데, 최고 수훈갑에 해당하는 호성공신은 싸움한번 해보지 않고 의주까지 도망치는 선조의 시중을 든 내시를 포함한 문신 86명, 이순신·의병장 등 전쟁에 참여한 선무공신 18명, 이몽학의 난 진압자 5명이었다. 기가 막혀 할 말을 잃었다.[111]

앞에서 보았듯이 로마시대부터 유럽의 왕과 귀족들은 전쟁이 나면 도덕적 의무를 다하고자 전쟁에 참여해 목숨을 바쳤으나, 우리의 왕과 위

정자들은 전쟁이 나면 백성을 버리고 저들만 살겠다고 도망쳤다.[16]

세상에, 이럴 수가! 위정자들의 뻔뻔스런 모습에 경악하지 않을 수 없다. 그럼에도 힘없는 우리 국민은 무능한 지배층의 잘못을 언제나 용서해 주었다. 이제부터 우리의 권리를 행사해야 한다.

■ 무능한 위정자와 관료가 국민을 죽이고, 국가를 망하게 한다

1590년 도요토미 히데요시는 일본을 통일하고, 선조에게 명나라를 정벌해야겠으니 길을 내달라는 서신을 보냈다. 당시 조정은 당쟁싸움으로 두 파가 있다 보니 안배하여 통신사를 보냈다. 정사인 황윤길은 서인이고, 부사인 김성일은 동인이었다. 황윤길은 조총 두 자루를 가져와 조선을 침략한다고 보고했고, 김성일은 그런 기미가 보이지 않는다고 보고했다. 비록 안에서는 싸우더라도 국익을 도모하는 데 의견일치를 보는 게 정치인의 도리다.

그러나 조정에서는 동인이 우세한 탓에 김성일의 주장을 받아들이고 침략을 대비해 쌓던 성들도 공사를 중단했다. 당시 선조와 조선 정부가 얼마나 무능했는지 알 수 있다. 이런 사례는 이후에도 수없이 반복되었다. 현재도 그렇다.

---

16) 고려 현종은 거란 침입 때 나주 피신, 고려 고종은 몽골 침입 때 강화도 피신, 조선 인조는 병자호란 때 남한산성 피신, 조선 선조는 임진왜란 때 의주 피신, 고종은 을사늑약 때 러시아공사관 피신, 순종은 한일합병조약 비준, 이승만은 6·25전쟁 때 한강 인도교 끊고 부산 피신.

서애 류성룡이 쓴 『징비록』을 보면, 1592년 임진년 4월 초하루에 류성룡과 신립 장군이 나눈 대화가 나온다.

류 "가까운 시일 내에 큰 변이 일어날 것 같소. 적을 막아낼 자신이 있소?"

신 "그까짓 것 걱정할 필요 없소이다."

류 "그렇지 않소. 과거에 왜군이 칼과 창 같은 무기만 가지고 있었지만, 지금은 조총을 갖고 있소."

신 "아, 그 조총이란 것이 쏠 때마다 맞는답디까?"

이 대화가 있고 나서 채 보름도 안 돼 임진왜란이 터졌다.

신립은 천혜의 요새인 조령을 마다하고 군대를 뒤로 물려 탄금대도 아닌 그 앞을 흐르는 두 강물 사이의 너른 벌판에 배수진을 쳤다. 이곳은 좌우에 논이 많고 물과 풀이 서로 얽혀 말과 사람이 움직이기에도 어려웠다.

신립은 자기의 장기를 살려 기병전을 펼치려고 했을 것이나, 되레 좌우에서 조총을 발사하며 달려드는 왜군에 협공을 당하자 강물로 말을 몰고 들어가 스스로 최후를 맞았다.

아니, 애당초부터 유효사거리 30보인 조선의 화살과 유효사거리 100보인 일본의 조총은 싸움거리조차 되지 않았다. 우물 안에서 당파싸움하느라 세계정세가 어떻게 돌아가는지 관심 없다 보니 이 지경에 이르게 된 것이다.

원군을 이끌고 왜군을 쫓아 역방향으로 조령을 넘던 명나라 장수 이여송은 "이런 천혜의 요새지를 두고도 지킬 줄 몰랐으니 신립도 참으로 부족한 사람이구려." 하면서 탄식했다.

왜 같은 배수진을 쳤는데, 한신은 강한 조나라를 이기고, 신립은 조선의 관군을 전멸시켰는가? 신립은 지변(知變)을 몰랐고, 한신은 그것을 알았다. 한신은 뻗을 자리를 보고 뻗었고, 신립은 남이 뻗는 대로 뻗었다. 호리(毫釐)의 차이가 천리의 어긋남을 빚는다. 신립 장군은 기본원리나 정신을 본받지 아니하고 형식과 껍데기만을 본받다가 스스로 망치고 국민을 사지로 몰고 망국의 길로 보냈다.52·204

왜 이런 일들이 반복될까? 고위관료들이 진짜공무원처럼 전문적인 능력이 있어 등용된 경우가 드물고 혈연·학연·지연 및 정치성향에 따라 어쩌다 등용되다 보니 전문성이 부족할 뿐만 아니라 상관만 바라보는 예스맨이 되어 그들끼리 국가정책을 좌지우지하다보니 그런 것이다. 불신할 수밖에 없는 위정자들의 행태는 더욱 더 말할 것도 없다. 정말로 정신 차리고 국민과 국가를 위해 선공후사(先公後私)하는 공인의 길을 걸어야 한다.

고양이는 말한다. "파렴치한 위정자들이여! 하는 꼴을 보면 짐승보다 못 하네요. 어린 시절에 참 마음씨를 곱게 썼던 초롱초롱한 눈빛의 그 아이는 그 자리에 가고 나서 어디로 갔나요?"

■ 일본의 메이지유신 탄생 비화

1868년 4월, 혁명군을 이끌고 250년간 지속된 막부 정권의 본거지인 에도성을 공격하려는 사이고 다카모리와 막부의 편에서 에도성 방어를 책임지는 가쓰 가이슈는 담판했다.

서로 적대관계였다. 공격과 수비, 대부분 역사에서 이런 관계로 만나면 서로 처참한 살육을 할 수밖에 없고 그 결과로 원한이 남아 반복된 복수를 한다. 그러나 두 사람은 먼저 국가와 국민을 생각하여 서로 타협했다.

가쓰는 전쟁 없이 에도성을 사이고에게 넘겨주었고, 사이고는 마지막 쇼군인 도쿠가와 요시노부를 비롯한 막부의 지도층들을 죽이지 않고 품위를 지킬 수 있도록 안전 보장을 해줬다.

이전인 1864년에 사이고가 가쓰를 처음 만나본 후, "가쓰는 학문에 있어서나 세상을 보는 눈에 있어서는 아무도 필적할 사람이 없다. 나는 가쓰에게 완전히 매료되었다."고 했다. 가쓰는 사이고에 대해 "사이고를 만났을 때 나는 내 견해와 논리가 월등하다고 확신했다. 그러나 나도 모르게 사이고야말로 이 나라를 두 어깨에 짊어져야 할 인물이라는 생각이 들었다."고 평가했다.

이 두 사람은 비록 진영을 달리했지만, 서로에게 이미 반해 있었다. 이 두 사람의 존경과 신뢰가 전쟁 없이 타협으로 끝낼 수 있었다. 혁명을 성공한 후 사이고는 정부 요직에 가쓰를 추천했다. 사이고가 반란군의 수괴로 죽은 뒤에도 가쓰는 그의 추모비를 세우고 가족들을 끝까지 챙겨주는 의리를 지켰다. 참으로 위대한 두 사람의 타협이 지금의 일본을 있게 한 토대를 마련한 것이다.[41·112]

나는 세계역사상 유례없는 이 타협 장면을 최고의 명장면으로 꼽는다. 국민과 국가를 위해 내전을 치르지 않고 타협하여 정권을 이양하는 장면을 마주한 순간의 전율을 잊을 수 없다. 이 타협이 세상 물정 모르는 우물 안의 개구리인 조선과 대한민국의 근·현대사에 가장 많은 영향을 미쳤다.

송하촌숙

■ 중국의 등소평 이야기

우리 위정자들이 벤치마킹할 좋은 사례가 있다. 중국의 개혁개방정책을 이끌었던 등소평(1904~1997)은 "마오쩌뚱은 7가지를 잘하고, 3가지를 잘못했다(功過七三). 마오쩌뚱은 당과 국가 및 민족, 인민의 위대한 지도교수 및 영수로서, 그의 공적은 그의 과오에 비교할 수 없을 정도로 크며, 그의 공적은 주된 것이고, 과오는 부수적인 것이다." 이렇게 국시(國是)를 내리고 모두 따르도록 했다.

권력의 속성을 누구보다 잘 알고 있던 그는 마오쩌둥의 문화대혁명과 같은 오욕의 역사를 되풀이하지 않고, 권력에서 물러나 젊은 지도자를 키웠다. 그는 마음공부와 독서로 과거를 통해 배우고 미래를 내다본 것이다.

똑같은 상황이라면, 우리 위정자들은 어땠을까? 그들의 주특기인 당쟁·당파싸움만 하고, 대역죄인 수양대군과 간신 한명회와 그의 모리배·양아치들이 합세하여 끼리끼리의 탐욕을 위해 단종을 죽인 것처럼[139] 나쁜 마음을 써서 공은 없고 과만 있어 본받을 건 하나도 없다면서 정권을 유지하거나 빼앗기 위해 좋은 재료로 이용하여 온통 나쁜 사람으로 만들었을 것이다.

위정자들은 공익(公益)을 위해 마음을 바로 쓰고 협치를 해야 한다. 잘 알지도 못하면서 사익(私益)을 위해 자기의 기준이나 생각에 맞추도록 타인의 생각을 억지로 바꾸려고 하거나 타인에게 피해를 주면서 자신의 주장을 굽히지 않는 횡포·아집·독단을 저지르는 프로크루스테스의 침대가 되어서는 안 된다.

■ 독일 메르켈 총리를 본받아라

메르켈 총리는 18년간 헌신과 성실로 유럽 최대 경제 대국 독일 연방 정부를 이끌고 있다. 2021년 9월 16일, 퇴임 전에 인터뷰했다. 본받아야 할 교훈이 너무나 많다.

그녀는 통치하는 동안 법치의 위반과 비리가 없었고 어떤 친척도 임명하지 않았으며, 영광스러운 지도자인 척도 하지 않았고 자신보다 앞섰던 정치인들과 싸우지도 않았고, 독일과 독일 국민은 더욱 성숙해졌다.

이 모든 일이 자발적으로 일어났다. 그녀가 동독 출신이라는 사실을 알면서도 하나로 뭉쳤고, 화려한 패션이나 돈의 유혹에도 넘어가지 않았으며 다른 나라의 지도자처럼 부동산, 자동차, 요트, 개인 제트기를 사지도 않은 화학물리학자였다. 친척들은 그들이 자기 나라에서 엘리트라고 여기지도 않았고, 독일의 위대함이 하나님과 함께하기를 기원했다.

기자 회견에서 한 기자가 물었다. 우리는 당신이 항상 같은 옷만 입고 있는 것을 주목했는데 다른 옷이 없지요? 하자 대답했다. "나는 모델이 아니라 공무원입니다."

또 다른 기자가 집을 청소하고 음식 준비하는 가사 도우미가 있는지 물었다. 그녀는 "아니요, 저는 도우미는 없고 필요하지도 않습니다. 집에서, 남편과 저는 매일 이 일들을 우리끼리 합니다."

그러자 다른 기자가 물었다. 누가 옷을 세탁합니까? 당신이나 당신의 남편? "나는 옷을 손보고, 남편이 세탁기를 돌립니다. 대부분 이 일은 무료 전기가 있는 밤에 합니다. 가장 중요한 것은, 우리 아파트와 이웃 사이에는 방음벽이 있어서 이웃에 피해를 주지 않습니다."

그리고 그녀는 "나는 당신들이 우리 정부가 하는 일의 성과와 실패에 대해 질문해 주시기를 기대합니다."라고 말했다. 그녀는 정직했고 진실했다. 교만하지 않고, 겸손했다. 자랑하지도 않았고 꾸밈이 없었다. 그녀는 일상으로 돌아갔다. 거기엔 별장, 하인 수영장, 정원도 없었다.

　존경할 수밖에 없다. 이게 그들의 수준이자 국격이다. 부럽다. 우리는 언제나 진정한 지도자를 만날 수 있을까?

■ 미국의 대통령 이야기

부러운 '국가의 품격' … 미국 前대통령 5명의 미소

지미 카터, 조지 H W 부시, 버락 오바마, 조지 W 부시, 빌 클린턴 (왼쪽부터) 등 전직 미국 대통령 5명이 21일 (현지시간) 올여름 잇단 초강력 허리케인으로 막대한 피해를 입은 이재민들을 돕기 위해 텍사스주 칼리지 스테이션에서 열린 모금 행사에 참석해 인사를 나누고 있다. 특히 조지 H W 부시 전 대통령은 파킨슨병 투병 중에도 휠체어에 탄 채 무대에 올라 눈길을 끌었다. 오바마 전 대통령이 조지 H W 부시 전 대통령의 손을 잡으며 배우를 당부했다. 도널드 트럼프 대통령은 비디오 메시지를 통해 이들 5명을 "미국의 가장 훌륭한 공복들"이라고 칭송했다. 이들 5명은 올여름 허리케인 어마, 하비, 마리아 등으로 피해를 입은 이재민들을 위해 지난 9월 7일 이후 현재까지 3100만달러를 모금한 상태다.

[AP연합뉴스]

(2017.10.23. 매일경제)

위정자들이여!

우리 국민은 언제나 이런 모습을 볼 수 있을까요?

나는 이 글을 마무리하며 과거의 잘못된 역사를 타산지석(他山之石)으로 삼아 한마디 적고자 한다.

　우리가 품격과 국격을 높이고 더 잘 살려면, 우리 스스로가 먼저 변하여 사람다운 사람이 되어야 한다. 그러려면 마음공부와 독서를 생활화하여 극기복례(克己復禮)해야 한다.

　나아가, 절대적인 권력을 행사하는 리더와 위정자들은 스스로에게 많은 문제가 있는 점을 자각하고, 부국강병(富國强兵)을 위해 국민과 기업이 신나게 경제활동을 잘 하도록 적극 지원하는 시스템을 작동해야 한다.

　그리고 백년대계(百年大計)를 위해 미래지향적인 관점에서 스스로 법을 지키며 솔선수범하고, 국민의 의견을 경청하여 올바른 방향을 제시하고, 인사가 만사이니 만큼 인재를 육성하여 각 분야마다 전문가를 적재적소에 배치해야 한다.

　또한 세계의 변화에 부응하기 위해 올바른 시스템을 구축하고, 제도 개선을 통해 잘못된 제도와 관행을 개선하고, 최적의 운용체계를 만들어 시행하고, 그 과정과 결과를 검증하는 사후관리 제도를 만들어 잘한 점은 더 권장하고 문제점은 보완해 나가고, 인성교육을 병행해 나가야 한다.

　이렇게 정부가 지원하고 그냥 내버려 두면, 국민은 대자연을 스승으로 삼아 물이 흐르듯이 즐겁게 살아갈 것이고, 가계는 더 나은 삶을 위해 노

력할 것이고, 기업은 경쟁력 있는 다국적 기업으로 성장할 것이고, 국가
는 최고의 선진국이 되어 세상을 지배하고 경영하게 될 것이다.

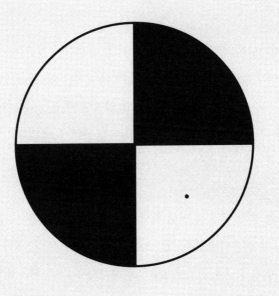

마치면서

대자연은 함이 없는 함(無爲)으로 저기 보이는 북한산을 만들었다. 그곳에 서 있는 저 소나무 한 그루는 봄·여름·가을·겨울이라는 모진 세월을 견디며 주어진 삶을 살아가고 있다. 그 존재 자체로 우리에게 행복을 준다.

나는 어머니의 품 같은 지리산 자락에 섬진강이 흐르는 마을에서 태어났다. 아침에 일어나면 눈 덮인 노고단이 한눈에 들어왔다. 맑은 공기를 마시면 상큼했다. 그동안 온실 속의 화초 같은 공무원으로 34년간 재직했다. 지금은 약육강식이 지배하는 현실에서 세무사무실을 운영하고 있다.

살아오는 동안 게을러 평생 해야 할 마음공부를 소홀히 하여 배움(學)과 덕(德), 세상을 바라보는 지혜(智慧)가 부족하다 보니, 내가 저 산에 있는 '한 그루의 소나무'인지도 모른 채 착각과 욕망과 어리석음으로 무엇을 더 얻고자 이리저리 다닌 경우도 있었다.

경청·겸손·배려·참을성이 부족하다 보니 웃는 얼굴이나 부드러운 말 한마디가 부족했고, 독선과 오만으로 판단하거나 화를 낸 경우도, 때로는 가슴이 아닌 머리로 살다 보니 인간의 도리를 다하지 못한 경우도, 은혜에 보답하지 못한 경우도 있었다. 반성한다.

다행히 이제라도 생사윤회의 근본 원인은 번뇌와 탐욕을 일으키는 어두운 마음 때문임을 알았다. 가르침을 아무리 듣고 배워도 그것을 행하지 않으면 아무 소용이 없음을 알았다. 사심 없이 선한 동기로 행하면 하늘이 돕는다는 이치도 깨달았다. 하여 '나는 누구인가'를 매일매일 성찰하며, 더 나은 자신의 삶을 위해 정진하겠다.

그럼 구체적으로 어떻게 할까?

· 나는 한 그루의 소나무요, 한 조각의 뜬구름이요, 모순덩어리임을 자각하고 무위로 다스리는 대자연을 신으로 삼고, 평생 마음공부를 하면서 살겠다.

· 나는 배우로서 매사에 감사한 마음을 가지고 세상이라는 연극무대에서 천지 산천초목을 관객으로 삼아 맡겨진 역할을 다하고 퇴장하는 일을 반복하겠다.

· 나는 처한 상황을 알고 나를 알고 너를 알고, 물이 흐르고 꽃이 피듯이 그 마음을 내어 바른 생각·바른 말·바른 행동을 하고, 지금 이 순간을 즐기며 그저 오늘도 바보처럼 허허! 웃으며 살겠다.

· 그래서 나는 나의 인생관을 표현하는 상징으로 마음은 수류화개(水流花開), 나무는 소나무, 꽃은 연꽃, 동물은 코끼리로 삼았다.

참고문헌

1 『강의』 나의 동양고전독법. 신영복, 돌베개, 2012.4.25.

2 『고경중마방』 퇴계선생의 마음공부. 퇴계 이황, 박상주, 예문서원, 2009.7.30.

3 『고도를 기다리며』 사뮈엘 베케트, 오증자, 민음사, 2012.2.20.

4 『과학자의 관찰노트』 마이클 R. 캔필드, 윌슨 외. 김병순, 휴먼사이언스, 2013.9.30.

5 『교양』 사람이 알아야 할 모든 것. 디트리히 슈바니츠, 안성기, 들녘, 2012.5.21. 64쇄

6 『깨끗한 매미처럼 향기로운 귤처럼』 이덕무, 강국주, 돌베게, 2008.2.1.

7 『꽃들에게 희망을』 트리나 폴러스, 김석희 옮김, 시공주니어, 2014.4.5. 46쇄

8 『기탄잘리』 라빈드라나트 타고르, 류시화 옮김, 무소의 뿔, 2019.5.15. 3쇄

9 『이윤기의 그리스 로마 신화5』 이윤기, 웅진지식하우스, 2010.10.15.

10 『나는 나무에게 인생을 배웠다』 우종영, 한성수, 메이븐, 2019.11.11. 5쇄

11 『나를 지켜낸다는 것』 팡차오후이, 박찬철, 위즈덤하우스, 2015.3.31. 15쇄

12 『나미야 잡화점의 기적』 히가시노 게이고, 양윤옥, 현대문학, 2012.12.19.

13 『나의 문화유산답사기-일본편 1-5』 유홍준, 창비, 2020.9.20.

14 『나의 한시 답사기』 김세환, 신아사, 2014.12.30.

15 『내 인생에 용기가 되어준 한마디』 정호승 산문집, 비체, 2013.2.28.

16 『노자』 김원중 역, 글항아리, 2013.3.25.

17 『논어』 시노무라 고진, 고문기, 현암사, 2003.9.1.

18 『논어 백가락』 황병기, 풀빛, 2013.10.25.

19 『눈 감으면 보이는 것들』 신순규, 판미동, 2015.10.27.

20 『다산의 독서전략』 권명식, 글라이더, 2013.5.24.

21 『다산의 마지막 공부』 조윤재, 청림출판, 2018.12.11. 30쇄

22 『다산선생 지식경영법』 정민, 김영사, 2007.1.14.

23 『대망』 야마호카 소하치, 박재희 등, 동서문화사, 2014.6.1. 15쇄

24 『변방을 찾아서』 신영복, 돌베개, 2012.5.21.

25 『데일 카네기 골든 메시지』 박영찬, 매일경제신문사. 2013.7.

26 『당신의 입을 다스려라』 로버트 제누아, 강민채, 바다출판사, 2011.9.3.

27 『도덕경』 노자, 오강남, 현암사, 2014.3.15. 8쇄

28 『돈키호테』 미겔 데 세르반테스, 박철, 시공사, 2014.12.8. 33쇄

29 『동의보감, 몸과 우주 그리고 삶의 비전을 찾아서』 고미숙, 그린비, 2012.5.21.

30 『로마인 이야기 1-15』 시오노 나나미, 김석희, 한길사, 1995.9.1.~2007.2.5.

31 『르네상스를 만든 사람들』 시오노 나나미, 김석희, 한길사, 2001.9.20.

32 『등대로』 버지니아울프, 이미애, 민음사, 2015.5.25.

33 『리스본행 야간열차』 파스칼 메르시어, 전은경, 들녘, 2014.3.25.

34 『마지막 한걸음은 혼자서 가야 한다』 정진홍 지음, 문학동네, 2012.11.15.

35 『마음』 나쓰메 소세키, 문예출판사, 2002.8.20.

36 『말공부』 조윤제 지음, 흐름출판, 2014.6.16. 24쇄

37 『맛으로 본 일본』 박용민, 헤이북스, 2014.12.5.

38 『맞아 죽을 각오를 하고 쓴 한국, 한국인 비판』 이케하라 마모루, 중앙M&B, 1999.2.12. 18쇄

39 『맹자 교양 강의』 푸페이룽, 돌베개, 2010.12.20.

40 『메가트랜드』 존 나이스비트, 박솔라·안진환, 비즈니스북스, 2006.11.39.

41 『메이지 유신은 어떻게 가능했는가』 박훈, 민음사, 2018.1.2. 11쇄

42 『명상록』 마르쿠스 아우렐리우스, 동서문화사

43 『명상하는 자가 살아남는다』 바산트 조시, 우자경, 물병자리, 2012.5.

44 『명심보감』 안병욱 외 해설, 현암사, 2013.10.10.

45 『물 흐르고 꽃은 피네』 금강스님 산문집, 불광출판사, 2017.4.24.

46 『몽테뉴수상록』 몽테뉴, 손우성, 동서문화사, 2014.12.1. 10쇄

47 『바른마음』 조너선 하이트, 왕수민, 웅진지식하우스, 2014.6.5.

48 『법구경』 법구, 한명숙, 홍익출판사, 2012.7.5. 8쇄

49 『변신이야기1,2』 오비디우스, 이윤기, 민음사, 2014.6.16. 48쇄

50 『분노의 포도』 존 스타인벡, 김승욱, 민음사, 2008.3.24

51 『붓다순례』 자현스님, 불광출판사, 2014.05.27.

52 『비슷한 것은 가짜다』 정민, 태학사, 2013.4.5. 16쇄

53 『사마천, 인간의 길을 묻다』 김영수, 위즈덤하우스, 2016.8.30.

54 『사람답게 산다는 것』 자오스린, 허유정, 추수밭, 2014.7.11.

55 『사장의 도리』 이나모리 가즈오 지음, 김윤경 옮김, 다산북스, 2014.10.17.

56 『산방한담』 법정, 샘터, 2010.3.21.

57 『살아있는 것은 다 행복하라』 법정잠언집, 류시화, 위즈덤하우스, 2006.2.15.

58 『삶의 기술』 에피텍투스, 류시하 엮음, 도서출판 예문, 1996.7.

59 『생각의 지도』 리처드 니스벳 지음, 최인철 옮김, 김영사, 2014.5.12. 51쇄

60 『설법하는 고양이와 부처가 된 로봇』 이진경, 모과나무, 2018.9.11.

61 『성학십도』 이황, 이광호, 홍익출판사, 2014.11.3.

62 『성호사설』 이익, 고정일, 동서문화사, 2015.1.

63 『세계 명문가의 자녀교육』 최효찬, 예담, 2006.9.6.

64 『소유냐 존재냐. To Have or To Be』 E.프롬, 정성환, 홍신문화사

65 『소크라테스의 변명』 플라톤, 황학수, 동서문화사, 1977.6.1.

66 『소피의 세계』 요슈타인 가이더, 장영은, 현암사, 2014.10.10. 52쇄

67 『손자병법교양강의』 마쥔 지음, 임홍빈 옮김, 돌베개, 2009.10.14.

68 『솔로몬 탈무드』 이화영, 동서문화사, 2004.8.1.

69 『시는 붉고 그림은 푸르네』 황위평, 서은숙, 학고재, 2003.2.10. 2003.9.15.

70 『시베리아의 위대한 영혼』 박수용, 김영사, 2011.9.10.

71 『시와 진실』 괴테, 최은희, 동서문화사, 2016.12.12.

72 『신곡 1·2·3』 단테, 박상진, 민음사, 2015.6.8.

73 『신심명』 혜국스님, 모과나무, 2015.6.19.

74 『신들의 전쟁』『신화, 세상에 답하다』 김원익, 알렙, 2009.11.9.

75 『신화의 힘』 조셉 캠벨, 빌 모이어스, 역자 이윤기, 이끌리오, 2002.7.20.

76 『씨울의 소리』 (민중의 논리와 지배자의 논리) 함석헌, 씨울사, 1979년 2월호

77 『스티브 잡스』 월터 아이작슨, 안진환, 민음사, 2017.6.1.

78 『아침을 깨우는 한자』 머리글에서. 안재윤, 김고은. 어바웃더북, 2012.3.7.

79 『안네 카레니나 1·2·3』 레프 톨스토이, 박형규, 문학동네, 2009.12.15.

80 『안씨가훈』 안지추, 유동환, 홍익출판사, 2012.7.5. 7쇄

81 『어느 시골 신부의 이야기』 조르주 베르나노스, 정영란, 민음사, 2009.

82 『어린왕자』 생텍쥐페리, 박성창, 비룡소, 2005.1.25.

83   『열하일기 1·2·3』 박지원, 김혈조, 돌베개, 2009.9.21

84   『오뒷세이아, 모험과 귀향, 일상의 복원에 관한 서사시』 강대진, 그린비, 2012.6.25.

85   『5백년 명문가의 자녀교육』 최효찬 예담, 2005.9.1.

86   『5백년 명문가, 지속경영의 비밀』 최효찬, 위즈덤하우스, 2010.6.25.

87   『오이디푸스왕·안티고네』 소포클레스 외, 천병희, 문예출판사, 2001.2.25.

88   『오직 독서뿐』 정민, 김영사, 2013.6.7.

89   『왜 그렇게 살았을까』 정진호, IGM Books, 2013.2.1.

90   『월간 불타 2015.3월호』 문윤정(수필가, 여행작가)

91   『위대한 개츠비』 스콧 피츠제럴드, 김욱동, 민음사, 2003.5.1.

92   『위대한 유산』 찰스 디킨스, 이인규, 민음사, 2009.6.30.

93   『유대인 이야기』 홍익희, 행성비, 2013.2.20.

94   『육일약국 갑시다』 김성오, 21세기북스, 2016.11.7.

95   『이솝우화전집』 이솝, 고산, 동서문화사, 2011.3.11.

96   『이 순간 행복하라』 정운스님, 조계종출판사, 2012.5.28.

97   『이기적유전자』 리처드 도킨스, 을유문화사, 2017.1.5. 49쇄

98   『이자수어』 퇴계 이황, 성호 이익·순암 안정복, 이광호, 예문서원, 2010.6.15.

99   『인문의 숲에서 경영을 만나다.1,2,3』 정진홍, 21세기북스, 2007.11.30.

100   『인연』 피천득, 샘터, 2014.11.25. 29쇄

101   『인재』 쉬엔, 김택규, 유예진, 화매 2006.1.18.

102   『일리아스, 영웅들의 전장에서 싹튼 운명의 서사시』 강대진, 그린비, 2010.3.15.

103   『장자』 오강남, 현암사, 2017.3.15. 33쇄

104   『적과 흙 1·2』 스탕달, 이동렬 옮김, 민음사, 2004.1.5.

105   『정관정요』 오긍, 휴머니스트, 2016.5.2.

106   『정약용 산문선집, 다산의 마음』 정약용, 박혜숙 편역, 돌베개, 2008.6.30.

107   『정호승 산문집』 정호승, 비채, 2013.2.28. 10쇄

108   『잭 웰치·위대한 승리』 젝웰치, 김주현, 청림출판, 2006.4.20. 40쇄

109   『잭 웰치·끝없는 도전과 용기』 젝웰치, 이동현, 청림출판, 2006.4.15. 54쇄

110   『종의기원』 찰스다윈, 송철용, 을유문화사, 2016.10.10. 9쇄

111   『종횡무진 한국사(상, 하)』 남경태, 그린비, 2009.3.30.

112 『조용한 혁명』 메이지유신과 일본의 건국, 성희엽, 소명출판, 2016.1.10.

113 『주역』 김경탁, 명문당, 2017.9.15.

114 『주역 완전해석 상,하』 장치청, 오수현, 판미동, 2018.7.31.

115 『주역강의』 서대원 을유문화사 2016.4.30. 28쇄

116 『중국시의 세계』 鏡花水月, 최일의, 신아사, 2012.1.31.

117 『참 좋은 당신을 만났습니다』 송정림, 나무생각, 2017.9.15.

118 『책, 인생을 사로잡다』 이석연, 까만양, 2012.11.

119 『책은 도끼다』 박웅현, 2013.12.31. 북하우스

120 『축소지향의 일본인, 그 이후』 이어령. 기린원, 1994.4.1.

121 『축적의 시간』 서울대 공과대학 차국현 교수 등 26명, 지식노마드
2017.7.31. 13쇄

122 『칠극』 정민, 김영사, 2021.5.20.

123 『카라마조표 가의 형제들』 표도르 도스토예프스키, 김연경, 민음사,
2015.2.12. 41쇄

124 『톨스토이 고백론』 레프 톨스토이 지음, 박문재 옮김, 현대지성, 2018.8.1.

125 『퇴사하겠습니다』 이나가키 에미코, 엘리, 2017.1.17.

126 『파브르 곤충기 1-4』 장 앙리 파브르, 정수일, 현암사, 2006.8.20.

127 『파우스트1,2』 괴테, 정서웅 옮김, 민음사, 2015.5.1. 59쇄

128 『팡세』 블레즈 파스칼, 민음사 2003.08.25.

129 『편 가르기 정치가 나라를 망친다.』 한상률, 미래사회연구원, 2013.7.23.

130 『하인리히 법칙』 김민주, 미래의창, 2014.6.5.

131 『한권으로 읽는 동의보감』 신동원 김남일 여인석 지음, 들녘, 2013.1.

132 『한눈팔기』 나쓰메 소세키, 조영석, 문학동네, 2011.

133 『한 권으로 읽는 팔만대장경』 영담, 진현종, 2007.6.10.

134 『한비자, 권력의 기술』 한비자, 이상수, 웅진지식하우스, 2007.11.26.

135 『할아버지의 기도』 레이첼 나오미 레멘, 류해욱, 문예출판사, 2005.12.3.

136 『햄릿』 세익스피어, 최종철, 민음사, 2016.7.8. 75쇄

137 『현대물리학과 동양사상』 프리초프 카프라, 김용정 외, 범양사, 2006.12.1.

138 『현문우답』 백성호, 중앙북스, 2013.5.20. 10쇄

139 『효옥』 전군표, 난다, 2021.6.25.

140 『화성에서 온 남자 금성에서 온 여자』 존 그레이, 김경숙, 동녘라이프, 2019.3.10. 70쇄

141 『회사가 아끼는 사람』 왕진령·한바위, 허정희, 올림, 2006.7.20.

142 『휘둘리지 않는 힘』 셰익스피어, 김무곤, 도서출판 더 숲, 2016.1.28.

143 김도언의 길 위의 이야기, 2013.4.27. 한국일보

144 김동연 아주대 총장 무역협회 강연, 2015.9.19. 조선일보

145 김중혁이 캐는 창작의 비밀(1), 2014.9.30. 한국일보

146 김태희, 실학21연구소대표, 2013.04.12. 경향신문

147 김태훈의 뉴스저격, 2019.2.15. 조선일보

148 김헌 교수의 서양고전산책, 2018.7.31. 조선일보, 2021.5.?. 문화일보

149 김형석 100년 살아보니 알겠다. 절대 행복할 수 없는 두 부류, 2021.1.29. 중앙일보

150 김형철 세대 철학과 교수의 '서양인문 오딧세이', 2013.2.23. 조선일보

151 『금강스님의 선담, 물은 바다를 꿈꾸지 않는다』, 불광출판사, 2016.3.

152 CEO인사이트 리처드 브랜슨 버진그룹 회장의 즐거운 도전, 2018.6.7. 매일경제

153 DNA창업자의 컨설팅, MBA무용론, 난바 도모코, 2013.6.29. 조선일보

154 당신의 책꽂이가 궁금합니다. 2018.6.9. 조선일보

155 감동과 웃음은 만병통치약이다. '자칭' 엔드로핀생산연구소장 삿갓

156 박진배의 생각하는 여행, 2016.10.5. 조선일보

157 [백영옥의 말과 글] 미래의 내가 지금의 나에게, 2020.2.8. 조선일보

158 오피니언, 김대중 칼럼, 대통령에 대들어야 기자다. 2021.5.18. 조선일보

159 [윤대현의 마음읽기] [윤대현의 마음속세상풍경] 서울대 교수, 2019.12.3./2021.1.5. 조선일보

160 아무튼, 주말, 김형석의 100세 일기] 2019.9.21. 조선일보

161 이나모리 가즈오 교세라 회장, 2013.9.18. 조선일보

162 이남훈의 '고전에서 배우는 투자', 2012.9.11. 동아일보

163 이명학의 옛글산책, 2021.8.9. 문화일보

164 이영완 사이언스, 2016.3.3. 조선일보

165 일사일언'죽은 선비의 사회', 조규익 숭실대 국문과 교수, 일자미상 조선일보

166 일사일언 이원석, '인문학 페티시즘'저자, 2015.4.29. 조선일보

167 월간독자 리더, 가톨릭 다이제스트 임상만, '친교 하러 성당에 오다니!'

168 전설의 투자가 짐 로저스 고려대 강연, 2013.6.1. 조선일보

169 [정민의 세설신어] 소구적신, 한양대 교수, 2019.08.22. 조선일보

170 [조용헌 살롱] 태극화풍/명치유신사를 읽고 2019.12.23./2018.5.21./2018.4.3. 조선일보

171 [조용헌 살롱] 주머니 속의 은 종교다. 2018.4.3./2020.11.26. 조선일보

172 지금 여기를 산다는 것, 성전스님, 남해 염불암 주시 2014.6.25. 조선일보

173 [최보식이 만난 사람] 주역 대가 이응문 선생, 2018.1.8. 이재호 이사장 2019.1.1. 조선일보

174 카페2040. 김미리 주말뉴스 부장, 마음의 빨간 약, 2019.12.6. 조선일보

175 허연의 역사 속 명저산책 2010.11.6. 매일경제

176 퍼거슨감독, 2013.5.14. 조선일보

177 오소희, 2018.10.18. 조선일보

178 2015.3.17. 조선일보

179 2015.9.26. 조선일보

180 이현우, 일자미상 중앙일보

181 2015.4.29. 조선일보

182 2020.1.2. blog b12144

183 2018.4.24. 메디치미디어

184 2007.1.27. 조선일보

185 윤희영, 2013.12.11. 조선일보, 2013.12.25. 조선일보

186 2014.12.29. 조선일보

187 2021.3.6. 조선일보

188 2018.11.29. 조선일보

189 일자미상 매일경제, 워싱턴 손현덕 특파원

190 2010.2.4. 중앙경제

191 2021.4.6. 투데이코리아

192 2017.8.24. 중앙일보

193 2017.10.26. 매일경제

194 2015.12.8. 조선일보

195 2017.10.19. 매일경제

196 2018.6.29. 조선일보

197 이미도, 일자미상, 조선일보

198 짐 로저스, 2013.6.1. 조선일보

199 2018.9.6. 매일경제

200 1998.1.8. 중앙일보

201 2018.8.22. 조선일보

202 일자미상 법보신문

203 2014.9.6. 조선일보

204 정진홍, 2019.7.24. 조선일보

205 1993.6.8. 조선일보

206 1993.8.1. 한국경제

※이 책 속의 글은 '참고문헌'을 일부 인용 또는 참고해서 썼다.
※이 책 속의 일부 그림은 '인터넷자료' 또는 '신문'을 복사한 것이다.

어떻게 살 것인가

남기두 지음

발 행 처 · 도서출판 청어
발 행 인 · 이영철
영　　업 · 이동호
홍　　보 · 천성래
기　　획 · 남기환
편　　집 · 방세화
디 자 인 · 이수빈 | 김영은
제작이사 · 공병한
인　　쇄 · 두리터

등　　록 · 1999년 5월 3일
(제321-3210000251001999000063호)

1판 1쇄 발행 · 2022년 2월 20일
　　2쇄 발행 · 2023년 1월 20일

주　　소 · 서울특별시 서초구 남부순환로 364길 8-15 동일빌딩 2층
대표전화 · 02-586-0477
팩시밀리 · 0303-0942-0478

홈페이지 · www.chungeobook.com
E-mail · ppi20@hanmail.net
I S B N · 979-11-6855-008-7(03810)